U0097350

古典詩歌研究彙刊

第十一輯

龔鵬程 主編

第29冊

陳洵及其《海綃說詞》研究

吳 嘉 慧 著

國家圖書館出版品預行編目資料

陳洵及其《海綃說詞》研究／吳嘉慧 著—初版—新北市：
花木蘭文化出版社，2012〔民 101〕
序 2+ 目 2+298 面；17×24 公分
（古典詩歌研究彙刊 第十一輯；第 29 冊）
ISBN 978-986-254-747-2（精裝）
1.（清）陳洵 2.清代詞 3.詞論
820.91 101001407

ISBN-978-986-254-747-2

9 789862 547472

古典詩歌研究彙刊
第十一輯 第二九冊

ISBN：978-986-254-747-2

陳洵及其《海綃說詞》研究

作　　者 吳嘉慧
主　　編 龔鵬程
總 編 輯 杜潔祥
出　　版 花木蘭文化出版社
發 行 所 花木蘭文化出版社
發 行 人 高小娟
聯絡地址 新北市永和區中正路五九五號七樓
　　　　 電話：02-2923-1455／傳真：02-2923-1452
網　　址 http://www.huamulan.tw 信箱 sut81518@gmail.com
印　　刷 普羅文化出版廣告事業
初　　版 2012 年 3 月
定　　價 第十一輯 30 冊（精裝）新台幣 42,000 元

陳洵及其《海綃說詞》研究

吳嘉慧　著

作者簡介

吳嘉慧，1987 年生，福建南安人。畢業於香港中文大學，香港新亞研究所碩士。研究興趣為古典詩學和詞學，尤喜清代及民國詞學。《陳洵及其《海綃說詞》研究》一書，乃據碩士論文修訂而成，指導老師為何廣棪教授。嘗於學術期刊《新亞論叢》上發表〈讀阮孝緒《七錄‧序》札記二則〉、《東方人文學誌》上發表〈《鍾伯敬硃評詞府靈蛇二集》辨訛〉等論文。

提　　要

　　陳洵（1870～1942）是清末民初一位廣東詞學家，著有《海綃說詞》和《海綃詞》。前者是理論著作，後者則是詞作。《海綃說詞》一書分為兩部分：第一部分是〈通論〉，共 12 則，探討詞之起源、正變、尊體、詞學門徑、詞律、詞風、鑑賞方法和詞品等。第二部分是〈說詞〉，依次評說宋吳文英詞 70 則，周邦彥詞 39 則，辛棄疾 2 則。

　　關於陳洵及其《海綃說詞》的研究，近人雖開始關注，然所論多未盡周延與深入。因此，本文擬在前賢研究的基礎上，以陳洵及其《海綃說詞》為研究對象，盼能較全面而深入地考論陳洵及其詞學理論，以期考明其論詞特色與旨歸。

　　本文除緒論、結論外，共分七章。緒論交代研究動機，並回顧前人研究概況和得失。第一章對陳洵生平、個性、學詞與授業作較詳細的論述，以為知人論世之資。第二章廣泛而深入探討陳洵的交遊，大量補充其背景資料。第三章考究陳洵與清代常州詞派、臨桂詞派的關係，以求掌握其詞學主張及淵源。第四章析論陳洵的詞學理論，結合〈通論〉和〈說詞〉兩部分，下分三小節：（一）源流正變論、（二）以比興寄託說詞、（三）尊體說，力求能將其詞學理論，較系統地整理出來。第五章是陳洵《海綃說詞》的重心──即以術語評說宋吳文英、周邦彥和辛棄疾詞之結構和筆法，本章擬全面剖析陳洵評詞術語之含義和其使用方法。第六章就學者對陳洵評詞的爭議加以論說，並深入探討各個相關的問題，且提出一得之愚。第七章研究《海綃說詞》的版本，並討論各版本之特色。最後則總結本文的研究成果，並述其不足之處及對日後陳洵研究提出若干展望。

目次

序

何廣棪教授

二零零九年七月，余齡將屆古稀，乃自臺灣華梵大學東方人文思想研究所退休，歸返香江。未幾再受聘於香港樹仁大學與新亞研究所。歲月如流，轉瞬間又將三載矣！

在新亞研究所任教，除授課外，仍須指導博、碩士生撰作論文。其時隨余研學撰文者計有博士生二名、碩士生四名，倖皆能勤奮向學，而中最令人賞心者，厥為吳嘉慧君。

嘉慧二年前畢業香港中文大學哲學系，考取研究所後，乃隨余治學。為人頗聰穎，更難能可貴者則肯勤攻書卷。因受師長循誘，遂常蒐求資料，自行擬題撰寫小論文。所撰就者如〈讀阮孝緒《七錄‧序》札記二則〉，暨〈《鍾伯敬硃評詞府靈蛇二集》辨訛〉二文，皆先後獲發表於《新亞論叢》及《東方人文學誌》中。雖屬鳳聲初試，然頗能顯露頭角於學壇，且亦增長經驗，為以後撰作碩士論文打下較佳之基礎。

嘉慧能倚聲，平日對詞話鑽研興味尤濃，且頗具讀後心得。其後伊與余斟酌論文研究取向時，乃因勢利導，就其興趣所在，決以〈陳洵及其《海綃說詞》研究〉為題，指導撰寫碩士論文。嘉慧聞悉題目後，遂樂而奮力撰作之。

陳洵者，清末民初著名詞人，字述叔，號海綃，粵東新會潮蓮鄉

人。早歲以詩餘鳴鄉里，彊邨老人朱孝臧先生得其詞而讀之，揚譽不絕於口，並薦之廣州國立中山大學爲詞學教授。述叔由是聲聞遠播，顯名海內外。所惜近半世紀以來，其人其詞，暨其《海綃說詞》一書，當代研學之士攻治者甚少，故著述成效未彰。嘉慧雖盡力蒐求相關論文，所得亦不過十餘篇而已；至於專著，則僅獲見陳文華《海綃翁夢窗詞說詮評》、劉斯翰《海綃詞箋注》，及廣州國立中山大學碩士生徐文〈清代詞評傳統中的陳洵詞學技法批評釋析——以《海綃說詞》中幾個重要概念的評點方式與學術淵源爲中心〉等三種。竊謂陳、劉、徐三氏之著述，雖各有偏重，各有專注，自足成一家之言；然所研究陳洵詞學之範圍未盡周備，因亦留下可資補闕拾遺之空間不少。是故嘉慧決意另闢蹊徑，其論文乃遍就陳洵生平、交游、詞學淵源、詞學理論、評詞術語、當代學人對陳洵評詞之爭議、《海綃說詞》版本等七項，作全方位而較系統之探研。余讀其撰就之論文，深覺內容既富贍，體例又完整，分析縝密，立論允恰，其中且不乏一己之見地。後其出席論文口試時，則能侃侃而談，盡情發揮，而所言多深中肯綮。口試結束，全體考試委員經討論後，一致給予甚高之評價。

嘉慧論文近蒙臺灣花木蘭文化出版社總編輯杜潔祥先生允予採用，收入《古典詩歌研究彙刊》第十一輯中。嘉慧請序於余，余固樂而諾之。爰追述其隨余治學經過，及其撰作論文與口試等情事，文中並揭載師長讚揚之意，多予激勵，用以爲序。

二零一一年十二月廿二日冬至，何廣棪撰於香港新亞研究所。

緒　論

第一節　研究動機

　　詞盛於兩宋，至元、明之世衰微，清代始復興，故清詞有「中興」之說。清詞遠接兩宋，在詞人、詞派、詞作、詞集、詞選、詞論、詞話和詞譜等方面的數量均勝於前代，後四項在質量上更別有創發，成績顯著，促使詞學邁向歷史的高峰。葉恭綽（1880～1968）在〈清名家詞序〉嘗言：

> 余嘗論清代學術有數事超軼明代，而詞居其一。蓋詞學濫觴於唐，滋衍於五代，極於宋而剝於明，至清乃復興。朱、陳導其流，沈、厲振其波，二張、周、譚尊其體，王、文、鄭、朱續其緒。二百八十年中，高才輩出，異曲同工，並軌揚芬，標新領異，迄於易代，猶綺餘霞。今之作者固強半在同、光、宣諸名家籠罩中，斯不可不謂之極盛也已。〔註1〕

葉氏所謂「詞學」，主要是指詞作。然今「詞學」一詞之意涵，據詞學家唐圭璋（1901～1990）的說法，其範圍爲：「詞的起源、詞樂、詞律、詞韻、詞人傳記、詞集版本、詞集校勘、詞集箋注、詞學輯佚、詞學

〔註1〕葉恭綽撰：〈清名家詞序〉，載陳乃乾編輯：《清名家詞》（香港：太平書局，1963年），頁1。

評論等十個方面。」﹝註2﹞除了上述十項以外，亦應包括詞作、詞派和
詞選三個面向。從詞人詞作的統計，縱觀唐五代，計有詞人 170 餘人，
詞作 2500 餘首。至宋之世，詞人有 1430 餘人，詞作 20860 餘首。金
代計有詞人 70 餘人，詞作 3570 餘首。逮及元季，詞人約有 210，詞作
3720 餘首。有明一代，共有詞人 1860 餘人，詞作 25000 餘首。及至清
代，詞人詞作之數量超軼前世，今《全清詞》僅就順康卷而言（即順
治、康熙兩朝），詞人已達 2500 餘家，詞作 60000 餘首。據今人張宏
生（1957～）的推測，清代詞人當有 1 萬以上，詞作更有 25 萬首以上
之多。﹝註3﹞由此可見，清詞的發展，實爲詞學史之空前盛況。

　　再從詞學理論方面觀之。今所存較早稍具論詞觀點者，爲五代詞
人歐陽炯之〈花間集序〉。逮及南宋，頗具系統的詞話專著始出現，
尤以王灼《碧雞漫志》、沈義父《樂府指迷》和張炎《詞源》三家之
作最堪稱道。﹝註4﹞餘皆散見於各種資料彙編、筆記、漫話等著述中，
亦有零星的詞籍序跋。至於明代，學風空疏，詞話亦然。詞學家趙尊
嶽（1898～1965）說：「明人塡詞者多，治詞學者少。詞話流播，升
庵（楊慎）、渚山（陳霆）而已。升庵餖飣，仍蹈淺薄之習；渚山抱
殘，徒備補訂之資。外此，弇州（王世貞）、爰園（俞爰），篇幅無幾，
語焉不詳！」﹝註5﹞點出明代詞話之失。到了清代，論詞專著蔚爲大
觀，唐圭璋《詞話叢編》輯得歷代詞話共 85 種，清人撰著者共 68 種，
佔 80%。今人譚新紅（1970～）《清詞話考述》，又補入唐氏未收的清
詞話書目，雖只及於編者生平、撰寫時間、內容概要和版本異同等，

─────────────

﹝註2﹞ 唐圭璋撰：〈歷代詞學研究評述〉，載施蟄存等編：《詞學：合訂本》（上
　　　海：華東師範大學出版社，2009 年），第一卷，第一輯，頁 1～20。
﹝註3﹞ 上述統計資料均源自張宏生著：〈清詞探微・總序〉（上海：上海古
　　　籍出版社，2008 年），頁 2。
﹝註4﹞ 吳梅曰：「玉田《詞源》，晦叔《漫志》，伯時《指迷》，一時並作，
　　　三者之外，猶罕專篇。」見〈詞話叢編序〉，載唐圭璋編：《詞話叢
　　　編》（北京：中華書局，2005 年），第一冊，頁 3。
﹝註5﹞ 趙尊嶽撰：〈惜陰堂明詞叢書序錄〉，載趙尊嶽輯：《明詞彙刊》（上
　　　海：上海古籍出版社，1992 年），下冊，頁 9。

並未載錄原文，亦共 132 種，超出唐編近兩倍。〔註69〕清代論詞除詞
話外，另有詞籍序跋、論詞絕句等。前者如施蟄存（1905～2003）輯
成《詞籍序跋萃編》，雖非完璧，然大體已備。又臺灣學者王偉勇蒐
輯清人之論詞絕句有 133 家，1067 首，〔註7〕各人戮力以成，均爲清
代詞學理論之功臣。至詞選的編纂、詞律的訂正方面亦是空前富盛，
足見有清一代，其成就實爲詞學史上的頂峰。

　　縱觀清代詞論，尤以晚期最爲重要。清初的詞話篇幅寥寥，不
及晚世；及浙西詞派興起，朱彝尊（1629～1709）、厲鶚（1692～
1752）亦無詞話專著；即使常州派之張惠言（1761～1802）、周濟
（1781～1839），論詞之作雖具創見，然議論卻過於精簡。同、光
以後，詞家迭出，別具系統，如陳廷焯（1853～1892）《白雨齋詞
話》、況周頤（1859～1926）《蕙風詞話》、王國維（1877～1927）《人
間詞話》等，體大思精。近人研究晚清詞論之作，成果豐碩。計已
出版的著作，分別有皮述平《晚清詞學的思想與方法》（2003 年）、
楊柏嶺《晚清民初詞學思想建構》（2004 年）、遲寶東《常州詞派與
晚清詞風》（2008 年 1 月）、巨傳友《清代臨桂詞派研究》（2008 年
7 月）和謝永芳《廣東近世詞壇研究》（2008 年 10 月）。除了謝氏
之書，其他各書均無對晚清嶺南詞人陳洵作過論述。陳洵作爲常州
派和臨桂詞人群重要人物，既有論詞專著《海綃說詞》，爲唐圭璋
《詞話叢編》所收錄；又有《海綃詞》二卷，載於朱祖謀（1857～
1931）《彊村遺書》，後更有手鈔本一卷，補遺一卷。今人劉斯翰（1947
～）嘗爲之箋注，實今日所見最完整之足本。研究方便，亦可知矣。
然而，從上述各種論著觀之，足見對海綃在晚清詞史上之成就探討
仍覺不足。自 20 世紀至今，僅有三家對陳洵作過專門的探究：一
是陳文華（1944～）《海綃翁夢窗詞說詮評》，二則是劉斯翰《海綃
詞箋注》，三是徐文〈清代詞評傳統中的陳洵詞學技法批評釋析—

〔註69〕譚新紅著：《清詞話考述》（武漢：武漢大學出版社，2009 年）
〔註7〕王偉勇著：《清代論詞絕句初編》（臺北：里仁書局，2010 年）

—以《海綃說詞》中幾個重要概念的評點方式與學術淵源爲中心〉（中山大學碩士論文，2011 年）。

陳洵《海綃說詞》，主要分爲〈通論〉和〈說詞〉兩部分。據唐圭璋《詞話叢編》所載，有〈通論〉十二則，分別是「本詩謂三百篇也」、「源流正變」、「師周吳」、「志學」、「嚴律」、「貴拙」、「貴養」、「貴留」、「以留求夢窗」、「由大幾化」、「內美」及「襟度」。又依次評說宋吳文英詞 71 首（原爲 70 首，後來林玫儀得見稿本《海綃說詞》，增入 1 首）；宋周邦彥片玉詞 39 首（初版只載 16 首）；宋辛棄疾稼軒詞 2 首。其〈通論〉包含範圍廣泛，有論詞之起源、正變、尊體、詞學門徑、詞律、詞風、鑑賞方法和詞品。大多繼承常州派之餘緒，又與晚清四大家相近，創新之見略爲不足。然其〈說詞〉部分，多有發明，對北宋周邦彥、南宋吳文英兩家作品的章法結構，藝術技巧，釋述詳明。近代詞學大家龍榆生（1902～1966）謂：

> 然王（鵬運）、朱（祖謀）二氏之詞，雖卓然爲一時宗主，至於金鍼之度，謙讓未遑。講論詞學之書，二氏都無述造。況氏《蕙風詞話》之作，彊村先生譽爲前無古人。其書雖究極精微，而亦頗傷破碎。海綃翁既任大學講席，不得不思所以引導後進之途。於是選取周、吳二家，分析其結構篇章之妙，使學者知所從入。而詞家技術之巧，泄露無餘。此其有裨詞壇，殆在王、況諸家之上。〔註8〕

海綃在晚清詞論家別樹一幟，其〈說詞〉評說清眞和夢窗二家，理論精當，故龍氏肯定其功在王鵬運（1849～1904）、況周頤等人之上。除了龍榆生外，朱彊村對於〈說詞〉亦十分推重，嘗說：

> 承示推演周、吳，自爲此道，獨辟奧窔，若云俟人領會，則兩公逮今，幾及千年，試問領會者幾人？屢誦致鐵夫書，所論深妙處，均發前人所未發。蒙昧如鄙人，頓開茅塞。其裨益方來，詎有涯涘。倘成一書以惠學者，自以發揮己

〔註8〕 龍榆生撰：〈陳海綃先生之詞學〉，載《龍榆生詞學論文集》（上海：上海古籍出版社，2009 年），頁 533～534。

意爲宏大耳。〔註9〕

朱氏認爲自宋之周邦彥、吳文英以後，兩家詞作之深妙處，領會之人
尠矣。獨海綃之評，發前人所未發，對於後學認識周、吳詞，裨益非
淺。近人蔡嵩雲（1892〜？）亦指出海綃評詞，別具法眼，謂：

> 方今論詞具法眼者，當推嘉興張孟劬、南海陳述叔。孟劬
> 深受大鶴陶鎔，述叔則傳彊村衣缽者。〔註10〕

將海綃視爲彊村詞學之傳人。陳匪石（1884〜1959）更推許陳洵之〈說
詞〉能「示人以門徑」，將其與清代詞論大家周濟、劉熙載（1813〜1881）、
陳廷焯、譚獻（1832〜1901）、馮煦（1843〜1927）、況周頤、陳銳（1859
〜1922）並列，〔註11〕足見其在晚清詞學史上的地位。詞壇對陳洵的推
重，視之爲繼四大詞人以後的「嶺表宗風」，與張爾田（1874〜1945）
並稱，足見其詞學甚具研究價值。然逮及當代，研究清代詞論或常州派、
臨桂派之學者，多忽略陳洵的重要性。由是，本文擬從多方面入手，探
討陳洵及《海綃說詞》，以揭示其理論特色及其詞學地位。

第二節　20 世紀至今有關陳洵研究及其得失

縱觀 20 世紀至今，專門研究陳洵的單篇論文有 17 篇，數量亦不
少，依年份編排爲：龍榆生〈陳海綃先生之詞學〉（1942 年）、羅忼
烈（1918〜2009）〈陳洵《海綃說詞》說周清眞詞校錄〉（1970 年）、
杼庵〈詞人陳述叔〉（1976 年）、芝園〈陳述叔與《海綃詞》〉（1976
年）、羅子英〈南國詞人陳述叔及其《海綃詞》〉（1979 年）、樂生〈一
代詞家陳洵詞箋〉（1987 年）、劉斯翰《海綃說詞》研究〉（1994 年）、
林玫儀〈陳洵之詞學理論〉（1996 年）、程巢父〈彊村薦海綃──嶺

〔註9〕　朱孝臧撰：〈致陳述叔書札〉，載劉斯翰著：《海綃詞箋注》，（上海：
　　　　上海古籍出版社，2002 年），頁 502。

〔註10〕　蔡嵩雲撰：《柯亭詞論》，載唐圭璋編：《詞話叢編》（北京：中華書
　　　　局，2005 年），第五冊，頁 4909。

〔註11〕　陳匪石撰：〈聲執序〉，載唐圭璋編：《詞話叢編》（北京：中華書局，
　　　　2005 年），第五冊，頁 4921。

南詞家陳洵的晚年〉（1998 年）、林玫儀〈稿本《海綃說詞》及其相關問題〉（2000 年）、劉斯翰〈嶺南詞人陳洵的晚年心境——讀陳洵致許伯勤信札〉（2005 年）、錢鴻瑛（1930～）〈評陳洵《海綃說詞》〉（2007 年）、林立〈論陳洵及其《海綃詞》〉（2008 年）、黃文彬〈關於「黃詩陳詞」和「黃詞陳詩」〉（2008 年）、〈關於「黃陳交好」和「黃陳交惡」〉（2008 年）、李丹〈《海綃詞》引論〉（2009 年）和曾大興（1958～）〈論陳洵在桂派詞學中的重要地位〉（2010 年）。

　　至於專門著作，僅有陳文華《海綃翁夢窗詞說詮評》（1996 年）、劉斯翰《海綃詞箋注》（2002 年）和徐文〈清代詞評傳統中的陳洵詞學技法批評釋析——以《海綃說詞》中幾個重要概念的評點方式與學術淵源爲中心〉（2011）三篇，後者爲中山大學碩士論文。另外，曾大興《詞學的星空——20 世紀詞學名家傳》（2009 年）亦有章節論述陳洵及其《海綃說詞》。其餘散見於詞選和詞話論陳洵之作，前者主要爲唐圭璋《宋詞三百首箋注》（1961 年）、馮平（1892～1969）《宋詞緒》（1965 年）、楊鐵夫（1874～1943）《夢窗詞全集箋釋》（1973 年）、《清眞詞選箋釋》（1974 年）和劉永濟（1887～1966）《微睇室說詞》（1987 年）；後者則有沈軼劉（1898～1993）《繁霜榭詞札》（1986 年）、朱庸齋（1920～1983）《分春館詞話》（1989 年）和陳兼與（1897～1987）《讀詞枝語》（2009 年）。

　　從上述的資料可知，陳洵其人及著述早已引起了學人的重視，並取得一定的研究成果。當中大概可以分爲兩段時期，一是 20 世紀 80 年代以前；二是 90 年代以後。第一段時期的研究主要有三類，或是簡述陳洵的生平、交遊和著述，如龍榆生、杼庵、芝園、羅子英和樂生之論文，後來有程巢父一篇，專門記敘海綃和彊村的詞作往還和交遊事跡。或是在宋詞選本裡引用陳洵評說清眞、夢窗二家詞，如唐圭璋、馮平、楊鐵夫和劉永濟，當中劉永濟除了徵引其說外，尚多有表示認同或反對的意見。或是在詞話裡，對陳洵的詞作、理論和說詞作條目式的解說和品評，如沈軼劉、朱庸齋和陳兼與，尤以朱氏之評最

多，因其為陳洵之高足也。至於第二段時期，即 20 世紀 90 年代以還，對陳洵的研究較為集中，層面亦較為廣泛，主要是對《海綃說詞》和《海綃詞》的探討。前者如劉斯翰、林玫儀、錢鴻瑛、陳文華和徐文，均以《海綃說詞》為研究對象，嘗試解說其〈通論〉和〈說詞〉部分，展現陳洵詞學理論及評詞的特色。其中陳文華之研究最為深入，對陳洵評夢窗詞 70 首之原文逐句解說，可謂海綃之功臣。另外是林玫儀〈稿本《海綃說詞》及其相關問題〉一文，因林氏得見上海圖書館所藏稿本，乃與通行本作比較，並述說異同。曾大興則突破了從內容入手的視角，說明其與臨桂派的關係及地位。而徐文則集中分析陳洵評詞之術語涵義和使用方法。後者則見諸劉斯翰《海綃詞箋注》、林立和李丹之文，當中劉氏之書最為詳細，箋注陳洵現存四卷詞作共 254首，並附陳洵年譜簡編，為今日研究海綃不可或缺之參考資料。以下針對上述兩段時期，按著作出版的時間編排，將歷來對陳洵研究較為重要者略述如下，並略舉其局限和不足。

一、20 世紀 80 年代的陳洵研究

（一）龍榆生〈陳海綃先生之詞學〉（1942）

　　龍榆生是朱彊村弟子，嘗與海綃共事於中山大學，亦有書札往還。龍氏對陳洵的生平，及其與朱彊村、張爾田、廖恩燾（1864～1954）相交，可謂最清楚，並在文中載錄朱氏寄懷陳洵之詞二首，均見於《彊村語業》卷三。至陳洵《海綃詞》感懷彊村有七、八闋之多，說明二人相交之深。更為重要的是刊登了陳洵晚年與龍氏的書信一通，大抵是海綃之絕筆；並將陳洵寄與張爾田的一封書札、張爾田與龍氏論近代詞家得失，有涉及陳洵者，均載錄之，為研習海綃者提供寶貴的材料。另外，因龍氏乃詞學大家，對於海綃評詞專主周、吳二家、論詞之源流正變亦多有釋述，並引用朱彊村、葉恭綽對海綃詞作的評價，以示其早年為詞多學夢窗、清真，暮年則多運密入疏、寓濃於澹。因局限於單篇論文的體式，未對海綃評說

清眞、夢窗詞作初步的說明。又因龍氏不喜刺探朋儕身世，只知其與梁鼎芬（1859～1919）、黃節（1873～1935）、朱祖謀、張爾田、譚瑑青（1876～？）和廖恩燾有來往，並未深究《海綃詞》詞題各人與陳洵之交遊，故略有不足。

（二）劉永濟《微睇室說詞》（1987）

劉永濟嘗從況周頤、朱彊村學詞，其《微睇室說詞》只選錄宋七家之詞，依次為吳文英、周邦彥、姜夔、史達祖、王沂孫、周密和張炎。當中選夢窗詞最多，共 79 首。並言此稿是「仿陳洵《海綃翁說詞》例也」，〔註 12〕足見其受海綃之影響。最能見出兩者的關係，乃在選詞上。陳洵選夢窗共 71 首，劉氏與之相同的竟有 48 首之多。而在這 48 首中，引用海綃之評語者共 29 首，其中表示同意者 15 首，批評其非者 7 首，兩者兼有的 2 首，純粹引述而不予褒貶的 5 首。是書對陳洵研究的價值，主要在闡釋海綃對夢窗詞的理解，並點出其是非得失。當中不但從「知人論世」和「以意逆志」的角度作探討，並多用前人對夢窗詞的箋釋來理解，每有抉發精微之處。尤其是海綃說吳文英詞之寄託，劉永濟指出未可逐句比附，否則失諸凝滯，認為讀者自可體會言外之意。此實補海綃評詞的缺點。然不足的地方就是只及於評吳文英詞，選錄清眞詞的數量則太少，只有 6 首。而與陳洵所選相同者僅 3 首，且未採錄其評說。

（三）朱庸齋《分春館詞話》（1989）

朱庸齋是海綃弟子，吳三立（1899～1989）曾言其「深為述叔推許，故所學亦有成焉」。〔註 13〕其對於陳洵研究的重要性，主要在三方面，一是解說海綃評詞的術語，其於卷一有 3 則釋述「留」字，又有 1 則解說「拙」字的意思。二是引用稿本《海綃說詞》之語，此並

〔註 12〕劉永濟著：《微睇室說詞》（北京：中華書局，2007 年），頁 121。
〔註 13〕吳三立撰：〈分春館詞話序〉，見朱庸齋著：《分春館詞話》，載劉夢芙編校：《近現代詞話叢編》（合肥：黃山書社，2009 年），頁 315。

未見於林玫儀的文章裡。其載：

> 《海綃說詞》稿本評辛棄疾詞一段有云：「清眞、稼軒、夢
> 窗，各有神采；清眞出於韋端己，夢窗出於溫飛卿，稼軒
> 出於南唐李主……」〔註14〕

此條道出北宋詞人周邦彥、南宋辛棄疾和吳文英的詞學淵源，別具識
見。三是評海綃詞。其曾評說〈風入松〉、〈玉樓春〉和〈六醜〉三闋，
指出陳洵晚年所作，雖轉近玉田，不過法度仍爲夢窗。如〈風入松〉
一闋「從夢窗化出，但能去貌取神，一洗穠麗字面，而以氣勢、筋力
見勝」。〔註15〕又批評陳洵之詞曰：「海綃詞確難理解，其詞句倘以語
體翻譯之，幾至不成文理，往往余亦不能解悟其語意。製體每多揉捏
做作。」〔註16〕亦不諱言其師之詞之弊病。

二、20 世紀 90 年代至今的陳洵研究

（一）陳文華《海綃翁夢窗詞說詮評》

　　陳文華是第一個對陳洵深入研究的學者，其《海綃翁夢窗詞說詮
評》一書，採用逐句解說的方法，並參考了朱孝臧〈夢窗詞集小箋〉、
夏承燾（1900～1986）〈夢窗詞集後箋〉、〈吳夢窗繫年〉、楊鐵夫《夢
窗詞選箋釋》和《夢窗詞全集箋釋》等，來解釋海綃對夢窗詞的評說。
其研究價值主要有五：一是對陳洵評詞之術語作初步剖析；二是對海
綃評說夢窗詞之「寄託」作一分辨；三是補充陳洵評說過於簡要者；
四是將陳洵評文與楊鐵夫《夢窗詞選箋釋》和唐圭璋《宋詞三百首箋
注》所錄者作比較，發現前者有 6 闋之引述與通行本《海綃說詞》部
分文字相異，分別是〈宴清都‧連理海棠〉、〈探芳訊〉（爲春瘦）、〈夢
芙蓉‧趙昌芙蓉圖，梅津所藏〉、〈解連環‧留別姜石帚〉、〈絳都春‧
燕亡久矣，京□適見似人，悵怨有感〉和〈應天長‧吳門元夕〉。而

〔註14〕朱庸齋著：《分春館詞話》，載劉夢芙編校：《近現代詞話叢編》（合
　　　　肥：黃山書社，2009 年），卷三，頁 439。
〔註15〕同上，頁 435。
〔註16〕同上，頁 438。

後者引述〈宴清都・連理海棠〉一闋亦略有異處。五是在附錄裡，用簡表的形式顯示楊鐵夫《夢窗詞選箋釋》、《夢窗詞全集箋釋》、唐圭璋《宋詞三百首箋注》和劉永濟《微睇室說詞》徵引海綃評語之詞，以見三家為陳洵影響之深。至於其美中不足者，主要是未見稿本《海綃說詞》，僅將評夢窗部分相異的內容與通行之《詞話叢編》本作比較，闡述當中的問題。另外，今人徐文嘗批評陳文華逐篇詮評的方式只顧及到陳洵評詞術語在各獨立篇中的涵義，而忽略了與其他篇章使用方法之異同，〔註17〕這是針對不同體例之特色而言。

（二）林玫儀〈陳洵之詞學理論〉、〈稿本《海綃說詞》及其相關問題〉

林玫儀是繼羅忼烈之後，較早研究《海綃說詞》版本問題者。其於〈陳洵之詞學理論〉一文，嘗試將《詩詞專刊》本、《滄海遺音集》本、《詞話叢編》舊本（1934 年）、《同聲月刊》本和《詞話叢編》新本（1986 年）之異同略作說明，並附有「各書引錄《海綃說詞》異同表」，然未深入探究各本的關係。後來在上海圖書館得見稿本《海綃說詞》，發現所選錄清真詞與舊本《詞話叢編》之 16 則內容相同。又指出此本只選了 39 首夢窗詞，當中文字全同者僅 7 首，並按等級標示內容差異的程度，指出有 4 首內容完全迥異；又增入 1 首〈祝英臺近・春日客龜溪遊廢圃〉，為各本所無。此則之發現，使海綃評詞之總數由 111 首增至 112 首，意義極大。林氏又透過分析詞例，得出稿本《海綃說詞》在時間上實晚於《滄海遺音集》本，應是後者出版後，陳洵續有所得而成的。其又釋說龍榆生得到稿本後並沒有在書刊上發表的原因是認為與舊本大抵相同，無文獻刊布的價值。至於當中的不足，一是未能將全部稿本之異文轉錄下來；二則只引錄異文，並未再對異文作內容上的探究；三則是沒有研究對稼軒詞的評說。因據

〔註17〕徐文撰：〈清代詞評傳統中的陳洵詞學技法批評釋析——以《海綃說詞》中幾個重要概念的評點方式與學術淵源為中心〉，中山大學碩士論文，2011 年，頁 4。

上述朱庸齋《分春館詞話》，在稿本《海綃說詞》評辛棄疾詞的部分，有1則爲各本所未載，猶應重視，或林氏不愼失之也。

（三）劉斯翰〈《海綃說詞》研究〉、《海綃詞箋注》

劉斯翰是首個現代專門研究陳洵的學者。其早於 1994 年已發表〈《海綃說詞》研究〉一文，將〈通論〉12 則作簡單說明，並批評海綃以寄託解說夢窗詞，云：「大都屬於捕風捉影，結果雖然割裂詞意，也無法自圓其說。」〔註18〕又嘗分析陳洵關於「留」、「鉤勒」、「拙」和「空際」等術語的用法，對於本文研究提供不少幫助。後又箋注《海綃詞》，說明各種版本之異同，並得《何曼庵叢書》第十一種「陳洵海綃詞殘稿」，爲陳洵少子士臻所贈；又得詹瑞麟藏手抄本，即海綃歿後馮平借其家藏稿鈔錄者，作爲參校本，爲《海綃詞》作箋校及評注，極具研究價值。此外，《海綃詞箋注》一書亦將陳洵詞題述及之人物作一簡介，附有〈陳洵年譜簡編〉，爲今日探討陳洵身世提供珍貴資料。更重要的是，劉氏在附錄部分，刊載了朱孝臧〈致陳述叔書札〉（十通），原爲陳洵長子士谷所藏。劉氏曾於後記曰：「因西關鄧圻同先生之介，得見述叔先生後人士谷先生，……爲余說舊聞，且出家藏朱孝臧氏致述叔書札凡十通，復印貽贈。」〔註19〕後來又於期刊上刊載其友人所藏陳洵致許伯勤之信札，遂令陳洵生平事蹟、昔日彊村和海綃之筆墨交往、朱氏對陳洵的推重和海綃晚年與許伯勤交往等情事得以重現人前。

（四）徐文〈清代詞評傳統中的陳洵詞學技法批評釋析
——以《海綃說詞》中幾個重要概念的評點方式
與學術淵源為中心〉

徐文是首個較深入分析陳洵評詞術語之意涵和使用方法者。其論文的研究成果主要有二：一是剖析了陳洵評詞術語之意涵，並結

〔註18〕劉斯翰撰：〈《海綃說詞》研究〉，《學術研究》，1994 年，第 5 期，頁 103。

〔註19〕劉斯翰箋注：《海綃詞箋注》，（上海：上海古籍出版社，2002 年），頁 513。

合具體詞作來討論；二是探討這些概念在詞學批評史的源流。他選取了十三組的術語作深入分析，有「逆入、平出」、「平入、逆出」、「逆挽」、「倒提」、「題前」、「題後」、「繞後」、「逆敘」、「倒鉤」、「留」、「空」、「跌」和「鉤勒」，並分作兩章論述。前面九個合爲一章，題作「序向性評點概念」，認爲與時間、邏輯或語意的次序有關。最後四個則爲另一章，是陳洵詞學技法批評中較爲重要的概念。其文選取的標準有三：一是使用次數較多；二是在陳洵詞學觀念中有一定的重要性；三是概念涵義有一定的模糊性。徐文論文在分析術語外，最有價值的是將陳洵使用之術語，置於清代詞學評論的傳統中進行分析，並比較前賢與陳洵對同一術語用法之異同，甚至指出海綃的技法分析對後來詞學界的影響——將清代以格調、品位、指歸等爲評詞重心，轉向爲以評點詞篇技法爲主，顯出陳洵對詞學批評史上的傳承和開拓。至其不足之處，就是只選取十三組術語作剖析，忽略了其他術語如「脫」、「虛提實證」、「斷、續」、「複」等在《海綃說詞》的重要性。

小　結

　　總括而言，在陳洵詞學理論的研究領域上，單篇論文甚多，卻未見較全面討論《海綃說詞》的專著。縱使陳文華《海綃翁夢窗詞說詮評》能夠將陳洵之評論闡釋透徹，但因題爲詮評夢窗，並不及於清眞；且解說正變源流、比興尊體、學詞門徑等亦過於簡略。而徐文的論文亦僅限於分析陳洵評詞的術語及其淵源，並未再探討其他範圍。故仍然有很多範疇值得深入探尋，如陳洵的交遊、陳洵的詞學淵源、《海綃說詞》的版本源流、學者對陳洵評詞的爭議等。又近十年來，分別有較爲重要的資料通行於世，包括林玫儀整理稿本《海綃說詞》，將部分相異之評文引錄下來；劉斯翰載了朱孝臧〈致陳述叔書札〉（十通）和發表陳洵致許伯勤之信札，並爲陳洵作了年譜簡編；何曼庵刊

錄海綃殘稿和一通書札。故此，筆者爲了增加研究的深度和廣度，將充份採用上述的資料，爲本文論述之用。〔註20〕

〔註20〕讀前人資料，發現其文字、標點有明顯錯誤之處，亦逕行改正。

第一章　陳洵之生平、個性、學詞與授業

第一節　陳洵之生平〔註1〕

　　陳洵（1870～1942），字述叔，號海綃，廣東新會潮蓮鄉（今廣東江門市蓬江區潮連街道）人。生於 1870 年 9 月 25 日，兄弟姐妹二十餘，先生排行第七。少時隨父至佛山經商，受業於吳道鎔門下，〔註2〕補南海縣學生員。1890 年前後，未能隨其叔父陳昭常（簡祠）至關外，遂應聘爲江西瑞昌知縣黃元直（梅伯）之家庭塾師，居贛十餘年。其間曾遊北京、汴梁、滬、杭，約 1909 年梅伯歿，始歸廣州，居城西荔枝灣（多寶街聞穉書屋），室名曰「思蛤蜊室」，堂曰「仍度堂」，設館授徒自給，館名曰「海綃樓」。

〔註 1〕　此章關於陳洵之生平資料主要根據劉斯翰撰：〈陳洵年譜簡編〉，載
　　　　陳洵著，劉斯翰箋注：《海綃詞箋注》（上海：上海古籍出版社，2002
　　　　年）、龍榆生著：〈陳海綃先生之詞學〉，載於《龍榆生詞學論文集》
　　　　（上海：上海古籍出版社，2009 年）及余銘傳撰：〈海綃詞卷三後記〉，
　　　　載於陳洵著：《海綃詞》（臺北：中華叢書編審委員會，1961 年）
〔註 2〕　吳道鎔（1852～1936），原名國鎮，字玉臣，號用晦，晚號澹庵，祖
　　　　籍浙江會稽，寄籍廣東番禺，光緒 6 年（1880 年）進士，著有《澹
　　　　庵詩存》等。

1899 年從叔父陳昭常處借得周濟《宋四家詞選》，乃黎國廉（1874～1950）之藏書，始學塡詞。〔註3〕次年遊北京，後又遊開封，作〈解連環・癸卯八月，相國寺街訪瑤華故宅，顧視辛丑回鑾置頓撫事，鬱伊不止，懷古切聲也〉詞，爲今其詞集錄存之始。1909 年返廣州，兩年後六月赴感舊園宴集，有〈瑞鶴仙・辛亥五月晦，感舊園拜張硯秋生日，呈梁節老〉詞。七月梁鼎芬重開南園詩社，陳洵與會，梁氏延譽爲「黃詩陳詞」，自是與黃節交好。後常聚集黃詔平之黃園，談詩論詞。約 1917 年，初識粵劇名伶李雪芳，常與戴翰風、伍文叔、譚少沉追捧聽曲，集中亦有標明贈雪娘者五闋。兩年後冬日，始識黎國廉，有〈喜遷鶯・己未歲暮，六禾有詞見懷，適余遊端州，歸答一解〉詞，爲二人唱酬之始。

1923 年得詞學大家朱彊村出資用仿宋聚珍版印行《海綃詞》一卷，並請黃節作序，有函致陳洵曰：「曩讀大集，傾佩無既。屢承虛懷商榷。鄙人夆蔽，極愧無以塞命。率徇鄙見鈔得百十闋，排印成冊，俾饜海內同嗜者之望，非敢有所別擇也。」〔註4〕次年，譚瑑青在北京寓書黎國廉，索其與陳洵唱和近稿，陳洵遂定名爲《秔音集》。至1929 年，海綃應朱彊村之薦，出任中山大學文學院詞學教授講席，生活稍佳。十月，朱彊村來信，提及陳洵與楊鐵夫之書，示以周邦彥、吳文英詞之奧窔，並建議寫一書以惠學者，陳洵始有意撰《海綃說詞》。翌年秋，與李孔曼（1881～1944）遊江南，赴滬與朱彊村會面，日坐思悲閣談詞，孔曼兩爲通譯，月餘而還。

1932 年，朱彊村卒後一年，始在連慶涌邊街 11 號買宅。門前有聯云：「豈有文章驚海內，莫教鵝鴨惱比鄰。」龍楡生嘗於 1935 年訪之，記曰：「板屋數椽，蕭然四壁。……下臨小溪，樓前置茉莉數本，

〔註3〕 陳昭常（1868～1944），字平叔，一字簡始，亦作簡祠、簡持等，號諫摩。官至吉林巡撫。著作有《廿四花風館詞》一卷，藏於北京圖書館及中山大學圖書館。黎國廉之生平則見於下一章〈陳洵之交遊〉。
〔註4〕 朱孝臧撰：〈致陳述叔書札〉，載於陳洵著，劉斯翰箋注《海綃詞箋注》（上海：上海古籍出版社，2002 年），頁 499。

案頭陳宋儒學書及宋賢詞集若干冊而已。」〔註5〕簡要述說海綃之生活環境。次年爲黎國廉《玉蘂樓詞鈔》作序。1937年，中山大學遷往雲南澄江避日寇，陳洵未隨。翌年，海綃舉家避地澳門。因生活困逼，於1940年重回廣州，又病黃疸。當時打算與許伯勤經營紙業，以所得之紅利度日。然事未實現，又改經營海產。由於對生活幫補不多，故病愈後即就任省立廣東大學詞學教授。1941年4月因患喉疾，不復授講。其宅附近一帶因被日軍徵用，旋遭拆毀，海綃被逼遷至寶華正中約56號。秋末與龍楡生書，並附〈玉樓春〉詞，應爲絕筆。1942年6月19日，因喉癌不治，卒於寶華正中之所，終年72歲。

　　關於陳洵之家世，據余銘傳〈海綃詞卷三後記〉所說：「先世富有，後中落。」〔註6〕有一正室馮氏，無所出。又一側室賴珍，約在1916年秋後所娶，《海綃詞》卷一之〈浣溪沙〉（自入秋來始夜清），記二人定情之事。賴氏爲廣東順德人，生一女二子。1917年長女道暉出生，次年6月死，未及周歲。陳洵有〈摸魚兒〉詞哀悼，題云：「五月廿五日，重過故潘園。女道暉殤後一日也。」1924年生長子士谷，後生少子士臻。士臻曾將《海綃詞卷三》贈與何曼庵，爲陳洵手蹟。何氏後改題曰「陳洵海綃詞殘稿」。後士臻亦卒，而士谷則以廣州市衛生局幹部退休居家，並於2009年7月，將朱彊村寄與陳洵之十餘通書札贈予中山大學。此書札爲海綃翁在世時已裝裱成兩冊，分別題「上彊邨人遺墨」及「上彊邨人詞墨」，其內容已見於劉斯翰《海綃詞箋注》之附錄。

　　陳洵之著作今存《海綃詞》三卷，補遺一卷，合共254首詞作。最早之《海綃詞》並不分卷，是朱彊村於民國十二年（1923年）代爲印布，用仿宋聚珍版，選載陳洵自光緒二十九年（1903年）至民

〔註5〕　龍楡生著：〈陳海綃先生之詞學〉，載《龍楡生詞學論文集》（上海：上海古籍出版社，2009年），頁529。

〔註6〕　余銘傳撰：〈海綃詞卷三後記〉，載陳洵著：《海綃詞》（臺北：中華叢書編審委員會，1961年）

國十一年（1922 年）之作，凡 92 首。又中華叢書編審委員會編纂之
《海綃詞》，卷一即據此影印。其後，朱彊村彙輯《滄海遺音集》，陳
洵《海綃詞》二卷亦在其中。惟雕版尚未竟功，而彊村即下世，由龍
榆生總其成，刻於民國二十二年（1933 年）。卷一缺〈琵琶仙・與江
湖諸友泛舟東湖〉一首；卷二所載者，則起自民國十三年（1924 年），
迄於民國十八年（1929 年），凡 84 首。民國五十年（1961 年），中華
叢書編審委員會重編《海綃詞》，卷一用民國十二年彊村所刻本，卷
二用《滄海遺音集》本。另有卷三，為海綃手鈔本，載錄陳洵自民國
十八年十月（1929 年）至民國二十八年（1939 年）之作，共 31 首。
卷四則是補遺，為張北海錄自陳洵與黎國廉唱和之《秕音集》，鈔得
上述諸本未收者 13 首，為民國八年（1919 年）至十二年（1923 年）
之作。全部合共 220 首。至 2002 年，劉斯翰以《滄海遺音集》為底
本，並得粵人詹瑞麟手鈔《海綃詞》，此原為海綃歿後，馮平借其家
藏稿鈔錄，並補入 3 首。又得何曼庵叢書第十一種「陳洵《海綃詞》
殘稿」，得 29 首；並從初印本《海綃詞》得 1 首，《秕音集》得 15 首，
合共 48 首，為補遺一卷。此 48 首連同卷一 91 首（1 首見於補遺）、
卷二 84 首、卷三 31 首，合共 254 首，實今日所見最完整之足本。

　　另外，陳洵還有《海綃說詞》一卷，計「通論」12 則，評夢窗
詞 71 則，清眞詞 39 則及稼軒詞 2 則，共 124 則。現今較為通行者是
唐圭璋編之《詞話叢編》（增訂本，1986 年），然仍缺稿本 1 則夢窗
詞評。又評清眞詞部分，最初唐圭璋只輯得 16 則，刊布於 1934 年之
《詞話叢編》排印本；後來增訂本《詞話叢編》，增至 39 則，卻棄用
前之 16 則。兩本所選之清眞詞雖然相同，然所評內容卻迥異。故現
今尚未見最為完整的《海綃說詞》本。（詳見第七章〈《海綃說詞》之
版本研究〉）

　　陳洵又與黎國廉合著《秕音集》一卷，共錄詞 128 闋。陳洵詞共
62 首，全見於劉斯翰《海綃詞箋注》一書。當中 45 首載於《海綃詞》
卷一，2 首載於卷二，15 首載於補遺部分。至於其創作時間，從詞題

來看，最早所見者是「己未」（1919 年），最晚則為「乙丑」（1925 年）。蓋《秔音集》大抵是載兩人在「己未」至「乙丑」六年間唱和之作。

　　陳洵主要習詞，然亦非無詩作。近人余祖明（1903～1990）之《廣東歷代詩鈔》卷七輯得陳洵詩作 5 首。又今人黃文彬在其〈關於「黃詩陳詞」和「黃詞陳詩」〉一文輯得 1 首，茲迻錄如下：

（一）晚出北郭同譚大飲村罏

　　　　出郭誰言步便寬。東西惘惘礙行難。

　　　　沉冥一往真吾事。流眄方昏祇自歎。

　　　　趨勢未能容拙失。息陰猶病況棲安。

　　　　從君且就村罏飲。暫作貧居亦苟完。

（二）餅菊

　　　　獨哀蕪穢剪霜黃。旋汲寒泉洗淚妝。

　　　　要遣此心如止水。猶能又挈到孤芳。

　　　　一燈落枕誰消瘦。半日垂簾悟舍藏。

　　　　紅黝石欄回首處。蕭蕭涼葉滿銀床。

（三）柳路有寄

　　　　飛絮苦漂蕩。秋來方寂寥。菊開無酒日。

　　　　人去有花朝。尚想裁江錦。何曾到謝橋。

　　　　黃金堪底佩。容易損宮腰。

（四）失題二首

　　　　三年不入琵琶座。江月船燈盡化煙。

　　　　猶是天涯未歸客。已無閒淚落尊前。

　　　　中原落日小樊樓。詞客淒涼望汴州。

　　　　祇有錢塘周太學。夜深猶唱少年游。〔註7〕

（五）五月初四日午飲薄醉臥懷黃園

〔註 7〕余祖明撰：《廣東歷代詩鈔》（香港：能仁書院，1980 年），第二冊，卷七，頁 654～655。

一雨林塘入窈冥，年來此地數曾經。

已知大道無消息，其奈尊前有醉醒。

鄰近酒壚余涕淚，感時玉笛正飄零。

閉門漸欲愁佳節，庭草深深獨自青。〔註8〕

第二節　陳洵之個性及學詞

陳洵性格清高耿介，與並世詞流鮮通聲氣。龍榆生謂其初識海綃
翁時，因爲「不諳粵語，但見其神寒骨重，肅然益增欽挹而已」。〔註9〕
其居粵中落落寡合，名聲不出省會。龍氏又曾聞之朱彊村，得知海綃
晚景亦不佳。此同樣見於王季友說：

> 述叔晚年主講詞學於中大，卜居於黃沙，小樓一角，頗堪
> 寄傲。述叔生平狷介，且未嘗事家人生產，構此小樓，亦
> 非易易。未幾日本侵華，此樓旋毀。述叔一生積蓄略盡，
> 每誦「亂是流離，至於暮齒」之句，未嘗不黯然也。〔註10〕

略道出述叔晚年生活窘逼。至其爲人，則「罕與世接，其性孤介峻峭
然也」。〔註11〕羅子英復指出海綃翁雖然早爲粵中名宿梁鼎芬賞識，
有「黃詩陳詞」之譽，但因其「不好炫耀」、「鮮以所作示人」，故知
之者不多，「惟在舊文壇的小圈子裡咸相推重」。〔註12〕而陳洵在中山
大學任教之前，主要授徒自給。其終生不與俗事，惟讀書吟詠自娛。
除了詞學書籍，好讀宋明儒書，居恆以「白沙名節，道之藩籬」一語
激勵後進，可見其平素之志。

另一方面，據杍庵所云，陳洵「道貌岸然，而性嗜酒，風流倜儻」。

〔註8〕黃文彬撰：〈關於「黃詩陳詞」和「黃詞陳詩」〉，《收藏‧拍賣》，2008
年第2期，頁74。

〔註9〕同注5，頁525。

〔註10〕芝園撰：〈陳述叔與《海綃詞》〉，載沈尹默編：《中華藝林論叢》（臺
北：文馨出版社，1976年），頁797。

〔註11〕樂生撰：〈一代詞家陳洵詞箋〉，《書譜》，1987年，頁4。

〔註12〕羅子英撰：〈南國詞人陳述叔及其海綃詞〉，《廣東文獻》，第9卷第4
期，1979年12月，頁20。

〔註13〕其之所以有這一說法，主要由於海綃喜歡聽曲飲酒，嘗在戊午
（1918 年）間日夕追捧粵劇女伶李雪芳。朸庵謂：

> 廣州有女伶李雪芳，演雜劇於海珠院中，以聲色藝冠時輩，
> 尤以〈仕林祭塔〉一曲尤著。述叔日夕聽歌，顧而樂之，
> 每至輒攜酒飯與俱。當雪娘搴簾出場，述叔持觴浮一大白，
> 叫好好者久之。……述叔則贈雪芳詞凡十餘闋（今存《海
> 綃詞》中），雪芳雖嘗讀書，然於詞不能句逗，述叔則朗誦
> 以授雪芳，其樂無極矣。〔註14〕

檢《海綃詞》，陳洵贈雪芳者共有五首，詳見下一章〈陳洵之交遊〉
第四節。由此可見，陳洵生性耿介，又不喜炫耀，以致聲名不顯。雖
好讀書，然亦風流倜儻，好與里中數子一起喝酒聽歌，亦閒時之樂也。

至於陳洵學詞之始，據其在〈玉縈樓詞鈔序〉說：

> 余年三十，始學為詞。從吾家簡庵借書，得見《宋四家詞
> 選》，則黎季裴所藏也。〔註15〕

《海綃說詞》的〈通論〉部分有「師周吳」一則，亦記載其學詞歷程
和心得，云：

> 吾年三十，始學為詞。讀周氏《四家詞選》，即欲從事於美
> 成。乃求之於美成，而美成不可見也。求之於稼軒，而美
> 成不可見也。求之於碧山，而美成不可見也。於是專求之
> 於夢窗，然後得之。因知學詞者，由夢窗以窺美成，猶學
> 詩者由義山以窺少陵，皆涂轍之至正者也。〔註16〕

此段自言年三十始學詞，最先接觸的詞籍乃周濟的《宋四家詞選》，
此書是從其叔父陳昭常處借得，為黎國廉之藏書。從上述可知者有
二：第一，陳洵並沒有跟隨老師習詞，他是自學而成的；第二，雖然

〔註13〕朸庵撰：〈詞人陳述叔〉，載沈尹默編：《中華藝林論叢》（臺北：文
　　　馨出版社，1976 年），頁 791。
〔註14〕同上，頁 791～792。
〔註15〕陳洵撰：〈玉縈樓詞鈔序〉，載陳洵著：《海綃詞》（臺北：中華叢書
　　　編審委員會，1961 年）
〔註16〕本文所引《海綃說詞》原文，全用唐圭璋編：《詞話叢編》（北京：
　　　中華書局，2005 年），第五冊，頁 4829～4877。

是自學，仍然受到當時最具勢力的常州派影響，最初深服於周濟「問塗碧山，歷夢窗、稼軒，以還清眞之渾化」的主張；後來經歷一番求索以後，終在夢窗詞裡找到「由吳希周」的治詞途徑。〔註17〕而其塡詞，不僅於詞內求詞，由夢窗以溯清眞；甚至於詞外求詞，常自謂得訣於漢魏六朝之文，不衹規模於趙宋諸家。

今存陳洵最早的詞作是寫於 1903 年，乃其遊經河南省開封，抒發對辛丑慈禧回鑾的置頓之痛惜與無奈，題爲〈解連環・癸卯八月，相國寺街訪瑤華故宅，顧視辛丑回鑾置頓，撫事鬱伊，正不止懷古切聲也〉。此詞距海綃初學詞之時（1899～1900 年）尚有三、四年之差，可知其盡刪早年詞作，今已無法得知他創作的過程及風貌。海綃半生爲詞，今存只有 254 首。據其弟子余銘傳在〈海綃詞卷三後記〉說，海綃喜讀清眞、稼軒及夢窗詞，而其創作態度認眞，「每有所作，嚴律精思，一字不肯輕下，稿成不愜意輒棄去，存稿僅半。」〔註18〕可知今存之稿，只及其作之半，另有二、三百闋或已棄去。

關於陳洵詞作的特色，大概可以從其內容及筆法來探討。黃節曾說：「述叔傷心人也，其詞傷心詞也。」〔註19〕指出海綃詞表現出濃厚的傷感氣息，這或許與其生於晚清之世，兼平生甚不得志有關。今人林立將陳洵詞作之主題分爲五類：一是追念前朝或過往的歲月；二是憶友；三是狎遊與愛情；四是自傷不遇；五是感時刺世。〔註20〕其餘則多言節日和詠物的作品。

首先，其追念前朝的如〈減字木蘭花・題薛劍公石竹芝蘭畫冊〉云：「無言有淚。終古蒼梧何限翠。喚起商山。心是湘累事較閑。　　芳

〔註17〕陳洵著，劉斯翰箋注：《海綃詞箋注》（上海：上海古籍出版社，2002年），頁 2。

〔註18〕同註 6。

〔註19〕黃節撰：〈題海綃樓匾附記〉，載陳洵著；劉斯翰箋注：《海綃詞箋注》（上海：上海古籍出版社，2002 年），頁 494。

〔註20〕林立撰：〈論陳洵及其《海綃詞》〉，載馬興榮、鄧喬彬主編：《詞學・第二十輯》，（上海：華東師範大學出版社，2008 年），頁 209。

馨欲採。淒咽海塵零畫在。珍重晴窗。不是前朝舊夕陽。」一首，感嘆清王朝的覆亡、時局變遷，尤其末句「不是前朝舊夕陽」，明顯表達對前朝的眷戀之情。集中不乏這些作品，如〈慶春宮〉之「依稀似說前朝。多暇承平，光景偏饒」、〈清平樂・題珠湄塵影圖〉之「承平舊館。少日和天遠。歡夢匆匆容易斷」、〈蕙蘭芳引・題譚瑑青聊園塡詞圖〉之「白頭吟望，渺然京國，年少時、相念幾多憐惜」等。其次，其與朋友贈答之詞尤多。從《海綃詞》之詞題見之，約近 30 人。當中與海綃交情最深者有韓文舉、朱祖謀、黃節、黎國廉、譚瑑青、戴翰風、伍文叔、譚頤年和譚子端，與陳洵多有詩詞往還。另有一些是陳洵的雅友，如黃詔平、許琴筑、許伯勤和余紹宋等，僅見諸一二首之詞題。第三，是與歌姬舞妓來往之作。據李丹之文說，海綃的 200多首詞中，「約有 50 多首戀姬詞」，但大多是逢場作戲，只有對粵劇名伶李雪芳，是出自眞意。〔註21〕如〈鶯啼序〉一首曰「往日旗亭，載酒俊侶，爲深情慣繫」、「向良宵，燭底牽縈，夢雲奇麗」等，都是表達對雪娘的傾慕。又如〈花犯・蕭寺小除夕〉之「依稀記、豔陽褉賞，人散後、樓臺霏麝粉」，是寫懷念往日聽曲之事；〈尉遲杯・渡頭，和片玉韻〉之「記年時、瘦馬知霜，夜深誰教休去」，記述昔日與雪娘纏綿之情。第四，是自傷不遇。如〈新雁過妝樓・得晦聞書，悵然賦答〉之「歲寒身世，歌外落雁清霜。芳尊自吟自泣」，寄寓身世飄零，不遇於時。第五，是感懷時事的作品。如〈玉樓春・酒邊偶賦，寄榆生〉有「山河雁去空懷遠，花樹鶯飛仍念亂。黃昏晴雨總關人，惱恨東風無計遣」之句，表達將日寇驅逐出境的強烈願望。最後，就是節令和詠物詞。從《海綃詞》的詞題所見，陳洵在元旦、元宵、清明、端午、七夕、中秋、重陽等節日，多有所作。集中有〈迎春樂・甲子元旦立春〉、〈玉燭新・元夜歌席賦，並寄六禾〉、〈三姝媚・戊辰閏花朝清明〉、〈拜月星慢・重午，以盆榴置座，邀客同賞。和夢窗〉、

〔註21〕李丹撰：〈《海綃詞》引論〉，《五邑大學學報》（社會科學版），2009年 8 月，第 11 卷第 3 期。

〈眉嫵・七夕，過人家看乞巧〉、〈古香慢・中秋六榕東坡樓對月作〉和〈風入松・重九〉等。又其詠物之作頗多，如詠燕子（〈安公子・譚子端言，所居故有燕巢。中間客游，燕不復至。既歸，則又來。爲賦一解〉）、木棉（〈六醜・木棉謝後作〉）、梅花（〈早梅芳近・小春過矣，早梅意有開者，倚此訊之〉）、牡丹（〈聲聲慢・牡丹花畔作〉）、水仙（〈探芳新・壬戌開歲，連雨沍寒，掩關晏坐。几間水仙已有一二枝著花，靜對夷然，香來成韻〉）和梨花（〈丁香結・秋日梨花，再和君特〉）等。

　　至於陳洵在筆法上，則得力於夢窗、清眞最多。龍榆生說朱彊村嘗爲海綃勘定詞集，「密圈滿紙，時綴短評」。〔註22〕今在《彊村老人評詞三則》裡，見朱氏評海綃詞曰：「神骨俱靜，此眞能火傳夢窗者。」又云：「善用逆筆，故處處見騰踏之勢，清眞法乳也。」〔註23〕然夏承燾、張爾田卻認爲海綃只學夢窗，卻未窺見清眞之渾成。夏氏曰：「（陳洵）論詞主以吳夢窗，上希周清眞，蓋死守夢窗之壘者。」〔註24〕張氏又致信與夏氏云：

> 故彊翁之學夢窗，與近人陳述叔不同。述叔守一先生之言，彊翁則頗參異己之長。而要其得力，則實以碧山爲之骨，以夢窗爲之神，以東坡爲之姿態而已。此其所以大歟！嘗與汪憬吾先生論之，亦頗以愚言爲然。〔註25〕

將彊村與海綃作比較，認爲前者得王沂孫之氣骨、吳文英之神髓和蘇東坡的姿態，實轉益多師所致。而述叔則死守夢窗之法，亦步亦趨。近人陳聲聰（1897～1987）嘗有一論詞絕句評曰：「深辭密意《海綃詞》，更爲周、吳進一思。自是偏師尊澀體，能言琴帶拙聲宜。」〔註

〔註22〕同注5，頁538。

〔註23〕朱彊村撰：《彊村老人評詞》，載唐圭璋編：《詞話叢編》（北京：中華書局，2005年），第五冊，頁4379。

〔註24〕夏承燾著：《天風閣學詞日記》（1931年），載《夏承燾集》（杭州：浙江古籍出版社，1997年），第五冊，頁242～243。

〔註25〕同上，（1936年），頁437。

〔註26〕陳聲聰著：〈論近代詞絕句〉，載《填詞要略及詞評四篇》（廣州：廣

26）雖肯定陳洵《海綃詞》在煉字和用意方面能繼承清真、夢窗而超越之，但又指出其詞過於深澀，故注謂：「洵詞專為夢窗，穠麗不及，而深澀過之。」〔註27〕王季友更批評陳洵之學夢窗，卻只得支離破碎，說：「後來學夢窗詞者，更從『砌字砌典』上用功夫，這就更不免支離破碎了。其中最顯著的一個，就是陳述叔。」〔註28〕今人林立甚至將《海綃詞》裡化用或套用夢窗詞之字句處，以簡表的形式排列，見出有 14 首相近者。〔註29〕茲舉兩例說之，餘不再贅。如陳洵〈四園竹〉有「清畫闌，炊黍熟、汀菰路繞」，乃從夢窗〈杏花天〉「幽歡一夢成炊黍，知綠暗、汀菰幾度」句而來。又如〈秋思〉之「釅雨羞紅側」，實套用吳文英〈渡江雲〉「羞紅釅淺恨」之句。海綃雖以夢窗為入門之徑，然周、吳之宗風相近，其集中亦有能歷夢窗以臻清真者。朱彊村復評陳洵卷二之作，曰：「卷二多樸遫之作，在文家為南豐，在詩家為淵明。」〔註30〕明確指出海綃學詞從周、吳而入，亦能出二家之外。近人葉恭綽更稱賞海綃之〈風入松・重九〉一闋，謂其「沉厚轉為高渾，此境最不易到」。〔註31〕見出陳洵並非不能異體，晚年猶多寓濃於澹之作。蓋彊村能識海綃詞中仿效周、吳法度，並以曾鞏之文、陶潛之詩喻之，以示陳洵在詞學史上的地位。

第三節　陳洵之授業

　　關於陳洵在中山大學講授詞學之風貌，其弟子裘尚中〈海綃詞卷三後記〉〔註32〕及羅子英〈南國詞人陳述叔及其海綃詞〉〔註33〕二文

　　　　東人民出版社，1986 年），頁 180。

〔註27〕同上。

〔註28〕王季友著：《芝園詞話》（香港：中華書局，1979 年），頁 161。

〔註29〕同註 20，頁 205。

〔註30〕同註 23。

〔註31〕葉恭綽編：《廣篋中詞》，載楊家駱主編：《廣篋中詞・論清詞》（臺北：鼎文書局，1971 年），卷三，頁 393。

〔註32〕裘尚中撰：〈海綃詞卷三後記〉，載陳洵著：《海綃詞》（臺北：中華

均有詳盡的記述，茲據以論述如下：

　　羅氏憶述海綃初到中山大學任教時，選其詞課的學生原不甚眾。因爲當時大家都看慣了「新派」作風，而海綃乍看則貌似三家村學究。及至聽他講了幾堂之後，大家都不覺出神入化，如醉如癡，大表欽服。傳揚開來，引致許多原未選修的，也都紛紛改選，加入其門下受教。甚至有很多未選修者，也慕名前來旁聽，使本能容納百餘人的教室，不但座無虛席，而且室內窗外也擠滿了人，其盛況亦可知矣。羅氏更道出述叔講課的神髓與姿態，云：

> 述師講詞，絕無高談雄辯、語驚四座之態。他祇端坐壇上，
> 運用柔和的語調，娓娓而談。聽者雖眾，卻都傾聽肅然，
> 鴉雀無聲。〔註34〕

認爲海綃講詞之所以能夠鬨動起來，吸引大量學生，並不是因爲其早年得到梁鼎芬的賞識；而是其教授之時，無不把每首詞的精粹妙處，逐一點出，以開示學者，令人頓悟。甚至是詞中的典故出處，亦詳爲解說。陳洵的淵博精深，眞才實學，不但吸引學生聽課，甚至龍榆生作爲教師，亦不諱言「往往從窗外竊聽之」，故知海綃講詞「時復朗吟」。〔註35〕由是，詞學蔚興嶺海的風氣，實由海綃帶動而起。龍榆生嘗謂：

> 所謂「嶺表宗風」，自半塘老人（王鵬運）倡導於前，海綃
> 翁振起於後，一時影響所及，殆駕常州詞派而上之。〔註36〕

道出海綃翁在嶺南近代詞史上的功績，足與晚清四大家之首的王鵬運並稱。羅氏敘述述叔初來講課時，所授的都是一般諸家選篇，其後才陸續開出專家詞。當中包括東坡、淮海、清眞、稼軒、白石、夢窗和碧山等。可知陳洵雖在《海綃說詞》裡推舉周邦彥、吳文英兩家，並

　　叢書編審委員會，1961年）
〔註33〕同注12。
〔註34〕同上，頁20。
〔註35〕同注5，頁529。
〔註36〕同上。

謂「立周、吳爲師，退辛、王爲友」，事實上卻熟讀諸家，並不專講清眞和夢窗。至其教人讀詞和作詞，須從脈絡神理上細心揣摩，不可僅就字句方面修飾鋪排。論詞又提醒學生注意「重」和「拙」之境界，勿流於輕滑尖巧之途。至於學詞門徑，復提出由南宋以窺北宋，自夢窗以溯清眞之論。

　　海綃授課之態度，極其認眞，並非囫圇帶過。羅氏文中引述海綃翁講解稼軒〈永遇樂・京口北固亭懷古〉一詞時，對「四十三年，望中猶記，烽火揚州路」一句，指出「四十三年」是宋武北伐以迄元嘉出師的時間；並謂這是述叔小心考證出來的，近人多誤解此句爲稼軒自述個人經歷，實與詞中無涉。〈永遇樂〉一詞亦見於《海綃說詞》之評。其曰：

> 後闋謂元嘉之政，尚足有爲。乃草草卅年，徒憂北顧，則文帝不能繼武矣。自元嘉二十九年，更謀北伐無功。明年癸巳，至齊明帝建武二年，此四十三年中，北師屢南，南師不復北。至於魏孝文濟淮問罪，則元嘉且不可復見矣。

明確指出「四十三年」是由「癸巳」至「齊明帝建武二年」這一段時間，與羅氏所說武帝北伐以迄元嘉出師的時間，略有出入。案「癸巳」是元嘉三十年（453 年），至齊明帝建武二年（495 年），正有四十三年的時間。至於宋武北伐，分別有兩段時期，一是宋安帝義熙五年（409年）伐南燕，一是義熙十二年（416 年）伐後秦。若以前者計算，距元嘉二十七年（450 年）宋文帝出師，則共四十二年，亦相近之。不論那一說法正確，海綃認爲此「四十三年」仍是就南北朝的史事言之。然今人箋注卻以辛棄疾在紹興三十二年（1162 年）奉表南渡至開禧元年（1205 年）京口任上，正有四十三年來解之，而此說尤誤。據詞中的脈絡看之，下片之文爲「元嘉草草，封狼居胥，贏得倉皇北顧。四十三年，望中猶記，烽火揚州路。可堪回首，佛狸祠下，一片神鴉社鼓。」首三句謂宋文帝在元嘉二十七年（450 年），命王玄謨北伐，因草率從事，準備不足，結果大敗而還。又「可堪回首」以下三句仍

指北魏太武帝在元嘉二十七年（450 年）追擊宋軍至長江北岸瓜步山事，故中間「四十三年」三句，必然指南北朝事，如此理解則詞意自明。倘關係稼軒個人經歷以述說，似嫌失之。由是可見，海綃授詞之時，能夠深入淺出地解說詞意，並考證當中的故實，故不落時人錯誤的說法。

　　另外，海綃弟子裘尙中，亦道出海綃說詞之精粹，內容更爲詳備。其說出自己少好倚聲，惟乏明師指導，認爲昔人說詞章佳妙處，只可意會不可以言傳，初時亦信以爲眞。及後，親聆海綃之說，始知凡屬妙文，皆可婉轉解說，惟在人是否眞有實學。對於當日述叔授業的內容，裘氏印象猶深，謂：

> 《淮海詞》〈浣溪沙〉「漠漠輕寒」一闋，余初讀此詞，雖大致能欣賞其語意纏綿，清麗可愛，惟對於意境結構，每覺模糊。迨聆述師講授，指出「寶簾閒掛小銀鈎」一句，乃逆點作結，然後知「自在飛花輕似夢，無邊絲雨細如愁」二句，實爲閨中人「閒掛小銀鈎」時之眼中景物。循此求解，即覺全詞活躍如生，讀之令人如見其人，如親其境，如炙其情。此明師之所以能高絕千古也。〔註37〕

認爲述叔能夠指點全詞的結構，指出結句「寶簾閒掛小銀鈎」乃逆點作結。「逆點」一詞，並不見於《海綃說詞》裡，主要指一事發生在前，但敘述卻置於後。全詞下片之文爲「自在飛花輕似夢，無邊絲雨細如愁。寶簾閒掛小銀鈎」，在敘述上，「寶簾閒掛小銀鈎」置諸末句；但從時間上來說，卻於「自在飛花輕似夢」兩句之前。因爲先有閨中人掀簾，而飛花、細雨之景才得呈現人前。據裘尙中說，海綃翁指出末句是以逆點作結後，遂貫通全詞脈絡，頓覺活躍如生，裘氏不徒賞其風格內容，並推許其師爲「高絕千古」之明師。

　　又海綃解說夢窗之〈風入松〉（聽風聽雨過清明）詞時，指出「愁草瘞花銘」之句，常人每將「愁草」二字，解作愁客慘淡之青草，殊

〔註37〕同注 32。

失夢窗作詞本意；並言此一「草」字，實爲「草擬」之「草」。所以下文之「分攜」、「中酒」、「曉夢」，及後半之「當時纖手香凝」、「惆悵雙鴛不到」，都從「草」字生出。《海綃說詞》亦有評說夢窗此闋，然沒有爲「愁草」二字作解。裘氏自言經此指點，則全詞脈絡頓通，意義瞭然矣。此均見陳洵說詞之精深獨到，講課與研究之嚴謹認真。

　　海綃自經朱彊村之介，在中山大學主講十多年。其與諸生講論詞學，分析不厭求詳。故門下弟子甚多，能塡詞者亦不少。龍榆生稱許說：

　　　　金針暗度，其聰穎特殊子弟，能領悟而以塡詞自見者，頗
　　　　不乏人。〔註38〕

據筆者所見之文獻，海綃門人有裘尙中、余銘傳、羅子英、朱庸齋、曾傳軺、馬慶餘、鄧次卿、黃子靜和李履庵。裘氏有詩四首，刊於《詩詞專刊》卷五，是〈夕陽〉二首、〈舟中〉和〈春遊雜感〉。余氏則有詞三首，載於《詩詞專刊》卷六，分別是〈齊天樂〉、〈減字木蘭花〉和〈慶春澤〉。羅氏則爲哲學系學生，自言「僅爲對文學愛好，卻未肯痛下工夫專心致志的去學，淺嘗輒止，所以毫無成就可言」。〔註39〕其雖未有詞作，然每期都修讀海綃之詞課，承教不少。朱庸齋、曾傳軺、馬慶餘、鄧次卿四家則深爲陳洵推許。朱氏名奐，字奐之，廣東新會人；有《分春館詞》一卷、《分春館詞話》五卷。曾氏名傳軺，字雲旭，廣東番禺人，年二十六而卒。有《玉夢盦樂府》不分卷，載於《曾傳軺遺稿》，今爲陸維釗所藏。葉恭綽編《全清詞鈔》卷40輯得2首，分別是〈瑞鶴仙〉（年光隨燭轉）及〈點絳唇〉（心字香添）。又嘗撰《飲水詞人年譜》。馬氏負笈杭州之江大學，未成而卒；有《小媚秋堂詞》一卷，收詞6闋，附於其父馬復《媚秋堂詩集》後。〔註

〔註38〕同注5，頁529。

〔註39〕同注12，頁21。

〔註40〕關於馬慶餘的籍貫，余祖明在《近代粵詞蒐逸》謂其是順德人；而
　　　　謝永芳則指其爲南海人。筆者翻閱馬復《媚秋堂詩集》，其自序署曰
　　　　「順德　馬復」，故知余氏所說爲是。

40) 正文前有陳洵撰於乙亥（1935年）六月的題辭，曰：

> 馬慶餘遺稿，覽之淒然。憶慶餘從余學詞，既入門徑矣。
> 余曰：學詞須讀書積理，慶餘則攻經史及漢魏詩、古文辭，
> 亦略有門徑矣。觀其劬苦精進，將期於古作者，而竟死矣。
> 此稿詞六首，直登宋人之堂。世有知音，當不以余言爲過。
> 使天假之年，其成就當不止此，而竟止此命也。〔註41〕

此見馬慶餘從海綃學詞之時，勤奮用功，博覽經、史、漢魏詩、古文
辭。海綃極推許之，認爲其詞「將期於古作者」、「直登宋人之堂」。
余祖明在《近代粵詞蒐逸》蒐得馬氏之詞6首，乃從《小媚秋堂詞》
輯得。鄧次卿則未見有詞作。另外，黃子靜是黃詔平之七弟，見於《海
綃詞》是詞題：〈水龍吟・海綃樓塡詞圖。往者彊村翁欲使吳湖帆先
生爲之。余曰：「不如寫吾兩人談詞圖。」吳畫遂不作塡詞。今年秋，
黃子靜遊杭，復請余越園爲之。去翁歸道山，行一年矣。獨歌無聽，
聊復敘懷，欲如往昔與翁談詞，何可得哉？〉然未見有詞作傳世。
李履庵是「南國詩人」，與余心一、熊潤桐、曾希穎（1903～1985）
和佟紹弼（1911～1969）並列爲「顓園五子」，撰有《吹萬樓詩》二
卷。海綃弟子們著述之富，甚具時名，惜曾傳軺及馬慶餘早卒，惟朱
庸齋一人，先後任教於廣州大學、文化大學，晚年又任廣東省文史研
究館館員。佟紹弼嘗於朱庸齋〈分春館詞序〉曰：「述叔死矣，而庸
齋春秋方富，紹述叔起而講詞。更十年或二十年，行見弦歌之聲，洋
洋盈耳。」〔註42〕朱氏論詞，尊崇夢窗，亦講詞律，與海綃同調。陳
洵詞學大業，可謂有繼矣。

　　陳洵在教學授課以外，亦嘗參與在中山大學中文系舉辦之詞學活
動。第一，是投稿至系辦之《文學雜誌》和《詩詞專刊》。二是參與
「風餘詞社」的活動。檢香港所藏國立中山大學出版之《文學雜誌》，

〔註41〕 馬復、馬慶餘撰：《媚秋堂詩：連語小媚秋堂詞坿》（香港：出版社
　　　　不詳，1967年）
〔註42〕 佟紹弼撰：〈分春館詞序〉，載朱庸齋著：《分春館詞》（廣州：廣州
　　　　詩社，2007年），頁1。

僅得第十四期，為〈南園詩社專號〉。其中刊載了一首陳洵的詞作，是〈清平樂・寒食市樓同方孝岳〉（飛花似夢）。〔註43〕又中國文學研究會於民國二十年（1931年），嘗出版《詩詞專刊》六卷。當中卷二載有陳洵《海綃說詞》的「通論」部分，卷六亦有海綃的一首〈點絳唇・庚午歲暮，風餘小集，為拈此解〉。〔註44〕「風餘」即「風餘詞社」，是中山大學中文系學生於民國十九年（1930年）組織之詞社，作品曾發表於系辦的《文學雜誌》。筆者至今仍未見陳洵之外，「風餘詞社」社員投稿至《文學雜誌》的作品。然據今人謝永芳的推測，認為國立中山大學出版之《詩詞專刊》，部分或全部極有可能是「風餘詞社」雅游的創作成果。〔註45〕《詩詞專刊》卷六部分載有詞作23闋，依次為陳洵1闋，聞宥8闋，黃之煌2闋，梁礜4闋，汪彥斌1闋，羅熾培2闋、吳仲如1闋，方書林1闋和余鳴傳3闋。〔註46〕但從各首的詞題觀之，除了陳洵〈點絳唇〉一首外，餘皆沒有提及「風餘」的字眼。又各題所寫之時序、人事亦不同，如聞宥〈臨江仙〉題曰「夜步郊坰」，〈玉樓春〉一首又題「病中作」；黃之煌〈摸魚兒〉題「秋晚感懷」，汪彥斌〈漁家傲〉則題「春晚」。由是筆者認為尚未有充份的理由將上述作品視為「風餘詞社」雅集成果。而據今所知，「風餘詞社」嘗舉辦兩次活動，時間為庚午歲暮（1930年）和辛未重九（1931年）。此見〈點絳唇・庚午歲暮，風餘小集，為拈此解〉和〈宴山亭・辛未九日，與風餘諸子風雨登高〉。後者因見題有「九日」、「風雨登高」，內容提及「秋光」、「岸幘簪花」，均與重九相關，故略知「風餘詞社」在重九有聚集。中山大學國學系主任古直（1885

〔註43〕此闋〈清平樂〉，劉斯翰箋注本並無「寒食市樓同方孝岳」之詞題。
〔註44〕劉斯翰箋注本則題為〈點絳唇・風餘小集，示從游諸子〉，未點明是庚午歲暮作，詞題文字亦略異。見劉斯翰著：《海綃詞箋注》（上海：上海古籍出版社，2002年），頁364。
〔註45〕謝永芳撰：〈近世廣東詞社考論〉，《人文中國學報》，2009年，第十五期，頁298。
〔註46〕關於這部分的資料，謝永芳之記述略有所誤。詳見同上注。

～1959）亦曾參與詞社的活動，並作〈風餘社同人讌集文園作歌〉一闋，描述當日文人雅集的情況，更表示對海綃翁的推崇。今節錄如下：

> 林水翳然似初夏，景物婉孌媚騷雅。高樓張讌集詞流，頓攬冬心發春冶。海南大將居上頭，謂述叔。意態蕭然露疏野。永夕談諧無世情。脫略形骸自輸寫。〔註47〕

當中「高樓張讌集詞流」是指宴集者俱為詞學名流，然古直卻以陳洵為首，並以歌詠之。是「風餘詞社」雅集熱鬧之盛況，亦可略見一二矣。

〔註47〕國立中山大學中國語言文學研究會編：《詩詞專刊》，1931年，卷四，頁7。

第二章　陳洵之交遊

　　龍榆生在〈陳海綃先生之詞學〉一文，說海綃不甚喜與人交接，居粵中亦落落寡合。晚歲惟與錢塘張孟劬（爾田）、惠陽廖懺盦（恩燾）、南海譚瑑青（祖壬）常有書札往還。〔註1〕然今人曾大興在〈論陳洵在桂派詞學中的重要地位〉指出從《海綃詞》的題序來看，陳洵的交遊不算狹窄，僅與其交往之文化人士有 30 位之多，詩人 9 位，畫家 7 位，戲曲家 2 位，僧人 1 位，詞人 11 位。〔註2〕另外尚有未見諸陳洵詞集者數位，可能是晚歲始相往來。下文主要據《海綃詞》之詞題、〈陳海綃先生之詞學〉、陳洵的信札和其友人詞集題序之資料，列出與海綃交往最爲密切之 17 人。各人以年輩排行，分別論述其生平、著述及與陳洵在詩詞、書札、宴遊往還等逸事。文末並附〈陳洵與其他人交遊簡表〉，將今所知悉而不見諸正文之 22 人，以簡表的形式列出其姓名、籍貫、職業和與陳洵交遊等資料，俾研究者參考。

〔註1〕 龍榆生著：〈陳海綃先生之詞學〉，載《龍榆生詞學論文集》（上海：上海古籍出版社，2009 年），頁 531。

〔註2〕 曾大興撰：〈論陳洵在桂派詞學中的重要地位〉，《學術研究》，2010 年第 3 期，頁 153。

第一節　陳洵與前輩學人之交遊

（一）韓文舉

　　韓文舉（1855～1937），字孔庵，號樹園，廣東番禺人。年弱冠，謁康有爲於萬木草堂。康氏撰《新學僞經考》，多出自文舉手筆。1897年，與梁啓超赴湖南省，任教於康有爲介紹之時務學堂。次年戊戌政變，與梁啓超避地日本，創辦《新民叢報》。歸國後歷辛亥革命、袁世凱稱帝及張勳復辟等事後，益無意於世。1918 至 1922 年居廣州，設館城西，授徒自給。晚歲益貧，流寓香港，間到廣州。1937 年抗日戰爭爆發後，卒於香港，終年 82 歲。現存《韓樹園先生遺詩》。

　　除了陳洵外，韓氏與黎國廉、許琴筑及里中數子之一的譚頤年多有來往。《海綃詞》提及文舉者共 8 闋，在數量上相對較多。這可能是由於他與海綃爲鄰有關，從詞題〈解連環·韓樹園久館城西，與余比鄰，樂數晨夕。今秋忽因事移去。歲晚蕭然，離索之感益深〉可知。其餘 7 闋分別是〈三姝媚·七月廿五日，與樹園、橘公飲半帆酒榭，追話舊遊，黯然題壁〉、〈月下笛·八月八日與樹園、橘公過半帆酒榭，重題〉、〈霓裳中序第一·不過感舊園十一年矣。壬戌二月，與樹園、琴筑、六禾、橘公薄遊城東，邂逅主人，牽率小息，因述此曲。白石所謂「感此古音不自知其辭之怨抑」者也〉、〈點絳唇·歲除，與韓樹園夜話〉、〈丹鳳吟·樹園來郡城，旋復別去〉、〈風入松·甲戌寒食，陳劍秋、葉霜南、張庶平、葉茗孫、韓樹園先後來過，皆數十年故人也。獨劍秋時相見，其四人皆避地香港。湘南乃至四十年不相聞，庶平則年已九十矣。良辰聚首，往事茫然，聲以寫之，亦余情之不能已也〉和〈齊天樂·樹園、橘公乘月來過，東坡泛舟赤壁之夕也。客去爲詞〉。其中提及作年者，只〈風入松〉一闋。其寫於「甲戌寒食」（1934 年），海綃更說除了只有劍秋時相見，得知樹園亦避地香港，唯甲戌至粵中一遊。今檢《韓樹園先生遺詩》，亦發現一首和述叔詩，一首是記與海綃交遊。其詩題爲「步陳述叔韻」及「冬初同述叔遊荔

灣」。由是見出海綃與樹園往來甚多，交誼亦厚。

（二）朱祖謀

祖謀（1857～1931），原名孝臧，字藿生，一字古微，號漚尹，又號彊村。浙江歸安人。1882 年壬午中鄉試，次年爲二甲第一名進士，改庶吉士，授編修。歷充國史館協修，會典館總纂總校。1888 年爲戊子科江西副考官，後教習庶吉士，擢侍講，充日講起居注官。先遷侍讀、庶子，至侍講學士。後出任少詹士、內閣學士、禮部侍郎兼署吏部侍郎。1904 年任廣東學政。1909 年弼德院設立後，朱氏授顧問大臣，皆不赴。辛亥革命後，隱居上海。1931 年 11 月 22 日卒於上海，清廢帝諡文直公。朱氏初工詩，後與鄭文焯、王鵬運交而專爲詞。嘗輯宋元明百六十三家詞，取善本校勘，名曰《彊村叢書》。又有《湖州詞徵》二十四卷、《國朝湖州詞徵》六卷，選本有《宋詞三百首》。至於其遺稿有《彊村語業》三卷、《彊村棄稿》一卷、《夢窗詞集》（四校定本）一卷、《滄海遺音集》十三卷、《彊村詞剩稿》二卷、《彊村集外詞》一卷及《彊村校詞圖題詠》一卷，卒前盡授門人龍榆生，彙刊爲《彊村遺書》傳世。

朱彊村爲海內詞宗，亦是前清侍講學士、禮部侍郎；而海綃則是嶺南窮老、教館先生；前者居滬，後者居粵，從地域、出身來看，二人根本沒有相識的機會，然卻惺惺相識，互爲推重，實有賴於粵劇名伶李雪芳。陳洵初識雪娘，約在 1917 年。至 1920 年，浙江臨海、海寧一帶發生水災，雪娘應上海南洋煙草公司簡照南之邀，北上義演賑災。陳洵爲之送行，並以十餘闋詞相贈。其中一首是〈泛清波摘遍‧寒食，舟中展玩諸名勝珠寶，感音而歎，歌付浣繁〉。據杍庵〈詞人陳述叔〉所記，當時雪娘到埗，諸名士宴集於太古洋行買辦甘翰臣之非園，陳三立（1853～1937）、朱彊村均應邀出席。彊村正在批閱吳玉臣諸老詩詞，並無合意者，及讀至海綃詞，擊節嘆曰：

並世詞流，惟況夔笙可與抗手乎？吾幾失述叔矣。〔註3〕

朱氏之所以稱賞述叔詞者，是因爲海綃爲詞亦宗夢窗。彊村於是百計咨訪，始獲致書道傾慕之意，願得其稿而刻之。1923 年朱彊村出資刊印《海綃詞》一卷，並請黃節爲序。時朱氏有一通書札與海綃，其載：

> 述叔先生足下：曩讀大集，傾佩無既。屢承虛懷商榷。鄙人奔蔽，極愧無以塞命。率徇鄙見鈔得百十闋，排印成冊，俾饜海内同嗜者之望，非敢有所別擇也。公學夢窗，可稱得髓，勝處在神骨俱靜，非躁心人所能窺見萬一者，此事固關性分爾。茲先寄數冊，餘俟得復再奉，恐參差也。率頌道祉。弟孝臧頓首。九月廿八。〔註4〕

札中道出述叔詞學夢窗，真能得夢窗「神骨俱靜」之神髓。朱氏又表達對其詞欣賞和傾佩之意，謂已鈔錄百多闋以刊印發布，並先寄數冊與海綃，極爲推許。至 1925 年，朱彊村作〈望江南・雜題我朝諸名家詞集後〉，有補題兩闋，其二載：

> 雕蟲手，千古亦才難。新拜海南爲上將，試要臨桂角中原。
> 來者孰登壇。〔註5〕

並有序言：

> 新會陳述叔、臨桂況夔笙，並世兩雄，無與抗手也。〔註6〕

龍榆生日嘗言：「自斯論一出，而《海綃詞》名遂震耀海内。」〔註7〕而余銘傳在〈海綃詞卷三後記〉認爲此詞「雖云並世兩雄，然試要之語，顯已有軒輊高下矣。」〔註8〕意思是說海綃高於蕙風耳。不論朱

〔註3〕 杼庵撰：〈詞人陳述叔〉，載於沈尹默編：《中華藝林論叢》（臺北：文馨出版社，1976 年），頁 792。

〔註4〕 朱孝臧撰：〈致陳述叔書札〉，載於陳洵著，劉斯翰箋注：《海綃詞箋注》（上海：上海古籍出版社，2002 年），頁 499。

〔註5〕 朱孝臧著；白敦仁箋注：《彊村語業箋注》（四川：巴蜀書社，2002 年），卷三，頁 384。

〔註6〕 同上，頁 382。

〔註7〕 同註1，頁 524。

〔註8〕 余銘傳撰：〈海綃詞卷三後記〉，載於陳洵著：《海綃詞》（臺北：中

氏對海綃和蕙風有否高下之別，然彊村揄揚海綃之意，於此可見矣。
熊潤桐〈陳述叔先生事略〉更說彊村向蕙風提及海綃之事，曰：

> 初彊村未識先生時，偶睹先生詞數闋，讀之大詫，以爲眞
> 能得夢窗神髓者。……是時臨桂況夔笙亦以詞稱於世，享
> 名甚久。一日過彊村，彊村盛稱先生詞，夔笙淡然置之。
> 意謂今世豈尚有能爲夢窗詞者耶！他日復過彊村，彊村又
> 出先生詞，強使攜歸。夔笙讀之月餘，始大嘆服。〔註9〕

述叔以此事告知熊氏，非謂況夔笙亦嘆服己作，而是想傳達「人之相
知，其難有如此者」之意。由是，其益加珍重與彊村先生之交誼，對
之事事關心。

次年，彊村亦有函致海綃，並奉詞作〈燭影搖紅〉（野哭千家）、
〈齊天樂〉（年年消受）、〈高陽臺〉（藥裡關心）、〈小重山〉（過客能
言）和〈一叢花〉（晨陰如墨）五闋。1929 年，彊村有三通書札與述
叔，其一商議排印《海綃詞》卷二，並附所作〈六醜〉和〈丹鳳吟·
寄懷陳述叔嶺南〉。此爲四月之事。其二是九月之時，廣州中山大學
擬請朱彊村主宋詞講席，使人至滬聘焉。彊村曰：「吾老矣，生平不
善說詞，往有來問詞學者，吾輒介就況夔笙答之，今夔笙已作古人，
粵中有宿學陳述叔工詞，可代我矣。」〔註10〕朱氏遂推薦海綃，有書
致海綃談及此事始末。現迻錄如下：

> 述叔先生道席：衰慵不任，久未通問。上月爲中山校事電
> 達數言，度邀澄察。此事緣校長伍叔儻初意屬之鄙人，暮
> 齒羸驅，詎堪此任？乃爲道及執事爲斯道宗匠，且高踪密
> 邇，尤爲相宜。微聞此席分占時刻亦屬無多，塾課餘閑可
> 以了之，諒可上邀俯允。伍君傾慕之忱極其般拳，用敢再
> 貢一紙以勸高駕，當蒙一諾也。大稿卷二已付梓人寫樣，
> 似較排印爲美觀。如有新作，丞盼錄示續入。此頌著安。

華叢書編審委員會，1961 年）
〔註9〕熊潤桐撰：〈陳述叔先生事略〉，載於陳洵著：《海綃詞》（臺北：中
華叢書編審委員會，1961 年）
〔註10〕同注3，頁 792～793。

弟孝臧頓首。〔註11〕

當中將中山大學欲聘詞學講席一事告知述叔，並謂自己年已老邁，希望他能擔任教職。陳洵遂答應之，並於同年九月上任。其時，海綃尚未與彊村會面。至於第三通書札，實是朱彊村讀了海綃與楊鐵夫函件後，提議海綃撰一份說詞，以惠後學。其云：

> 不知莘莘學子中，有幾許能領受教益耳。承示推演周、吳，自爲此道，獨辟奧窔，若云俟人領會，則兩公逮今，幾及千年，試問領會者幾人？屢誦致鐵夫書，所論深妙處，均發前人所未發。蒙昧如鄙人，頓開茅塞。其禆益方來，詎有涯涘。
> 倘成一書以惠學者，自以發揮己意爲宏大耳。〔註12〕

從此函可略知，陳洵寫給楊鐵夫之書，乃論清眞及夢窗詞。朱氏讀後，認爲海綃確有眞知灼見，將兩家詞之深妙處闡論無遺，發前人所未發，遂敦促其著述說詞。自彊村去信後，陳洵始有意作《海綃說詞》。此見於彊村次年（1930年）來函已提及此書，說：

> 月前疊誦手書並辛、吳詞評，豁我心目。《說詞》書成，自應單行，如散入本集，轉失大方也。……校課《說詞》講藝，盼陸續寄數份，索閱者多也。〔註13〕

對陳洵《海綃說詞》極其推重，並謂讀後「頓開茅塞」，而索閱者亦多也。自是每次來函，必問及其撰述《說詞》的情況及所增數目，有期盼續讀之意。

　　彊村既刻海綃詞，益念之，自以垂老，常恐不獲一面。海綃既得彊村賞識，感恩知己，亦恆以未嘗親炙爲憾。乃乘是年暑假之暇，買舟北行，謁彊村於滬上。朱氏廣爲揚譽，徧邀寓滬詞人墨客，大會於福州路杏花樓。據龍榆生所說，彊村折簡相招，有「嶺表大詞家陳海綃翁遠來，不可不一見」之語，因得陪末座。〔註14〕海綃抵滬

〔註11〕同注4，頁501～502。
〔註12〕同上，頁502。
〔註13〕同上，頁503。
〔註14〕同注1，頁525。

後，朱彊村即有一紙介紹赴宴者，除二人外，尚有李孔曼、吳湖帆
（1894～1968）、袁伯夔、夏劍丞（敬觀）（1875～1953）、龍榆生、
陳仁先（1877 年 8 月～1949）、黃公渚（1898～1965）、張孟劬和蘇
幼宰。二人日坐彊村思悲閣談詞，李孔曼兩為通譯。陳洵平生恆不
得志，此次滬上之遊，當為平生最愜意的事。據熊潤桐所記，當時
彊村與鄭文焯交好，鄭文焯晚歲貧病，自知不久於世，因排印其詞
以貽彊村，得厚四冊。至是朱氏以二冊贈述叔，並謂：「大鶴之詞
亦從夢窗入者，惜公來遲，不及與之見矣。」〔註15〕陳洵在滬流連
浹旬，遂遊西湖而歸，臨別作〈燭影搖紅・滬上留別彊村先生〉。
畫家吳湖帆繪贈「思悲閣談詞圖」，海綃有〈應天長〉詞作記。題
云：「庚午秋，謁彊村翁滬上，日坐思悲閣談詞，吳湖帆為圖以張
之。賦此報湖帆，並索翁和。」彊村亦以〈應天長〉答之，題曰：
「海綃翁客秋北來，坐我思悲閣談詞，流連浹旬，吳湖帆為作圖餞
別，翁示新章，借其起句答之。」

　　1931 年朱彊村下世前，尚有兩通書札致述叔。第一通與海綃論
詞，談及陳洵〈曲玉管〉（海雨啼綃）一首詞作。其曰：

　　〈曲玉管〉收句「立箇」二字，鄙見終覺未愜，憒易作「屬
　　付漁樵」何如？〔註16〕

據《海綃詞》初印本（1923 年）和《秫音集》所載，此作之原句是
「滿目山川，立箇漁樵」。至《滄海遺音集》易為「滿目山川，屬付
漁樵」，見海綃亦贊同彊村之意，認為此句用「屬付」較「立箇」為
佳，故改之。第二通則附有朱氏手鈔之十二紙，共七詞題，分別是〈鷓
鴣天・廣元裕之宮體八首〉、〈望江南・雜題我諸朝名家詞集後得二十
四章〉、〈前調・意有未盡再綴二章〉、〈三姝媚〉（閑芳明倦眼）、〈漢
宮春〉（淒月三更）、〈渡江雲〉（春裝喧遠）和〈南鄉子〉（病枕不成
眠）等作。彊村並有書云：「〈望江南〉詞多未愜處，希削正。否則亦

〔註15〕同注 9。
〔註16〕同注 4，頁 505。

求指疵也。」〔註17〕〈望江南〉是品評清代詞家的論詞詞，當中點出各名家、流派的特色和詞學地位。朱氏對此有未滿意處，遂請教於海綃。是年冬，彊村下世。當此噩耗傳至粵中，海綃本來打算買宅爲終老計，署券將定，聞之流涕而罷。另填〈木蘭花慢‧歲暮聞彊村翁即世，賦此寄哀〉，詞云：

> 水樓閒事了，忍回睇，問斜陽。但煙柳危闌，山蕪故徑，閱盡繁霜。滄江悄然臥晚，聽中興、琵笛換伊涼。一瞑隨塵萬古，白雲今是何鄉？　　相望。天海共蒼蒼，弦斂賞音亡。剩歲寒心素，方憐同抱，邃泣孤芳。難忘。語秋雁旅，泊哀弦危柱暫成行。淚盡江湖斷眼，馬塍花爲誰香？

詞意哀怨悲涼，下片「天海共蒼蒼，弦斂賞音亡」二句，表達頓失知己之情。「難忘。語秋雁旅」則回憶庚午之秋，謁彊村翁滬上談詞事。海綃更於此闋末自注云：「今秋，翁寄題余談詞圖。詞有『同抱歲寒心』語，蓋絕筆也。」〔註18〕並將此句化爲詞中「剩歲寒心素，方憐同抱」，亦感念知音之意。自彊村逝後，海綃每有所作，輒憮然嘆曰：「敢謂妙質尚存，而運斤者已不可復得矣！」〔註19〕海綃、彊村文字相交，於二家集中，均可窺見。《彊村語業》卷三有與海綃者三首，除上述〈應天長〉和〈望江南〉兩闋外，尚有〈丹鳳吟‧寄懷陳述叔嶺南〉。另有〈三姝媚〉一首，其序云：「述叔先生相知有年，尺書往還，參商詞事。比將來遊，先攝影見寄，賦此速駕，即請正律。」而陳洵集中懷念彊村者，竟至九闋之多。除〈燭影搖紅〉、〈應天長〉及〈木蘭花慢〉外，還有〈丹鳳吟‧春日懷彊村先生滬上〉、〈八聲甘州‧不得彊村先生起居〉、〈喜遷鶯‧立春日，得楊鐵夫書，喜聞彊村先生起居，賦此寄懷〉、〈三姝媚‧午窗假寐，姬人爲供紅梅枝，既覺，始見之，時得彊村翁寄詞，有「風懷銷盡」語，遂下一轉語作我發端〉、〈水龍吟‧海綃樓塡詞圖，往者彊

〔註17〕同上。
〔註18〕同上，頁506。
〔註19〕同注9。

村翁欲使吳湖帆爲之，余曰：「不如寫吾兩人談詞圖。」吳畫遂不作塡詞。今年秋，黃子靜遊杭，復請余越園爲之，去翁歸道山行一年矣。獨歌無聽，聊復敍懷，欲如曩昔與翁談詞，何可得哉〉和〈渡江雲・彊村先生滬上書來詢遊約，且爲詞以促之。敬酬一解〉），足見海綃對彊村事事關心。龍楡生以彊村、海綃二人，與清初之朱彝尊、陳維崧的「朱陳邨詞」相較，認爲後者詞風各異，不如前者之同主夢窗，宗趣相同，遂心賞神交，契若針芥也。今《何曼庵叢書》第十一種有《朱陳詞翰》，全爲彊村、海綃之墨蹟，亦編者有意仿昔日「朱陳邨詞」之刻也。

（三）梁鼎芬

梁鼎芬（1859～1919），字星海，號節庵，廣東番禺人，清咸豐九年六月初六（1859 年 7 月 5 日）生。1876 年舉丙子順天鄉試，四年後中庚辰科進士，授翰林院編修。1884 年因奏劾北洋大臣李鴻章，被清廷以妄劾罪降五級，調爲太常寺司樂。翌年，任豐湖、端溪書院院長。1900 年，張之洞督粵，於廣州設廣雅書院，聘梁氏爲首任院長。後被聘於鍾山書院。1907 年 7 月，因疏劾奕劻和袁世凱誤國，遭申斥而引退。1911 年於廣州大東門建「梁祠圖書館」，並手訂圖書章程；同年爲清廷起任廣東宣撫使，未及赴任而清帝遜位，被授爲崇陵種樹大臣。1915 年被徵爲廢帝溥儀師傅，任二品銜毓慶宮行走。1917 年與張勳共謀復辟，失敗後即逸去。1919 年 11 月 4 日卒於北京，贈太子少保，謚「文忠」，年 60 歲。

其現存之著作有彊村老人輯之《款紅廎詞》，收錄在《滄海遺音集》。廣州《知服齋叢書》輯有《節盦集》五卷，臺灣「薪夢草堂」之《嶺南近代四家詩》中有《節庵先生遺詩》一冊。又余紹宋（樾園）（1885～1949）輯刊其遺詩八百餘首，題作《節庵先生遺詩》六卷。另有楊敬安輯《節庵先生遺稿》、汪宗衍（1908～1993）輯《節庵先生遺詩補輯》、葉恭綽輯《節庵先生遺詩續編》和何曼庵編《節庵先生墨跡》。香港大學亦藏有《梁鼎芬信扎》之微縮資料。

　　梁鼎芬與陳洵之交往，約在 1911 年。梁鼎芬在同年 7 月於廣州重開南園詩社，陳洵應邀出席，與粵中詩詞名家相酬唱。梁氏好獎掖後進，語人曰：「百粵之士黃詩陳詞，其不朽乎？」〔註 20〕「黃詩陳詞」並稱蓋自此始，而海綃之名亦稍顯。南園詩社重開之時，海綃大抵亦有詞作。國立中山大學出版之《文學雜誌》第十四期，是〈南園詩社專號〉。其中卷二〈南園詩社重開詩〉部分，載錄詞二首，其中一首即為陳洵之〈清平樂·寒食市樓同方孝岳〉。而在《海綃詞》裡，明確提及梁鼎芬者，僅有一闋，題為〈瑞鶴仙·辛亥五月晦，感舊園拜張硯秋生日，呈梁節老〉。「辛亥五月」，即 1911 年 6 月，早於南園詩社重開之年。由是可略知海綃與梁鼎芬在詩社重開之前已認識，然二人之交往僅見於此。另有一闋〈霓裳中序第一〉，題云「不過感舊園十一年矣」。此作於壬戌二月，即 1922 年，正與〈瑞鶴仙〉相距十一年。梁氏卒於 1920 年，故〈霓裳中序第一〉應是海綃過感舊園悼念梁鼎芬之作。至於今存梁鼎芬《款紅廔詞》、《節庵先生遺詩》和《梁鼎芬信扎》等均不見提及與陳洵交往之墨跡。

第二節　陳洵與同輩學人之交遊

（一）汪兆鏞

　　汪兆鏞（1861～1939），字伯序，號憬吾，晚號清溪漁隱，廣東番禺人。年十八從父穀庵於隨山館讀書，致力於經史古文詞。1889 年兩應禮部試，未取，遂南歸。1911 年武昌起義後避地澳門，不問時事，以吟詠著述自適。與歸安朱祖謀、義寧陳三立、仁和葉爾愷（1864～1937 年前）、海鹽張元濟（1867～1959）、錢塘張爾田等為文字之交，咸相推挹。1939 年 7 月 28 日逝世，終年 78 歲。其著述甚富，尤深於史部，邃於金石，訂訛補墜，多前人所未及。今有《雨屋深燈詞》一卷、續二卷、《微尚齋雜文》六卷、《微尚齋詩》二卷、續稿四卷、《微尚老人自

〔註 20〕同注 8。

訂年譜》、《山陰汪氏譜》一卷、《櫻窗雜記》四卷、《嶺南畫徵略》十二卷、《稿本晉會要》五十六卷、《續碑傳集三編》五十卷、《續貢舉年表》一卷、《己巳紀游草》和《廣州城殘磚錄》等傳於世。

其與陳洵相交，並不見於《海綃詞》之詞題。檢汪氏《微尚齋詩》二卷、續稿四卷及《雨屋深燈詞》三編，均無提及與海綃交遊事。惟何曼庵所編《朱陳詞翰》，收錄了陳洵手扎一篇，乃海綃致汪氏之書。茲迻錄如下：

> 憬吾先生道席：昨會淒然，懷賢感舊，有同情也。大著祭
> 文，詞意雙美，此事固常推袞。願得賜鈔一過，拙詞寫上，
> 希教之，闇公同此。敬頌道祉。洵頓首。十二日。〔註21〕

書札雖未載年月，然何氏於題前曰：「朱先生既逝，廣州文教界開追悼會。祭文由汪憬吾操觚，情文並茂。」〔註22〕大概可推斷此函乃朱彊村逝世一兩個月內之作。今悉彊村在 1931 年 11 月 22 日卒於上海，故此書札可能寫於 1931 年 12 月或 1932 年 1 月。由於陳洵與汪兆鏞相交始末不詳，若無此一短札，僅憑二人集中之題詠，亦無從得知海綃與汪兆鏞曾有書信往還也。

（二）廖恩燾

廖恩燾（1865～1954），字鳳書，號懺庵、鳳舒，廣東惠陽人。日本東京帝國大學政治系畢業。1908 年，任清政府外交官，後赴美國留學。1915 年任駐古巴公使館代辦使事，兼駐古巴總領事，兩年後回國。1922 年以後，嘗暫代朝鮮總領事、金陵關監督，駐智利公使館代辦使事、兼任駐巴拿馬公使，1929 年回國。1944 年，任汪偽南京國民政府委員。1945 年抗戰勝利後，被捕入獄，獲釋後移居香港。工詩詞，著有廣東方言詩《嬉笑集》，又有《懺盦詞》八卷、續稿四卷、《捫蝨談室詞》、《影樹亭詞集》一卷、續稿一卷、《半舫齋詩餘》一卷和《新粵謳解心》傳世。

〔註21〕何曼庵編：《朱陳詞翰》，《何曼庵叢書》第 11 種，頁 44。
〔註22〕同上。

關於陳洵和廖恩燾的交往，並不見於《海綃詞》的詞題。至於廖氏的《影樹亭詞集》續稿，有一首提及與海綃談詞，爲〈疏影·昔海綃翁云：「周止庵謂玉田〈疏影·賦梅影〉逐韻湊成，全無脈絡。」余曰：「玉田句頗麗，但意不深耳。」翁韙其言，今依白石聲。按玉田題試擬一解，伯端知音以爲如何？〉，足徵當日二人相交談詞的境況。廖氏《捫蝨談室詞》亦有一闋〈添字采桑子〉之題序記述與海綃談詞逸事，其爲「嘗謂讀吳（文英）而得周（邦彥）之髓，讀周而得柳（永）之神。由柳追而上之，豁然悟南唐五代，如天仙化人，奇妙不可測。十二年前回粵，以語海綃翁，翁歎爲知言。……」得知兩人論及學詞門徑。懺庵以南唐五代爲高，提出由夢窗得清眞，再由清眞以造耆卿，再追而上之，自得南唐五代天仙化人之境。此語亦得海綃認同，足見兩人互相切磋的情況。

至於其《懺盦詞》八卷，載錄丙寅（1926 年）至辛未（1931 年）秋前之事，然未見與海綃唱和的詞。大抵二人相識，又在辛未以後。據謝永芳所見，廖恩燾詞集有一闋〈綺寮怨〉，題曰「彊村老人嘗與余云，海綃翁詞逼眞兩宋，近代獨一無二。頃因秋湄之介，相見恨晚。出示所著《說詞》，發前人未闚之秘。秋湄約飮市壚，依翁詞律賦此」。〔註23〕不但道出與海綃在晚年相識，甚至認爲其《海綃說詞》發前人所未發。廖恩燾又說因秋湄之介而認識海綃翁，其所指的「秋湄」，謝氏並無注明。筆者疑爲近代書法家王軍演（1884～1944），初名君演，後改王蔇，字秋湄，廣東番禺人。因王氏與黃節有往來，廖恩燾又有〈醉翁操·黃晦聞挽詞〉，故疑此一秋湄爲王軍演。況陳洵多與書畫家往還，或亦認識君演。另外，據謝氏所引廖氏的詞，其及於海綃者，尚有三闋，分別是〈木蘭花慢·海綃翁挽詞〉、〈憶舊游·依均夢窗寄懷海綃翁〉和〈宴山亭·題〈海綃樓塡詞圖〉用海綃翁壬申重九風雨登高均〉。又陳洵嘗評其詞曰：「辛未歸國後所作，其奇情壯采

〔註23〕謝永芳著：《廣東近世詞壇研究》（上海：上海古籍出版社，2008 年），頁 440。

不減海外諸篇，而格益蒼，律亦益細。」〔註24〕又云：「才情富麗而游思閑散，是眞四明家法，非貌爲七寶樓臺者所能知也。」〔註25〕惜其並無注明上述四闋詞和海綃評語的出處，或是藏於香港未見之《懺盦詞》續稿和《半舫齋詩餘》。

近人夏承燾《天風閣學詞日記》亦記述了廖恩燾曾談及述叔近況，在 1939 年 10 月 12 日一則云：

> 陳述叔年七十，一生不能説普通話，僅一度往江西佐粵人
> 幕，餘皆課蒙爲活。近聞在澳門，已老憊不堪矣。〔註26〕

時廖氏年七十有多，海綃亦七十。兩人相交，實爲晚年之事。而廖氏之所以謂與海綃「相見恨晚」，可能是因爲兩人學詞同宗夢窗，氣味相投之故。此見陳洵曾評廖恩燾之詞得「四明家法」，兼又守律，與其「嚴律」和推崇夢窗的詞趣相同。朱彊村又評廖恩燾之詞云：「胎息夢窗，潛氣內轉，專於順逆伸縮處求索消息，故非貌似七寶樓臺者所可同年而語。」〔註27〕龍榆生〈陳海綃先生之詞學〉謂陳洵晚年多與廖恩燾有書札往還，惜今未見之，然從廖氏詞集之題序亦可略知二人相識的情況和互相推重之意，迻錄之以供研究者參稽耳。

（三）黃　節

黃節（1873～1935），原名晦聞，字玉崑，號純熙，廣東順德人。清同治 12 年生（一說同治 13 年），民國 24 年卒於北平，得年 62。早年受業於通儒簡竹居，兩年歸里，獨居海幢寺讀書十年。1903 年，與鄧實（1877～1951）、劉師培（1884～1919）、蘇曼殊（1884～1918）等人在上海組織國學保存會，設國學藏書樓，名曰風雨樓，蒐集舊籍

〔註24〕同上。

〔註25〕同上。

〔註26〕夏承燾撰：《天風閣學詞日記》，載唐圭璋、施蟄存、馬興榮主編：《詞學：合定本》（上海：華東師範大學出版社，2009 年），第二卷，第六輯，頁 122。

〔註27〕施議對編纂：《當代詞綜》（福州：海峽文藝出版社，2002 年），第一卷，頁 30。

禁書,刊《國粹學報》。其遊江南時,與劉三(1878～1938)、高天梅(1877～1925)、蘇曼殊、柳亞子(1887～1958)、葉楚傖(1883～1946)等結南社。後任兩廣優級師範國文講席。民國成立,任廣東高等師範監督。1919年,任北京大學文學史及詩學教授15年。1926年,東北軍入關,北大改組,辭職隱居。兩年後,任廣東省政府委員兼教育廳長及廣東通志館館長。1929年辭職居澳門,秋間復返北京大學任教授,兼國立清華及國立師大講師,以迄於終。

黃氏深於詩學,多有創作,著有《蒹葭樓詩》兩卷、《詩學纂辭》三卷、《變雅》、《詩學》、《漢魏樂府風箋》十五卷、《魏武帝魏文帝詩注》、《曹子建詩注》二卷、《阮步兵詠懷詩注》一卷、《鮑參軍詩注》四卷和《謝康樂詩注》四卷。近人張昭芹(1874～1964)嘗集梁鼎芬、曾習經(1867～1926)、羅惇曧(1880～1924)及黃節之詩為《嶺南近代四家詩》。又《何曼庵叢書》藏有《蒹葭樓墨蹟》,《何氏至樂樓叢書》輯得黃氏之《詩律》及《蒹葭樓詩續稿》。

黃節與陳洵的交往,乃始於1911年南園詩社之聚會。自梁鼎芬將陳洵與黃節並譽為「黃詩陳詞」後,二人相識交好。今《海綃詞》,收贈黃節詞共6闋,分別是〈新雁過妝樓·得晦聞書,悵然賦答〉、〈霜葉飛·晦聞南歸過訪,別七年矣。飄搖倦侶,感念近遠,聊述此解〉、〈霜花腴·山園對菊懷晦聞〉、〈隔浦蓮近拍·三月三日,黃園小集話舊,晦聞不終會先歸〉、〈渡江雲·晦聞南歸,匆匆數面,言仍當北去。及芍藥期,為詞促之〉和〈荔枝香近·越翼日得晦聞書,知即開船,倚歌以送〉,足見二人交情之篤。

而黃節《蒹葭樓詩》,贈海綃者有8首詩作,分別是〈中秋夜集小畫舫齋與陳述叔談詩〉、〈報陳七〉、〈七夕寄海綃樓〉、〈中秋讌集黃園與述叔譚詩並寄樹人日本〉、〈雪朝寄述叔〉、〈中秋夜無月,臥病城南郡齋,憶與陳述叔昔年黃園之游〉、〈雨中感懷〉及〈生朝過陳述叔同登茶樓作〉,多在節日記懷海綃。其與海綃相交,並為之題海綃樓匾,有附記曰:「述叔傷心人也,其詞傷心詞也。」近人黃文彬認為

「傷心」二字，是黃節、陳洵那輩人的心境，並引述梁鼎芬對黃節的一段話云：「勿留一字在世上，我心淒涼，文字不能傳世也。」〔註28〕黃氏更說在人家的匾額寫上「傷心」字眼，是大不諱的做法，非至親好友斷不敢有此，而這正可見出述叔和黃節的心靈無間。〔註29〕後朱彊村麋金刊刻《海綃詞》，以黃節與陳洵交好，乞爲屬序。今存〈海綃詞序〉，乃黃氏於癸亥（1924 年）7 月 5 日所寫，記述了與陳洵相交之始；海綃喜讀稼軒、夢窗和碧山詞，並謂：

> 述叔數贈余詞，余未學詞。雖心知其能，以彊村詞宗當世，而稱述叔詞，且爲刊而傳焉。則知其詞之有可傳也。〔註30〕

黃節又謂海綃詞之得以流傳，實由朱彊村推許所致，云：「微彊村，世無由知述叔者矣。」〔註31〕說出述叔爲嶺南窮老，平日僅以授徒自居，名聲本不出省會，然因當世詞宗朱彊村稱譽和麋金刊刻《海綃詞》，遂使海綃詞名得傳於世。黃節與述叔相交以還，述叔多贈詞作。黃氏自言未學詞，故集中只以詩贈焉。然黃節亦非無詞作，近人余祖明（1903～1990）《近代粵詞蒐逸》輯得一首，爲〈滿庭芳‧丙寅六月，過俞伯敔廎齋。因有所感，乃塡此闋。予生平作詞，此爲初唱，伯敔不欲予更作第二首云〉，始知其初塡詞在丙寅（1926 年）。至於爲何俞伯敔囑咐黃節今後不可再作，據黃文彬複述陳荊鴻先生之言，是由於「君子不欲多上人」，即肯定黃節的詞作，而自謙不及。但黃氏認爲箇中因由並非這麼簡單，今亦不得而知矣。〔註32〕而黃節確實遵從俞氏之囑，未再爲詞。

　　黃節於北平病逝後，陳洵撰輓聯曰：「草堂自有傳人，何必永嘉

〔註28〕黃文彬撰：〈關於「黃陳交好」和「黃陳交惡」〉，《收藏‧拍賣》，2008年第 3 期，頁 102。

〔註29〕同上，頁 103。

〔註30〕黃節撰：〈海綃詞序〉，載於陳洵著：《海綃詞》（臺北：中華叢書編審委員會，1961 年）。

〔註31〕同上。

〔註32〕黃文彬撰：〈關於「黃詩陳詞」和「黃詞陳詩」〉，《收藏‧拍賣》，2008年第 2 期，頁 74。

重功利；名山豈無著述，休將薄宦說平生。」肯定黃節在詩學上的成就，但亦謂不須多批評其任廣東省政府委員兼教育廳長等事。又有謂黃、陳二人晚年交惡，據劉伯端（1887～1963）的未刊日記手稿中，於 1960 年 3 月 6 日一則略述其事。其云：

> 武仲爲述黃陳交惡經過：有伍叔保（河南伍乙莊之族人）由北京到粵見述叔，爲言晦聞甚窮。述叔說晦聞裝窮而已。伍氏返京見晦聞爲述此言，時賓朋滿座，晦聞聞而色變，遂盡毀與述叔往來函件……〔註33〕

段中提及之「武仲」，即馬復。其所記錄之文字、原因亦過簡。黃文彬頗疑黃節因爲述叔一句「裝窮」而與之割席，認爲這與黃節爲人並不相稱。後來黃文彬提及自己曾在灣仔的一次雅集中，以此持問高貞白（伯雨）（1906～1992）先生。因高貞白嘗與馬武仲、劉伯端諸人來往。而高先生表示馬氏確曾說過陳洵形容晦聞「裝窮」是爲了「五盞燈」，遂致黃節與之反目，並指出劉伯端日記是簡略了馬氏當時一些「不堪」的說法。〔註34〕至於甚麼是「五盞燈」，據高貞白之意，是指黃節在北京追捧紅伶杜雲紅。黃文彬又引述李健兒（1895～1941）在《豹翁述學》之說，曰：

> 晦聞少年在粵時，放蕩不羈，頗見毀於清議，近在京好捧坤伶杜紅雲，因獲七盞燈之名，京華歸友劉君言：北京私有手車多者亦六盞燈，晦聞所有則七盞燈者，每往聽戲，疾馳道路，人皆指目，故獲是名。此雖小節，終累盛德。雖然，所謂詩人云云，古來每多放達不羈之士，又何多一黃晦聞哉。〔註35〕

所說是「七盞燈」，然意思與高氏同。而黃節會否因爲陳洵指其追捧杜雲紅而「裝窮」一事，與述叔斷絕來往，甚至「盡毀與述叔往來函件」，筆者對此仍然存疑。當中的原因主要有三：一是上述李健兒謂黃節少年

〔註33〕轉引自同注 28，頁 106。
〔註34〕同上，頁 108。
〔註35〕同上。

在粵已「放蕩不羈，頗見毀於清議」，則他不會將捧紅伶視爲「不堪」之事，更不會因爲友人之話而絕交。二是黃節是一個直率、幽默之人，常於友朋間開玩笑，如以鷺比喻海綃，詩中有「陳洵苦爲詩，露立鷺兩跌」，又在蘇曼殊死後，寄陳樹人詩曰「笑聞和尚了塵根」。他的朋友尚未因此而生氣，那他又豈會因謂其「裝窮」和「五盞燈」之事而與海綃割席？三是黃節本爲不畏強權之人。章炳麟（1868～1936）之〈黃晦聞先生墓誌銘〉曾記述黃節爲人光明磊落，不願攀附權貴。其載：「清兩江總督端方，知不可奈何，欲以賂傾之，不能得；香山孫公主中國同盟會，聞晦聞賢，以書招之，亦不就。及民國興，諸危言士，大抵致通顯，晦聞獨寂寂無所附，其介特，蓋天性也。」〔註36〕道出黃節曾經拒見總督端方，不受其賄；又拒絕孫中山的邀請，因爲個性不願趨附黨國元勛，而獨往獨來。後來雖然出任廣東省教育廳長，然「在職勤密過人，多所興建，整救學校，督勵學子，尤不遺餘力」。〔註37〕一個行事磊落、不矯飾，且熱心教學之人，又豈會爲了區區「裝窮」、「五盞燈」之言而與多年好友斷絕來往？黃文彬先生既然提出了「黃陳交惡」，並謂黃節去世後，治喪者不敢將陳洵所撰輓聯掛出來，甚至說當時社會對於黃、陳關係多有傳言，故應有「黃陳交惡」之事。然究竟事實是否真如上述所言，是陳洵謂黃節爲了捧女伶而「裝窮」，則有待發現更多的資料，才能再作進一步的考證。

（四）黎國廉

黎國廉（1874～1950），字季裴，號六禾，廣東順德人。光緒 19 年（1893 年）舉人，官至福建興泉永道道員。1897 年在廣州參與創辦《嶺學報》，並任主編。入民國後，從事教育，1949 年前後赴香港定居終老。工塡詞，擅燈謎，名聲頗著。今有《玉瑩樓詞鈔》五卷傳

〔註36〕章炳麟撰：〈黃晦聞先生墓誌銘〉，載黃節著：《詩學》（香港：龍門書店，1964 年），頁 22。
〔註37〕失名：〈黃晦聞先生事略〉，載卞孝萱、唐文權編：《民國人物碑傳集》（北京：團結出版社，1995 年），頁 777。

於世；又《六禾謎稿》四卷，載於《張黎合選春燈錄》。另有與陳洵唱和之詞，合編爲《秔音集》。

　　陳洵始學爲詞之時，已得聞黎國廉之名。此實由於其從叔父陳昭常處借得《宋四家詞選》，乃季裴藏書，然當時未識其人。二人初識，又距海綃學詞約二十年，大概是 1919 年。此見於陳洵〈玉縈樓詞鈔序〉所云：

> 余始識季裴，則贈余〈傾杯樂〉（滄波坐渺）云云，辭情俱到，知其蘊蓄者深矣。爾後跡日密，月必數見，見必有詞。如是數年，至於癸亥季裴去郡，則欲彙吾兩人唱和者爲《秔音集》。因循未果，今十四年矣。中間與季裴相見僅四面，音問亦數年一通。〔註 38〕

今見《秔音集》，第一首即是六禾之〈傾杯樂・寄懷述叔〉。而第二首爲陳洵之〈喜遷鶯・己未歲暮，六禾有詞見懷，適余遊端州，歸答一詞〉。「己未歲暮」，是 1920 年，此兩首詞應是陳洵與黎國廉唱和之始。今《海綃詞》（劉斯翰箋注本），已全收錄陳洵《秔音集》所載之詞，共得 62 闋。其餘黎國廉詞佔 66 闋。此可見海綃的詞友中，黎國廉與之唱和最多，差不多佔全部詞作的四分之一。而兩人所以在數年間得詞百餘闋，是由於二人自相識後，「月必數見，見必有詞」之故，足見交情之深。然海綃門人朱庸齋認爲在《秔音集》中，黎國廉部分之作，並非陳洵與之唱和，而是黎氏見海綃之作而自和，或將海綃之作於題目上添入與其唱和字樣，〔註 39〕但今日已難分辨。朱氏又謂陳洵初學爲詞，實受黎國廉影響，此點海綃亦不甚諱。〔註 40〕

　　至於二人唱和之始終，張北海〈海綃詞補遺跋〉有明確的說法：

> 《秔音集》者，述叔先生與丈（黎國廉）唱訓之作也。自

〔註 38〕陳洵撰：〈玉縈樓詞鈔序〉，載於陳洵著：《海綃詞》（臺北：中華叢書編審委員會，1961 年）。

〔註 39〕朱庸齋著：《分春館詞話》，載劉夢芙編校：《近現代詞話叢編》（合肥：黃山書社，2009 年），頁 438。

〔註 40〕同上。

八年己未迄十二年癸亥，得詞都一百二十八首，足徵當日
觴詠之頻。〔註41〕

其所說「八年己未」至「十二年癸亥」，即 1919 年至 1923 年。然張
學華（1863〜1951）〈秋音集序〉卻說：

述叔爲詞致力夢窗，而六禾則醉心姜、史，二人前後唱和
幾及十年，訢合無間。洎六禾北游，此事中輟。〔註42〕

指出陳洵、黎國廉二人之唱和近乎十年之久，與張北海說二人唱和僅
五年不同。至於何者說法正確，首先可從《秋音集》找出有時間提示
的詞題觀之。今《秋音集》有記述詞作年份者，分別是〈金盞子·戊
午歲九日賦詩，有「虛道佳期逢九日，欲將終古託東籬」之句，今一
年矣〉、〈喜遷鶯·己未歲暮，六禾有詞見懷，適余遊端州，歸答一解〉、
〈減字木蘭花·庚申七夕，七月七日，六禾約祀周稚圭，未能也。夜
闌對燭，感念生才，率拈短韻〉、〈霓裳中序第一·不過感舊園十一年
矣。壬戌二月，與樹園、琴筑、六禾、橘公薄遊城東，邂逅主人，牽
率小息，因述此曲。白石所謂「感此古音不自知其辭之怨抑」者也〉、
〈東風第一枝·壬戌歲不盡十月立癸亥春，憶史梅溪、高賓王有詞。
爰和梅溪，並約六禾各賦〉和〈石州慢·乙丑歲闌，花市盛常年，亦
吾粵所獨也。寄六禾、璪青都門〉。從上述的年份〔「戊午」（1918）、
「己未」（1919）、「庚申」（1920）、「壬戌」（1922）、「癸亥」（1923）
和「乙丑」（1925）〕來看，本以〈金盞子〉一闋是最早，其卻題曰：
「己未作」，即非作於 1918 年，而是 1919 年。從詞題見之，兩人唱
和共六年。然陳洵在〈玉縈樓詞鈔序〉卻說：「至於癸亥季裴去郡，
則欲彙吾兩人唱和者爲《秋音集》。因循未果，今十四年矣。」道出
六禾於 1923 年離開廣東以前，已欲彙集二人唱和之作。由是〈石州
慢〉一首，本不置於《秋音集》內，且其題曰「寄六禾、璪青都門」，

〔註41〕 張北海撰：〈海綃詞補遺跋〉，載於陳洵著：《海綃詞》（臺北：中華
　　　　叢書編審委員會，1961 年）
〔註42〕 張學華撰：〈秋音集序〉，載陳洵、黎國廉著：《秋音集》（香港：蔚
　　　　興印刷場，1948 年）

遂知其時黎國廉已不在粵。至於張學華謂「二人前後唱和幾及十年」，大抵未考集中題序，或誤記也。

今檢陳洵《海綃詞》，言及黎國廉而未爲《秔音集》輯錄者，尚有兩首，分別是〈風流子・同六禾北郭探梅，漫書所見〉及〈虞美人・六禾詞來道去年新安之遊，病中未能答也。秋深懷遠，賦此寄之〉，然卻未考得爲何年之作。而黎國廉《玉縈樓詞鈔》，其序則爲海綃於丙子二月（1936 年）所寫的。詞中尚有四首提及述叔惟不見載《秔音集》者，包括〈品令・江村閒步，蕭瑟畏人，薄暮寒深，呼舟無應者，邀述叔、子端同賦〉、〈醜奴兒慢・初夏日，述叔水濱寫興〉、〈杏花天影・述叔話城西舊游，感深今昔，愴然成詠〉和〈瑣窗寒・輓述叔〉。最後一闋是海綃去世後，黎氏悼念之作。現將此詞引錄如下：

> 逝水詩瓢，斜陽賦筆，老懷悲哽。霜花稿賸，四野月明鵑
> 影。黯江山。詞人又零，燕歸對立無言靜。痛紫簫響絕，
> 花間啼鳥，換音誰聽。　　回省，歡娛景，記十載楊絲，
> 幾番遊詠。殘蛩敗壁，萬疊風波催暝。夢沉沉、山鬼自吟，
> 纖鮫夜鑿魂未醒。唱愁眉、淚灑藤陰，望極芳塵冷。

上片敘述海綃下世，適逢日寇侵華，悲憤離去。下片則回想當年與陳洵交遊相聚，題詠唱和的歡樂日子。今昔之情、痛失知音之哀，亦可從詞調感知耳。

（五）張爾田

張爾田（1874～1945），原名張采田，字孟劬，號遯庵，浙江錢塘人。清時舉人，先後任刑部主事、知縣。辛亥革命後閒居。1914年，清史館成立，任纂修。次年應沈曾植（1850～1922）之邀，參與編修《浙江通志》。1921 年起，先後在國立北京大學、北京師範大學、私立中國公學、私立光華大學、私立燕京大學等任中國史學及文學教授。後在私立燕京大學哈佛學社研究部任職，至 1945 年 2 月 15 日北京病逝，終年 71 歲。其著有《遯庵樂府》二卷、《遯庵文集》、《近代詞人逸事》、《史微》八卷、《清列朝后妃傳稿》二卷、《蒙古源流箋證》

八卷、《玉谿生年譜會箋》四卷，並補錄朱孝臧之《詞莂》。

海綃與張爾田往還，並不見於《海綃詞》之題序。而張爾田《遯庵樂府》亦未之見。龍楡生敘述海綃之生平和交遊時，說其晚歲多與張爾田有書札來往，並蒐得海綃寄孟劬書一通。茲節錄如下，以見海綃對張氏之推重，肯定其在詞學上的成就，並有意推之繼承朱彊村爲詞壇領袖。載曰：

> 孟劬先生道席：……自彊老徂逝，群言淆亂，無所折中。吾懼詞學之衰也，非執事誰與正之？拙詞八紙錄呈，皆卷二未刻者。其中得失，不知視前日何如，願有以敎我。大著亦欲得一讀也。匆上，敬頌道祉。洵頓首。十一月朔。〔註43〕

函中提及彊村去世後，未有詞壇領袖能繼之，意欲推舉張孟劬。其又鈔錄卷二未刻之詞八首，向張氏請敎。據謝永芳說，張爾田曾批注陳洵《海綃詞》二卷稿本。〔註44〕而龍氏亦刊出張爾田與之書札三通，屢談及海綃翁。首二札是評論近代詞家得失，嘗以海綃與夏敬觀並舉，云：「述叔、映盦，各有偏勝，無傷詞體。」〔註45〕又說：「述叔、映庵，皆從詞入，取徑自別。但一則運典能曲，一則下筆能辣耳。」〔註46〕意謂二人詞學宗尚、風格特色雖不同，然亦從詞而入，得其本色，與當世以詩爲詞之格迥異。在海綃離世後，張氏亦有與龍楡生書，曰：

> 海綃長逝，聞之驚痛。前眉孫書言：「並世詞壇，南有海綃，北有遯堪，玉崎雙峰，莫能兩大。」其言未免溢美。今海綃往矣，而弟亦么絃罷彈，廣陵散殆眞絕響耶？〔註47〕

引述了吳庠對陳洵和張爾田的推重，以兩人分別領導南、北兩地詞壇。張氏又爲海綃之逝而哀傷，認爲詞學大業亦隨之而去，成絕響矣。

〔註43〕同注1，頁532。
〔註44〕同注23，頁457。
〔註45〕同注1，頁532。
〔註46〕同上。
〔註47〕同上，頁532～533。

（六）譚瑑青

譚瑑青（1876～？），原名譚祖壬，字瑑青，號杉庵，廣東南海人。其為譚祖楷（子端）之弟。光緒二十六年（1900 年）拔貢，民國初年曾出任國會議員，工倚聲、書法、篆刻，精於鑑賞，好美食，有譚家菜之稱。其《聊園詞》未刊，為清稿本，李一氓（1903～1990）先生舊藏。全書凡 85 闋，有夏仁虎（1874～1963）改動平聲正韻之筆墨，約數十處。近人余祖明《近代粵詞蒐逸》輯錄其詞共 14 首，《補編》1 首。其中提及述叔者一首，乃〈燭影搖紅·述叔寄示候春詞依韻奉和〉。另外，譚氏亦與黎國廉、黃節、龍榆生相交，分別有詞記事。

海綃與瑑青的來往，多見於《海綃詞》之詞題。其記及譚氏者共 5 闋，分別是〈黃鸝繞碧樹·自壬寅秋與瑑青別，更十九年，中間僅戊午一見。瑑青自都門寓書季裴，屬寄近稿。余比益蕭索，愧報故人，追懷疇日，率拈此調〉、〈西平樂·譚瑑卿以怡府角花箋屬書舊詞，感念盛時文物，聲為此調〉、〈蕙蘭芳引·題譚瑑青聊園填詞圖〉、〈齊天樂·瑑青歸自舊京，過從甚歡，秋原聯步，極意吟賞，鑪邊得句，聊寫余情〉和〈石州慢·乙丑歲闌，花市盛常年，亦吾粵所獨也。寄六禾、瑑青都門〉。第一首提及與瑑青在壬寅（1902 年）秋分別，至戊午（1918 年）僅一見；〈石州慢〉又謂「寄六禾、瑑青都門」，得知譚氏多在京師。另外，《秫音集》之所以成書，亦與瑑青不無關係。此見張學華〈秫音集序〉云：

> 《秫音集》者，新會陳述叔暨順德黎六禾二人之作也。譚瑑青在北京寓書六禾，索二人近稿，六禾為蒐集百餘首，錄寄都門，述叔為定名曰《秫音集》。〔註48〕

道出由於譚瑑青寓書黎國廉，求索其與海綃唱和之詞稿，黎國廉遂蒐集百餘首，並請海綃定名，寄至都門。在《秫音集》裡，黎國廉亦有一闋〈安公子〉，題曰：「集年來與述叔唱和之作，都為一卷，名曰《秫音》。錄寄瑑青，並賸以詞。」至於瑑青去信的時間，據陳洵〈黃鸝

〔註48〕同注 42。

繞碧樹〉一首之題序，乃壬寅秋的十九年後，即辛酉（1921 年）。然黎國廉寄稿與琢青後，刊印之事卻因循未果，直到 1948 年才在香港出版。《秌音集》之名爲陳洵所定，大抵是取述叔之「秌」和六禾之「禾」字，以示此書乃兩人唱和之詞集。

（七）里中數子：戴翰風、譚少沇、譚子端、伍文叔

熊潤桐〈陳述叔先生事略〉嘗指出海綃未認識朱彊村之前，在粵中與他相酬唱者，「不過里中數子而已」。〔註49〕其所云「里中數子」，乃指戴翰風、譚少沇、譚子端和伍文叔等人。譚少沇本名譚頤年，字少沇，號橘公。譚子端，本名譚祖楷，字子端，廣東南海人。原有《勺庵詞》，稿佚。至於伍文叔和戴翰風，生平資料不詳。而上述四人中，有詞存世者，僅譚子端一人。〔註50〕余祖明輯《近代粵詞蒐逸》，蒐得譚祖楷詞 4 首，分別是〈高陽臺・壬寅春日作〉、〈鷓鴣天・甲寅除夕時客瀋陽〉、〈夜鵲飛・丙辰暮秋作客宣南，寄和季裴〉和〈秋思・同述叔、六禾和夢窗韻〉。〔註51〕

陳洵與里中數子過從甚密，從《海綃詞》的題序來看，約 11 首之多。其中〈鶯啼序〉一首，題曰「橘公、文叔皆喜聽雪娘曲，而余與翰風爲最，余〈戊午雜詩〉所謂『兩家同調』者也。今翰風沒逾一年，余亦端憂閉門，無復曩昔遊賞。客有道雪娘事者，感音思舊，不覺長言」，透露了海綃與譚少沇、戴翰風和伍文叔相交，是由於喜歡聽當時粵劇名伶李雪芳唱曲。然當時戴翰風已逝，故集中提及翰風者僅見於此。另外，《海綃詞》提及伍文叔共兩闋，分別是〈宴清都・除夕，海綃樓小集，時文叔歸自北京〉及〈慶春宮・燈夕，聽文叔說京華舊事〉。而海綃與譚少沇交遊，從詞題看共四闋。除〈卜算子慢・橘公來話近

〔註49〕同注 9。
〔註50〕曾大興在〈論陳洵在桂派詞學中的重要地位〉指出里中數子「沒有詞作行世」，然筆者於余祖明所輯之《近代粵詞蒐逸》卻見蒐譚子端詞 4 首。此見同注 2，頁 153。
〔註51〕余祖明輯：《近代粵詞蒐逸》（香港：出版社不詳，1970 年）

事，聲爲此詞〉外，其餘三闋均記海綃、少沅和韓文舉（樹園）飲酒相聚之事。至於譚子端，則是陳洵鄰居。在《海綃詞》裡，有一首〈蘭陵王〉詞，題曰「鄰家燕巢既毀感賦」。而在此闋前後，俱有詞題云「譚子端言，所居故有燕巢，中間客遊，燕不復至，既歸，則又來。爲賦一解」（〈安公子〉）和「譚子端家燕巢復毀再賦」（〈長亭怨慢〉）。由此觀之，陳洵所説之「鄰家」，即是譚子端。子端除與陳洵交好外，亦與黎國廉相交。在《海綃詞》裡，有〈秋思〉一首，題「秋夜小集，聽六禾談曲中近事，悵然懷舊。爰和夢窗孤調，簡子端」，又有〈臨江仙〉一闋，題「與子端過旗亭，寄六禾江上」。其中〈秋思〉一闋，子端亦有作，載於余祖明輯《近代粵詞蒐逸》，題爲「同述叔、六禾和夢窗韻」。

第三節　陳洵與後輩學人之交遊

（一）熊潤桐

熊潤桐（1899～1974），字魯柯，號則庵，廣東東莞人。早歲有詩名，番禺陳融（1876～1956）極稱之。其與曾希穎、佟紹弼、李履庵、余心一，合稱「顒園五子」。熊氏藏書甚富，博覽群典，粵各大中學嘗聘爲詩學講席。1949 年舉家遷香港，任教於聯合書院。後受聘珠海書院，任文史教席，凡十餘年。1969 年夏，因足疾呈辭，歸寓療養，潛心著述。至 1974 年 1 月 30 日，於九龍黃大仙療養院病逝，享年 75 歲。今有《勸影齋詩》及《東莞熊魯柯先生詩文集》存世。

據熊氏所撰之〈陳述叔先生事略〉，憶述了海綃意欲晚年閉講，閒居養性，然卻遭逢喪亂一事，説：

> 曩昔先生與予言，謂七十以後當輟講閉門，閒居安性。豈意老逢喪亂，故樓被毀，一椽之庇，亦竟不克相守以死。
> 〔註52〕

〔註52〕同注 9。

其文撰於壬午（1942 年）季夏，與海綃下世之日相近，並謂陳洵卒前三日，親往探訪，述叔猶以知命爲言。又余銘傳〈海綃詞卷三後記〉提及陳洵去世後，熊氏有輓詩悼之曰：

> 東莞熊潤桐工詩，與先生交厚，廣州光復，潤桐賦詩悼之，詩曰：「一棺眞繼汨羅沉，愧我伶俜後死心。絕筆玉樓春竟去，遺音滄海夢中尋。東風已遣公何恨，宿草重論涕不禁。
> 忍話覆巢前日事，幾家樑燕尚栖林。」〔註53〕

道出兩人交情之深厚。而詩中所云「絕筆玉樓」、「東風已遣」，即對應陳洵〈玉樓春〉（新愁又逐流年轉）一詞。原詞末句「惱恨東風無計遣」，意思是國家無力驅逐日寇，海綃亦因此含恨而終。熊氏之詩則作於廣州光復後，遂有「東風已遣」之說。當中更流露了陳洵離去之悲，頓失知音之意。又朱庸齋《分春館詞話》謂熊氏有一挽聯以悼海綃，云：

> 重吟滄海遺音，淚濕鮫綃，當時已分塡詞老；
> 忍問故樓斷壁，風傳燕語，有誰珍惜覆巢悲。〔註54〕

其意亦與上述悼詩的內容相近，寫今日重吟《海綃詞》，慨歎海綃樓爲日寇焚毀。

今存之《海綃詞》雖不見有贈魯柯者，然熊氏的〈陳述叔先生事略〉一文，記述了海綃的生平，及其與朱彊村相交的經過，論詞之旨和對後學的勉勵。熊氏亦爲今日所知海綃離世前嘗親往探望之人。至於其所著《勸影齋詩》，提及述叔者亦有兩首，分別是〈與述叔先生五鳳村看桃，酒後折花而歸〉和〈日午過海綃樓與述叔閒話〉，保留了與陳洵交遊之陳跡。

（二）龍楡生

龍楡生（1902～1966），字沐勳，號忍寒居士、風雨龍吟室主。1902年4月26日出生於江西，1966年11月18日在上海病逝。師從黃侃（1886～1936）、陳衍（1856～1937）學詩，從朱彊村修音韻學和詩詞。先後

〔註53〕同注8。
〔註54〕同注39，頁 436。

在暨南大學、廣州中山大學、南京中央大學及上海音樂學院等校任教授。1933 年至 1936 年，在葉恭綽等人的贊助下，在滬創辦《詞學季刊》，前後共出版十一期，因抗戰爆發而停刊。南京淪陷後，又在南京創辦《同聲月刊》，自 1940 年 12 月至 1945 年 7 月，共出版三十九期。文化大革命中受迫害，圖籍星散，自作詩詞稿亦遭毀，含冤去世，後得平反。其一生收藏大量詞學文獻，先後將所藏善本分別捐贈上海圖書館、上海音樂學院、浙江省圖書館、廣西省圖書館、南寧市圖書館及杭州大學圖書館，其中包括王鵬運、朱彊村、沈曾植、俞陛雲（1868～1950）、曹元忠（1864～1923）、吳梅（1884～1939）、趙尊嶽等人手稿、批注點校的文獻及與上述諸人往來論學之信札。

龍榆生是二十世紀最負盛名的詞學大師之一，詞學成就與夏承燾、唐圭璋鼎立。著有《詞曲概論》、《詞學十講》、《唐宋詞格律》、《中國韻文史》、《東坡樂府箋》、《淮海居士長短句》、《風雨龍吟室叢稿》、《忍寒詞》、《龍榆生詞學論文集》、《龍榆生先生遺稿》和《近代詞人手札墨蹟》等書行世，所編選本《唐宋名家詞選》及《近三百年名家詞選》亦風行一時。

龍氏與陳洵交，乃由於海綃自粵北遊，朱彊村折簡相招，有「嶺表大詞家陳海綃翁遠來，不可不一見」之語。初識之時，雖不諳粵語，但見其神寒骨重，益增欽挹。至 1935 年，龍氏任教中山大學，與海綃共事年餘，亦嘗至連慶涌邊，訪述叔之家。抗日戰爭爆發，龍榆生因病北歸，海綃避地澳門。1940 年陳洵返回廣州，龍氏曾去一書不報。次年冬忽得一書，不料竟爲海綃絕筆。茲爲轉錄如下：

> 榆生先生足下：前春由黃氏傳到手教，時方病黃疸，未能作答也。歲月因循，以至於今。復承寄《遯堪樂府》，藉審起居康勝，深以爲慰。洵澳門歸來，再更寒暑；連慶橋宅，已毀於兵；移居寶華，又將半載。衰年多病，復逢世難，意緒可知矣。今春偶得一詞，別紙寫呈，聊當晤語。年前得容孺書，言先人手蹟，遭亂散亡。不知近日肆中能物色否？遺書

補板，非公莫屬矣。容孺近狀如何？至念。孟劬、懺盦，寓居何所？皆所願聞。相違千里，會合無期。北望新亭，此情何極。初寒，維珍衛不宣。洵頓首。秋盡日。〔註55〕

札中提及數事：一是海綃於 1940 年春天病黃疸，久未痊愈。二是其自澳門返回廣州後，數年前買下的連慶涌邊街十一號，已為日軍所毀。今遷至寶華，已半年多。三是在患病期間，閱讀龍氏寄贈張爾田《遯堪樂府》，聊以渡日。今春填得〈玉樓春〉（新愁又逐流年轉）一詞，寄贈榆生，今錄於《海綃詞》卷三，應是海綃之絕筆。龍榆生嘗言：「附詞為〈玉樓春〉。檢《海綃詞》卷三遺稿，知翁倚聲之業，亦於此斷手，令人不勝曲終人遠之悲矣。」〔註56〕四是海綃晚境不佳，仍懷念與友人張爾田、廖恩燾的朋好之情，問及二人所居之地和近況。尤念及朱彊村後嗣「容孺」，並嘗與之通音問，得悉彊村生前手蹟在戰亂中散佚，並問榆生能否在市中見之。從信札來看，陳洵晚景蕭條，貧病交加，復逢亂世，亦自知命不久矣，遂有「相違千里，會合無期。北望新亭，此情何極」的哀歎。

海綃逝世後，龍氏即有〈陳海綃先生之詞學〉一文以悼之，分別敘述了陳洵之身世、交遊、詞學及詞品。最早刊於 1942 年 6 月出版之《同聲月刊》第二卷第六號，現收錄在龍氏所著之《龍榆生詞學論文集》。又有悼詞〈木蘭花慢‧聞海綃翁以端午後一日在廣州下世，倚此抒哀〉一首，見於《忍寒詞選》。內容如下：

> 賸芳菲楚佩，儘孤往，戀殘陽。奈撼地鯨波，極天烽火，瞬歷滄桑。興亡，那知許事，咽危絃酸淚不成行。未信春蠶已老，肯同遼鶴來翔。　　繁霜，百感共茫茫，還飽一枝黃。甚忍寒滋味，方憑雁信，去秋曾得翁書，並見寄〈木蘭花令〉詞，不料竟成絕筆。竟泣蒲觴。淒涼，幾多怨悱，寄騷心異代黯相望。泉底冰綃泡透，一鐙樂苑重光。〔註57〕

〔註55〕同注 1，頁 529～530。
〔註56〕同上，頁 530。
〔註57〕龍榆生著：《忍寒詞選》，載《龍榆生詞學論文集》（上海：上海古籍

因海綃去世前曾寄〈玉樓春〉（又名〈木蘭花令〉）一闋予龍氏，今忽聞海綃已逝，遂以〈木蘭花慢〉和之。全詞哀怨淒涼，抒發對於日寇侵擾的不滿，有家國衰亡的悲歎；並隱喻陳洵因此事四處逃難，幾經滄桑，至於下世。

（三）許伯勤

　　許伯勤（生卒年不詳），字萬雄，廣東新會人。曾任廣東高等法院秘書，以書畫聞名。他的生平資料甚少，而其與海綃相交，主要是因為其父許琴筑乃海綃詞友。在陳洵《海綃詞》裡，有兩首贈予許伯勤，分別是〈探芳信・伯懃來約小港看桃花，連雨畏行，漫拈此解〉和〈尾犯・立冬前一日，伯懃惠木瓜，持以饋秋，頗饒風味。笑拈此解，以代瓊琚〉。

　　至於二人相交的經過和情況，今人劉斯翰撰有〈嶺南詞人陳洵的晚年心境——讀陳洵致許伯勤信札〉一文，披露了陳洵在 1940 年自澳門返廣州後，寫給許伯勤的書信五通，見出海綃晚年生活困苦，貧病交逼；加上日寇侵華，心境哀苦。茲將信札內容迻錄如下：

> 伯勤賢兄左右：正與家人開年飲酒，忽奉芳訊，茲情千里，新年風景，大非昔時，惟閉門差可無過耳，不獨濃花野館為可懷也。「原來是姹紫嫣紅開遍，似者般都付與斷井頹垣」，玉茗風流，千載如見，又孰知其言之深痛耶！韓樹園近窮如何？黃七兄想安好也。晤時乞為我致候。率復。敬頌春祺百福！　洵頓首　正月初二日 〔註58〕

據劉斯翰所說，此函撰於陳洵初返廣州之時，即 1940 年 2 月 9 日。〔註59〕信中除了記述新年之事，亦隱喻了當時廣州的情況，與昔日離開避難相比，更為不堪，故有「新年風景，大非昔時」的說法。下面引湯顯祖《牡丹亭》〈遊園驚夢〉之「原來是姹紫嫣紅開遍，似者般都付與斷井頹垣」句，亦指自己回穗後閉門度日以避禍，尤念往昔與

出版社，2009 年），頁 608～609。
〔註58〕轉引自劉斯翰撰：〈嶺南詞人陳洵的晚年心境——讀陳洵致許伯勤信札〉，《收藏・拍賣》，2005 年第 5 期，頁 48。
〔註59〕同上，頁 49。

友朋們在濃花野館之聚，心境實是沉痛淒苦。言語間又問及友人韓文舉（樹園）、黃子靜（黃七）的近況，以表掛念。

　　同年 7 月 3 日，海綃去信伯勤，說出前時所患黃疸病，經由德國醫生柯道診治，經已痊愈。〔註60〕陳洵復懷念在 1930 年代末與許伯勤等人於澳門竹屋雅集之事，並顧念舊友蘭初、伯任和君佩。其云：

　　　　伯勤大兄：音塵俱寂，忽復半年。澳居想如常？大小想皆
　　　　佳也？僕閉門養病，不聞外事。……輔以柯道醫藥，疾已
　　　　去八九矣。澳中舊游猶在心目，竹屋風景無恙？蘭初有見
　　　　面否？伯任有無遷居？蔡倫事業近竟如何？願一一詳示。
　　　　與君佩一紙，請加封寄去。率上，敬頌侍福，不宣。　洵
　　　　頓首　七月三日

信中提及之蘭初、伯任和君佩，因在陳洵《海綃詞》詞題亦不見之，且無姓氏，難以查考。〔註61〕至其問及「蔡倫事業」之近況，是指伯勤經營紙業，海綃亦有投資，以作爲生活來源。後來此事不成，伯勤於中秋、重陽去兩函大抵有提及箇中原因，並建議由經營紙業改爲海產。故海綃在立冬前三日寫信予伯勤曰：

　　　　伯勤賢兄左右：中秋、重陽兩函並悉。霸才煮海，君子抱
　　　　孫，一水盈盈，末由將敬，遙頌而已。魚鹽之舉，雖愧昔
　　　　賢，承公美意，敢不如教？前托抄寄詞稿，未承惠復，想
　　　　以爲難矣。今欲使其不難，可將題目芟去，用小兒印字竹
　　　　紙，作小行書，則一紙可了。《海綃說詞》亦如之。分兩函
　　　　寄，盡從容也。敢以此請，勿卻爲幸。敬頌侍福，不宣。

〔註60〕柯道，又譯柯島，是德國柏林大學醫學院醫學博士。他於約 1936
　　　　年隨廣州社會名流梁培基先生在德國留學的兒子來到中國，就在梁
　　　　先生主持的二沙島頤養園做醫生。近人劉澤生撰有〈抗日戰爭時期
　　　　德國醫生柯島在廣州〉一文，載於《廣東史志》，2009 年第 4 期。
〔註61〕筆者嘗翻閱陳玉堂編著之《中國近現代人物名號大辭典》，並無以「蘭
　　　　初」、「伯任」爲字號者。而以「君佩」爲字者，有李文範一人。李
　　　　文範（1884～1953），字君佩，廣東南海人。早年留學日本，1924 年
　　　　後歷任廣東省政務廳長、廣州國民政府秘書長等職。筆者亦頗疑爲
　　　　此人，蓋以其生卒年與陳洵相近，又爲廣東人故也。

　　洵頓首　先立冬三日〔註62〕

札中述及兩事：一是海綃同意經營海產；二是請伯勤鈔寄《海綃詞》
卷三和《海綃說詞》之事。據劉斯翰說，陳洵離開澳門之際，並未將
這兩種稿隨身帶上，可能是恐怕路途和返穗有所不測，加上歸穗倉
促，故未預鈔幾份，以致要伯勤將前時代為保管的稿本鈔寄。〔註63〕
後來伯勤亦鈔寄之，此可見龍榆生於《同聲月刊》載曰：「右《海綃
說詞》一卷，新會陳述叔先生遺著。述叔先生下世後，汪先生從其家
屬取來，將為壽諸梨棗。予從汪先生乞得錄副，先載本刊，以餉藝
林。……此卷為『庚辰歲不盡十日，萬雄自大澳鈔寄』者。曾經述叔
先生手加刪訂。」〔註64〕「萬雄」就是許伯勤，其收到海綃的信後，
大抵立即鈔寄，故於庚辰歲盡前十天，海綃已經收到。

　　伯勤與海綃通信時，可能述及在外友人的情況，故次年 4 月 21
日，海綃去信伯勤，表示得悉韓樹園、黃子靜、福履和仲翔的近狀，
感到欣慰。〔註65〕其謂：

　　　　伯勤世台左右：別來再春，清明又過。邦人諸友，莫肯念
　　　　亂，謂之何哉！得書知福履佳勝，韓六、黃七復時相過從，
　　　　甚善甚善。仲翔故宅仍為講堂，丁卯廊高，室邇人遠，時
　　　　一經行，未嘗不嘆。〔註66〕

除了懷友之情外，海綃亦對邦中諸友表示不滿，批評他們「莫肯念
亂」，即不以國家淪亡為念，只顧趨附日偽政權。海綃對此大表痛心，
然亦無可奈何。兩人再互通音問時，述叔已經貧病不堪，這主要由於
其所購連慶涌邊街十一號，已為日軍所毀。其云：

　　　　伯勤世講侍福：五月廿二日得手書，知月前曾有兩函不
　　　　達。……海綃樓已毀，連慶一帶極目蕭條，惟有荒烟蔓草

〔註62〕同注58，頁 49。
〔註63〕同上，頁 50。
〔註64〕龍榆生編：《同聲月刊》，南京，1942 年，第 2 卷 6 號，頁 125。
〔註65〕韓樹園、黃子靜二人晚年定居香港，至於「福履」、「仲翔」為何人，
　　　　亦難查考。
〔註66〕同注58，頁 50。

留供後人憑弔耳。《傳》不云乎：「狄人之所欲者吾土地也。君如彼何哉！」幸尚有屋可租，不然，則眞如朱子所云：「掀卻臥房，亦且露地睡也。」于十二日離連慶入寶華，連日料理書冊，精神頗困。乃知琴書儁物，一經亂離，皆足爲累也。公暇尚望多寫數行，藉知異地親朋消息。樹園尤念，不宣。　　洵頓首　廿三日〔註67〕

從札中得知海綃月前嘗兩次去信伯勤，皆不達。是次得伯勤函，立即回覆。海綃向伯勤述及自己之近況，道出在連慶涌邊之宅已毀，而附近一帶亦荒蕪蕭條。這明顯是日軍所爲，然陳洵卻不得明言，只引用《孟子・梁惠王章句下》之句，以日本喻夷狄，指責其意欲吞併中國國土。復引朱熹〈與陳同甫書〉，表示海綃樓雖毀，然慶幸尚可租屋，並已遷入寶華。至於移居後的生活，則是料理書冊。海綃亦直言精神不佳，並懷念韓文舉，希望伯勤能夠多寫與異地親朋相關的消息。

　　從上述五通信札，見出陳洵晚境堪虞，主要是受到中日戰爭的影響。他原本在中山大學中文系任詞學教授，生活稍佳，卻因日寇侵華，中大遷往雲南而未隨。後來由廣州避地澳門，又因生活艱難而回穗。再患黃疸病，住宅又爲日軍所毀，被逼租屋，生活益困。而海綃返穗後，更懷念友朋，伯勤亦多向其述及各人近況。至今所見他與伯勤往還，已是晚年之事。又海綃將重要的詞稿和其《說詞》交予伯勤保管，亦見二人交誼甚篤。

第四節　陳洵與一般友儕之交遊

（一）李雪芳

　　李雪芳，暱稱「雪娘」，廣東南海人，生卒年不詳。據《中國戲曲志・廣東卷》所載，李氏爲粵劇女演員，是 20 世紀 20 年代廣州著名全女班「群芳豔影」之正印花旦，擅演悲劇，以唱功著稱。嘗以〈仕

〔註67〕同上，頁 51。

林祭塔〉蜚聲一時，與北京梅蘭芳齊名，有「北梅南雪」之譽。其在 20 年代中期曾往美國演出，在旅美華僑中獲得很高的聲譽。回國後一度息影藝壇，三十年代復出。其首本戲還有〈黛玉葬花〉、〈曹大家〉和〈夕陽紅淚〉等。〔註68〕

　　陳洵初識雪娘，約在 1917 至 1918 年。杼庵〈詞人陳述叔〉一文記述當時海綃與里中之人如吳玉臣、張漢三、區季愷等數十人對雪娘的迷戀，並賦詩詞相贈，自是雪娘之名聲稍顯。其說：

> 述叔日夕聽歌，顧而樂之，每至，輒攜酒飯與俱，當雪娘
> 搴簾出場，述叔持觴浮一大白，叫好好者久之。同時粵中
> 翰林伍叔葆亦捧雪芳，並爲丙諸名士吳玉臣、張漢三、區
> 季愷數十人賦詩詞以贈，一時聲譽鵲起，有「北梅南雪」
> 之稱。〔註69〕

又樂生〈一代詞家陳洵詞箋〉記述陳洵和伍銓萃二人追捧雪娘之事。其曰：

> 述叔日夕聽歌，雖值夏天西江水大，街巷水浸盈尺，述叔
> 涉水不顧也。時有「南雪北梅」之譽。同時有翰林伍銓萃
> 亦喜捧雪，且邀諸名士賦詩以贈，率皆應酬之作。述叔則
> 寫詞十餘闋以贈，今《海綃詞》稱浣縈者即是，皆精心刻
> 意之製。〔註70〕

上述兩段均敘述了陳洵爲了追捧雪娘，日夕聽曲，每日攜酒飯而往。甚至街巷水浸盈尺，海綃亦涉水不顧，足見其對雪娘的深情。樂生又指出伍氏雖捧雪娘，然大抵屬逢場作興，所邀諸名士贈詩，全爲應酬之作。惟述叔塡詞十餘闋以贈，俱是「精心刻意之製」。海綃實將雪娘引爲知己，非視爲尋常歌妓也。而近人郭則澐（1882～1946），見陳洵〈鶯啼序〉一首之序言，更肯定雪娘的歌藝，說：「觀此，則雪

〔註68〕中國戲曲志編輯委員會編：《中國戲曲志‧廣東卷》（北京：中國 ISBN 中心，1993 年），頁 520。
〔註69〕同注 3，頁 791～792。
〔註70〕樂生撰：〈一代詞家陳洵詞箋〉，《書譜》，1987 年，頁 4。

娘妙曲，有足傾倒一時裙屐者，可知非阿好也。」〔註71〕

檢《海綃詞》，詞題明確提及雪娘者有四闋，分別是〈探芳訊・雪娘病起，重見江湄，一月訛言，如隔世矣〉、〈鶯啼序・橘公、文叔皆喜聽雪娘曲，而余與翰風爲最，余〈戊午雜詩〉所謂「兩家同調」者也。今翰風沒逾一年，余亦端憂閉門，無復曩昔遊賞。客有道雪娘事者，感音思舊，不覺長言〉、〈傳言玉女・聞雪娘將懺綺，詞以堅之。亦好聞隱遁之意也〉和〈傳言玉女・雪娘卜鄰居蕭寺，再拈此解〉。第一首是陳洵爲雪娘作詞之始，所謂「一月訛言」，似是傳其適人不復出。郭則澐曾評此詞曰：「其詞境固寢饋夢窗者。」〔註72〕而〈鶯啼序〉則主要記述與雪娘邂逅，二人互表心意之舊事；又寫兩人即將分別，翰風之亡及己之淒苦彷徨。〈傳言玉女〉前一首寫雪娘有意淡出藝壇，賦詞以堅定其隱遁決心。後闋則記雪娘從江南歸來，心事沉重，自己願以千金買蕭寺，與雪娘爲鄰。除了上述四首外，據樂生所說，《海綃詞》稱「浣縈」者即是雪娘。〔註73〕今亦見一闋〈泛清波摘遍〉題爲「寒食，舟中展玩諸名勝珠寶，感音而歎，歌付浣縈」。至其指出陳洵嘗以十餘闋詞贈雪娘，若據劉斯翰初步估計，尚有〈丁香結〉（殘鶗辭芳）、〈南鄉子〉（海燕逐春潮）、〈六么令〉（點茵殘絮）、〈驀山溪〉（薰風清弄）、〈婆羅門引・五日〉、〈月下笛・蕭寺探梅〉、〈浪淘沙慢〉（水雲暝）、〈聲聲慢・牡丹花畔作〉和〈更漏子〉（落花時），合共九闋，疑皆是懷念雪娘之詞。

附：陳洵與其他人交遊簡表

姓　名	字／號	籍貫	身份／職業	與陳洵交遊事跡	備　注
黃景棠（1870～？）	詔平	廣東台山	新加坡僑商。	《海綃詞》：〈繞佛閣・荔灣追涼，經黃詔平別業，感念	嘗於1907年組織成立了「粵商自治會」，又雅好與文

〔註71〕郭則澐撰：《清詞玉屑》，載朱崇才編纂：《詞話叢編續編》（北京：人民文學出版社，2010年），第四冊，卷九，頁2785。

〔註72〕同上。

〔註73〕同註70。

				往年觴詠之盛。悵然回棹。次韻美成〉、〈解語花·黃園紅梅〉。	士往來，能詩；有《訶林集》、《倚劍樓詩草》傳世，今未見之。
許琴筑	頌澄	廣東新會	曾任雲南某地知縣。	《海綃詞》:〈滴滴金·許琴筑買鄰虞宅。余寓居塘西，過從遊賞，頗謂竹林之好。一爾過隙，傷如之何！摘筆泫然，僅成短拍〉。	黎國廉《玉黌樓詞鈔》稱其詞:「聲情激越，有稼軒風趣。」/ 余祖明《近代粵詞蒐逸》得一闋。
鐵禪法師 (1865～1946)	原名劉梅秀，法名心鏡	廣東番禺夏茅	六榕寺住持。	《海綃詞》:〈醉翁操·六榕寺園亭賞梅，鐵禪上人出圖屬題〉。	爲南社成員
圓虛道人 (李淵碩)	孔曼	廣東順德	道人。	《海綃詞》:〈驀山溪·與圓虛道人薄遊湖上，曉過高氏莊作〉。	有《智劍廬詩稿》傳世，今未見之。
楊玉銜 (1874～1943)	字季良，號鐵夫。	廣東香山	詞人。	《海綃詞》:〈喜遷鶯·立春日得楊鐵夫書，喜聞彊村先生起居，賦此寄懷〉。	有《抱香室詞》、《雙樹居詞》、《吳夢窗詞箋釋》4卷、《吳夢窗事跡考》、《周清眞詞選釋》、《聲類舉隅》及《楊鐵夫先生遺稿》傳世。
余紹宋 (1882～1949)	號越園、樾園，別署寒柯。	浙江龍游	藝術家、廣東中山大學教授。	《海綃詞》:〈水龍吟·海綃樓填詞圖……今年秋，黃子靜遊杭，復請余越園爲之。……〉、〈清平樂·爲余越園題歸硯娛親圖〉。	有《書法要錄》、《書法要錄二編》、《書畫書錄解題》12卷、《寒柯堂詩》、《龍游縣志》40卷及《余紹宋日記》傳世。
區達名	字實甫，蓉吾。	廣東新會	詩人。	《海綃詞》:〈南鄉子·己巳三月，自郡城歸鄉，過區蓉吾西園話舊〉、〈點絳唇·市樓同蓉吾〉。	有《西園詩草》傳世，今未見之。

張庶平	又稱鈍遁、鈍叟。	不詳	國畫家。	《海綃詞》：〈點絳唇・己巳十月，張庶平重逢花燭索賦。及時之美，棲隱之賢，吾猶樂道之也〉、〈減字木蘭花・張鈍叟爲余作墨梅，走筆報謝〉、〈減字木蘭花・再贈張鈍叟〉。	善畫山水及梅，定居香港。
黃子靜	兆鎮	廣東新寧	海綃詞學弟子。	《海綃詞》：〈水龍吟・海綃樓塡詞圖……今年秋，黃子靜遊杭，復請余越園爲之。……〉、〈瑞鶴仙・得廣州門人書，有海綃樓中秋之約，此固主人所甚願也〉（據劉斯翰箋注本云：廣州門人，即黃子靜）。〔註74〕	黃詔平之七弟，晚年定居香港。
梅蘭芳（1894～1961）	名瀾，字畹華。	江蘇泰州	戲曲家，中國京劇院院長，曾任全國文聯副主席。	《海綃詞》：〈燭影搖紅・梅郎南泊，北望淒然，邂逅朋尊，漫吟成調〉、〈望江南・聽梅郎歌洛川會〉。	有《梅蘭芳全集》傳世。
潘致中	名和，號抱殘。	廣東南海	文藝家。	《海綃詞》：〈點絳唇・潘致中爲余作塡詞圖便面，云以博海綃一小詞。迨詞成，去致中之沒五年矣〉。	以畫山水著名於時，有《抱殘室詩文集》、《抱殘室筆記》傳世，今未之見。

〔註74〕陳洵著；劉斯翰箋注：《海綃詞箋注》（上海：上海古籍出版社，2002年），頁 402～403。

吳湖帆 （1894～ 1968）	名倩，原 名萬，號 倩庵、東 莊，別署 醜翼燕， 字湖帆。	江蘇吳 縣	畫家。	《海綃詞》：〈應天 長・庚午秋，謁彊 村翁滬上。日坐思 悲閣談詞，吳湖帆 爲圖以張之。賦此 報湖帆，並索翁 和〉、〈水龍吟・海 綃樓填詞圖。往者 彊村翁欲使吳湖帆 先生爲之……〉）。	其與朱彊村、楊鐵 夫、葉恭綽和龍榆 生時有往來。中國 美術家協會上海 分會副主席。有 《梅景書屋畫集》 、《吳氏書畫集》、 《吳湖帆畫輯》、 《吳湖帆畫集》、 《梅景畫集》等傳 世。
姚禮修 （1878～ 1939）	字粟若， 又字叔約 ，別署百 佛庵主。	廣東番 禺	畫家。	《海綃詞》：〈清平 樂・題「珠湄塵影 圖」〉（「珠湄塵影 圖」爲姚禮修所 作）。	同盟會社員，南社 社員，曾任廣東法 學院院長。著有 《畫學抉微》及 《清朝第品續》， 今未之見。
陳俊文	不詳。	海珠區 五鳳鄉	商人。	《海綃詞》：〈齊天 樂・木本園穿井， 主人邀集試泉，聲 爲此調〉。	木本園主人，即陳 俊文。
陳劍秋、 葉霜南、 葉茗孫	陳氏名芝 昌；葉霜 南名覺邁 ；葉茗孫 字翰華。	依次爲 廣東新 會；廣 東　東 莞；廣 東南 海。	三人均 爲海綃 同學， 職業依 次爲律 師；廣 東國民 大學舍 監；教 師。	《海綃詞》：〈風入 松・甲戌寒食，陳 劍秋、葉霜南、張 庶平、葉茗孫、韓 樹園先後來過。皆 數十年故人也。獨 劍秋時相見，其四 人皆避地香港。湘 南乃至四十年不相 聞，庶平則年已九 十矣。良辰聚首， 往事茫然，聲以寫 之，亦餘情不能已 也〉。	張庶平、韓樹園， 已見於上文。
張學華 （1863～ 1951）	字漢三， 號闇齋。	廣東番 禺	學人。	《朱陳詞翰》載陳 洵致汪兆鏞手札一 篇，提及闇公，即 學華。	有《闇齋稿》、《廣 東文徵》（補編）、 《粵海潮音集》、 《提法公年譜》傳 世。

馮平 （1892～ 1969）	字秋雪。	廣東南海	詞人。	《宋詞緒》自序云：「不侫昔於羊石，嘗從海綃翁游。於詞學之源流正變，溫柔敦厚之微旨，與夫順逆離合之所在，翁時時爲言不厭。余詞學之根株，得翁灌漑噓植者匪尠。」	爲澳門雪社、廣州綿社之社員，余祖明《近代粵詞蒐逸》蒐得其詞 14 首。又有《宋詞緒》傳世。
方孝岳 （1897～ 1973）	原名時喬、又名乘，字孝岳，又字御繆。	安徽桐城	中山大學中文系 教授。	《海綃詞》：〈清平樂·寒食市樓同方孝岳〉。〔註75〕	著述甚富，有《中國文學批評》、《中國散文概論》、《尙書今語》、《左傳通論》、《春秋三傳學》、《廣韻研究》、《廣韻韻圖》、《漢語語文史概要》、《大陸近代法律思想小史》等傳世。
馬復	字武仲。	廣東順德	學人。	《媚秋堂詩集》有〈題何蘬高、陳述叔詩詞遺翰爲賓父弟〉一首，詩後有注曰：「述叔見示〈瑣窗寒〉詞。余賞其『茱萸辦了，舊俗看看還有』二句。翁欣然曰：『他人不解也。』」集中提及海綃者還	爲海綃弟子馬慶餘之父。

〔註75〕此一詞題並不見於中華叢書編審委員會編《海綃詞》卷三和劉斯翰《海綃詞箋注》，筆者乃從國立中山大學所編之《文學雜誌》第 14 期〈南園詩社專號〉輯得。陳洵與方孝岳之交遊，僅見於此題序。方氏於民國二十二年（1933 年）南下廣州，任教於中山大學中文系，與海綃共事，或因此而相識，有此一作。見黃純仁編：《文學雜誌》第 14 期，國立中山大學出版部，1937 年。

				有〈懷人〉其六、〔註76〕〈三月晦日作〉〔註77〕和〈得里訊有懷述叔十年泉下獨夜燈前撫存悼亡慨然成詠〉。	
汪宗衍（1908～1993）	字孝博。	廣東番禺	著名學者、文史大家	《海綃詞》：〈三姝媚‧午窗假寐，姬人爲供紅梅枝。既覺始見之。書奉孝博賢兄〉〔註78〕	汪兆鏞之子。著有《陳東塾先生年譜》、《讀清史稿札記》、《顧千里先生年譜》、《廣東書畫徵獻錄》、《屈翁山先生年譜》、《藝文叢談續編》等。

〔註76〕馬復的〈懷人〉詩共有八首，分別緬懷胡青瑞、黃晦聞、唐少川、胡展堂、汪憬吾、陳述叔、沈雁潭和李吹萬。其六乃懷海綃，詩云：「海南大將海綃詞，宿草三年到骨悲。風雨秋堂眠食地，堂堂九日寄挈時。」

〔註77〕馬復〈三月晦日作〉詩云：「作意朝來數落紅。平生負盡悔匆匆。海綃去後南禪蛻，芳草無人獨往中。」

〔註78〕《海綃詞》卷三和劉斯翰《海綃詞箋注》之詞題均載「午窗假寐，姬人爲供紅梅枝。既覺始見之。時得彊村翁寄詞，有『風懷銷盡』語，遂下一轉語作我發端」。筆者從劉斯翰的〈嶺南詞人陳洵的晚年心境——讀陳洵致許伯勤信札〉之陳洵自書詞條幅，見此題。而陳洵與汪宗衍之交遊，只見於此題序。

第三章　陳洵的詞學淵源

　　陳洵在《海綃說詞》嘗言：「吾年三十，始學爲詞。讀周氏《（宋）四家詞選》，即欲從事於美成。」並於「源流正變」和「師周吳」兩條引述周濟之語，見出海綃初學詞時，受常州派影響甚深。然又見〈通論〉中有「貴拙」、「貴養」和「嚴律」的條目，三者均是近人名爲「臨桂詞派」之理論主張。由是可知，陳洵的詞學理論既導源於常州派，後來又沾溉臨桂派，融合兩家之見。然而，不論是研究常州派還是臨桂派之學者，都缺乏對陳洵這一晚清重要的詞壇人物作簡單之說明。〔註1〕故今人曾大興謂：「自 20 世紀上半葉直到今天，在研究桂派或臨桂詞派的 41 篇論文和 7 本書中，竟然沒有一篇（部）是研究陳洵的。」〔註2〕並從詞學主張及交遊方面論述陳洵在臨桂派的地位，補

〔註1〕 如遲寶東著：《常州詞派與晚清詞風》（天津：南開大學出版社，2008年）和巨傳友著：《清代臨桂詞派研究》（上海：上海古籍出版社，2008 年）。

〔註2〕 曾大興撰：〈論陳洵在桂派詞學中的重要地位〉，《學術研究》，2010年，第 3 期，頁 153。筆者見《嶺南晚清文學研究》一書之第三章，有〈臨桂派中的廣東詞人〉一節，當中以文廷式和陳洵爲代表人物，云：「晚清後期，嶺南詞壇值得注意的人物，還有獨樹一幟的文廷式和臨桂派後勁陳洵。」明確地將陳洵視爲臨桂派詞人。此見管林等著：《嶺南晚清文學研究》（廣東：廣東人民出版社，2003 年），頁205～211。又近人陳聲聰之論詞絕句評陳洵曰：「翻空妙語《海綃詞》，冷暖心情只自知。要向翁山數宗派，並驅臨桂更矜奇。」肯定

充了前人的不足，有助於後學的研究。

　　本文擬分三部分，一、說明常州派和臨桂派的由來和詞學理論之異，以便下文的分析；二、陳洵對常州派詞學觀點的繼承和開拓；三、陳洵與臨桂派詞學理論的關係；由是見出海綃受兩派影響甚深，學者不能簡單將其歸諸一派；又不論研究常州派還是臨桂派之學人，亦應述及陳洵與兩派的關係。

第一節　常州派和臨桂派

　　關於常州派的形成，歷來主要有兩種說法：一是以張惠言（1761～1802）及張琦（1764～1833）合編《詞選》，標舉「意內言外」之旨爲始；如徐珂（1869～1928）論清代浙西、常州二派時說：「乾、嘉之際，作詞者約分浙西、常州二派。浙西派始於屬鶚，常州派始於武進張惠言。」﹝註3﹞二是以董士錫和周濟爲始，如今人孫克強（1957～）謂：「後世論者尤其是常州派的詞家，出於完成常州詞派傳承系統的需要，對張惠言在常州派中地位的鼓吹實帶有『追認』的意味。事實上張惠言對於常州詞學開派樹幟並沒有十分明確的意識。」﹝註4﹞不論其有否開派意識，以張惠言爲常州派宗主，實爲人所肯定。即使周濟亦云：「詞之爲技小矣！然考之於昔，南北分宗，徵之於今，江浙別派，是亦有故焉。吾郡自張皋文、子居兩先生開闢榛莽，以〈國風〉、〈離騷〉之旨趣，鑄溫、韋、周、辛之面目，一時作者競出。」﹝註5﹞亦肯定張氏開宗之意。由是，常州派興起於清代嘉慶年間，張

　　　海綃在臨桂詞派的地位。此見陳聲聰著：《兼于閣雜著》（上海：上海古籍出版社，2002 年），頁 127。

﹝註3﹞徐珂撰：《近詞叢話》，載唐圭璋編：《詞話叢編》（北京：中華書局，2005 年），第五冊，頁 4223。

﹝註4﹞孫克強著：《清代詞學》（北京：中國社會科學出版社，2004 年），頁 253。

﹝註5﹞周濟撰：〈存審軒詞自序〉，載顧廷龍，傅璇琮主編：《續修四庫全書》（上海：上海古籍出版社，2002 年），第 1726 冊，頁 1。

惠言開宗，至周濟始確立派系，及譚獻而有其名。〔註6〕

　　至於臨桂派，又名「彊村派」、「粵西詞派」和「廣西詞派」。其名之由來，見諸葉恭綽云：「幼遐先生於詞學獨探本原，兼窮蘊奧，轉移風會，領袖時流，吾常戲稱爲桂派先河，非過論也。」〔註7〕然對於臨桂派能否成立，卻存有兩種相反的觀點。主成立者，是由王、朱、鄭、況四大家標舉「重、拙、大」的理論出發，與常州派以比興寄託爲中心不同，甚至以「即性靈、即寄託」來反撥其比興寄託說。〔註8〕而認爲此派未能成立者，所列舉的原因有二：一是認爲晚清四大家只是常州派的餘緒，近人嚴迪昌（1936～2003）謂：「其實『桂派』的詞學觀，淵源仍在『常州詞派』，是『常派』的餘波一脈。」〔註9〕二是提出四家的取徑不一，如王鵬運學詞效常州派，以碧山爲主，又取浙西之說兼挑白石；鄭文焯論詞則主「清空」，實沿浙西之旨。〔註10〕

　　對於詞學流派成立的條件，今人張宏生嘗說：「所謂流派，大致上應該具有以下幾個要素：第一，有著明確的文學主張；第二，有著公認的領袖；第三，在這個領袖周圍有一個創作群體；第四，這個群體有著相同或大致相同的風格。」〔註11〕若然根據這一標準，則臨桂

〔註6〕　譚獻云：「塡詞至嘉慶，俳諧之病已淨，即蔓衍闓緩貌似南宋之習，明者亦漸知其非。常州派興，雖不無皮傅，而比興漸盛。」見《復堂日記》卷三（丙子，1876年），載《半厂叢書》（臺北：華文書局，1970年），第四冊，頁2233～2234。

〔註7〕　葉恭綽著：《廣篋中詞》，載楊家駱主編：《廣篋中詞・論清詞》（臺北：鼎文書局，1971年），卷二，頁188。

〔註8〕　巨傳友著：《清代臨桂詞派研究》（上海：上海古籍出版社，2008年），頁19。

〔註9〕　嚴迪昌撰：〈清詞流派述要〉，載王步高主編：《金元明清詞鑒賞辭典》（附錄），（江蘇：南京大學出版社，1989年），頁1388。

〔註10〕　鄭文焯說：「而律呂之幾微出入，猶爲別墨焉，所貴清空者，曰骨氣而已。其實經史百家，悉在鎔鍊中，而出以高澹，故能騷雅，淵淵乎文有其質。」見〈鄭大鶴論詞手簡〉，載唐圭璋編：《詞話叢編》（北京：中華書局，2005年），第五冊，頁4331。

〔註11〕　張宏生著：《清代詞學的建構》（南京：江蘇古籍出版社，1998年），頁140。

派是以「重、拙、大」爲文學主張，以王鵬運爲領袖，而在其周圍，主要是其組織詞社內的成員。如在光緒二十二年（公元 1896 年）前後，王鵬運組織咫村詞社，社友有王以敏、宋育仁（1857？～1931？）、朱彊村、鄭文焯等十餘人。上述均見出臨桂派實符合首三項標準。至於第四項，則四人詞風確不相近。早於葉恭綽提出「桂派」之稱後，蔡嵩雲亦說：

> 故王、朱、鄭、況諸家，詞之家數雖不同，而詞派則同。
> 〔註 12〕

對晚清四大家在創作特色和藝術風格的評價，則謂「家數雖不同，而詞派則同」；說明了王、朱、鄭、況詞之風格迥然有別。今人巨傳友認爲在這一問題上仍可斟酌，提出「流派並不抹殺個體的藝術個性」，〔註 13〕反而更爲強調同一流派相同的面向。筆者亦認同在同一流派裡，可以容納作家的個性風格，否則只會流於純粹的模仿，失去了文學的價值。然而，與其將四大家歸入流派的局限裡，不如仿效劉永濟以「風會」言之。其云：

> 文藝之事，言派別不如言風會。派別近私，風會則公也。
> 言派別，則主於一二人，易生門戶之爭；言風會，則國運
> 之隆替、人才之高下、體制之因革，皆與有關焉。〔註 14〕

乃從國家政治、詞人的個性和才氣及詞之體制來評價一段時期裡各詞人的創作特色。即根據臨桂詞人群體興起的社會背景、王鵬運組織詞社唱和、校勘詞籍、各人詞學之主張等方面來研究，而不拘執於學詞宗尚、作品風格的相同。然而，臨桂派是否成立，至今仍未有一致的見解。本文爲了方便說明，暫且用之。

從近人提出臨桂派的詞學觀點來看，又有別於常州派，實應予以區別。最先指出兩家之異的是蔡嵩雲。其謂：

〔註 12〕蔡嵩雲撰：《柯亭詞論》，載唐圭璋編：《詞話叢編》（北京：中華書局，2005 年），第五冊，頁 4908。
〔註 13〕同註 8，頁 14。
〔註 14〕劉永濟著：《詞論》（北京：中華書局，2007 年），卷上，頁 119。

清詞派別，可分三期。……常州派倡自張皋文，董晉卿、
周介存等繼之，振北宋名家之緒，以立意爲本，以叶律爲
末，此第二期也。第三期詞派，創自王半塘、葉遐庵戲呼
爲桂派，予亦姑以桂派名之。和之者有鄭叔問、況蕙風、
朱彊村等，本張皋文意內言外之旨，參以凌次仲、戈順卿
審音持律之說，而益發揮光大之。此派最晚出，以立意爲
體，故詞格頗高。以守律爲用，故詞法頗嚴。今世詞學正
宗，惟有此派。〔註15〕

當中常州派和臨桂派均重視立意，即詞要有比興寄託之內容。然二者
之異主要是前者不重詞律，後者則倡審音持律之說。這是蔡氏對於常
州派和臨桂派的分辨，然卻過於簡單扼要。下文先簡略說明兩家之主
要理論，再作區別。關於常州派的詞學主張，歷來都有一致的看法，
就是「區正變」、「崇比興」和「尊詞體」。張爾田的〈彊村遺書序〉云：

張皋文氏起，原詩人忠愛悱惻、不淫不傷之旨，〈國風〉十
五導其歸，〈離騷〉廿五表其潔，剪擷孔翠，澡淪性靈，崇
比興，區正變，而後倚聲者人知尊體。〔註16〕

言簡意賅地說明了常州派主要的詞學理論和觀點。至於臨桂派的主
張，最能夠全面提出的是巨傳友之〈臨桂詞派的詞學觀〉一節。其歸
結爲：「倡導『重』、『拙』、『大』」、「注重性情」、「講究聲律」和「以
夢窗爲典範」。〔註17〕而兩派相同之處，蔡嵩雲認爲在於重視立意。
然而，二家在立意的說法卻略有分別：前者是以有否寄託作爲評價和
創作的標準，如周濟說：

夫詞，非寄託不入，專寄託不出。一事一物，引而伸之，
觸類多通。驅心若游絲之罥飛英，含毫如郢斤之斲蠅翼，
以無厚入有間。〔註18〕

〔註15〕同注12。
〔註16〕張爾田撰：〈彊村遺書序〉，載龍沐勛輯：《彊村遺書》（江蘇：廣陵
　　　　古籍刻印社，1987年），第一冊，頁2。
〔註17〕同注8，頁94～144。
〔註18〕周濟撰：〈宋四家詞選目錄序論〉，載唐圭璋編：《詞話叢編》（北京：

又提出「詞史」的觀念：

> 感慨所寄，不過盛衰，或綢繆未雨，或太息厝薪，或已溺
> 己飢，或獨清獨醒，隨其人之性情學問境地，莫不有由衷
> 之言。〔註19〕

是要求作者先有一寄託，由寄託來限制作品的內容，結果令詞作千篇
一律、平鈍廓落。然臨桂詞人卻主張將作家之性靈與作品之寄託渾然
爲一，並批評周濟這種「橫亘一寄託於搦管之先」的做法，最終令作
品全無變化，成爲門面之語。由是，況周頤提出「即性靈，即寄託」
之說，曰：

> 詞貴有寄託。所貴者流露於不自知，觸發於弗克自已。身世
> 之感，通於性靈。即性靈，即寄託，非二物相比附也。〔註20〕

認爲作品最重要的是性靈之眞。所謂寄託只是詞人在創作過程中情感
自然而然的流露，非刻意而爲之。即使唐之《金荃》、宋之《珠玉》，
雖沒有寄託，卻能卓絕千古。此見其縱使重視寄託，亦非從有否寄託
作爲創作和品評的標準。

　另外，常州派與臨桂派的不同在於前者推崇溫庭筠、周邦彥；後
者則獨尊吳文英。早於張惠言編選《詞選》已不錄吳文英詞，認爲其
「枝而不物」，過於細碎。〔註21〕後來周濟雖以夢窗爲宋四大家之一，
亦批評其「過嗜餖飣」，即堆砌太過。至於晚清四大家，就把夢窗作
爲詞之典範。首先在光緒二十五年（1899年），王鵬運和朱彊村對夢
窗詞作了細緻的整理和校勘，成爲《夢窗甲乙丙丁稿》一校本。後來
王氏去世，朱氏再校三次，故今存四校本。鄭文焯又有手批夢窗詞，

　　　中華書局，2005年），第二冊，頁1643。
〔註19〕周濟撰：《介存齋論詞雜著》，載唐圭璋編：《詞話叢編》（北京：中
　　　華書局，2005年），第二冊，頁1630。
〔註20〕況周頤著，孫克強輯考：《蕙風詞話》（鄭州：中州古籍出版社，2003
　　　年），卷五，頁98。
〔註21〕張惠言云：「其溫而不反，傲而不理，枝而不物。柳永、黃庭堅、劉過、
　　　吳文英之倫，亦各引一端，以取重於當世。」見〈詞選序〉，載唐圭璋
　　　編：《詞話叢編》（北京：中華書局，2005年），第二冊，頁1617。

在十餘年間校勘數十次。二人亦肯定吳文英詞之藝術技巧，如朱氏說：

> 君特以雋上之才，舉博麗之典，審音拈韻，習諳古諧。故
> 其爲詞也，沉邃縝密，脈絡井井，鍾幽抉潛，開徑自行。
> 學者匪造次所能陳其義趣。〔註22〕

鄭氏的說法亦差近之，可見在臨桂詞派成立之初，已明確以吳文英爲
學習對象。

　　上述既已辨明常州派和臨桂派的由來及論詞主張之異同，下文集
中說明陳洵《海綃說詞》對於兩派的傳承和開拓，以見其詞學淵源及
在兩派的詞學地位。

第二節　陳洵的詞學理論和常州派

　　常州派的批評家法，是「區正變」、「崇比興」和「尊詞體」。而
陳洵詞論亦有關於這三方面的討論，甚至多次在《海綃說詞》的〈通
論〉部分引述周濟之說，足見其受常州派之影響。海綃對於正變、比
興寄託和尊體的探討，因本文有專門深入分析的章節（詳見第四章），
茲不贅述。此處僅就學詞門徑和對姜夔、張炎及清初浙西詞派的評價
等方面述之，以見其對常州派觀點的傳承和開拓。

　　首先，就學詞門徑來說，常州派宗主張惠言的主張是從區分正變
而來的。其在〈詞選序〉說：

> 自唐之詞人李白爲首……而溫庭筠最高，其言深美閎約。五
> 代之際，孟氏、李氏君臣爲謔，競作新調，詞之雜流，由此
> 起矣。……宋之詞家，號爲極盛。然張先、蘇軾、秦觀、周
> 邦彥、辛棄疾、姜夔、王沂孫、張炎，淵淵乎文有其質焉。
> 其盪而不反，傲而不理，枝而不物，柳永、黃庭堅、劉過、
> 吳文英之倫，亦各引一端，以取重於當世。〔註23〕

張惠言所謂的正，自溫庭筠以後，尙有張先、蘇軾、秦觀、周邦彥、

〔註22〕朱祖謀撰：〈夢窗詞集跋〉，載施蟄存主編：《詞籍序跋萃編》（北京：
　　　　中國社會科學出版社，1994 年），頁 354。
〔註23〕同注 21。

辛棄疾、姜夔、王沂孫和張炎，合共九家。至於變調，自孟氏、李氏君臣後，在兩宋而言，則分別是柳永、黃庭堅、劉過和吳文英。其區分正變，是從詞之內容雅正與否來論，故「深美閎約」、「淵淵乎文有其質」者為正，是可以師法的對象；「競作新調」、「蕩而不反」（柳永、黃庭堅）、「傲而不理」（劉過）和「枝而不物」（吳文英）則為變，其體並不可從。其雖有提倡可以師法的詞人，然並未有較為具體指示後學的途徑。直至周濟在〈宋四家詞選目錄序論〉說：

> 問塗碧山，歷夢窗、稼軒，以還清真之渾化，余所望於世之為詞人者，蓋如此。〔註24〕

如此始明確依次以王沂孫、吳文英、辛棄疾和周邦彥為學詞由淺入深以至渾化的門徑。「渾化」是周濟認為詞最高的境界，要作家的情感與藝術技巧的高度結合，渾融為一。至於如何達至，第一步就是學習碧山詞。因為「詞以思筆為入門階陛」，而王沂孫詞富有深刻的家國之情，章法音節亦一一可循，可稱得上「思筆雙絕」。第二步以夢窗詞為本，以其密集的意象，時空跳躍的結構和若隱若現的身世之感、家國情懷，彌補碧山詞千篇一律之缺點。第三步則以稼軒那種英雄意氣受打擊後之沉鬱盤結和沉著痛快的詞風來補足夢窗過於細碎、生澀的弊端。最後乃學得清真渾融的意境。

陳洵亦承周濟之說，標舉周邦彥和吳文英兩家，然又批評其「師說雖具，而統系未明」。此見〈通論〉「師周吳」一條曰：

> 周止庵立周、辛、吳、王四家，善矣。惟師說雖具，而統系未明。疑於傳授家法，或未洽也。吾意則以周、吳為師，餘子為友，使周、吳有定尊，然後餘子可取益。於師有未達，則博求之友。於友有未安，則還質之師。如此，則系統明，而源流分合之故，亦從可識矣。周氏之言曰：「清真，集大成者也。稼軒斂雄心，抗高調，變溫婉，成悲涼。碧山切理厭心，言近指遠，聲容調度，一一可循。夢窗奇思壯采，騰

〔註24〕同注18。

天潛淵，返南宋之清泚，爲北宋之穠摯，是爲四家，領袖一代。」所謂師說具者也。又曰：「問塗碧山，歷夢窗、稼軒，以還清眞之渾化。」所謂統系未明者也。〔註25〕

海綃明確提出要立周邦彥、吳文英爲師，退辛棄疾、王沂孫爲友。當中主要的原因是周濟以四家爲師，只具師說，而統系未明；若僅立周、吳，則系統明白。至於何謂「師說」、「統系」，海綃則無明確的解說。今人朱德慈（1963～）嘗將這兩個概念作一區別，謂：「考『師說』這一概念殆源於漢魏儒生解經，本於一師之說意也。……而確立統系，則旨在標明藝術上的根本追求和共同目標。」〔註26〕若據其所說，則海綃認爲周濟立周、辛、吳、王爲師是一家之言，但這四家作品表現的風格卻迥異。如此理解，則意思甚明。陳洵在文中認爲周濟具師說者，在「清眞，集大成者也。稼軒斂雄心，抗高調，變溫婉，成悲涼。碧山切理饜心，言近指遠，聲容調度，一一可循。夢窗奇思壯采，騰天潛淵，返南宋之清泚，爲北宋之穠摯，是爲四家，領袖一代。」將四家最重要的特色和值得學習之處明白道出。其與張惠言相比，實具一家之說。前者僅以「淵淵乎文有其質」爲正，又沒有針對各家的優劣，師說未備。至於海綃批評周濟統系未明，是因爲四家的藝術風格根本不同。由是，提出以周、吳爲師，退辛、王爲友，實以周、吳爲一統系，辛、王爲另一統系。其於「源流正變」一條曰：

稼軒由北開南，夢窗由南追北，善乎周氏之能言也。南宋諸家，鮮不爲稼軒牢籠者，龍洲、後村、白石皆師法稼軒者也。二劉篤守師門，白石別開家法。白石立而詞之國土蹙矣。至玉田演爲清空，奉白石爲祧廟。

區分南宋、北宋之別。其引用周濟謂「夢窗由南追北」，意思指吳文英詞上追北宋一路，與清眞同調，故又引述尹惟曉「前有清眞，後有夢窗」之論。至於稼軒則爲另一統系，下開南宋諸家，即使白石詞亦

〔註25〕 本文所引述陳洵《海綃說詞》之原文，全用唐圭璋編：《詞話叢編》（北京：中華書局，2005年），第五冊，頁4829～4877。下不再註。
〔註26〕 朱德慈著：《常州詞派通論》（北京：中華書局，2006年），頁84～85。

從其而來。由此觀之，夢窗是與清眞同調，自成一統系；稼軒又與二家不同，另立一系統。至於王沂孫，海綃雖無明確指出其所屬，然戈載嘗於〈碧山詞跋〉謂：

> 予嘗謂白石之詞，空前絕後，匪特無可比肩，抑且無從入手。而能學之者，則惟中仙。〔註27〕

提出碧山詞是導源白石。陳洵又謂「白石師法稼軒」，則王沂孫自屬稼軒一系，與周、吳別派。由是，其將周濟之四家分爲兩個不同的統系，一爲周、吳，一爲辛、王；令兩種不同風格的體系更爲清晰，使後學明白應該先學周、吳一路，再轉益多師，學習辛、王等人。海綃自言未確立這兩種統系以前，曾從周濟之說，結果卻不得清眞之渾化，云：

> 吾年三十，始學爲詞。讀周氏《（宋）四家詞選》，即欲從事於美成。乃求之於美成，而美成不可見也。求之於稼軒，而美成不可見也。求之於碧山，而美成不可見也。於是專求之於夢窗，然後得之。因知學詞者，由夢窗以窺美成，猶學詩者由義山以窺少陵，皆涂轍之至正者也。今吾立周、吳爲師，退辛、王爲友，雖若與周氏小有異同，而實本周氏之意，淵源所自，不敢誣也。

說出其初學詞時，因周氏之說，意欲直接學得渾化的境界，先以周邦彥爲師。然卻不得其詞的精髓，遂以辛棄疾詞入手。然稼軒與碧山和周、吳之統系相異，所以海綃欲專學辛、王以造美成之境，根本不得要領。後來，再習夢窗詞，始覺其與清眞詞最爲接近，遂指出由夢窗入手，可以直造美成。因爲陳洵欲尋找一個更易學得清眞渾厚的途徑，於是不從周濟之議，分別先學稼軒，再學碧山，亦不能窺見美成之妙；最終從學夢窗詞得之，故立爲學詞門徑。這就是陳洵「立周、吳爲師，退辛、王爲友」的主要原因。又其整體之說是從周濟而來，故曰「淵源所自，不敢誣也」。而海綃又將由夢窗學美成，比喻爲從李商隱以窺杜甫，這一說法早見於南宋沈義父所云：「夢窗深得清眞

〔註27〕戈載撰，杜文瀾校注：《宋七家詞選》（香港：文昌書局，出版年不詳），卷六，頁15～16。

之妙。」〔註28〕清之馮煦（1843～1927）更明白提出「商隱學老杜，亦如文英之學清真也」之說。〔註29〕這見出海綃雖承常州餘緒，亦能對前人理論不足之處作出合理的修正。

其次，是對於姜夔和張炎的評價問題。常州派之所以興起，原因之一是為了糾正乾、嘉詞風的流弊。當時籠罩詞壇的是浙西派，其以醇雅為宗旨，並提出尚南宋、尊姜、張。但其末流卻出現不少的流弊，引起了常州派詞人的批評，後來甚至藉抨擊浙西派而貶抑白石和玉田。較早批評浙派的常州詞人是張惠言門人金應珪。其於〈詞選後序〉提及詞壇三弊，即「淫詞」、「鄙詞」和「游詞」，都是針對浙派而發的。後來周濟雖無正面抨擊浙派，卻暗有微言，更對後人推崇姜夔、張炎表示不滿。其謂：

> 近人頗知北宋之妙，然終不免有姜、張二字橫互胸中。豈知姜、張在南宋，亦非巨擘乎？論詞之人，叔夏晚出，既與碧山同時，又與夢窗別派，是以過尊白石，但主「清空」。後人不能細研詞中曲折深淺之故，群聚而和之，並為一談，亦固其所也。〔註30〕

指摘後世尊尚白石和玉田之詞人，並未深入研讀二家詞而盲目趨附。又分別批評二人之詞，曰：

> 吾十年來服膺白石，而以稼軒為外道，由今思之，可謂瞽人捫籥也。稼軒鬱勃故情深，白石放曠故情淺。稼軒縱橫故才大，白石局促故才小。……白石詞如明七子詩，看是高格響調，不耐人細思。白石以詩法入詞，門徑淺狹，如孫過庭書，但便後人模仿。白石好為小序，序即是詞，詞仍是序，反覆再觀，如同嚼蠟矣。〔註31〕

〔註28〕沈義父撰：《樂府指迷》，載唐圭璋編：《詞話叢編》（北京：中華書局，2005年），第一冊，頁278。

〔註29〕馮煦撰：《蒿庵論詞》，載唐圭璋編：《詞話叢編》（北京：中華書局，2005年），第四冊，頁3595。

〔註30〕同注19，頁1629～1630。

〔註31〕同上，頁1634。

> 玉田，近人所最尊奉，才情詣力亦不後諸人。終覺積穀作
> 米，把纜放船，無開闊手段；然其清絕處，自不易到。玉
> 田詞，佳者匹敵聖與，往往有似是而非處，不可不知。叔
> 夏所以不及前人處，只在字句上著功夫，不肯換意。〔註32〕

前者以稼軒與白石相較，認爲姜夔才情不及辛棄疾，且兼只崇尚高逸
的格調，門徑淺狹。甚又指出白石所作之小序內容與詞意重覆，失去
了詞不盡的韻味。另外，又指出張炎詞拘束而不開闊，只著重字句鍛
鍊，內容詞意卻不足。

海綃亦從前人之說，在「源流正變」一條中表達對姜、張和浙西
派的不滿。其云：

> 白石立而詞之國土蹙矣。至玉田演爲清空，奉白石爲祧廟。
> 畫江畫淮，號令所及，使人遂忘中原，微夢窗，誰與言恢
> 復乎？

其繼承常州派「意內言外」之說，先肯定詞體是要寄託家國之憂和身
世之感，並認爲白石詞只是描摹山水，缺乏忠愛纏綿之情。後來張炎
奉爲典範，立「清空」一體，遂令繼之者忘卻南渡之恨、忠愛之情。
這就是二家專求清空而忽視立意之弊，故海綃曰「白石立而詞之國土
蹙矣」。其後又指摘後世推崇二家之詞人，如元之仇遠、張翥，清之
朱彝尊和厲鶚，曰：

> 自元以來，若仇仁近、張仲舉，皆宗姜、張者。以至於清
> 竹垞、樊榭極力推演，而周、吳之緒幾絕矣。竹垞至謂夢
> 窗亦宗白石，尤言之無理者。

元之仇、張兩家，以至趙文、彭元遜、倪瓚等亦承姜、張餘緒。詞學
家吳梅（1883～1939）評論張翥詞云：「仲舉詞爲元一代之冠，樹骨
既高，寓意亦遠。……其高處直與玉田、草窗相驂靳，非同時諸家所
及。」〔註33〕明確點出其詞之格高意遠，正是玉田一系的特色。又評
仇遠詞說：「故其所作，格律高雅，往往頡頏古人。其詞亦清俊拔俗，

〔註32〕同上，頁 1635。
〔註33〕吳梅著：《詞學通論》（上海：上海古籍出版社，2006 年），頁 96。

與南宋諸公相類。」〔註34〕正因其處於宋季，多與王沂孫、張炎、唐
珏等人相唱和，故風格亦受之影響，崇尚清俊高雅。至清初朱彝尊極
力標舉姜、張，出現了「家白石而戶玉田」的情況，〔註35〕朱彝尊、
厲鶚二人在創作上亦步趨之。如《國朝詞綜》引杜紫綸評朱氏曰：「竹
垞詞神明乎姜、史，刻削雋永。」〔註36〕朱氏因推重白石，乃至以其
爲南宋詞之領袖，曰：

> 詞莫善於姜夔，宗之者張輯、盧祖皋、史達祖、吳文英、
> 蔣捷、王沂孫、張炎、周密、陳允平、張翥、楊基，皆具
> 夔之一體。〔註37〕

將南宋十一位名家之詞學淵源亦歸諸姜夔。這一說法正受陳洵的非
議，認爲朱氏謂夢窗亦宗白石，尤爲無理。自南宋張炎《詞源》立「清
空」一條，將清空和質實對舉，分別以姜夔和吳文英爲代表人物後，
歷來多以二人爲別派。〔註38〕朱彝尊之論，有視夢窗爲白石附庸之
意，遂爲海綃所非。蓋陳洵對姜、張和浙派的批評，亦挑常州餘緒，
正見兩者之間的傳承關係。

第三節　陳洵的詞學理論和臨桂派

　　所謂臨桂派，其詞學主張大概有四：倡導「重、拙、大」、「注重
性情」、「講究聲律」和「以夢窗爲典範」。陳洵的《海綃說詞》裡，

〔註34〕同上，頁 92。
〔註35〕朱彝尊〈靜惕堂詞序〉云：「數十年來，浙西塡詞者，家白石而戶玉
　　　　田。」見曹溶著：《靜惕堂詞》，載陳乃乾編輯：《清名家詞》（香港：
　　　　太平書局，1963 年），第一冊，頁 1。
〔註36〕王昶纂：《國朝詞綜》，載顧廷龍，傅璇琮主編：《續修四庫全書》（上
　　　　海：上海古籍出版社，2002 年），第 1731 冊，卷八，頁 64。
〔註37〕朱彝尊撰：〈黑蝶齋詩餘序〉，載《曝書亭集》（臺北：世界書局，1964
　　　　年），中冊，頁 488。
〔註38〕張炎說：「詞要清空，不要質實。清空則古雅峭拔，質實則凝澀晦昧。
　　　　姜白石詞如野雲孤飛，去留無跡。吳夢窗詞如七寶樓臺，眩人眼目，
　　　　碎拆下來，不成片段。此清空質實之說。」見《詞源》，載唐圭璋編：
　　　　《詞話叢編》（北京：中華書局，2005 年），第一冊，頁 259。

有「嚴律」、「貴拙」和「貴養」三條，實與晚清四大家之說相近，見出其受臨桂派的影響。曾大興在探討海綃在臨桂派的詞學地位時，從兩方面出發，一是其與臨桂派詞人的交往，二是其詞學理論。茲據曾氏所提供的研究方向，闡述陳洵和臨桂派的關係。

首先，從陳洵的交遊來看，現在所知的共有 39 位。當中在詞之創作或理論上與臨桂派上述四項相近者，約有 3 個，分別是朱彊村、楊鐵夫兩師徒和廖恩燾。

朱氏本為臨桂派四大詞人之一，近人錢仲聯（1908～2003）更有以「彊村派」之名代替臨桂派的說法，欲以見其在晚清詞學史上的重要性。〔註39〕彊村雖無論詞專著，但從其詞作和四次校勘夢窗詞，亦可窺見其詞學主張。在〈望江南‧雜題我朝諸名家詞集後〉一首裡，評及萬樹和戈載兩家，有序云：「意有未盡，再綴二章。紅友之律，順卿之韻，皆足稱詞苑功臣。」〔註40〕高度評價二人在聲律上對後學的指導作用，並視為詞壇功臣，足見朱氏對聲律的重視。彊村又嘗四校夢窗詞：第一次與王鵬運合校，於光緒二十五年（1899 年）刊行；第二次在王氏逝世後，又作續校，是為無著庵二校本，刊於光緒三十四年（1908 年）。繼而獲得明萬曆中張廷璋所藏舊鈔本，稽考異同，訂補餘事，於 1917 年刊於《彊村叢書》，是為三校本。此後仍然手校不輟，歿後刻入《彊村遺書》（1932 年），是四校定本。朱氏多次整理校勘夢窗詞，務求精審，對於推崇吳文英詞，實有重大的功績。至於楊鐵夫，作為朱氏弟子，嘗作《夢窗詞選箋釋》和《夢窗詞全集箋

〔註39〕錢仲聯謂：「彊村派：這派的中心領袖是朱祖謀，影響從清末直到民國二十年以至朱的身後……這派的領導人物和成員，朱氏外包括王鵬運、鄭文焯、況周頤、張爾田、陳銳等……時人有『臨桂派』之稱。但王、況詞風並不相近，二人說不上派。朱氏之所以成為派的中心領袖，一則他先在京師時與王鵬運共同探討詞學，趨向基本一致，再則朱氏晚年卜居蘇州，鄭、張、陳諸人都聚集於吳下，形成風氣。」載錢仲聯選注：《清詞三百首》（前言），（長沙：岳麓書社，1992 年），頁 7。

〔註40〕朱孝臧著，白敦仁箋注：《彊村語業箋注》（成都：巴蜀書社，2002年），卷三，頁 382。

釋》，是第一個完整箋釋夢窗詞之人。他除了採用每韻一箋的體例外，對於夢窗詞之作年、詞中的事蹟、結構筆法、典故、融化前人詩詞處等都釋說詳盡，深入透徹，並嘗作三次校箋，自云「夢窗之症結，十解八九矣」。〔註41〕夏承燾為其《吳夢窗詞箋釋》作序曰：「鉤稽愈廣，用思益密，往往於辭義之外得其懸解。……凡此皆互證旁通，使原詞精蘊，挹之愈出，較彊村之箋，為尤進矣。」〔註42〕見出其對夢窗詞潛心鑽研之功。而其詞作，錢仲聯曾評曰：「早領鰲頭，為升彊村之堂，樹夢窗之幟。……自為《抱香詞》，樓臺雖是裝成，而乏七寶瑰麗。」〔註43〕學詞不僅師夢窗，亦效彊村，實為臨桂派重要之詞學家。而廖恩燾與彊村關係密切，又與海綃多有信札往還。陳洵評其詞曰：「才情富麗而游思閒散，是真四明家法，非貌為七寶樓臺者所能知也。」〔註44〕明確指出其詞是學夢窗。今人施議對（1940～）又評曰：「詞學夢窗，功力甚深。講求格律，恪守四聲。」〔註45〕以夢窗為詞家典範、講求格律均是臨桂派的主要理論。蓋從交遊來看，陳洵確實與臨桂詞人來往甚密。

其次，從海綃的詞學理論觀之，亦與臨桂派的四大主張有相通之處。當中提倡「重、拙、大」將見於〈陳洵評詞之術語使用〉一節，今不贅錄。故是處依次探討海綃論詞注重性情、講究聲律和推崇夢窗的部分。陳洵嘗言：

> 詞莫難於氣息，氣息有雅俗，有厚薄，全視其人平日所養，
> 至下筆時則殊，不自知也。

強調詞人性情的涵養。這與況周頤關於「養」的說法相近。況氏說：

〔註41〕楊鐵夫箋釋：《夢窗詞全集箋釋》（香港：龍門書店，1973年），頁3。

〔註42〕同上，頁1。

〔註43〕錢仲聯撰：〈光宣詞壇點將錄〉，載施蟄存等編：《詞學：合訂本》（上海：華東師範大學出版社，2009年），第一卷，第三輯，頁248。

〔註44〕轉引自謝永芳著：《廣東近世詞壇研究》（上海：上海古籍出版社，2008年），頁440。

〔註45〕施議對編纂：《當代詞綜》（福州：海峽文藝出版社，2002年），第一卷，頁30。

「問：填詞如何乃有風度？答：由養出，非由學出。問：如何乃爲有養？答：自善葆吾本有之清氣始。問：清氣如何善葆？答：花中疏梅、文杏，亦復托根塵世，甚且斷井、頹垣，乃至摧殘爲紅雨，猶香。」〔註46〕認爲作品所表現的風度非學問可至，而是要靠詞人自身性情的涵養。至於如何涵養性情，況氏這裡只用了疏梅和文杏比喻，並無明確的解說。其意思雖然隱晦，又非不可理解。大抵是以疏梅、文杏這兩種植根於污泥的花，比喻人在社會世俗的生活；又以疏梅、文杏出於淤泥而不染，在任何的環境下仍然散發香氣，以喻人要保存清氣，不爲世俗所同化。這就是涵養性情的關鍵所在。做到避俗，作品自然展現風度。而陳洵所說的「氣息」，大抵就是作家的性情。這一性情又有雅俗之分，厚薄之別，並且會根據詞人平日之涵養呈現在作品裡。但氣息如何得致雅、厚，且避免俗、薄，海綃卻沒有明說。但從其〈通論〉來看，則可能與「志學」一條有關。其云：

> 有志然後有學，學所以成志也。學者誠以三百、廿五爲志，則溫柔敦厚其教也，芬芳悱惻其懷也。人心既正，學術自明，豈復有放而不返者哉！若夫研窮事物以積理，博采文藻以積詞，深通漢魏六朝文筆以知離合順逆之法，入而出之，神而明之。

所謂「養氣息」是與「正人心」相關。其明確將「志」和「學」分開，故「志」需要詞人平日道德的涵養，並非依於學問而得。這就是陳洵所謂「填詞莫難於氣息」的原因，與況氏所謂風度是「由養出，非由學出」之說相同。至於涵養的方法，二人則有不同的論述。前已說出況氏以避俗爲主，然陳洵則提出以《詩》、〈騷〉爲「志」。因爲《詩經》、《楚辭》均體現王道衰、國異政的社會現實，但作者仍保有對國家、君主的忠愛，前者溫柔敦厚，後者哀怨纏綿。蓋海綃認爲要令作品最終有深厚典雅的表現，第一步就是「以三百、廿五爲志」。只有以《詩》、〈騷〉來正人心，則所養必厚，氣息必雅，下筆自然與人不

〔註46〕同注20，卷一，頁7。

同。再輔以學問、文辭筆法等技巧，更可進爲「入而出之，神而明之」的境界。這樣以《詩經》、《楚辭》作爲詞人平日所養，較諸況氏以避俗爲說，更見具體，顯出海綃與臨桂派的理論實同中有異。

　　另外，是講究聲律。關於臨桂派對聲律的重視，多有文獻可徵之。近人蔡嵩雲嘗曰：「故詞家之守律者，必辨四聲分上去，以爲不如是，不合乎宋賢軌範。……其實能手爲之，依然行所無事，並無牽強不自然之病。觀清末況蕙風、朱彊村諸家守四聲之詞，足證此語不誣。」〔註47〕並云：「王半塘、鄭叔問、況蕙風、朱彊村爲清末四大詞家，守律之嚴，王、鄭似不如朱、況。」〔註48〕四大詞人對聲律的講究，主要表現在兩方面：一是肯定《詞林正韻》等著作的價值。這見諸王鵬運將其刻入《四印齋叢書》，並作跋云：「故居今日而言詞韻，實與律相輔。蓋陰陽清濁，舍此更無從叶律，是以聲亡而韻始嚴，此則戈氏著書之微旨也。……戈氏書最晚出，亦最精核，可謂前無古人矣！」〔註49〕詞本爲合樂之體，入元後聲樂漸失。故王氏提倡嚴律，推舉戈載之著爲塡詞者之金科玉律。二是分辨四聲。況周頤嘗對上、去和入聲的運用表達個人的見解，云：「上去聲字，近人往往誤讀。如『動靜』之『靜』上聲，誤讀去聲。『暝色』之『暝』去聲，誤讀上聲。作詞既守四聲，則於宋人用『靜』字者用上聲，用『暝』字者用去聲，斯爲不誤矣。」〔註50〕又云：「入聲字於塡詞最爲適用。付之歌喉，上去不可通作，惟入聲可融入上去聲。凡句中去聲字能遵用去聲固佳，若誤用上聲，不如用入聲之爲得也。上聲字亦然。入聲字用得好，尤覺峭勁娟雋。」〔註51〕認爲上、去兩聲不可混淆使用，必須嚴分。有時爲了遷就詞意，本來作上聲或去聲的地方，可選用入聲字，故有

〔註47〕同注 12，頁 4899。
〔註48〕同上，頁 4901～4902。
〔註49〕王鵬運撰：〈詞林正韻跋〉，載王鵬運輯：《四印齋所刻詞》（上海：上海古籍出版社，1989 年），頁 328。
〔註50〕同注 20，卷一，頁 9。
〔註51〕同上。

「入聲字於填詞最爲適用」的說法。至於海綃對「嚴律」的觀點，卻不如上述幾家詳備。其曰：

> 凡事嚴則密，寬則疏，詞亦然。以嚴自律，則常精思。以寬自恕，則多懈弛。懈弛則性靈昧矣。彼以聲律爲束縛者，非也。或又謂宮商絕學，但主文章，豈知音節不古，則文章必不能古乎。

提出嚴守格律與作品所表現的性靈和音節有關。若然填詞不嚴格遵守當中平仄、句式的規範，則詞人的情感亦會晦而不明，音節亦失去古意。其又指摘前人以嚴守聲律爲束縛之說，認爲縱使今日之詞不再合樂，但守律與否仍然有分別。陳洵之論雖然不如晚清四大詞人之深入，表述對四聲的看法，然亦窺見其對於詞律的講究，實與臨桂派一脈相承。

復次，是以夢窗爲詞家之典範。自常州派張惠言批評吳文英詞「枝而不物」，不選錄其詞後，另一位常州派的領袖周濟卻最先推崇吳文英，將其與周邦彥、辛棄疾和王沂孫並列爲宋四家，統領兩宋詞人。其謂：「夢窗每於空際轉身，非具大神力不能。夢窗非無生澀處，總勝空滑。況其佳者，天光雲影，搖蕩綠波，撫玩無斁，追尋已遠。君特意思甚感慨，而寄情閒散，使人不易測其中之所有。」〔註52〕分別從夢窗詞的筆法、用事、時空變換和寄託言之，給予極高的評價。然亦不諱言其詞的缺點，認爲有「生澀處」，又「過嗜餖飣」。至於臨桂派對吳文英的看重，比常州派更有過之而無不及，除了王、朱、鄭三家嘗校勘夢窗詞外，又在風格上肯定其典麗質實，甚至探究其詞的思想寄託。如鄭文焯說：

> 夢窗詞自玉田有七寶樓臺之喻，世眼恆以恢奇宏麗，目爲驚采絕豔，學之者遂致艱澀，多用代字雕潤，甚失夢窗精微之旨。今特選其空靈諸作，以朱筆注之，俾知其行氣存神之妙，不得徒於跡象求之。〔註53〕

〔註52〕同注19，頁1633。

〔註53〕鄭文焯撰：《鄭文焯手批夢窗詞》（臺北：中央研究院中國文哲研究所籌備處編印，1996年），頁20。

認爲夢窗詞換筆轉折處自有空靈之妙，神來之筆；批評者每據張炎「七寶樓臺」之譏，只觀其研煉雕琢的外表；而學之者又僅得其「艱澀」的一面，以代字雕鏤，堆砌典故，失其原本精微之旨。鄭文焯復論其詞之家國寄託，謂：

> 即夢窗亦感觸時事，不盡自組麗中來。他若南宋諸老，發言哀斷，益令人感音潸淚矣。〔註54〕

將歷來側重於風格字面的評價，轉爲推許其詞中的身世之感、家國寄託，更爲全面和深刻。而海綃之評夢窗，亦有標舉之意，與上述鄭文焯的意見相近。其於「以留求夢窗」一則云：

> 以澀求夢窗，不如以留求夢窗。見爲澀者，以用事下語處求之。見爲留者，以命意運筆中得之也。以澀求夢窗，即免於晦，亦不過極意研煉麗密止矣，是學夢窗，適得草窗。以留求夢窗，則窮高極深，一步一境。

從風格方面來說，夢窗的用字下語確有艱澀難明之處。但據陳洵理解，這卻不是弊病，善學之者甚至有研煉麗密的特色。然從命意運筆觀之，則見其含蓄甚深，不出淺露之筆。這就是海綃認爲夢窗詞最重要的特色所在，實承鄭文焯「知其行氣存神之妙，不得徒於跡象求之」的說法。從「跡象求之」，則流於澀；若能知其「行氣存神之妙」，則得窮高極深之境。其又從家國大義來評述吳文英詞，在「源流正變」一條云：

> 至玉田演爲清空，奉白石爲祧廟。畫江畫淮，號令所及，使人遂忘中原，微夢窗，誰與言恢復乎？

以白石、玉田的清空一派和夢窗相較，指出前者之詞描摹山水，使人們忘卻忠愛之情，國家哀亡之恨。反觀夢窗詞，藉男女之情以寓身世之感、家國之情，遂令恢復國土之事爲人所重。然而，這僅爲海綃一人的見解，並無客觀的理據支持姜、張二人流連山水，無恢復國家之意。陳洵在〈說詞〉部分，更以寄託來釋說夢窗詞，共有 10 闋之多，

〔註54〕鄭文焯撰：〈鄭文焯致朱祖謀書〉，見黃墨谷輯錄：〈《詞林翰藻》殘璧遺珠〉，載施蟄存等編：《詞學：合訂本》（上海：華東師範大學出版社，2009 年），第三卷，第七輯，頁 221。

當中似有感觸時事者僅 4 闋，分別是〈八聲甘州・陪庾幕諸公遊靈巖〉、〈金縷歌・陪履齋先生滄浪看梅〉、〈三姝媚・過都城舊居有感〉和〈古香慢・賦滄浪看〉。海綃無疑是極力推尊夢窗，但從其整體的評說來看，卻每以清眞凌駕夢窗。如「由大而化」一則曰：

> 清眞格調天成，離合順逆，自然中度。夢窗神力獨運，飛沉起伏，實處皆空。夢窗可謂大，清眞則幾於化矣。由大而幾化，故當由吳以希周。

所謂「由吳以希周」，就是由夢窗詞為入門之徑，最終希求達到清眞渾化之境。故在「師周吳」一則又提出「由夢窗以窺美成」的方法，實以清眞為兩宋間詞人最高的典範，夢窗則次之。然因不由夢窗入手，不足以窺清眞，故亦推尊之。由是來看，陳洵雖未立夢窗為宋代詞人最高的典範，然亦分別從命意運筆、比興寄託等方面標舉夢窗詞，實與臨桂派的論詞主張一致。

小　結

陳洵的詞學理論，受常州派和臨桂派的影響甚深。其對正變的說法、以比興寄託說詞、推尊詞體、批評姜、張，糾彈浙西，明顯是導源自常州派。又其標舉周邦彥、吳文英兩家為師法對象，雖承周濟《宋四家詞選》之論，實亦有修正前人之處。另一方面，其提倡重拙大、注重性情的涵養、嚴守聲律和標舉夢窗詞都與臨桂派的理論相近。至於其詞作，更能體現兩派的融和。朱彊村嘗於信札裡評海綃之詞曰：「公學夢窗，可稱得髓，勝處在神骨俱靜，非躁心人所能窺見萬一者，此事固關性分爾。」〔註55〕明確指出海綃之詞，是學習夢窗。其後又評曰：「公詞漸趨沉樸，竊以為美成具體。」〔註56〕指出其詞近乎清眞。專主夢窗，是臨桂派的宗旨；推舉清眞，則為常州派的特色。由

〔註55〕朱孝臧撰：〈致陳述叔書札〉，載劉斯翰著：《海綃詞箋注》，（上海：上海古籍出版社，2002 年），頁 499。

〔註56〕同上，頁 500。

此可見，海綃的詞學主張和創作，實融合兩派的理論，學人不應該輕率地將其歸諸任何一派。又臨桂派之理論，其淵源乃從常州派而來，二派關係之密切，然亦難明白分辨。故今日臨桂詞派是否可成立，亦未知；然不論將之視爲流派或詞人群體，〔註57〕甚至統歸於常州派，惟海綃在當中的詞學地位亦應予以肯定。

〔註57〕李惠玲從地域角度出發，提出以「臨桂詞人群」取代「臨桂派」之名，爲現時研究臨桂派是否可成立的一種較新觀點。見李惠玲撰：〈「臨桂詞派」考辨──晚清臨桂詞人群體研究之一〉，《梧州學院學報》，2010 年 10 月，第 20 卷，第 5 期。

第四章　陳洵的詞學理論

　　陳洵的詞學理論，全見於《海綃說詞》一書。其主要分爲兩部分：
一是〈通論〉，一爲〈說詞〉。前者共 12 則，論述範圍廣泛，包括論
詞之起源、詞學發展、學詞門徑、詞之內容、詞品、詞律、詞之風格
和詞法。然大多糅合清代常州派和臨桂派的說法，間有超越二家之
見。如論詞之正變，常州派宗主張惠言從雅、俗的角度區分，後來周
濟從藝術風格辨別，陳洵卻未承兩家說法，而從詞體本質方向探討，
以詞之「本色當行」爲正，餘者爲變。至於〈說詞〉部分，主要評說
周邦彥、吳文英和辛棄疾詞。其評說夢窗和稼軒詞時，間用常州派的
「比興寄託」推演，將二家之詞附與國家破亡、忠君愛國之情。雖然
部分出現牽強附會的情況，但從改變文人「詩莊詞媚」的角度觀之，
卻能收得推尊詞體之效。

　　海綃論詞涉及面向雖多，但大部分評語均短小精悍，本章主要論
述陳洵詞學理論中較爲重要的三方面——源流正變論、以比興寄託說
詞、尊體說。這三方面互有關連，如論詞之起源，海綃提出「詩詞同
源」的觀點，將詞在音樂和句式的起源上溯至詩，這樣能夠使詞向詩
靠攏，最終令詞之品位亦得以提高，是推尊詞體的方法之一。而以比
興寄託說詞的目的，同樣是爲了尊體。正變、比興寄託和尊體，是常
州派批評家法，陳洵沿襲其方向，見出常州派在清末仍有相當的影

響。另一方面，海綃亦不囿於前賢之見，在闡發上述三方面均有一己
之說法，尤其是以比興寄託評說吳文英詞，多發前人所未發，開拓了
理解夢窗詞之新視野，實為後人探討夢窗詞必須參考之論著。

第一節　源流正變論

一、起源說

（一）概述詞之起源

　　關於詞的起源，歷來主要從音樂和文學兩方面探討。從音樂方面
來看，最早要追溯到隋唐之宴樂。詞先有樂，由樂而有曲，有曲後有
詞。所謂「宴樂」，本為宴饗之樂，據今人吳熊和（1934～）所說，
乃由西涼樂和龜茲樂組成，相對於前代的《詩》、〈騷〉、樂府，大為
不同，是一個新的詩樂系統。〔註1〕唐代音樂繁盛，超軼前世。教坊
的設立，對詞調的形成有重大的影響。它不但創作新曲，還彙集域外
的胡夷曲、民間的里巷歌謠，以供朝廷宴集之用。後來經官場文士的
交遊，更得到流播的機會。新曲的出現和流行，促進了文人雅士填詞
的風尚，詞作始興盛起來。

　　而從文學角度觀之，則主要從「詩詞同源」出發，認為詞源於詩。
如宋之胡仔（1095～1170）在《苕溪漁隱叢話》云：「唐初歌辭，多
是五言詩，或七言詩，初無長短句。自中葉以後，至五代，漸變成長
短句。及本朝，則盡為此體。」〔註2〕從句式上提出詞是由近體詩演
變而成的。及元之吳澄（1249～1333）在〈戴子容詩詞序〉說：「夫
詩與詞一爾，歧而二之者，非也。自其二之也，則詩猶或有風、雅、
頌之遺，詞則風而已；詩猶或以好色不淫之風，詞則淫而已。」〔註3〕

〔註1〕　吳熊和著：《唐宋詞通論》（杭州：浙江古籍出版社，2008 年），頁 6。
〔註2〕　胡仔纂集，廖德明校點，周本淳重訂：《苕溪漁隱叢話》（北京：人
　　　　　民文學出版社，1993 年），後集，卷 39，頁 339。
〔註3〕　吳澄著：《吳文正集》，載於《文淵閣四庫全書》（上海：上海古籍出

從內容和體製出發，認爲詞是詩的一部分，兩者只有微小的分別，故仍主張詩詞同源，不應視兩者爲沒有關連的文體。

至於詞起源的確實時間，據詞學家朱崇才（1954～）所說，歷代詞話家共有六種不同的意見，分別提倡以《詩經》、六朝、隋、盛唐、中唐、晚唐爲詞之起源。〔註4〕這幾種說法之間，相差幾近千年。朱氏認爲當中的原因在於各家均以不同的角度切入問題，或以一特定時間，或以一時段，或從詞之進程，或從詞之音樂性質來看，以致形成如斯的差距。到底如何處理上述各種說法，朱氏歸納爲以下的理解：「詞的某些因素起源於《詩經》以來直至漢魏的古詩、古樂府；詞體初具於六朝樂府，成立於唐。」〔註5〕可說是現今較爲折衷的論說。其比諸今人只根據部分的資料，而必要把詞之起源定於確實的時間，更爲全面，而且符合詞學史之發展。

（二）詩詞同源

陳洵論詞之起源，主要本於張惠言之說，從音樂、句式和內容三方面看，上溯至《詩經》和《楚辭》。此見於〈通論〉「本詩」一條。其肯定詩詞同源，認爲詞是由詩演變過來的，藉以提高詞的地位，並無多大的創見。首先，其論詞的起源云：

> 《詩》三百篇，皆入樂者也。漢魏以來，有徒詩，有樂府，而詩與樂分矣。唐之詩人，變五七言爲長短句，制新律而繫之詞，蓋將合徒詩、樂府而爲之，以上窺國子絃歌之教。謂之爲詞，則與廿五代興者也。

文中從音樂及句法兩種方向論詞的源流演變。從合樂的角度，提出詞是起源於《詩經》，與《詩》三百相同，可入樂而歌。再述說漢魏之時，詩、樂分離。逮及唐代，文人將五、七言近體詩的句法變爲長短句，並製新的音律及繫以新詞，這就是詞之音樂和句式的起源和演

版社，1987年），第1197冊，卷15，頁164。
〔註4〕　朱崇才著：《詞話理論研究》（北京：中華書局，2010年），頁39～44。
〔註5〕　同上，頁45。

變。這一說法亦見於張惠言〈詞選序〉。其曰：

> 詞者，蓋出於唐之詩人，採樂府之音以制新律，因繫其詞，
> 故曰詞。〔註6〕

提出詞乃唐人採樂府之音，稍加變化而成的。二人的看法相近，陳洵
明顯是沿襲張氏之說。張惠言又嘗將詞與《詩》、〈騷〉關連起來，說：

> 傳曰：意內而言外謂之詞。其緣情造端，興於微言，以相
> 感動。極命風謠里巷男女哀樂，以道賢人君子幽約怨悱不
> 能自言之情，低徊要眇以喻其致。蓋《詩》之比興，變風
> 之義，騷人之歌，則近之矣。〔註7〕

指出詞和《詩》、〈騷〉的微妙關係，在於其內容和表現手法上。所謂
「意內言外」，「意內」就是指賢人君子內在的感情；「言外」則指以比
喻、託興的方法表達之。蓋張惠言的意思是指「詞」要透過比興手法，
抒發個人的身世之感和對國家之纏綿忠愛。海綃與這種說法略有不
同，其主要從音樂方面入手，將詞和《詩》三百皆入樂的特點，提出
了詞源於詩之說。再由詩詞同源上昇至內容層面，確立詞之內涵要恢
復《詩經》、《楚辭》的風雅傳統，故有「上窺國子絃歌之教」和「與
廿五代興者」之說。此雖不出常州派推尊詞體的方向，然其先以合樂
來道出詞與《詩》三百的關係，再從內容方面要求詞有比興寄託，較
張惠言將詞的音律溯源自樂府、譬喻〈風〉、〈騷〉，更能帶出詩詞同源
的觀點。

從音樂方面提出詩詞同源的論述，並非張惠言所創，早於宋代鮦
陽居士的〈復雅歌詞序〉已有相近的見解。其云：

> 《詩》三百五篇，商、周之歌詞也，其言止乎禮儀，聖人
> 刪取以爲經。周衰，鄭、衛之音作，詩文聲律廢矣。……
> 《文選》所載樂府詩，《晉志》所載〈碣石〉等篇，古樂府
> 所載其名三百，秦漢以下之歌詞也。其源出於鄭、衛，蓋

〔註6〕 張惠言撰：〈詞選序〉，載唐圭璋編：《詞話叢編》（北京：中華書局，
　　　　2005 年），第二冊，頁 1617。

〔註7〕 同上。

一時文人有所感發，隨世俗容態而有所作也。其意趣格力，
猶以近古而高健。更五胡之亂，北方分裂……而古樂府之
聲律不傳。……迄於開元、天寶間，君臣相與爲淫樂，而
明宗猶溺於夷音，天下薰然成俗。於是才士始依樂工拍但
之聲，被之以辭，句之長短，各隨曲度，而愈失古之「聲
依永」之理也。〔註8〕

全篇主要由音樂角度出發，證明詩詞同源。其先指出詞是源自《詩經》，
至周代衰亡而興起鄭、衛之音，詩文聲律俱廢。直至漢代樂府則稍有
復興，氣格近古。五胡亂華而古音亡，大唐盛世則淫樂起。有唐依樂
工之聲，作長短之句，是爲詞。銅陽居士對詩樂發展至詞樂的興亡演
變，與張惠言及陳洵比較下，雖然沒有很大差距，但卻更爲詳盡，可
說是最早關於詩詞同源的論述。銅陽居士從音樂方面入手，將詞的起
源追溯至《詩》三百。後來張惠言和陳洵的理論，更要求詞在內容和
表達手法上借鑒〈風〉、〈騷〉，提高詞之品位，令詞體趨向與詩並立。

二、正變論

　　所謂「正」、「變」，本爲詩學理論的範疇，後來詞學引入正變的
概念，除了評騭歷代之詞學、詞人外，更重要的是確立個人理論的統
系，爲後學提供可以師法的對象，甚至指示清晰的學詞門徑。海綃論
詞之源流正變，大概源於張惠言及周濟說法，但亦有不同之處。張氏
以詞之雅俗來劃分正變，而周濟早期的〈詞辨序〉則用詞之藝術風格，
即婉約、豪放予以區分。至於陳洵論正變，則除卻部分上承二家之言，
亦有一己的見解，主要是他只確立一種正體，把不如正格的都歸納爲
變調，並不作婉約、豪放二分法。首先，見其「源流正變」條云：

詞興於唐，李白肇基，溫岐受命。五代纘緒，韋莊爲首。
溫韋既立，正聲於是乎在矣。天水將興，江南國蹙，心危
音苦，變調斯作，文章世運，其勢則然。

〔註8〕　銅陽居士撰：〈復雅歌詞序〉，載金啓華等編：《唐宋詞集序跋匯編》
　　　　（南京：江蘇教育出版社，1990年），頁364。

此先確立李白爲詞祖，再以溫庭筠及韋莊爲正聲之始，曰「溫韋既立，正聲於是乎在矣」。而南唐後主值家國破亡，抒寫江山易代之悲，「心危音苦」，一洗《花間》香艷綺靡的風貌，遂爲變調之先。這看法實源於張惠言及周濟的正變觀點，而海綃再加闡發而已。張惠言的〈詞選序〉曰：

> 自唐之詞人，李白爲首，其後韋應物、王建、韓翃、白居易、劉禹錫、皇甫松、司空圖、韓偓並有述造，而溫庭筠最高，其言深美閎約。五代之際，孟氏、李氏君臣爲謔，競作新調，詞之雜流，由此起矣。〔註9〕

周濟的《介存齋論詞雜著》載：

> 向次《詞辨》十卷，一卷起飛卿爲正。二卷起南唐後主爲變。〔註10〕

又見其〈詞辨序〉曰：

> 自溫庭筠、韋莊、歐陽修、秦觀、周邦彥、周密、吳文英、王沂孫、張炎之流，莫不蘊藉深厚，而才豔思力，各騁一途，以極其致。……南唐後主下，雖駿快馳驚，豪宕感激稍漓矣。〔註11〕

三者雖然都以溫庭筠爲正，李煜爲變；但就理論來看，各家劃分正變的標準亦有異：張惠言〈詞選序〉以「深美閎約」爲詞的最高標準，評孟氏、李氏的詞是「君臣爲謔，競作新調」，因而置爲變體，甚至視爲詞之雜流。張氏乃從詞之內容的雅俗論正變，以雅爲正而俗爲變。周濟〈詞辨序〉則以藝術風格探討，以「蘊藉深厚」爲正，「豪宕感激」爲變。而陳洵則主要以詞之本質、本色來探討，以溫、韋婉麗綺靡的特色爲正格，至於稍不如者，如李後主「心危音苦」的亡國悲苦之調、蘇軾的清雄風格俱被列爲變體。此實與宋代以來標舉《花間》之綺艷

〔註9〕 同注6。

〔註10〕 周濟撰：《介存齋論詞雜著》，載唐圭璋編：《詞話叢編》（北京：中華書局，2005年），第二冊，頁1636。

〔註11〕 周濟撰：〈詞辨序〉，載唐圭璋編：《詞話叢編》（北京：中華書局，2005年），第二冊，頁1637。

婉約爲正體一脈相承，〔註12〕其他與此格調不同者則全歸於變。

關於中國文學理論的「正變」說，最早出現的是〈毛詩序〉，其載：

> 治世之音安以樂，其政和；亂世之音怨以怒，其政乖；亡
> 國之音哀以思，其民困……至於王道衰，禮義廢，政教失，
> 國異政，家殊俗，而變風變雅作矣。〔註13〕

正變的討論最初是以時代的先後、政治的盛衰來劃分的。當治世之時，詩是以歌頌統治階層爲主，此爲「正」。而亂世之時，政治敗壞，民間以詩諷刺朝政者，則爲「變」。前者以「美」爲目的，後者強調「刺」的功能。此處的「正」是指詩的本源，「變」則是詩的枝節，但仍統歸於正，不失其正。

陳洵詞論雖然在主張詞的起源上遠紹《詩》、〈騷〉，但在討論「正變」裡並未顯見續述〈毛詩序〉。其雖然於談及變調時，亦將南唐後主的亡國之音及稼軒家國之痛置於變調，似沿〈毛詩序〉對「變」的區分，但在理論建構上卻多有不同。首先，〈毛詩序〉專以抒寫亡國題材者爲變體，但海綃討論「變」則從詞體原本的藝術風格劃分，把東坡的清雄、白石的清空且無關國事之作，亦歸變調；其次，〈毛詩序〉的「正變」說是以美刺爲目的，而海綃之論「正」固然只就詞之體性特質而言，非爲了歌頌統治階層。即使說「變」的亡國之音，如後主之詞，亦只是抒發個人身世之感，不專以諷刺爲目的。第三，〈毛詩序〉的「正」是指詩之本源，「變」則是詩的支流，仍統於正；陳洵之論則以「正」爲正體，「變」爲偏離正體，兩種截然不同，「變」不爲「正」的分流。

〔註12〕較早以《花間集》爲正體，見李之儀〈跋吳思道小詞〉說：「至唐末，遂因其聲之長短句，而以意填之，始一變以成音律。大抵以《花間集》中所載爲宗，然多小闋。」載金啓華等編：《唐宋詞集序跋匯編》（南京：江蘇教育出版社，1990年），頁36。

〔註13〕毛亨撰，鄭玄箋，孔穎達等正義：《毛詩正義》，載《十三經注疏》整理委員會整理：《十三經注疏》（北京：北京大學出版社，2000年），第4冊，頁9～16。

海綃「正變」說縱然未上追〈毛詩序〉，然卻繼承了詞學史上的正變論。詞學史對正變的探索，重點是就審美出發，大致分爲兩種：一是以風格流派論，即以婉約爲正、豪放爲變的爭論，此大概起源於舊題陳師道（1053～1102）《後山詩話》批評蘇軾「以詩爲詞」的記述，其云：

> 退之以文爲詩，子瞻以詩爲詞，如教坊雷大使之舞，雖極天下之工，要非本色。今代詞手，惟秦七、黃九爾，唐諸人不迨也。〔註14〕

認爲東坡之詞雖工，但卻偏離了詞體的標準及傳統的性質。他雖然未對「本色」二字加以討論，但從其對秦少游詞的肯定，可將「本色」理解爲婉約含蓄、幽美深邃的風格。第二種是以詞體性質及內容論，即以雅爲正、俗爲變。此當見於蘇軾對柳永詞抱有拒斥的態度。黃昇《唐宋諸賢絕妙詞選》卷二載：

> 秦少游自會稽入京見東坡，坡云：「久別當作文甚勝，都下盛唱公『山抹微雲』之詞。」秦遜謝。坡遽云：「不意別後公卻學柳七作詞。」秦答曰：「某雖無識，亦不至是。先生之言，無乃過乎？」坡云：「『銷魂當此際』，非柳詞句法乎？」秦慚服。然已流傳，不復可改矣。〔註15〕

從兩師徒的問答中，見出蘇軾對於柳詞庸俗的不滿，甚且責備秦觀學柳永詞之風格。後來《後山詩話》更直接評斷耆卿詞「骪骳從俗」，〔註16〕足見宋人論詩已有以雅爲正，俗爲變的看法。這兩種討論中，「正」和「變」的含意，已不是〈毛詩序〉所說的「變」是「正」的支流，而是以「正」爲正體、正宗，以「變」爲變體、變調。

至於海綃論正變，主要是從詞之本色、風格探討。其在《海綃說詞》〈通論〉的「源流正變」曰：

> 溫、韋既立，正聲於是乎在矣。天水將興，江南國蹙，心

〔註14〕舊題陳師道撰：《後山詩話》，載何文煥輯：《歷代詩話》（北京：中華書局，1981年），上冊，頁309。

〔註15〕黃昇編選：《唐宋諸賢絕妙詞選》，載張元濟編：《四部叢刊》（臺北：商務印書館，1965年），初編，第110冊，頁21。

〔註16〕同註14，頁311。

危音苦，變調斯作，文章世運，其勢則然。宋詞既昌，唐音斯暢。二晏濟美，六一專家。爰逮崇寧，大晟立府，製作之事，用集美成。此猶治道之隆於成康，禮樂之備於公旦，監殷監夏，無間然矣。東坡獨崇氣格，箴規柳秦，詞體之尊，自東坡始。南渡而後，稼軒崛起，斜陽煙柳，與故國月明相望於二百年中，詞之流變，至此止矣。湖山歌舞，遂忘中原，名士新亭，不無涕淚，性情所寄，慷慨爲多。然達事變，懷舊俗，大晟餘韻，未盡亡也。天祚斯文，鍾美君特。水樓賦筆，年少承平，使北宋之緒，微而復振。尹煥謂前有清眞，後有夢窗，信乎其知言矣。

此段論述中，先點出「正」及「變」分別以溫、韋及南唐後主爲起源。再指出正變的發展，認爲詞盛於宋，二晏（晏殊、晏幾道）、六一（歐陽修）及周美成，仍述唐末五代溫、韋之韻，並以周邦彥爲正體之集大成者，故曰「用集美成」。南渡而後，海綃只論夢窗，認爲其遠祧美成，說：「大晟餘韻，未盡亡也。天祚斯文，鍾美君特。……使北宋之緒，微而復振。」故仍用尹煥「前有清眞，後有夢窗」之說，推舉周邦彥及吳文英作爲南、北宋正聲之領袖。陳洵上列宋代五家之正體，均多以婉約柔美的筆法，抒寫男女相思離愁的感情，承《花間》流靡側艷的傳統。

「變調」自後主起，至東坡「獨崇氣格」，稼軒以沉鬱悲涼寄託恢復國土之心。海綃之論變體，並不沿周濟將「豪宕感激」與「蘊藉深厚」對舉。此見其評李煜之詞「心危音苦」，側重其詞於《花間》的艷科以外，表達出一種憂生念亂的情懷；又說蘇軾「獨崇氣格」，推崇其詞的氣韻和風格清曠；評辛棄疾時亦不以豪放稱之，反拈出「斜陽煙柳」四字，此實出於〈摸魚兒〉（更能消幾番風雨）一首中末句「斜陽正在，煙柳斷腸處」。全詞藉惜春來寄託家國之事，陳洵評曰：

時稼軒南歸十八年矣，〈應問〉三篇，〈美芹〉十論，以講和方定，議不行。佳期之誤，誰誤之乎！讀公詞，爲之三歎。寓幽咽怨斷於渾灝流轉中，此境亦惟公有之，他人不能爲也。

當中點出辛詞「寓幽咽怨斷於渾灝流轉中」，與傳統以來品賞稼軒豪放慷慨之調不同。〔註17〕此見出海綃論變體，皆從異於《花間》綺艷之體的角度出發，並不是純以婉約、豪放的二分法。

至於稼軒以後之變體，或承東坡，或傳稼軒，唯姜夔獨開一體。陳洵又云：

> 南宋諸家，鮮不爲稼軒牢籠者，龍洲、後邨、白石皆師法
> 稼軒者也。二劉篤守師門，白石別開家法。

說明南宋之變調，劉過、劉克莊及姜夔均師法辛棄疾，唯白石再另開一體，張炎《詞源》評爲「清空騷雅」。〔註18〕但因這種風格與《花間》之綺靡有別，故海綃仍將白石詞歸入變調。

此外，陳洵討論「正變」時，有否軒輊存乎其間，亦是值得探討的問題。其多承張惠言及周濟之說，而二家之論「正變」，實有優劣之分。張氏〈詞選序〉以「溫庭筠最高」，孟氏、李氏君臣則爲「詞之雜流」，〔註19〕見「正變」有優劣之別；周氏〈詞辨序〉將溫、韋正聲置於卷首，言其「蘊藉深厚」，推崇備至；南唐後主等變體放入卷二，評曰「稍漓矣」，足見高下有別。〔註20〕關於此一問題，龍榆生在〈陳海綃先生之詞學〉一文曰：

> 觀此所言，翁於蘇、辛，未嘗不特加崇仰。惟細繹微旨，
> 儼然以南唐二主、東坡、稼軒，以及南渡諸家悲涼慷慨之
> 作，視爲變調，乃令學者專主周、吳。周、吳技術之精，
> 自爲不祧之祖。然「心危音苦，變調斯作」、「性情所寄，
> 慷慨爲多」，則今日填詞，似應以周、吳之筆法，寫蘇、辛

〔註17〕如《四庫全書總目提要》的〈稼軒詞提要〉云：「（辛棄疾）詞慷慨縱橫，有不可一世之概；於倚聲家爲變調。而異軍突起，能於剪紅刻翠之外，屹然別立一宗，迄今不廢。」載紀昀總纂：《四庫全書總目提要》（石家莊：河北人民出版社，2000 年），第四冊，頁 5472。

〔註18〕張炎撰：《詞源》，載唐圭璋編：《詞話叢編》（北京：中華書局，2005 年），第二冊，卷下，頁 259。

〔註19〕同注 6。

〔註20〕同注 11。

之懷抱。予之持論，所不敢與翁盡同者，僅在於此。〔註21〕
此見龍氏認爲海綃的「正變」有高下之分。其指出陳洵雖亦推崇蘇、
辛，但將其置之變體，就有令人專學清眞、夢窗而輕視之。故提出今
之學者，要以周、吳之筆法，寫蘇、辛之懷抱。其所說「不敢與翁盡
同」，即不同意海綃對「正變」之分有高下存於其中。

　再觀今人林玫儀〈陳洵之詞學理論〉一文，討論海綃之正變觀說：
　　然細繹其旨，其所謂「變」者，蓋如「變風」、「變雅」之
　　義，正變之間並無優劣可言。〔註22〕
林氏提出陳洵論詞「正變之間並無優劣可言」，原因主要是認爲海綃
討論的「變」是承〈毛詩序〉亡國之音，曰陳洵之說「變」是「如『變
風』、『變雅』之義」。因此，其用海綃評夢窗之五首寄意家國之調，
來說明陳洵重視變體。〔註23〕但林氏卻忽略了自己所論述的，與陳洵
的正變觀已經不同。因爲其文引爲証據的夢窗詞，在陳洵的詞學正變
論裡，是歸於「正」而非「變」。吳文英詞之爲正體，已見上文「源
流正變」一條謂：「（夢窗）使北宋之緒，微而復振」之說。故林氏以
吳文英詞來解釋海綃變調的觀點，尤誤。至其謂陳洵論變，「蓋如『變
風』、『變雅』之義」，亦不正確。上述已辨明海綃的正變與〈毛詩序〉
「變風」、「變雅」意思不同，故不贅說。

　對於海綃正變說有否軒輊存乎其間，以上引述了兩種不同的意
見。細繹海綃之論，若然僅從「源流正變」一條觀之，其對南唐後主、
東坡及稼軒詞，都無貶抑的評價，最多只對白石及張炎之詞略有微言，
評曰「使人遂忘中原」，但大體上不見存有高下之別。然而，如果從《海
綃說詞》一書的整體來看，則陳洵實以周、吳之正體爲首，而蘇、辛

〔註21〕龍榆生著：〈陳海綃先生之詞學〉，載《龍榆生詞學論文集》（上海：
　　　　上海古籍出版社，2009年），頁536。
〔註22〕林玫儀撰：〈陳洵之詞學理論〉，載林玫儀編：《詞學研討會論文集》
　　　　（臺北：中央研究院中國文哲研究所籌備處，1996年），頁14～15。
〔註23〕所選者爲吳文英〈八聲甘州〉（渺空煙四遠）、〈高陽臺〉（修竹凝妝）、
　　　　〈金縷歌〉（喬木生雲氣）、〈古香慢〉（怨蛾墜柳）和〈燭影搖紅〉（碧
　　　　澹山姿），見同上注，頁15～16。

變體之地位顯然較次一等。此見於〈通論〉「師周吳」一條曰：

> 吾意則以周、吳爲師，餘子爲友，使周、吳有定尊，然後
> 餘子可取益。於師有未達，則博求之友。於友有未安，則
> 還質之師。

明確道出在唐宋詞人中，主要師法清眞、夢窗，以此二家之地位爲尊，其餘各家只於周、吳未至之處作爲多方面取益之用。另外，再從陳洵選詞及評論詞人作品方面觀之，其選夢窗詞 71 首，清眞詞 39 首及稼軒詞 2 首；當中所選正體共 110 首，變調只有 2 首，於選詞之正變數量上差距極大。蓋知海綃說詞雖亦崇仰蘇、辛之懷抱，但其終多由倚聲的角度論詞，崇尚周邦彥、吳文英詞的筆法和風格，以兩家作爲學詞門徑，統領南北宋之詞人。由是，無論是從〈通論〉對清眞、夢窗的推許，或從選詞數量上看，都見陳洵的正變觀點，確實如龍楡生之說，其品評是存有高下之別的。

第二節　以比興寄託說詞

一、釋「比興寄託」

「比興寄託」，本爲詩學觀念，始見於《周禮・春官・大師》說：「六詩：曰風、曰賦、曰比、曰興、曰雅、曰頌。」〔註24〕東漢鄭玄（127～200）以美、刺來解釋比、興，以比爲譬喻諷刺朝政，興爲以事稱美國事。其謂：「比，見今之失，不敢斥言，取比類以言之。興，見今之美，嫌於媚諛，取善事以喻勸之。」〔註25〕並引鄭眾之說：「比者，比方於物也。興者，託事於物。」〔註26〕以「比」爲比喻，歷來多無異議。至於「興」的意思，近人朱自清（1898～1948）在〈詩言

〔註24〕鄭玄注，賈公彥疏，趙伯雄整理，王文錦審定：《周禮・春官・大師》，載《周禮注疏》，《十三經注疏》整理委員會整理：《十三經注疏》（北京：北京大學出版社，2000 年），第 8 冊，頁 717。

〔註25〕同注 13，頁 13。

〔註26〕同上。

志辨〉曰:「《毛傳》『興也』的『興』有兩個意義,一是發端,一是譬喻;這兩個意義合在一塊兒才是『興』。」〔註27〕故「比」、「興」本是寫作手法,後人乃將此作為品評詩詞的標準,首見於鍾嶸〈詩品序〉。而「比興」和「寄託」的分別,在於前者是寫作及表現手法,後者則是作者的情感內涵。當作者要將內心的情感,或家國之情,或身世之感,若隱若現地表達出來時,就必須透過比興手法。

在詞學上,最早用比興寄託說詞是宋代鮦陽居士的〈復雅歌詞序〉及《復雅歌詞》。其序云:

> 溫、李之徒,率然抒一時情致,流為淫艷猥褻不可聞之語。吾宋之興,宗工巨儒,文力妙天下者,猶祖其遺風,蕩而不知所止。脫於芒端,而四方傳唱,敏若風雨,人人韻艷咀味,尊於朋游尊俎之間,以是為相樂也。其韞騷雅之趣者,百一二而已。〔註28〕

其在理論上特別強調教化的功能,批評唐五代詞「淫艷猥褻」,北宋之詞只是「朋游尊俎」以相娛樂。他反對詞作純粹表達男女之情,在序中明確提出「騷雅之趣」。「騷雅」一詞,是指詞作在抒寫個人情懷時,要屏去浮艷,寄意遙遠,得風人溫厚之旨。〔註29〕簡而言之,就是要求詞作寄託對家國的忠愛,有「好色而不淫,怨悱而不亂」的意趣。而他認為有騷雅之趣的詞作,其一是蘇軾的〈卜算子〉(缺月挂疏桐),評曰:

> 缺月,刺明微也。漏斷,暗時也。幽人,不得志也。獨往來,無助也。驚鴻,賢人不安也。回頭,愛君不忘也。無人省,君不察也。揀盡寒枝不肯棲,不偷安於高位也。寂寞吳江冷,非所安也。此詞與〈考槃〉詩極相似。〔註30〕

〔註27〕朱自清著:〈詩言志辨〉,載《朱自清古典文學論文集》(上海:上海古籍出版社,2009年),上冊,頁239。

〔註28〕同注8。

〔註29〕劉少雄著:《南宋姜吳典雅詞派相關詞學論題之探討》(臺北:國立臺灣大學出版委員會,1995年),頁115～116。

〔註30〕鮦陽居士撰:《復雅歌詞》,載唐圭璋編:《詞話叢編》(北京:中華書局,2005年),第一冊,頁60。

其於評東坡〈卜算子〉一首，用「比興寄託」來說，於意象、字句間尋求寄託家國大義者。此一推尊詞體的方法，爲清代常州派大力闡發，尤其是張惠言的《詞選》，選詞專以興寄爲標準，評述子瞻〈卜算子〉時，亦沿用銅陽居士之說，〔註31〕論歐陽修〈蝶戀花〉（庭院深深深幾許）一首亦仿效其逐句比附的方法。〔註32〕

陳洵亦承常州餘緒，用比興寄託的方法來推尊詞體。除了「本詩」外，「志學」一條更爲詳盡。其說：

> 有志然後有學，學所以成志也。學者誠以三百、廿五爲志，則溫柔敦厚其教也，芬芳悱惻其懷也。人心既正，學術自明，豈復有放而不返者哉！若夫研窮事物以積理，博采文藻以積詞，深通漢魏六朝文筆以知離合順逆之法，入而出之，神而明之。

其所說寄託，就是「以三百、廿五爲志」，即是用比興手法寄託《詩》之溫柔敦厚及〈騷〉之纏綿忠愛，寓國家之義於詞中，提高詞的意格。此與吳梅《詞學通論》所釋之「寄託」含意相同。吳氏云：

> 所謂寄託者，蓋借物言志，以抒其忠愛綢繆之旨。《三百篇》之比興，〈離騷〉之香草美人，皆此意也。〔註33〕

認爲「寄託」就是借物言志，如《詩》之比興、〈騷〉之香草美人，均以景物來表達對君主的忠愛綢繆。至於寄託的具體內容、深淺厚薄、與詞人的性情學問及當時之社會狀況的關係等，常州派之詞家探討極多，且兼細密深邃。如周濟在《介存齋論詞雜著》提出了詞史的觀念，認爲詞要與社會、時代的憂患意識相關，並隨其人之性情學問，或以天下爲己任，投入國家服務；或獨守孤高品格，批判時代。此均大力推尊了詞體，使詞不再是專寫相思離愁，供遣興娛樂之用，而得以與詩並肩而立。其云：

〔註31〕張惠言撰：《張惠言論詞》，載唐圭璋編：《詞話叢編》（北京：中華書局，2005 年），第二冊，頁 1614。

〔註32〕同上。

〔註33〕吳梅撰：《詞學通論》（上海：上海古籍出版社，2006 年），頁 3。

感慨所寄，不過盛衰，或綢繆未雨，或太息厝薪，或已溺
己饑，或獨清獨醒，隨其人之性情學問境地，莫不有由衷
之言。〔註34〕

海綃論詞雖有沿襲周濟之見，但在〈通論〉裡卻未見關於詞史觀念的
引述和發揮。在比興寄託作爲常州派學說重要一環的情況下，見出陳
洵在理論闡述方面未深入探索及剖析寄託之論。即使文中提及寄託的
要求——「入而出之」、「神而明之」，亦非一己之創見，仍本於周濟
的說法：

夫詞非寄託不入，專寄託不出。一物一事，引而伸之，觸
類多通。驅心若游絲之罥飛英，含毫如郢斤之斲蠅翼，以
無厚入有間。既習已，意感偶生，假類畢達，閱載千百，
謦欬弗違，斯入矣。〔註35〕

其所云「非寄託不入」、「專寄託不出」就是海綃提及的「入而出之」、
「神而明之」的境界。陳洵言寄託之「入」的意思，大概就如詹安泰
（1902～1967）在〈論寄託〉所言：

詞必須運用寄託手段，無寄託不足以言詞之說也。〔註36〕

至於寄託之「出」，大概可用況周頤對「寄託」的解釋：

詞貴有寄託。所貴者流露於不自知，觸發於弗克自已。身
世之感，通於性靈。即性靈，即寄託，非二物相比附也。
橫亙一寄託於搦管之先，此物此志，千篇一律，則是門面
語耳，略無變化之陳言耳。於無變化中求變化，而其所謂
寄託，乃益非眞。〔註37〕

從上述「志學」一條觀之，陳洵以《詩》、〈騷〉爲「志」，則爲詞人
平日道德的涵養；而事理典故、文辭筆法，只爲技巧表現，可以力學

〔註34〕同注 10，頁 1630。

〔註35〕周濟撰：《宋四家詞選目錄序論》，載唐圭璋編：《詞話叢編》（北京：
中華書局，2005 年），第二冊，頁 1643。

〔註36〕詹安泰撰：〈論寄託〉，載唐伯慧主編：《詹安泰詞學論集》（汕頭：
汕頭大學出版社，1997 年），頁 196。

〔註37〕況周頤著，孫克強輯考：《蕙風詞話》（鄭州：中州古籍出版社，2003
年），卷五，頁 98。

而得。因此海綃所云「入而出之」、「神而明之」，就是指作品的寄託，
為詞人本有之性靈，並非刻意為之，故稱「志」，與況氏所云「所貴
流露於不自知」、「即性靈，即寄託」的意思相同。而文辭筆法，則須
著意鍛鍊，以使寄託能出以渾融，惝恍迷離，不落言詮。因此，海綃
言寄託的「入而出之」、「神而明之」是指個人的身世之感自然而然隱
於詞中，並用筆法文辭予以渾融，令讀者往復玩索而不容自已。

二、說吳文英詞

關於比興寄託之說，陳洵在理論層面上雖承前人說法，缺乏深刻
的見解；但在評說夢窗及稼軒的詞作時，卻用比興寄託的方法，每每以
家國寄慨來說二家詞。以此評說辛棄疾詞，尤可理解，因為歷來學者均
肯定其詞有政治的意思，如毛晉（1599～1659）說：「詞家爭鬥穠纖，
而稼軒率多撫時感事之作，磊落英多，絕不作妮子態。」〔註38〕然對夢
窗詞，則多評其風格、鍊字和筆法，尟以寄託論之。逮至臨桂詞人興起，
推尊吳文英，乃謂其作「亦感觸時事，不盡自組麗中來」。〔註39〕海綃
亦崇夢窗，故亦以逐句比附方法來評說夢窗詞，其說皆不見於前人論詞
及選本，〔註40〕實為陳洵比興寄託理論的實踐。下文分析其論吳文英和
辛棄疾詞作之寄託，前者10闋，後者2闋。先論其前者。

（一）評夢窗〈八聲甘州‧陪庾幕諸公遊靈巖〉

海綃評曰：

> 長頸之毒，蠡知之而王不知，則王醉而蠡醒矣。女眞之猾，
> 甚於勾踐。北狩之辱，奇於甬東。五國城之崩，酷於卑猶

〔註38〕毛晉撰：〈稼軒詞跋〉，載《宋六十名家詞‧稼軒詞》（上海：上海古
　　　籍出版社，1992年），頁175。

〔註39〕鄭文焯撰：〈鄭文焯致朱祖謀書〉，見黃墨谷輯錄：〈《詞林翰藻》殘
　　　璧遺珠〉，載施蟄存等編：《詞學：合訂本》（上海：華東師範大學出
　　　版社，2009年），第三卷，第七輯，頁221。

〔註40〕皋文《詞選》評夢窗「枝而不物」，故不選之；周濟《詞辨》及《宋
　　　四家詞選》分別選吳文英詞五闋及二十二闋，少有示人門徑之評，
　　　更無論及寄託之語。

　　　位。遺民之憑弔，異於鴟夷之逍遙。而游艮岳幸樊樓者，
　　　乃荒於吳宮之沉湎。北宋已矣，南渡晏安，又將岌岌，五
　　　湖倦客，今復何人。一「倩」字有眾人皆醉意，不知當時
　　　庾幕諸公，何以對此。

此詞是夢窗弔古傷今之作，表面寫春秋時代吳越爭霸的史事，實爲影
射南宋末年政治黑暗，內憂外患不絕。海綃之評乃以吳、越比喻宋、
金：以吳喻宋而越喻金。文中以「長頸之毒」喻「女眞之猾」，「長頸」
是指越王，蓋欲指金人狡猾，尤過勾踐。「北狩」、「五國城」是指北
宋徽、欽二宗被擄到北方之事。而「甬東」、「卑猶位」是吳王被越王
所遷及埋葬之地，以喻吳王失敗的收場。此句的意思是承「女眞之猾」
二句而來，說宋代靖康之亂比春秋吳越之事更悲痛、殘酷，令人震驚。
所謂「游艮岳」、「幸樊樓」，均欲刺南渡君臣苟且偷安，不思復國，
比吳王荒淫更甚，故有「北宋已矣，南渡晏安，又將岌岌，五湖倦客，
今復何人」之慨。陳洵認爲夢窗詞中記述吳越之事只屬表面，實際是
隱喻北宋靖康之禍，更刺南渡晏安，見其對詞中寄託的重視。

　　對於此闋是否眞有諷刺北宋靖康、南渡晏安之意，吳世昌（1908
～1986）有這樣的說法：

　　　陳洵《海綃說詞》推演夢窗〈八聲甘州〉諸語，全是胡説。
　　　索隱派對北宋明白曉暢之詞無法歪曲糾纏，則取晦澀乃至
　　　不通之夢窗以圓其謊，以炫其奇，以欺初學者。〔註41〕

批評海綃評說〈八聲甘州〉最大的問題在於以吳文英詞來自圓其說，
因爲夢窗詞本來就是「晦澀」、「不通」，認爲以夢窗詞來比附時事，
乃誤導後學。按吳文英詞只是用典較僻、煉字麗密，但詞意並非隱晦
不明，所以吳氏以「不通」來評之實不公允。又其反對海綃以靖康、
南渡來解說此闋，又無實際的理據支持其不可比附之理由。

　　另一方面，劉永濟於《微睇室說詞》卻肯定陳洵的看法。其曰：

　　　夢窗寫吳越興亡，不但懷古，實寓傷今。蓋南宋君臣，晏

〔註41〕吳世昌著：《詞林新話》，載《吳世昌全集》（石家莊：河北教育出版
　　　社，2003 年），第六冊，224～225。

> 安江左，亡國大仇，亦如夫差當日也。〔註42〕

甚至指出下片的「亂鴉斜日」，即使視爲國亂將亡的象徵，亦不爲過。
要考察作品有無寄託，劉永濟提出了兩項傳統的方法，一是「知人論世」，二是「以意逆志」。其云：

> 孟子有讀者「以意逆志」之說，固當，但必兼有「知人論世」
> 之功，方能得其心之所之。南宋詞家處於國勢阽危之時，論
> 世尚易，獨其行誼不詳，舉凡其生活習慣，學術思想，不易
> 了了，知人之事，因而困難。唯一之法，先就詞言詞，然後
> 從中尋取透露本意處推究之，必非句句比附，只可於一二處
> 得之。……否則必流爲主觀，必多附會，不可不知。〔註43〕

若然用這兩種方法來推究詞意，則從「知人論世」來看，夢窗生於南
宋末年，雖至今仍未確定其生卒年份，一般認爲其卒於理宗景定元年
（公元1260年）；然吳熊和考訂夢窗〈水龍吟・送萬信州〉一闋時，
將其作年定於度宗咸淳元年（1265年）；又指出〈水龍吟・壽嗣榮王〉
是作於趙與芮晉封福王前的咸淳二年（1266年），爲目今考證夢窗在
世的最遲年份之實況。〔註44〕不管如何，其卒年距離南宋滅亡（1279
年）只有十三年之差。夢窗在國力積弱，外患頻繁的時代背景下，自
然會不自覺於詞中流露出感今追昔和蒼涼意態。再由「以意逆志」觀
之。全詞以憑吊春秋時期吳國的古跡爲主，下片卻引入議論，以范蠡
獨醒的無奈，諷刺吳王沉迷享樂。當中感慨之語，決非只爲一己，大
抵亦有以吳喻宋、以越喻金之意。然這只可以由讀者之心領會，卻不
可句句比附，即譚獻所謂「作者之用心未必然，而讀者之用心何必不
然」。〔註45〕總的來看，此詞大概有寄託，但海綃亦不應坐實，以致
附會太過，爲後人所批評。

〔註42〕劉永濟著：《微睇室說詞》（北京：中華書局，2007年），頁160。
〔註43〕同上，頁165。
〔註44〕吳熊和撰：〈夢窗詞補箋〉，《文學遺產》，2007年第1期，頁67～68。
〔註45〕譚獻撰：〈復堂詞話序〉，載唐圭璋編：《詞話叢編》（北京：中華書局，2005年），第四冊，頁3987。

（二）評〈宴清都・連理海棠〉

陳洵評曰：

> 「華清」以下五句，對上「幽單」，有好色不與民同意，天
> 寶之不爲靖康者幸耳，故曰「憑誰爲歌長恨」。

全詞藉詠海棠以扣緊唐明皇與楊貴妃的愛情故事，有人間寂寞，勿負春
光之意。海綃卻將靖康之禍與安史之亂互相比較，曰「天寶之不爲靖康
者幸耳」，意思是明皇迷戀女色以致禍亂，卻不至於引發北狩之事，實
是諷刺北宋君臣沉醉享樂，以致國土淪喪。然從詞之本意推測，全篇只
是敘述玄宗、貴妃的事，並無家國大義，故劉永濟批評其「不必用如此
大的題目講」。〔註46〕劉氏又提出個人的看法，說：「我意讀者雖可如此
想，作者未必有此意，如切吳氏本人之事說較爲妥貼。」〔註47〕但這正
見出海綃講究比興寄託，每對夢窗詠懷史事之詞，比附家國大義。

（三）評〈高陽臺・豐樂樓分韻得如字〉

海綃評曰：

> 「淺畫成圖」，半壁偏安也。「山色誰題」，無與託國者。「東
> 風緊送」，則危急極矣。「凝妝」、「駐馬」，依然歡會。酒醒
> 人老，偏念舊寒，燈前雨外，不禁傷春矣。「愁魚」，殃及
> 池魚之意。「淚滿平蕪」，則城邑丘墟，高樓何有焉。故曰
> 「傷春不在高樓上」，是吳詞之極沉痛者。

全詞主要寫作者登樓遠眺，感慨春之將盡，而自己年華老去，自傷消
瘦。所謂「淺畫成圖」，是寫詞人登樓看見景色如淡墨鉤描的圖畫。「山
色誰題」是說大好的湖光山色無人賦詩。「東風緊送」，描述夜色將臨，
東風在催促斜陽西下。「凝妝」、「駐馬」兩句，則是登樓所見的遠景
和近景。「愁魚」一韻寫傷春，落紅褪盡沉入西湖，魚兒都愁。「淚滿
平蕪」句乃形容落花如淚，滿佈平蕪。陳洵卻漠視詞之脈絡，句句比
附爲家國破亡之意。是以朱庸齋說：

〔註46〕同注42，頁146。

〔註47〕同上。

> 此類命題分韻，本乃應酬文字，而豐樂樓又宏麗冠湖山，
> 遊人繁盛，爲高軒駟馬、峨冠鳴佩、朝紳同年會拜鄉會之
> 地，士大夫遊宴之所。……而陳洵在《海綃說詞》中云：「『淺
> 畫成圖』，半壁偏安也；『山色誰題』，無與託國者；『東風
> 緊送』，則危急極矣。……」此說近乎臆測……終究無確切
> 之處，當不能妄自引喻測度。〔註48〕

朱氏從詞題所在之「豐樂樓」和分韻唱和之事，認爲夢窗此作乃與士
大夫登樓遊覽寫成的。全首雖然只是描寫湖山景物，低徊俯仰，仍見
出詞人別具懷抱。但因文中並無家國衰亡之意，故朱氏指出最多只可
以身世之感來理解。劉永濟又批評陳洵的見解，說：

> 「憑欄（淺畫成圖）」句泛寫樓前之景如畫本也。陳洵說爲
> 指「半壁偏安也」，非。……「飛紅」二句言落花滿眼，不
> 但人愁，即令翠瀾之魚見之亦愁。陳洵說爲「殃及池魚」，
> 不免腐氣。〔註49〕

劉氏認爲此詞有國家破亡之義，尤其是詞家多以「春」作爲國運的象
徵，故詞中「傷春」，作爲憂國之說亦無不可。但卻反對海綃逐句比
附的方法，謂：

> 讀者自可體會得之，但未可句句比附以求，轉多滯礙。蓋
> 凡觸景抒情之作，作者本非有心比附，而是無形觸發，故
> 能乍合乍離，縱橫往復，有時且迷離惝恍而不自覺。讀者
> 安可刻舟求劍，然必有一二流露眞情之處。〔註50〕

指出對於一些似有寄興的作品，不可拘泥看，句句比附，以致流於牽
強附會，爲人譏誚。因爲詞人創作之時，本來並非先橫亙一寄託，刻
意表現在作品中；而是觸發於無形，將平日對社會、生活的所見所感
融入詞中，形成迷離惝恍的境界。但又不可簡單看，以免忽略當中的
言外之意。當求作者所生之時，所接之事，遂可窺見其至隱。

〔註48〕朱庸齋著：《分春館詞話》，載劉夢芙編校：《近現代詞話叢編》（合
　　　　肥：黃山書社，2009 年），卷四，頁 457～458。
〔註49〕同注 42，頁 166。
〔註50〕同上，頁 167。

（四）評〈金縷歌・陪履齋先生滄浪看梅〉

陳洵評曰：

> 「此心與、東君同意」，能將履齋忠款道出。是時邊事日亟，
> 將無韓、岳，國脈微弱，又非昔時。履齋意主和守，而屢疏
> 不省，卒致敗亡。則所謂「後不如今今非昔，兩無言、相對
> 滄浪水。懷此恨、寄殘醉」也。言外寄慨，學者須理會此旨。

所論俱集中在詞作的言外寄慨。詞題之「履齋先生」，即吳潛（1195～
1262）。夏承燾將此作繫於理宗嘉熙三年（1239 年），當時吳潛改知平
江（蘇州），夢窗爲其倉幕。〔註51〕而題之「滄浪」，指滄浪亭，亦在蘇
州。據朱彊村引述龔明之《中吳紀聞》，此亭爲韓世忠罷爲醴泉觀使後
行樂之所。〔註52〕詞題既明，那麼海綃所謂當時「邊事日亟」、「履齋意
主和守」等事又是否眞實？自南宋理宗端平元年（1234 年）與元兵滅
金後，復背約出兵北伐，連年爲元兵所侵，邊境始無寧日。《宋史紀事
本末》載張溥曰：「理宗端平嘉熙之際，蒙古病宋亟矣。侵蜀則有沔州
成都之入，侵漢則有隨郢荊門襄陽德安之陷，侵江淮則有唐州眞州之
寇，王旻作亂而襄陽失，陽平敗績而大將亡，虜運方張，所至風靡。」
〔註53〕此即海綃謂之「邊事日亟」。又據《宋史・吳潛傳》所載，端平
之時，吳潛遷淮西總領，嘗上書告執政，論用兵復河南不可輕易，然廷
議輒未之許。後遷江東安撫留守，又上疏論保蜀之方，護襄之策，防江
之算，備海之宜。復貽書執政，言和戰成敗大計，宜急救襄陽等事；論
京西既失，當招收京淮壯丁爲精兵，以保江西。改權兵部侍郎兼檢正後，
亦陳言：「襄、漢潰決，興、沔破亡，兩淮俶擾，三川陷沒。欲望陛下
念大業將傾，士習已壞，以靜專察群情，以剛明消眾慝，警於有位，各

〔註51〕夏承燾說：「嘉熙三年（公元 1239 年）正月，與吳潛履齋看梅滄浪
　　　　亭，作〈金縷歌〉，潛有和章。」見〈吳夢窗繫年〉，載《唐宋詞人
　　　　年譜》（上海：上海古籍出版社，1979 年），頁 463。
〔註52〕朱孝臧撰：《夢窗詞集小箋》，載朱孝臧四校本《夢窗詞集》（臺北：
　　　　世界書局，1967 年），頁 20。
〔註53〕馮琦編，陳邦瞻纂輯，張溥論正：《宋史紀事本末》（上海：商務印
　　　　書館，1935 年），下冊，頁 824。

勵至公。」〔註54〕然均未爲所納，故海綃謂「履齋意主和守，而屢疏不
省」也，亦見出履齋之忠款。

　　至如詞中的「後不如今今非昔」，後者乃未來國家之局勢，今者
即國家正走向衰亡，昔者是南渡之事。意謂今日之形勢，較南渡之初，
更爲不堪；彼時尚有韓、岳，今則君主屢疏不省，國脈微弱。此爲夢
窗與履齋之哀痛，故相對無言，寄情於酒。是故，陳文華認爲全詞是
「藉滄浪看梅，致慨於英雄陳跡，並嘆時事之日非也」。〔註55〕蓋陳
洵以國家破亡之意來釋說此闋，並著意讀者領會當中的「言外寄慨」，
實深得夢窗詞旨。

（五）評〈三姝媚・過都城舊居有感〉

　　海綃於此闋有這樣的評說：

> 過舊居，思故國也。讀起句，可見「啼痕酒痕」，悲歡離合
> 之跡。以下緣情佈景，憑弔興亡，蓋非僅興懷陳跡矣。「春
> 夢」須斷，往來常理，「人間」二字，不可忽過。正見天上
> 可哀，「夢緣能短」，治日少也。「秦箏」三句，回首承平，
> 「紅顏先變」，盛時已過，則惟有斜陽之淚，送此湖山耳。
> 此蓋覺翁晚年之作，讀草窗「與君共承平年少」，及玉田「獨
> 憐水樓賦筆，有斜陽還怕登臨」，可與知此詞。

據海綃之意，全詞是夢窗重過臨安故居，見荒廢凋零，興起國破家亡
之感。故謂「過舊居，思故國也」；又云：「憑弔興亡，蓋非僅興懷陳
跡矣。」乃認爲是亡國之後所作。楊鐵夫甚至有言：「疑此詞必作於
宋亡以後，蓋黍離之什也。」〔註56〕究竟此詞是否作於亡國以後？詞
中有否國事日非之意？

〔註54〕脫脫等撰：《宋史・吳潛傳》（北京：中華書局，1985 年），第 36 冊，
　　　　卷 418，頁 12517。
〔註55〕陳文華著：《海綃翁夢窗詞說詮評》（臺北：里仁書局，1996 年），頁
　　　　172。
〔註56〕楊鐵夫箋釋：《夢窗詞全集箋釋》（香港：龍門書店，1973 年），頁
　　　　274。

　　先論前者。從上述評夢窗〈八聲甘州‧陪庾幕諸公遊靈巖〉一闋可知，夢窗的卒年，至今未有定論。只有楊鐵夫認為吳文英卒於宋亡以後，然陳文華卻批評其說並不可信，云：「雖其〈事蹟考〉中列舉五事作證，然皆就夢窗詞句附會而來，未必可信，而楊說之發端，又在海綃此詞評文中，則海綃雖未為夢窗考稽生平，其影響亦可概見矣。」〔註 57〕見出將此闋說為「思故國也」，實在值得商榷。今人鍾振振（1950～）亦批評陳、楊二家之說「殊病牽強」，甚至指出全詞不涉國家衰亡之意。其提出了兩項理據，一是夢窗只憑吊其「舊居」，並無一語及於整個都城，況且「舉凡一大都市，屋宅逾萬，街巷成千，百興而一廢，亦屬常事。」〔註 58〕其二是以史為證，指出元蒙大舉攻宋凡三次，主要之戰場距離南宋都城臨安尚遠，戰爭必不導致人口銳減，市容凋敝。〔註 59〕但從吳文英詞意來看，確有家國之憂。如詞中「紫曲門荒，沿敗井、風搖青蔓」，表面寫舊日遊樂之地轉瞬荒涼，實際謂今日之都城，已不如昔日繁華之意。縱使戰爭不及臨安，然都市之盛，必不如承平之時。又歇拍之「佇久河橋欲去，斜陽淚滿」，亦為觸目淒涼，憑吊興亡之淚。讀者雖不可指實有亡國之意，但確如劉永濟所說：「而亡國之懼，固已充滿字裡行間矣。」〔註 60〕

（六）評〈六醜‧壬寅歲吳門元夕風雨〉

海綃評曰：

　　「少年花月」，回首承平。「長安夢」，望京華也。天時人事

〔註 57〕同注 55，頁 224。又楊鐵夫〈吳夢窗詞箋釋自序〉云：「至以夢窗為宋亡乃卒，已定於改正版中。幸海綃翁與之同調，不至孤掌獨鳴。惜除於〈事蹟考〉所改得數證外，無他確證以助我吶喊耳。」故其說乃從海綃評詞而來。此見同上，頁 4。

〔註 58〕鍾振振撰：〈讀夢窗詞札記〉，《南京師大學報》（社會科學版），2001年第 3 期，頁 132。

〔註 59〕同上，頁 132～133。

〔註 60〕同注 42，頁 168。

之感，故國平居之思，復誰領得。

全詞主要分上、下兩片。上片寫舊日吳門元夕之熱鬧盛況，下片則說今日吳門元夕的淒涼蕭條，並以晴、雨來區別之。陳洵認為下片的「少年華月」，乃寫夢窗回憶少年時國家承平之日；歇拍之「長安夢」，則是夢窗眷戀家國之情。至於這兩句是否真如海綃所釋，就先要理解其詞之本意。原句為「卻因甚、不把歡期，付與少年華月」，楊鐵夫箋釋為「回抱上片」，〔註61〕意思即與陳洵看法相同，認為是回想往日承平時的景況。但看「付與」二字，似與清真〈瑣窗寒·寒食〉中「付與高陽儔侶」的意思相同，即交付他人之意。那麼，這句的意思就是夢窗問自己為何不把這樣元夕的歡樂之期付與少年之輩，而非其回首自己的少年往事，海綃和鐵夫或誤解詞意。至於「向夜永，更說長安夢，燈花正結」，本寫京華舊夢，有淒涼之意。但陳洵卻用杜甫〈秋興〉八首的其中兩句「每依北斗望京華」和「故國平居有所思」來釋說，未免流於附會。蓋吳文英平生雖有家國懷抱，但卻不可與杜甫相比，說為有故國之思在。又此詞題為「壬寅歲」（1242年，淳祐二年），夢窗當時四十二歲，經歷了端平、嘉熙間元蒙侵宋之事。詞中或有家國之思，藉吳門昔盛今衰出之。然亦仁者見仁，智者見智，似不可坐實看。

（七）評〈古香慢·賦滄浪看桂〉

陳洵評曰：

> 此亦傷宋室之衰也。「月中遊」，用唐玄宗事。「殘雲剩水」，則無復霓裳之盛矣。「夜約羽林」，用漢武帝事，「輕誤」則屯衛非人矣。滄浪韓王別業，故家喬木，觸目生哀。故後闋遂縱懷故國，「殘照誰主」，不禁說出。重陽催近，光景無多，勢將岌岌。詞則如五雲樓閣，縹緲空際，不可企矣。

指出此篇主意在「傷宋室之衰」，並用韓世忠力挽家國之說，感慨當今衰世，救亡無人。詞中所謂「殘雲剩水」，據劉永濟所釋，「似指宋

〔註61〕同注56，頁326。

室河山已殘破，猶言殘山剩水也」。〔註62〕「冷霧淒苦」，本指桂花之香，「言外是說山河萬里，殘破不堪，人情對此，非常淒苦」。〔註63〕下片實如海綃所云，是「縱懷故國」。觀「秋澹無光」，言國勢衰微；「殘照誰主」，指無人救亡。這兩句雖然託桂而言，家國之義卻清晰明白。「更腸斷」句，詞人惜國土之殘破；「怕重陽」句，表面指時序，言外則有國勢危殆之意。〔註64〕劉氏更贊同陳洵釋說「怕重陽」二句，並加析說：

> 陳洵謂：「重陽催近，光景無多，勢將岌岌。詞則如五雲樓閣，縹緲空際，不可企矣。」實乃詞人當國勢衰危之時，心情激動，遇物發興，雖哀而不能壯，……故文藝之事，不能不與時代有關，劉勰所以有「時運交移，質文代變」之論也。〔註65〕

其說雖較海綃有比附之嫌，但此闋託意甚明，尤其「秋澹無光，殘照誰主」二句，語極沉痛，實見國勢衰亡之意。再從詞之作年來說，蓋此闋為明朱存理（1444～1513）《鐵網珊瑚》著錄元至正二十年寫本《吳文英詞稿》十六首之一，〔註66〕據鄭文焯〈夢窗詞校議序〉認為此十六首均作於癸卯年（淳祐三年，公元 1243 年），因第一首〈瑞鶴仙〉之題為「癸卯歲為先生壽」，又汲古閣本作「壽方蕙巖寺簿」。〔註67〕

〔註62〕同注42，頁 164。
〔註63〕同上。
〔註64〕同上。
〔註65〕同上，頁 164～165。
〔註66〕朱存理《鐵網珊瑚》收錄《吳文英詞稿》之十六首依次為〈瑞鶴仙・癸卯歲壽方蕙巖寺簿〉、〈沁園春・冰漕鑿方泉，賓客請以名齋，邀賦〉、〈玉漏遲・瓜涇度中秋夕賦〉、〈古香慢・賦滄浪看桂〉、〈齊天樂・毗陵陪兩別駕宴丁園〉、〈思佳客・閏中秋〉、〈蘇武慢（〈過秦樓〉）・芙蓉〉、〈八聲甘州・姑蘇臺（和施芸隱韻）〉、〈探芳新・吳中元日承天寺遊人〉、〈江南春・賦張藥翁杜衡山莊〉、〈水龍吟・惠山酌泉〉、〈拜月星慢・姜石帚以盆蓮數十置中庭，宴客其中〉、〈西平樂慢・過西湖先賢堂，傷今感昔，泫然出涕〉、〈丁香結・秋日海棠〉、〈花犯・郭希道送水仙索賦〉和〈還京樂・友人泛湖，命樂工以箏、笙、琵琶、方響迭奏〉。
〔註67〕鄭文焯撰：〈夢窗詞校議序〉，轉引自吳蓓箋校：《夢窗詞彙校箋釋集

楊鐵夫、夏承燾亦以鄭說爲是。淳祐之前，國家的外患問題已經嚴重，雖距離祥興二年亡國尚有三十九年，但邁向衰亡則是必然的。由是，不論從詞內求詞義或是從詞外求詞義觀之，〈古香慢〉確有國勢衰亡的寄意。

（八）評〈丁香結·秋日海棠〉

海綃評說：

> 「自傷時背」，賢者退而窮處意。「秋風換、故園夢裡」，朝局變遷也，言外之旨，善讀者當自得之。

全詞主要以春日海棠和秋日海棠作比，以前者之嬌豔裊娜，突出後者之玉容寂寞。而所謂「自傷時背」，是寫楊貴妃自傷寂寞失寵。至於「秋風換、故園夢裡」，則寫轉眼間秋風驟起，春日海棠凋謝，只能在故園的夢裡欣賞。劉永濟釋說這二句時，認同海綃謂「自傷時背」，暗露夢窗自傷生不逢時之意；但卻批評其將「秋風換」二句比附爲朝局變遷，指其推闡太遠。〔註68〕究竟此闋可否以自傷身世和時局變遷來解說呢？首先，從詞的內容看，秋日海棠淺妝淡色，自傷孤獨，當中「懷春情不斷，猶帶相思舊字」，表達對春天美好日子的緬懷，似有自傷身世、賢者退而窮處之意。至於朝局變遷，則不易求得，然讀者自可從此句而得彼意。再從詞之作年觀之，此闋亦爲朱存理《鐵網珊瑚》收錄《吳文英詞稿》十六首之一，鄭文焯認爲作於淳祐三年（公元 1243 年）。若據此說，則詞中或實寓朝局變遷之意。因自理宗端平開始，元兵已不斷侵宋，夢窗當此之時，能無感慨？但任銘善（1912～1967）、吳熊和卻認爲《鐵網珊瑚》所收之十六首並非同一時所作。前者謂：「朱氏所抄十六首，凡四具名更端，知寫非一時。題爲『新詞稿』，蓋指前六首呈方蕙巖者，爲淳祐癸卯秋日蘇州之作。自〈蘇武慢〉以下更署，則是別卷。」〔註69〕指出只有前六首是淳祐三年所

　　評》（杭州：浙江古籍出版社，2007 年），頁 816。

〔註68〕同注 42，頁 222。

〔註69〕任銘善撰：〈鄭大鶴校夢窗詞手稿箋記〉，載朱東潤、李俊民、羅竹

作。吳熊和又說：「第十三首〈西平樂慢〉以下，則更前後顛倒，互不相屬，與前面整齊有序的六首詞相去殊遠。」〔註70〕而此闋卻置於第十四首，謂其作於淳祐三年，俱為二家所非。由是，從上述兩方面來說，此闋只能說夢窗自傷身世，而朝局變遷的說法，則恐不然。

（九）評〈惜秋華・七夕〉

陳洵於此闋有如下的評說：

> 因「樓陰墮月」，而思「宮漏未央」。因「宮漏未央」而思「鈿釵遺恨」。觸景生情，復緣情感事。以下夾敘夾議，至於此情難問，則人間天上，可哀正多，又不獨鈿釵一事矣。
> 殆未忘北狩帝后之痛乎？

海綃乃從詞中所寫的小樓月色、夜深時份，想起昔日唐明皇與楊貴妃在長生殿的盟誓，但卻因國難分離而遺恨；由此一情再感嘆北宋徽、欽帝后被虜之事。此即其所謂「觸景生情，復緣情感事」，而此事就是「北狩帝后之痛」。然細繹詞意，全篇主要寫兒女之情，楊鐵夫亦謂：「此亦當是七夕憶姬之詞。」〔註71〕未必有家國之情。海綃從此詞而得言外之意，亦屬個人之感，似非作者本意。而其又嘗將唐明皇與楊貴妃分離恨事比附為靖康之禍，見於上述評〈宴清都・連理海棠〉一首曰：「天寶之不為靖康者幸耳」。蓋全詞均以「七夕」為題，有感於牛郎織女的相會，而表達與愛姬別後難逢之意。陳文華亦指出在夢窗詞裡，感慨七夕者甚多，均敘述與姬之情事，因是批評海綃曰：「海綃以家國之思說之，雖欲尊其詞，反失其意矣。」〔註72〕

（十）評〈燭影搖紅・元夕雨〉

陳洵評曰：

風主編：《中華文史論叢》（上海：上海古籍出版社 1981 年），1981年第 1 輯（總第 17 輯），頁 197。
〔註70〕同注 44，頁 70。
〔註71〕同注 56，頁 223。
〔註72〕同注 55，頁 328。

湖山起，坊陌承。「漸暖」，則忘卻暮寒矣。「恣遊不怕」，並且無愁，湖山奈何。殘梅自怨，翠屏自不照，哀樂不同也。「楚夢」，衰世君臣，「留情未散」，彼昏不知。「天長信遠」，猶望明時。「春陰簾捲」，仍復無望，如此看去，有多少忠愛。

據海綃說，全詞亦關乎家國大義。其詞第二句有「暮寒愁沁」之語，本意爲暮春下雨，天氣嚴寒；海綃卻謂「忘卻暮寒」。又元夕下雨，妨人行樂，既云「暮寒愁沁」，陳洵竟曰「恣遊不怕」，甚且「無愁」。其釋說似與詞意相反，主要是因爲以字句比附，將「暮寒」說作國家衰亡，「恣遊不怕」、「無愁」喻君臣貪圖逸樂，「湖山」又借指家國。由是，海綃之意是指南宋君臣忘卻國家衰亡，仍然沉迷享樂。下面的「楚夢留情未散」，比爲衰世君臣昏庸不知，就更清晰明白。至於「殘梅自怨」，即夢窗自怨；「翠屏不照」，謂君臣未見之，此一哀一樂之意。「天深信遠」，說詞人猶待恢復；末句「春陰簾捲」，寫天色仍然陰暗，有復興無望之意。陳洵認爲如此理解詞意，更能見出夢窗對國家的忠愛。

然楊鐵夫卻認爲此闋是憶姬之作，析說詞意時往往扣緊姬妾來看。如對於「楚夢留情未散」一句，曰：「楚夢即陽臺雲雨夢，言姬去心不能忘也。」〔註73〕解說「素娥愁、天深信遠」，則謂：「此則以比姬信遠，明言無回歸信息。」〔註74〕與海綃的理解迥異。細繹詞意，全篇是寫元夕下雨所見所感。上片以雨中山色起筆，再寫陌路泥濘，人家院落及元夕雨夜歌舞、遊人興致依然等場面。下片寫梅花爲雨所摧，又切夢窗與姬的情事，意謂愛姬已去；當中未見有家國之義。因是，今人錢鴻瑛批評海綃說：

> 陳洵以常州派固有的比興寄託說夢窗某些詞，目的是撥高其思想性；客觀上卻損害了藝術形象，遺棄了科學性。例如〈燭影搖紅・元夕雨〉……梅花著雨似含淚水，故曰「怨」，不過修辭擬人手法而已。海綃解說：「殘梅自怨，翠屏自不

〔註73〕同注 56，頁 233。
〔註74〕同上。

照，哀樂不同也」是不確的。「楚夢留情未散」是關鍵句，表面上用宋玉陽臺雲雨夢之典，實則指詞人自己情事，雖已逝而至今難忘。具體情節難以臆測，但將「楚夢」解作「衰世君臣」，「留情未散」解作「彼昏不知」，肯定是錯誤的。〔註75〕

錢氏亦認為此闋並無諷刺衰世君臣沉醉享樂之意。並指出詞中所謂「翠屏不照殘梅怨」是用擬人法，將梅花比喻為夢窗愛妾，指其淒冷地站立在雨中。下句「楚夢留情未散」更關乎吳文英一己情事，抒發對佳人念念不忘。是以錢氏指摘海綃為了推尊詞體，以致妄顧詞意。從全詞內容看之，雖然不宜坐實為有寄託，但卻可見作者流露的感慨。至於是否關係國家，就不得而知了。故劉永濟有這樣的說法：「大概人情多感，或身事，或世事，往往不分，讀者何可泥說。」〔註76〕

三、說辛棄疾詞

（一）評稼軒〈永遇樂・京口北固亭懷古〉

海綃評說：

> 金陵王氣，始於東吳。權不能為漢討賊，所謂英雄，亦僅保江東耳。事隨運去，本不足懷，「無覓」亦何恨哉。至於寄奴王者，則千載如見其人。「尋常巷陌」勝於「舞榭歌臺」遠矣。以其能虎步中原，氣吞萬里也。後闋謂元嘉之政，尚足有為。乃草草卅年，徒憂北顧，則文帝不能繼武矣。自元嘉二十九年，更謀北伐無功。明年癸巳，至齊明帝建武二年，此四十三年中，北師屢南，南師不復北。至於魏孝文濟淮問罪，則元嘉且不可復見矣。故曰「望中猶記」，曰「可堪回首」。此稼軒守南徐日作，全為宋事寄慨。「廉頗老矣，尚能飯否」，謂己亦衰老，恐無能為也。使事雖多，脈絡井井可尋，是在知人論世者。

〔註75〕錢鴻瑛撰：〈評陳洵《海綃說詞》〉，《文學遺產》，2007年第3期，頁131〜132。
〔註76〕同註42，頁187。

全詞是寫登樓懷古，藉著緬懷先賢，抒發對政治的議論，實際勸告當政者切勿倉促出兵，以免招致失敗。陳洵之評與詞意相合，先敘述三國時孫權雖未能北伐，亦能保江東之地；再記「寄奴王」，即宋武帝劉裕，說其先後在宋安帝義熙五年（409 年）及十二年（416 年）出兵北伐南燕和後秦，收復大片失土。二人相較，則劉裕勝於孫權矣，故謂「『尋常巷陌』勝於『舞榭歌台』遠矣」。下闋則批評宋文帝劉義隆草率北伐，以致落敗而回，深悔不已。而一篇重心仍在「全爲宋事寄慨」。海綃謂此詞爲稼軒「守南徐日作」，即開禧元年（1205 年）知鎮江府之時，詞題的「北固亭」就在蘇州鎮江之地。寄慨宋事主要見諸下片，詞中所謂「元嘉草草」至「一片神鴉社鼓」，表面是寫宋文帝草率北伐，以致爲魏太武帝所敗，事實是勸告韓侂冑切勿倉促出兵。當中「四十三年，望中猶記，烽火揚州路」三句，「四十三年」是指自宋文帝之後，至齊明帝建武二年，只有北方入侵南地，而南朝北伐之事卻無力繼之。「廉頗老矣」二句則切自身看，說出年華已老，仍渴望爲國家效力。全篇以懷古落筆，實爲借古諷今，議論用兵之事。陳洵認爲此詞「全爲宋事寄慨」，是以元嘉北伐失敗一事，以勸當權者切勿重蹈覆轍，洵屬確論。

（二）〈摸魚兒·淳熙己亥，自湖北漕移湖南，同官王正之置酒小山亭，為賦〉

陳洵對於此詞之寄興，有這樣的評說：

> 「佳期」二字，是全篇點晴。時稼軒南歸十八年矣，〈應問〉三篇，〈美芹十論〉，以講和方定，議不行。佳期之誤，誰誤之乎？讀公詞，爲之三歎。寓幽咽怨斷於渾灝流轉中，此境亦惟公有之，他人不能爲也。

全詞是以傷春、惜春爲題，表達滿腔忠憤的憂國之情和遭受當權者打壓的身世之感。海綃謂「佳期」是全篇的重點所在。而「佳期」本用了陳皇后失寵於漢武帝，幽居長門宮事，今以喻恢復失土無期。此篇作於「淳熙己亥」（公元 1179 年），早於隆興元年（1163

年）張浚對金國發動軍事失敗後，辛棄疾已寫成〈美芹十論〉，具
體分析宋、金雙方和戰的前景，並在乾道元年（1165 年）奏陳給孝
宗皇帝。至乾道六年（1170 年）虞允文當國，稼軒又寫成〈九議〉，
提出對金用兵之見。然朝廷卻不加重視，甚至將其投閒置散。此亦
見諸《宋史》載：

> 時虞允文當國，帝銳意恢復，棄疾因論南北形勢及三國、
> 晉、漢人才，持論勁直，不爲迎合。作〈九議〉並〈應問〉
> 三篇、〈美芹十論〉獻於朝，言逆順之理，消長之勢，技之
> 長短，地之要害，甚備。以講和方定，議不行。遷司農寺
> 主簿，出知滁州。〔註77〕

海綃之評是據史傳而來，指出稼軒多次提出北伐之議，並撰〈應問三
篇〉、〈美芹十論〉以陳其事。然恢復之事屢爲朝臣所誤，朝中遂定主
和之事。全篇寄託家國大事和個人身世之感。起句「更能消、幾番風
雨。匆匆春又歸去」，表面是寫暮春來臨，花朵再承受不了風雨的吹
襲，實以花比喻國家，風雨喻指外敵侵擾。下片「長門事，准擬佳期
又誤。蛾眉曾有人妒」數句，以自己比喻爲失寵的陳皇后，暗喻因遭
朝中小人的妒忌，以致被打入冷宮。「君莫舞。君不見、玉環飛燕皆
塵土」三句，又以楊玉環、趙飛燕，比作朝中佞臣，勸告他們別得意
忘形。全篇均運用比興寄託手法，表達對國家的忠愛和朝臣誤國之
恨。此一理解，歷爲學者所肯定，認爲詞意非止於傷春，實寓深厚之
旨。如近人梁啓勛（1876～1963）之《詞學》曰：「詞題爲『淳熙己
亥，自湖北漕移湖南，同官王正之置酒小山亭，爲賦』。孝宗淳熙六
年己亥。稼軒四十歲。時金世宗正大舉南征，稼軒屢有建議而不行。
君臣泄踏，得過且過。已知朝廷無意雪恥，故一種憤慨之氣溢於言表。」
〔註78〕俞平伯（1900～1990）釋說此闋之意，亦謂：「蛛網纖微，柳
花輕薄，靠它們來留春，又能有幾何。這些都反映作者對當時國事政

〔註77〕同注 54，第 35 冊，卷 451，頁 12162。
〔註78〕梁啓勛著：《詞學》（北京：中國書店，1985 年），下編，頁 16。

治的十分不滿，無須比附得，意自分明。」〔註79〕蓋海綃以稼軒的憂國之情和身世之感來解說此詞，實知人論世之語。

第三節　尊體說

陳洵推尊詞體的觀點，近承常州派之說，遠紹宋人尊體的兩種方向——破體尊體及辨體尊體。「尊體」是指提高詞的地位，使之能夠與詩、文等並立而為正規的文體，擺脫文人「詞為艷科」〔註80〕、「詩莊詞媚」〔註81〕的看法。而推尊詞體的方法，歷來主要有破體尊體和辨體尊體兩種，前者主要是用「以詩為詞」、「比興寄託」的方法和「詩詞同源」的觀點，擴大詞的內容，提昇詞的意格，令其地位與詩等同。後者則多從詞體的本質和藝術風格討論，肯定詞自有一種獨特、與其他文體不同的屬性，使其擺脫詩的影響而在文壇上佔一地位。陳洵在〈通論〉及〈說詞〉部分中融合兩種尊體方向，既從詞的起源上主張詩詞同源，內容上肯定東坡「以詩為詞」，又沿常州派以比興寄託說詞，風格上要求保持婉約之美。由於上文已論述海綃「詩詞同源」和「比興寄託」的觀點，今再從「以詩為詞」和肯定詞之「本色」兩方面，探討陳洵之尊體說。

一、破體尊體說

所謂「破體」，是摒除詩詞界限的方法，使詞向詩靠攏，令詞最終在文壇地位得以與詩相同。上文「詩詞同源」和「比興寄託」都是

〔註79〕俞平伯選注：《唐宋詞選釋》（西安：陝西師範大學出版社，2004年），頁210。

〔註80〕歐陽炯在〈花間集敘〉中說：「綺筵公子，繡幌佳人，遞葉葉之花箋，文抽麗錦；舉纖纖之玉指，拍按香檀，不無清絕之詞，用助妖嬈之態。」《花間集》中作品主題俱圍繞閨情離愁、描摹女性的容貌體態和男女之情，措語富麗香豔、婉媚細膩。故人們將詞這種特質稱為「艷科」。

〔註81〕李東琪說：「詩莊詞媚，其體元別。」見王又華撰：《古今詞論》，載唐圭璋編：《詞話叢編》（北京：中華書局，2005年），第一冊，頁606。

破體的方法之一，下文擬論述另一種的破體論——「以詩爲詞」，此乃詞學史上最早的破體方法，出現在北宋年間，藉以提高詞的品位。

（一）以詩為詞

陳洵的《海綃說詞》裡，雖然分別提出「詩詞同源」的觀點和運用比興寄託評詞，在評說夢窗、稼軒的詞作附以忠愛之義，但眞正提及「尊體」二字的，卻只見於〈源流正變〉一條：

> 東坡獨崇氣格，箴規柳秦，詞體之尊，自東坡始。

指出蘇軾的詞「獨崇氣格」，在柳永和秦觀之作外自成一格，爲二家詞立一規矩，詞體自始得到尊重。「氣格」本爲詩學的概念，「氣」是指人的精神氣質，「格」則本有二義：一曰品格，二曰體格。〔註82〕前者是就詩歌的內容旨趣說，後者爲形式格律而言。此處的「格」當從品格之意。陳洵之所以獨崇東坡的氣格，蓋因當時北宋的詞壇仍承五代艷靡之風，柳永之市井樂章更極爲流行。唯有蘇軾之詞在內容上從狹隘的男女之情，一改而抒寫個人的懷抱；風格上由綺靡香軟，一變而爲清剛之氣。東坡這種「以詩爲詞」的方法，令詞突破了酬唱應歌的藩籬，意格得以提昇。如其於宋神宗熙寧八年（1075 年）冬寫的一首〈江城子·密州出獵〉，無論是題材、內容和境界，都是《淮海詞》及《樂章集》所無。其曰：

> 老夫聊發少年狂，左牽黃，右擎蒼。錦帽貂裘，千騎卷平岡。爲報傾城隨太守，親射虎，看孫郎。　　酒酣胸膽尚開張，鬢微霜，又何妨！持節雲中，何日遣馮唐？會挽雕弓如滿月，西北望，射天狼。〔註83〕

全詞刻劃出騎馬圍獵的意境，亦體現蘇軾的忠愛之心，意境闊大，豪邁奔放。其與秦、柳婉約綺靡之作迥然不同，早於南宋王灼（約1081

〔註82〕薛雪曰：「格有品格之格，體格之格。體格一定之章程，品格自然之高邁。」見薛雪著，杜維沫校點：《一瓢詩話》（北京：人民文學出版社，2005 年），頁 119。

〔註83〕蘇軾著，龍楡生校箋：《東坡樂府箋》（臺北：商務印書館，1970 年），頁 67。

～1162後）的《碧雞漫志》已說：

> 東坡先生非心醉於音律者，偶爾作歌，指出向上一路，新
> 天下耳目，弄筆者始知自振。〔註84〕

又胡寅（1098～1156）〈酒邊詞序〉云：

> 及眉山蘇氏，一洗綺羅香澤之態，擺脫綢繆宛轉之度，使
> 人登高望遠，舉首高歌，而逸懷浩氣，超然乎塵垢之外，
> 於是《花間》為皂隸，而柳氏為輿臺矣。〔註85〕

東坡以寫詩的態度和方法填詞，打破「詞為艷科」的局限，是詞學史
上首個推尊詞體者，令詞逐漸趨向與詩並立。常州派雖亦推尊詞體，
但在理論和方向上都是以比興寄託為主，未能充分體認到蘇軾尊體之
功。如張惠言〈詞選序〉，將東坡與周邦彥、秦觀等並列，曰「淵淵乎
文有其質焉」。〔註86〕周濟則以蘇、辛比較，說「世以蘇、辛並稱，蘇
之自在處，辛偶能到。辛之當行處，蘇必不能到。二公之詞，不可同
日語也」，〔註87〕又有「退蘇進辛」的說法，〔註88〕均未能從蘇軾開拓
詞境及推尊詞體方面予以肯定，有欠全面。及朱彊村為詞，乃學東坡、
夢窗，東坡之詞始受重視。此見蔡嵩雲曰：「彊村慢詞，融合東坡、夢
窗之長，而運以精思果力。」〔註89〕陳洵與朱彊村交好，或在其影響
之下，留心蘇軾的作品，欣賞其詞之氣質及品格。因是，提出「詞體
之尊，自東坡始」，實視蘇軾為詞學史上首位推尊詞體的學人。

二、辨體尊體說

　　「辨體」是「破體」外的另一種推尊詞體的方法。其主要透過區

〔註84〕 王灼撰：《碧雞漫志》，載唐圭璋編：《詞話叢編》（北京：中華書局，
　　　　2005年），第一冊，頁85。

〔註85〕 胡寅撰：〈酒邊詞序〉，見向子諲著：《酒邊集》，載於《文淵閣四庫
　　　　全書》（上海：上海古籍出版社，1987年），第1487冊，頁524。

〔註86〕 同注6。

〔註87〕 同注10，頁1633。

〔註88〕 同注35，頁1646。

〔註89〕 蔡嵩雲撰：《柯亭詞論》，載唐圭璋編：《詞話叢編》（北京：中華書
　　　　局，2005年），第五冊，頁4914。

別詩詞，辨明詞體的特色，肯定詞自有獨特的一面，令其取得與其他
文體平等的地位。這種對詞體的推尊，最先見於李之儀（1038～1117）
〈跋吳思道小詞〉：

> 長短句於遣詞中最爲難工，自有一種風格，稍不如格，便
> 覺齟齬。……至唐末，遂因其聲之長短句，而以意填之，
> 始一變以成音律。大抵以《花間集》中所載爲宗，然多小
> 闋。〔註90〕

其所謂長短句「自有一種風格」，是指詞相對於其他的文體而言，有
獨特的藝術風貌──合樂而歌和風格綺靡。李氏指出詞體的本色應以
《花間》爲宗，即要求有側艷綺麗的美。若然失去了這種風格，則與
長短句的特色不相融合。關於李之儀推尊詞體的意義，今人曹志平說：

> 李之儀首次從文學創作的角度視詞爲一種文體，在理論上
> 把詞提高到與詩、文等其他文學樣式分庭抗禮的地位，強
> 調了詞體的獨特性和藝術的特殊性。〔註91〕

曹氏點出李之儀最先強調詞有與詩不同的本質，標舉詞之獨特性和藝
術性，藉以提高詞在文學上的地位，與詩歌和文章並立。

　　至於陳洵的尊體論，雖然未如李之儀明確道出詞「自有一種風
格」，然從其〈通論〉「源流正變」、「師周吳」的論述及選詞方向，均
見出海綃肯定詞的本質是婉約柔美，確立了詞體獨特的一面。首先，
「源流正變」一條載：

> 溫、韋既立，正聲於是乎在矣。天水將興，江南國蹙，心
> 危音苦，變調斯作，文章世運，其勢則然。宋詞既昌，唐
> 音斯暢。二晏濟美，六一專家。爰逮崇寧，大晟立府，制
> 作之事，用集美成。此猶治道之隆於成康，禮樂之備於公
> 旦，監殷監夏，無間然矣。……天祚斯文，鍾美君特。水
> 樓賦筆，年少承平，使北宋之緒，微而復振。尹煥謂前有

〔註90〕李之儀撰：〈跋吳思道小詞〉，載金啓華等編：《唐宋詞集序跋匯編》
　　　　（南京：江蘇教育出版社，1990 年），頁 36。
〔註91〕曹志平撰：〈自有一種風格──論李之儀的詞學理想〉，《德州學院學
　　　　報》，第 20 卷第 3 期，2004 年 6 月，頁 63。

清眞，後有夢窗，信乎其知言矣。

海綃標舉溫庭筠、韋莊、晏殊、晏幾道、歐陽修、周邦彥及吳文英爲
正聲，此七家共通的主要特色，就是內容題材上抒寫男歡女愛的風月
之情，風格婉約柔美、含蓄蘊藉。如《花間集》香艷柔靡，晏殊詞「風
流蘊藉」、〔註92〕小山詞「秀氣勝韻」、〔註93〕六一詞「疏雋深婉」、
〔註94〕美成詞「縝密典麗」〔註95〕和夢窗詞「幽邃綿密」，〔註96〕同
承《花間》之緒，屬於婉約詞體。陳洵將婉約詞置於正聲，是有正格、
正體之意，肯定了其與詩的不同之處。再看「師周吳」一條云：

　　吾意則以周、吳爲師，餘子爲友，使周、吳有定尊，然後
　　餘子可取益。

舉出以清眞、夢窗爲師，認爲二家可代表詞體的特色；並在〈說詞〉
的部分裡，選清眞及夢窗之詞共 109 首，稼軒詞僅有 2 首，當中僅〈永
遇樂‧京口北固亭懷古〉一闋有豪放之氣，被評爲「才氣雖雄，不免
粗魯」、〔註97〕「悲壯蒼涼」。〔註98〕而清眞、夢窗之詞，歷來都被認
爲是雕繢滿眼，縝密綺麗。如劉肅〈片玉集序〉曰：

　　周美成詞以旁搜遠紹之才，寄情長短句，縝密典麗，流風
　　可仰；其徵辭引類，推古誇今，或借字用意，言言皆有來
　　歷，眞足冠冕詞林。〔註99〕

〔註92〕同注 84，頁 83。

〔註93〕同上。

〔註94〕馮煦云：「宋至文宗，文始復古，天下翕然師尊之，風尚爲之一變。
　　　　即以詞言，亦疏雋開子瞻，深婉開少游。」見《蒿庵論詞》，載唐圭
　　　　璋編：《詞話叢編》（北京：中華書局，2005 年），第四冊，頁 3585。

〔註95〕劉肅撰：〈片玉集序〉，載羅忼烈箋注：《清眞集箋注》（上海：上海
　　　　古籍出版社，2008 年），下冊，頁 603。

〔註96〕戈載撰，杜文瀾校注：《宋七家詞選》（香港：文昌書局，出版年不
　　　　詳），卷四，頁 38。

〔註97〕陳廷焯著：《白雨齋詞話》，載唐圭璋編：《詞話叢編》（北京：中華
　　　　書局，2005 年），第四冊，頁 3791。

〔註98〕李佳繼昌撰：《左庵詞話》，載唐圭璋編：《詞話叢編》（北京：中華
　　　　書局，2005 年），第四冊，頁 3108。

〔註99〕同注 95。

又戈載《宋七家詞選》云：

> 夢窗從吳履齋諸公游，晚年好塡詞，以綿麗爲尚，運意深
> 遠，用筆幽邃，鍊字鍊句，迥不猶人。貌觀之雕繢滿眼，
> 而實有靈氣行乎其間。〔註100〕

清眞、夢窗之詞，風格婉媚蘊藉，內容多寫相思離愁，海綃評吳文英
〈風入松〉（聽風聽雨過清明）一首曰「思去妾也」，並云「此意集中
屢見」，即說夢窗多男女戀情之作；論周邦彥〈慶宮春〉（雲接平崗）
一闋說「前闋離思，滿紙秋氣。後闋留情，一片春聲」，點出清眞詞
之題材大抵亦爲風月艷情。陳洵奉二家爲倚聲之圭臬、詞體之正宗，
都見出其認同言情、婉約含蓄，才是詞的當行本色，與詩歌言志、風
格多樣的本質是不同的。

　　陳洵對詞之破體及辨體的重視，龍榆生在〈陳海綃先生之詞學〉
一文嘗說：

> 詞爲倚聲之學，貴出色當行，故不得不於詞內求之。詞亦
> 《詩》三百、〈離騷〉廿五之遺，故所重尤在內美，不沒惻
> 隱古詩之義，故又不得不於詞外求之。此意在《海綃說詞》
> 中，亦曾兼顧。〔註101〕

其所說的「詞內求之」，是從辨體的角度來看，是指詞體的本質貴在
「出色當行」。而「詞外求之」，即是破體說，龍氏主要從比興寄託來
看，將《詩》、〈騷〉關乎政治的思想，與委婉的表達手法結合，提昇
詞之意格。上述兩種尊體方向，龍榆生認爲在陳洵《海綃說詞》中，
亦曾兼顧。意謂海綃尊體之論，並不偏執一方，能夠保留詞體婉約柔
美的本質外，亦寓有《詩》之溫柔敦厚及〈騷〉之纏綿忠愛，糅合了
破體及辨體的理論。

〔註100〕　同註96。
〔註101〕　同註21，頁537。

第五章　陳洵評詞之術語使用

　　以大量嶄新的術語來評詞，是陳洵《海綃說詞》裡最重要和最精彩的部分。他很著意剖析周邦彥和吳文英詞之結構和運筆，於是在解說過程中運用了很多獨特的術語，包括「留」、「斷、續」、「離合順逆」、「繳足、逼取」、「逼出」、「逼起」、「跌落」、「跌進」、「反跌」、「逆入、平出」、「平入、逆出」、「逆溯」、「追溯」、「逆敘」、「倒應、逆提」、「倒提、逆換」、「倒鉤」、「倒捲」、「鉤勒」、「鉤轉」、「脫」、「脫開」、「脫卸」、「脫換」、「轉身、歇步」、「複」、「虛提實證」、「倒影」、「大起大落」、「題前、題後」、「搓挪對法」、「拙」和「空際」。這些術語有些是獨立出現，有些是以兩個爲一組。當中有借用前人的說法，又有一己創造的。雖然有部分的意思較爲隱晦，且部分術語有多於一種的使用方法，然讀者大抵都能從其評說的脈絡中理解相關的用法與含義。今人徐文撰有〈清代詞評傳統中的陳洵詞學技法批評釋析——以《海綃說詞》中幾個重要概念的評點方式與學術淵源爲中心〉，詳細而深入地分析了陳洵評詞共十三組術語的涵意和用法，並且將之置於清代詞學評論的傳統中論述，把海綃使用過之術語追溯源流，比較前賢與陳洵對同一術語用法之異同，以明海綃在詞學技法方面的傳承與開拓。〔註1〕

〔註1〕徐文所深入分析之十三組術語，分別有「逆入、平出」、「平入、逆出」、「逆挽」、「倒提」、「題前」、「題後」、「繞後」、「逆敘」、「倒鉤」、「留」、「空」、「跌」和「鉤勒」。拙文撰作時間與徐文之論文相同，

　　海綃將周、吳兩家詞之技巧顯露無餘，金針度人，為當時的詞學大家朱祖謀所賞識，說：「承示推演周、吳，自為此道，獨辟奧窔，若云俟人領會，則兩公逮今，幾及千年，試問領會者幾人？」〔註2〕甚至指出其「所論的深妙處，均發前人所未發」，〔註3〕令人大開眼界，茅塞頓開。後來沈楨（1898～1993）認為陳洵的詞法分析雖然能夠杜絕空言，但批評「不免瑣碎牽附」。〔註4〕不管怎樣，《海綃說詞》在歷代詞話裡，固屬第一部具體分析詞之章法結構者。下文將以陳洵評說為主，並附吳文英、周邦彥和辛棄疾三家詞之原文，詳細剖析上述三十三組術語的用法，期望能對海綃評詞最重心之部分，作一深入的解說。

第一節　「留」及其相關術語

　　「留」是陳洵詞學評論中最重要的一個術語，意思主要有三：一是指一層意境未盡，又換另一層，即運筆上採用斷、續的寫作方法，故「斷」、「續」是與「留」有關的概念之一；二是全篇都用含蓄的筆法來寫，不直接點明詞旨；三是先將一篇主意隱藏起來，留待下文道破。與「留」有關的除了「斷」、「續」外，尚有「離合順逆」。此乃針對詞之結構和筆法兩方面而言。據徐文指出，在清代詞學理論上，最早提出和運用「留」這一觀念是孫麟趾（1796前～1860年）《詞徑》。其云：「何謂留？意欲暢達，詞不能住，有一瀉無餘之病。貴能留住，如懸崖勒馬，用於收處最宜。」並說出「留」的意思是強調作詞不應為求暢達而顯露

　　　　惟徐文論文獲通過時間較早，故論述觀點有相同之處。其論文超越本章之處甚多，尤其是比較清代學者與陳洵對詞學術語使用之異同，故對拙文有增益補充之幫助。

〔註2〕　朱孝臧撰：〈致陳述叔書札〉，載於陳洵著，劉斯翰箋注：《海綃詞箋注》（上海：上海古籍出版社，2002年），頁502。

〔註3〕　同上，頁502。

〔註4〕　沈軼劉著：《繁霜榭詞札》，載劉夢芙編校：《近現代詞話叢編》（合肥：黃山書社，2009年），頁206。

詞意，應保留有不直接抒發的意旨以予人回味。〔註5〕究竟海綃所說的「留」之涵意是否相同？茲再深入分析並說明之。

一、「留」

「留」是海綃評詞意涵最豐富的術語，亦屬最具神髓者。因此，朱庸齋在《分春館詞話》稱許陳洵，認為他「特標出一『留』字，金針度人，有益於詞界匪淺。」〔註6〕海綃在〈通論〉部分亦提出對「留」的見解。其在「貴留」一條云：

> 詞筆莫妙於留，蓋能留則不盡而有餘味。離合順逆，皆可隨意指揮，而沉深渾厚，皆由此得。

指出「留」是詞之用筆，並與全首之「離合順逆」有關。如就這則來看，「留」的意思大抵是隱含詞之作意，留待後來說，令詞意不盡而有餘味。關於陳洵運用「留」的含意，歷來多有不同的理解。如朱庸齋說：

> 述叔填詞倡議「留」字訣。所謂「留」者，是一層意境未盡，又換另一層；意未盡達，輒即轉換。所謂筆筆斷，筆筆續，將前人含蓄蘊藉之說，使之更隱晦。〔註7〕

意思是指用含蓄的筆觸，一筆斷，一筆續；一層之意境未盡，又換另一層意境，然後再於下文的句子中暗承暗接，以使全篇脈絡似斷還連，隱晦不明。而劉永濟則有不同的說法。其釋曰：

> 所謂「留」者，從陳氏所論觀之，即含蓄甚深而不出一淺露之筆，故雖千言萬語而無窮盡也。然必其人之情極真、感極深，又蓄之極久，蟠鬱於懷極厚，方能到此境地，非故作掩抑之態，但為吞吐之聲之謂也。〔註8〕

繼又詳細解說運用「留」的原因和用意，說：

〔註5〕　徐文撰：〈清代詞評傳統中的陳洵詞學技法批評釋析——以《海綃說詞》中幾個重要概念的評點方式與學術淵源為中心〉，中山大學碩士論文，2011年，頁29。

〔註6〕　朱庸齋著：《分春館詞話》，載劉夢芙編校：《近現代詞話叢編》（合肥：黃山社，2009年），卷一，頁344～345。

〔註7〕　同上，卷一，頁354。

〔註8〕　劉永濟著：《微睇室說詞》（北京：中華書局，2007年），頁186。

　　　「留」之作法，因有種種情思，種種言語，留待後來敷寫，
　　初不急急說出。〔註9〕

劉氏乃從情感、命意和筆法三方面言之。首先，劉氏認爲「留」是一
種含蓄的筆法，使詞意不淺露；其次，他指出運用「留」是關乎作者
的命意：詞人內心有種種情思，但不急於說出，先隱含其詞，留待下
文作點睛之筆。第三，「留」亦與詞人之性情有關。劉氏認爲「留」
本可形成言有盡而意無窮的境界，但必須條件是作家的情感要眞摯和
深厚，蘊涵久之，就可達至這一境地。至於今人劉斯翰〈《海綃說詞》
研究〉一文則提出「留」、「複」、「申縮」、「鉤勒」、「照應」、「提煞」、
「脫換」、「離合順逆」、「空際轉身」、「潛氣內轉」、「筆筆斷、筆筆續」
都是「留」的組成部分。〔註10〕意思是「留」本爲一個總概念，包括
各種不同的結構和筆法之使用。

　　上述有三種不同的說法，究竟何人能夠正確詮釋海綃對於「留」
的運用方法？筆者認爲陳洵「留」的意思，主要從命意和運筆兩方面
而言。這最顯見於〈通論〉部分「以留求夢窗」一條，曰：

　　　以澀求夢窗，不如以留求夢窗。見爲澀者，以用事下語處
　　求之。見爲留者，以命意運筆中得之也。以澀求夢窗，即
　　免於晦，亦不過極意研煉麗密止矣，是學夢窗，適得草窗。
　　以留求夢窗，則窮高極深，一步一境。沈伯時謂夢窗深得
　　清眞之妙，蓋於此得之。

海綃在此段論說中，將「澀」、「留」和「晦」區分爲三個不同的概念，
認爲「澀」和「留」都是夢窗詞的特色。前者從其運用僻典、研煉字
句來說，後者則就其命意和筆法而言。陳洵認爲夢窗詞確有「澀」的
特色，但這卻非其詞之病，而是後人學夢窗詞用事下語的毛病。這是
海綃對「澀」及「留」的理解。然前人對夢窗詞的看法，卻以「晦」
爲主。此見沈義父《樂府指迷》說：

〔註9〕同上，頁201。
〔註10〕劉斯翰撰：〈《海綃說詞》研究〉，《學術研究》，1994 年第 5 期，頁
　　　104。

夢窗深得清眞之妙。其失在用事下語太晦處，人不可曉。

〔註11〕

其與海綃都是針對夢窗詞的鍊字用典，然沈義父認爲是「晦」，陳洵則評爲「澀」。「澀」是指生硬艱澀，「晦」則指含意不明。據陳洵之意，夢窗詞雖用典較僻、鍊字麗密，但詞意不至於隱晦不明，與沈義父的理解不同。所以海綃提出「晦」是病，「澀」卻不是病的說法，甚至認爲善學夢窗詞之「澀」者，能達到研煉麗密的效果。另一方面，與其學夢窗之研煉麗密而得其「澀」，不如從命意運筆學之，反能窮高極深，明白其詞含蓄運筆和結構安排之用心。海綃既然嚴分「晦」和「澀」，故在評說時，亦嘗刻意反對前人批評吳文英詞之「晦」。如在〈浣溪沙〉（波面銅花冷不收）說：「西子西湖，比興常例，淺人不察，則謂覺翁晦耳。」在〈風入松·鄰舟妙香〉又云：「『晴熏』則日暖未消，『斷煙』則餘香尙嫋，斷續反正，脈絡井井，不得其旨，則謂爲晦耳。」

　　「留」的意思，海綃只簡單點出與命意和運筆相關，未再作具體的解說。然在評說吳文英和周邦彥詞的部分，讀者自可窺見「留」的用法。當中提及「留」字的，共有六闋。夢窗詞佔三闋，分別是〈三姝媚〉（吹笙池上道）、〈齊天樂〉（煙波桃葉西陵路）和〈鶯啼序〉（殘寒政欺病酒）；清眞詞佔三闋，分別是〈瑞龍吟〉（章台路）、〈蘭陵王·柳〉及〈丁香結〉（蒼蘚沿階）。其中〈蘭陵王·柳〉一闋更用了四次之多。先引此闋之內容並析述之：

柳陰直。煙裏絲絲弄碧。隋堤上、曾見幾番，拂水飄綿送行色。登臨望故國。誰識。京華倦客。長亭路，年去歲來，應折柔條過千尺。　　閒尋舊蹤跡。又酒趁哀絃，燈照離席。梨花榆火催寒食。愁一箭風快，半篙波暖，回頭迢遞便數驛。望人在天北。　　悽惻。恨堆積。漸別浦縈回，津堠岑寂。斜陽冉冉春無極。念月榭攜手，露橋聞笛。沈

〔註11〕沈義父著：《樂府指迷》，載唐圭璋編：《詞話叢編》（北京：中華書局，2005年），第一冊，頁278。

　　　　思前事，似夢裏，淚暗滴。〔註12〕

其中「留」的地方，海綃如是說：

　　　　「弄碧」一留，卻出「隋堤」。「行色」一留，卻出「故國」。……
　　　　第二段「舊蹤」往事，一留。「離席」今情，又一留，於是
　　　　以「梨花榆火」一句脫開。

陳洵評此闋的「留」，意思是一層意境未盡，又換另一層。詞中「煙
裏絲絲弄碧」是「留」，這句是描寫柳絲的顏色，道出其在煙霧迷濛
中顯得更爲碧綠。下句卻不再刻劃柳條，而點出「隋堤」這一送別
之地，故云「卻出『隋堤』」。下句「拂水飄綿送行色」，描繪柳絲在
水中輕拂的形態，續上「煙裏絲絲弄碧」寫柳之筆。下句「登臨望
故國」，撇開一筆，寫自己登上高堤遠眺，興起了思鄉之情和厭倦京
城的生活。這種一筆斷、一筆續，前面之意境未盡，輒即轉換另一
意境，大抵就是海綃理解「留」的其中一種意思。再論第二片。陳
洵說：「『舊蹤』往事，一留。」當中「閒尋舊蹤跡」是逆入，時間
上溯回昔日，故曰「往事」；接著「燈照離席」是平出，時間上重返
今日，是「今情」。這兩句亦是「留」，因爲前句是記往日之事，後
句不續寫往昔，轉述今日離別之情，時間變換，不相連接，故是「留」。
下句「梨花榆火催寒食」則將往事、今情一併脫開。由此可見，「留」
與「筆筆斷、筆筆續」的意思相同，能令詞意更蘊藉隱晦。

　　再看海綃解說清眞〈瑞龍吟〉一闋云：

　　　　而秋娘已去，卻不說出，乃吾所謂「留」字訣者。……又
　　　　吾所謂能留，則離合順逆，皆可隨意指揮也。

後面一段亦見於〈通論〉。而前面所說的，是海綃於評詞裏對「留」
最清晰的說法。其所謂「秋娘已去」，指詞人所愛的女子已去，乃整
篇主意所在。但全文卻無一語明確提出，詞中「惟有舊家秋娘，聲價
如故」一句，是寫作者重訪舊地，只見昔日與佳人同時歌舞者，藉以

〔註12〕本文所引之宋詞，引自唐圭璋編：《全宋詞》（北京：中華書局，2009
年）

暗示秋娘遠去。由此，所謂「留」，其中一種意思是指全篇都用含蓄的筆法來寫，而不直接道破主旨。

至於其評夢窗詞，「留」的意思乃指前面將一篇主旨和情感隱藏起來，留待下文點破。這與上述劉永濟的理解相同。海綃評〈齊天樂〉一首云：

> 中間送客一事，留作換頭點睛三句，相爲起伏，最是局勢精奇處。

此闋之內容如下：

> 煙波桃葉西陵路，十年斷魂潮尾。古柳重攀，輕鷗聚別，陳迹危亭獨倚。涼颸乍起。渺煙磧飛帆，暮山橫翠。但有江花，共臨秋鏡照憔悴。　華堂燭暗送客，眼波回盼處，芳豔流水。素骨凝冰，柔蔥蘸雪，猶憶分瓜深意。清尊未洗。夢不濕行雲，漫沾殘淚。可惜秋宵，亂蛩疏雨裏。

全篇的重心在於「送客」，起筆只寫詞人今日舊地重遊的所見所感：「古柳」、「輕鷗」、「陳迹危亭」，以及作者憔悴的外貌和沉重的心情。但卻絲毫未提及傷感的原因，直到至換頭「華堂燭暗送客」，才寫送客一事，故云「留作換頭點睛三句」，令文氣更加曲折，佈局精奇。陳洵將詞中「送客」解作「送妾」，雖有未當之處，並爲劉永濟詬病，〔註13〕然不論「送客」的意思是指送妾或妾送客，據陳洵之言，「送客」都是全篇的主意。夢窗在上片將詞之作意隱藏起來，留待換頭再說，這就是「留」的作法。另外，〈鶯啼序〉一闋亦然。海綃指出「第一段傷春起，卻藏過傷別，留作第三段點睛」。可知「傷別」是全文重心，但在首段卻將此意隱藏起來，直到第三段「別後訪、六橋無信」才點破「傷別」主旨，隱於前而顯於後，是「留」最通用的解說。

綜合來看，陳洵評詞中「留」的意思，主要從命意和運筆兩方面

〔註13〕劉永濟指出陳洵說此詞「『送客』爲送去妾，非也」。並用《史記·淳于髡傳》之「堂上燭滅，主人留髡而送客」來解說詞中夢窗乃以淳于髡自比，客則是同遊宴之友。送客而留髡，實因美人於髡情獨厚。此見同註8，頁232。

說，其意有三：一是指一層意境未盡，又換另一層，即運筆上採用筆筆斷、筆筆續的寫作方法；二是通篇都用含蓄的筆法來寫，不直接道破主旨；三是先將一篇主意和情感隱藏起來，留待下文點破。〔註14〕由此觀之，朱庸齋和劉永濟的說法亦深得海綃意思，至如劉斯翰視「留」為一個總概念，可包括各種筆法和結構之運用，則未免失實。蓋從劉氏提及的術語來看，與「留」最為相關的有「筆筆斷、筆筆續」和「離合順逆」，其餘則仍待斟酌。

二、「斷」、「續」

　　海綃評詞常有「筆筆斷、筆筆續」的說法，見出「斷」、「續」是從筆法來論。海綃弟子朱庸齋認為這「斷」、「續」的筆法就是上述所說的「留」。「斷」的意思大抵是指斷開一筆，換另一層意境或人事；「續」則是指在「斷」筆後，再承接前面的意境或字眼，使整篇的脈絡遙承遙接，含蓄隱晦。陳洵於評說吳文英〈解連環〉（暮簷涼薄）裡，仔細分析了詞中上片用筆的「斷」和「續」。先將夢窗詞之上片迻錄如下：

> 暮簷涼薄。疑清風動竹，故人來邈。漸夜久、閒引流螢，
> 弄微照素懷，暗呈纖白。夢遠雙成，鳳笙杳、玉繩西落。
> 掩練帷倦入，又惹舊愁，汗香闌角。

海綃曰：

> 「故人」，點出。「來邈」一斷，卻以「夜久」承「暮涼」。「纖白」一斷，卻以「夢遠」承「來邈」。掩帷倦入，跌進一步，復以「闌」承「簷」。筆筆斷，筆筆續，須看其往復脫換處。

〔註14〕徐文解釋「留」，則從兩方面出發：一是語意意涵層面，即詞意有表層意涵，又同時暗示了另一層不明說的潛意涵，並以上述周邦彥之〈瑞龍吟〉為例。二是層段間結構關係層面，其大概意思將拙文所說的「斷」、「續」筆法與「留」之第三種意思——將一篇主意和情感隱藏起來，留待下文點破結合起來，認為是陳洵〈通論〉所說之「一步一境」；又說是敘寫了某層意旨後，不是順著這一層意旨進一步延伸、鋪展，而是將可能的延伸意旨先留住不說，後置於後文再敘。此見同註5，頁31～32。

其所說「『故人』，點出」，意思是「故人」乃一篇之重心。「來邀」一斷，
是指故人來訪之事，機會渺茫，疑其終不來也。「來邀」二字收結上文
作者在暮涼入夜等待蘇姬的事，故說「一斷」，是從內容來說。而「承」
即「續」，其說「夜久」承「暮涼」，以入夜已久承接前面的日落時份，
所以是「續」。這是從時間上說。「纖白」一斷，意指自「漸夜久」至「纖
白」三句，都寫螢火蟲之光，此是一意。下句「夢遠雙成」，卻另起一
意，故「暗呈纖白」是「斷」。但「斷」後仍「續」，下句的「夢遠」又
承接上面第三句的「來邀」，均指今夜難與故人相聚，所以是「續」。「斷」
後又「續」，大抵就是陳洵「筆筆斷、筆筆續」之意。

　　又海綃評夢窗的〈隔浦蓮近・泊長橋過重午〉一首，亦有「筆筆
斷、筆筆續」之說，其意思和用法與前一闋相同。茲引吳文英詞之上片：

　　　　榴花依舊照眼。愁褪紅絲腕。夢繞煙江路，汀菰綠薰風晚。
　　　　年少驚送遠。吳蠶老、恨緒縈抽繭。

陳洵對此闋有這樣的評說：

　　　　「依舊」，逆入。「夢繞」，平出。「年少」，逆入。「恨緒」，
　　　　平出。筆筆斷，筆筆續。

此處筆法之「斷」、「續」是結合時空的跳接而言。第一句寫榴花照眼，
是往日重午的風光，是「逆入」。第二句寫所思愛姬之美，仍寫舊日
之事。「夢繞煙江路」兩句是「斷」，由昔返今，寫今日泊舟煙江及端
午節物。下句「年少驚送遠」是先「續」後「斷」。從「續」來看，
指此句在時間及內容上都與詞的首句相接，時間上返回昔日，又寫送
別佳人之事。從「斷」來說，是指與下一韻所寫的不相連接，結束少
年的回憶。下句「吳蠶老」是「續」，時間上又重到今日，與「夢繞
煙江路」一句相接，「恨緒」二字復回扣「夢繞」，寫此時的情懷。故
單從上闋的筆法來看，可說是「斷」中有「續」，「續」中有「斷」。
從海綃所評「筆筆斷、筆筆續」來看，具體的說法大抵是「夢繞」一
斷，「年少」承「依舊」。「送遠」一斷，卻以「恨緒」承「夢繞」；宜
與上片之「逆入」、「平出」處參看。

三、「離合順逆」

「離合順逆」，是指詞的結構和筆法兩方面而言。「離」就是指所寫的事情或景物與上句關係不密切，「合」是與上句緊緊扣合，能互相呼應。「離合」與「開合」同義，大抵就如劉熙載（1813～1881）在《詞概》所說的「詞要放得開，最忌步步相連。又要收得回，最忌行行愈遠」之意。〔註15〕「放開」就是「離」，「收回」就是「合」。結構有「離合」之勢，就是依於「斷」、「續」的筆法。筆觸之「斷」，就是「離」；運筆之「續」，就是「合」。「離合」和「斷續」的分別，前者或針對詞之結構，後者或專從用筆說。至於「順逆」，則是筆法。「順」是直寫、正寫，「逆」是反面落筆。陳洵評說夢窗〈花犯・郭希道送水仙索賦〉時，嘗謂此闋「全從趙師雄夢梅花化出，須看其離合順逆處」。詞之內容原為：

> 小娉婷，清鉛素靨，蜂黃暗偷暈。翠翹欹鬢。昨夜冷中庭，月下相認。睡濃更苦淒風緊。驚回心未穩。送曉色、一壺蔥蒨，纔知花夢準。　　湘娥化作此幽芳，凌波路，古岸雲沙遺恨。臨砌影，寒香亂、凍梅藏韻。熏鑪畔、旋移傍枕，還又見、玉人垂紺鬢。料喚賞、清華池館，臺杯須滿引。

關於全詞的「離合」之處，海綃並無金針度人。據筆者析之，全詞的「離合」處大概如下：開首至「月下相認」為一韻，寫夢境中水仙之美。「睡濃」兩句是從作者自身說，不再描寫水仙，是「離」。「送曉色」一句是「合」，扣合開首夢見水仙之事，以「花夢準」三字點出。換頭用舜妃投水化為湘娥的典故，是「離」。至「還又見」，呼應上片夢中與水仙在月下相見，「料喚賞」，寫郭希道送水仙前必已在清華池館內品酒賞花，呼應上片「送曉色」句。這兩句都是挽合上闋之事，故是「合」。由是海綃有『還又見』應上『相認』，『料喚賞』應上『送曉色。』的說法。所謂「應上」，亦即扣合之意。

〔註15〕劉熙載著：《詞概》，載唐圭璋編：《詞話叢編》（北京：中華書局，2005年），第四冊，頁3699。

再論「順逆」。此闋開首是從反面落筆，寫夢中水仙花之美態，然卻不明確點出是夢境，故是「逆」。至「睡濃」四句，直寫詞人清晨從夢中驚醒後，郭希道即送來一盆水仙，是順寫。換頭「湘娥化作此幽芳」一句，藉典故帶出水仙之美，亦不用正寫，是「逆」。至「熏爐畔」是「順」，寫清晨醒來，水仙就在自己的枕邊。最後「料喚賞」是「逆」，寫詞人的虛想。其想像友人在贈花之前，已嘗對酒賞花。全篇順逆筆法變化多端，離合結構交替轉換，故陳洵有「須看其離合順逆處」的說法，然須讀者自行領會。

第二節　「逼」和「跌」

「逼」和「跌」意思雖然不同，但均有向前推進之意。與「逼」相關的術語，在海綃評詞裡，有「逼取」、「逼出」和「逼起」，是指描寫景物和敘述人事上層層深入，向前推進，逼出全文關鍵的句子，帶出一篇主旨。而「跌」，分別有「跌進」、「跌落」和「反跌」，今人徐文點出後兩者的涵意相同，但與「跌進」迥異，謂前者是詞篇層段間對比、反差式的意旨轉換；後者則是意旨間的遞進與深化。〔註16〕筆者大抵認同其說，但見陳洵使用「跌落」時，似亦有深化前一韻所寫者，與「跌進」意思相近。茲剖析上述六個術語，並附以相關的詞例作說明。

一、「繳足」、「逼取」

海綃評詞時，有「繳足、逼取」的術語，只見於評吳文英的〈杏花天・重午〉一首。「繳足」的意思是指補充前面所寫之人事和景物，「逼取」則是層層推進，一層比一層深入，最終逼出全文的重點。夢窗詞之原文如下：

> 幽歡一夢成炊黍。知綠暗、汀菇幾度。竹西歌斷芳塵去。寬盡經年臂縷。　梅黃後、林梢更雨。小池面、啼紅怨暮。當時明月重生處。樓上宮眉在否。

〔註16〕同注5，頁41～42。

此詞是夢窗重午時思念蘇妾之作，意思甚明，故海綃評說亦簡。其云：

「幽歡一夢成炊黍」，以下三句繳足；「樓上宮眉在否」，以
上三句逼取。順逆往來，無不如意。

根據夢窗詞意，「幽歡一夢成炊黍」的意思，是指與蘇姬舊日戀情好
夢成空。而陳洵謂「以下三句繳足」，即「知綠暗」三句，完全交代
了上文兩人歡情不再的原因及詞人以後的生活。這幾句以荔葉已經幾
度綠暗落筆，再敘述愛姬去而不返，自己飽受離別之苦，以致繫於臂
腕上的絲縷寬鬆了；可說是補足了第一句的前因後果，這就是「繳
足」。至於下片的「樓上宮眉在否」，是問及愛妾會否仍在小樓上。而
「以上三句逼取」，是說「梅黃後」三句層層深入，逼出最末一句作
結。「梅黃後」是寫梅子成熟後，林梢下著微雨，渲染出憂愁的氣氛。
這是第一層。「小池面」一句描繪池塘水面，落花點點，更深一層地
營造悲傷的環境。「當時明月重生處」由上二句再推進一步，說出當
年與蘇妾共賞之明月於今夜又再昇起，引起了詞人的憶念，最後逼出
了對愛妾是否仍在樓上的疑問。這三句一層深於一層，由寫景至人
事，所以海綃說末句是由以上三句「逼取」。至如「順逆往來」之意，
則是從筆法方面說。順筆是指下片「梅黃後」，層層往前遞進，順序
描述，逼出末句收結。逆筆是指上片首句點出一篇重心，「知綠暗」
三句反向逆筆補足而言。

二、「逼出」、「逼起」

關於「逼出」，在陳洵評詞裡，主要指前文層層推進，愈轉愈深，
最終道出一篇之重點。此與上述「逼取」的意思相同，見於夢窗的〈六
么令・七夕〉、〈探芳訊〉（為春瘦）和清真的〈風流子〉（新綠小池塘）
三首之評說裡。由於此三闋的用法一致，故本節只以〈風流子〉（新綠
小池塘）一首為例，說明「逼出」的意思，餘不贅說。先引清真詞原文：

新綠小池塘。風簾動、碎影舞斜陽。羨金屋去來，舊時巢
燕，土花繚繞，前度莓牆。繡閣鳳幃深幾許，曾聽得理絲
簧。欲說又休，慮乖芳信，未歌先咽，愁近清觴。　　遙

　　　　知新妝了，開朱戶、應自待月西廂。最苦夢魂，今宵不到
　　　　伊行。問甚時說與，佳音密耗，寄將秦鏡，偷換韓香。天
　　　　便教人，霎時廝見何妨。

全詞上片先說明時間、地點、人物和景色，層層推進。先寫自己所在
池塘的冷清，只見風吹簾動，斜陽照影，而未見所戀之女子。「羨金
屋去來」一韻，寫作者羨慕自由往來金屋的燕子、盤繞莓牆的土花，
可以親近美人。「繡閣鳳幃深幾許」一句，再推進一步寫繡閣之深，
直接點出難見佳人及自己心情的愁悶。下片起筆是詞人想像之語，表
明己既有意，彼亦有情。「最苦夢魂，今宵不到伊行。」二句又再向
前一步，寫兩人中有阻隔，即使在夢中亦不可相見，故云「最苦」。
後面一韻「問甚時說與」復推進，以「秦鏡」、「韓香」兩個互贈情物
的典故，問何時能見面定情。然而，這一追問卻難有結果，詞人在無
可無奈而心裡又記掛美人的情況下，逼出其內心的呼叫：即使是一
霎，何妨讓我們相見！全文一層復一層，先寫作者之孤寂，進而羨慕
燕子、土花，再直指道出二人有情亦難相見，更遑論送物定情；這些
景物人事，將難見之苦愈渲染愈深刻，全皆為了「天便教人，霎時廝
見何妨」一句蓄勢，表達兩情相悅的戀人相見的共同願望，故是「逼
出」。由是，海綃評曰：

　　　　「甚時」轉出「見」字後路，千迴百折，逼出結句。畫龍
　　　　點睛，破壁飛去矣。

以「千迴百折」四字，精要道出通篇運用層層推進，全為逼出結句著力。
「畫龍點睛，破壁飛去」，更生動和深刻說出了末二句在全詞的作用和
氣勢。因是，詞家況周頤評此語為「愈樸愈厚，愈厚愈雅」。〔註17〕

　　　海綃評詞又有所謂「逼起」這一術語，用法與「逼取」、「逼出」

〔註17〕況周頤說：「清真又有句云：『多少暗愁密意，惟有天知。』『最苦夢
　　　魂，今宵不到伊行。』『拚今生，對花對酒，為伊淚落。』此等語愈
　　　樸愈厚，愈厚愈雅，至真之情，由性靈肺腑中流出，不妨說盡而愈
　　　無盡。」見況周頤著，孫克強輯考：《蕙風詞話》（鄭州：中州古籍
　　　出版社，2003 年），卷一，頁 19～20。

均同。此見其評周邦彥〈丁香結〉（蒼蘚沿階）之上片曰：

> 起五句全寫秋氣，極力逼起「漢姬」五字，愈覺下句筆力
> 千鈞。

當中「漢姬紈扇在」與秋氣相關，是周邦彥在層層描寫秋天蕭颯的景色後，反用班婕妤典故，所以說「逼起」。海綃甚至稱許清眞下筆落句「筆力千鈞」。茲引本詞之上片如下：

> 蒼蘚沿墀，冷螢黏屋，庭樹望秋先隕。漸雨淒風迅。澹暮
> 色，倍覺園林清潤。漢姬紈扇在，重吟翫、棄擲未忍。登
> 山臨水，此恨自古，銷磨不盡。

全詞先寫屋外的蒼蘚、屋內的螢火蟲。再加一層寫樹葉凋零。復向前一步描述涼風秋雨，爲秋天營造淒冷的氣氛。再進一步點明暮色，增添愁緒。這樣層層推進，愈寫愈深，最終逼出了對佳人的思念。當中「漢姬紈扇在」，是用班婕妤〈怨歌行〉關於秋扇後捐的典故，表面與上述之秋意扣合，實際的目的是道出全詞重心──思念佳人。下句所謂「重吟翫、棄擲未忍」，道出對伊人不捨之情。故自起筆「蒼蘚沿墀」，至「倍覺園林清潤」六句，一層一層地描繪秋暮景色，以秋之冷清孤寂的氛圍逼出了佳人離去，並抒發自己內心難以銷磨之遺恨。由此可見，「逼起」、「逼取」和「逼出」，在陳洵的《海綃說詞》裡，用法均相同，俱指層層渲染後逼出全篇的主旨。

三、「跌進」、「跌落」、「反跌」

陳洵評詞裡，不乏關於「跌」的說法。據徐文所引，「跌」這一術語在明代沈際飛評《草堂詩餘》已出現，意指情感、語意間背反性的轉換，並謂後來清之高亮功、劉熙載使用的「跌」、「頓跌」、「襯跌」意思亦相同。〔註18〕至於陳洵對「跌」的運用，有「跌進」、「跌落」和「反跌」三種。徐文解說「跌進」、「跌落」和「反跌」時，認爲前者指意旨間的遞進與深化，後者則是指所寫的與前面之情境、語意有

────────

〔註18〕同注5，頁40。

很大的對比。〔註19〕先討論「跌進」一語。

這見於海綃評吳文英的〈三姝媚〉（吹笙池上道）、〈霜花腴・重陽前一日泛石湖〉和〈解連環〉（暮簷涼薄）三闋。本文以前兩首爲例，作一說明。先引夢窗詞〈三姝媚〉之上片：

> 吹笙池上道。爲王孫重來，旋生芳草。水石清寒，過半春猶自，燕沈鶯悄。穉柳闌干，晴蕩漾、禁煙殘照。往事依然，爭忍重聽，怨紅淒調。

詞中「跌進」的部分，據陳洵評曰：「『怨紅淒調』，再跌進一步作歇。態濃意遠，顧望懷愁。」乃針對詞中「往事依然」三句來說。這三句是記詞人在西湖故居，觸目皆淒清之景，水石清寒，鶯燕沉寂，斜陽殘照，牽引作者對往事的記憶，心頭猶自淒慘。海綃之評「怨紅淒調」是「跌進一步」，是因爲夢窗本已傷心，再加上聽到傷春悲涼曲調，更加不堪忍受。由詞人之傷感，再增添一層傷感，就是「跌進」一步的寫法。即對前一韻所寫者，再花筆墨渲染一層。今人釋說此句，認爲「跌進」僅是針對「怨紅淒調」四字，而未從上文下理作解，曰：「『怨紅淒調』，指傷春淒涼曲調，聽之令人哀怨，加之『重聽』，說明已聽多次，更讓人不堪忍受，這是跌進一步的寫法。」〔註20〕指出詞中的「跌進」一步處，在於再一次聽到傷春曲調。上述已說明「跌進」的涵義是對前面詞意的遞進和深化，故以多次重聽傷春曲調，但不顯見有進一步深化之意。

再略說〈霜花腴・重陽前一日泛石湖〉一首。陳洵評曰：「移船就月，再跌進一步，筆力酣暢極矣。」此處「跌進一步」，是連接上三句「芳節多陰，蘭情稀會，晴暉稱拂吟箋」而言。這一韻是說重陽佳節多陰少晴，今日適逢晴日，且良朋共聚，故欣然命筆填詞，點出詞人因天晴而有遊興。下句「更移畫船。引佩環、邀下嬋娟」，寫泛船至月出，詞人詩意翩翩，邀下月中嫦娥一起遊湖。全詞至此，歡愉之情達至高潮。

〔註19〕同上，頁41～42。

〔註20〕趙慧文、徐育民編著：《吳文英詞新釋輯評》（北京：中國書店，2007年），下冊，頁758。

故海綃謂「移船就月」句是「跌進一步」，乃指詞人因天氣而有遊興，「更移畫船」乃向前遞進和深化，將賞玩之樂推到頂峰。

再探討「跌落」。海綃對於此一術語的運用，徐文認為是指詞篇所描述兩段的情感、時空或語意有反向的轉變。筆者大抵認同這一理解，然發現陳洵評周邦彥〈大酺·春雨〉所說的「跌落」，意思卻是推進和深化前段所說者，而非寫兩種相反的感受或情境。這樣令「跌落」的用法與「跌進」無異。至於陳洵評說其餘各首之「跌落」，均可用上述意思來析說。茲以夢窗〈齊天樂〉（煙波桃葉西陵路）和〈絳都春·燕亡久矣，京□適見似人，悵怨有感〉為例，復說明海綃在〈大酺·春雨〉對「跌落」之運用。先引前首上片之內容：

> 煙波桃葉西陵路，十年斷魂潮尾。古柳重攀，輕鷗聚別，
> 陳迹危亭獨倚。涼颸乍起。渺煙磧飛帆，暮山橫翠。但有
> 江花，共臨秋鏡照憔悴。

海綃評曰：「西陵，邂逅之地，提起。『斷魂潮尾』，跌落。中間送客一事，留作換頭點睛三句。」點出首句提及之「西陵」，是當年與愛姬邂逅和相戀之地。而「十年斷魂潮尾」則寫今日重返錢塘江，事遠人去，令人斷魂。陳洵評此句為「跌落」，重點在於前句是詞人回憶昔日與佳人相愛之事，後句則返回現實，寫人去凋零。前喜後悲，上句敘往事，下句述今情，實針對兩句在情境和時間上反向轉變之大。

至於〈絳都春〉一首亦然。詞中的「跌落」處，陳洵認為是「悵客路、幽扃俱遠」一句，並說：「然後以『當時』句提起，『客路』句跌落。」所謂「當時」句，是詞中「當時明月娉婷伴」一語，回憶往時明月朗照、越姬相伴。下句則寫「悵客路、幽扃俱遠」，敘述自己今日，遇見一位與愛姬相似的女子，然其已歸至幽門遠去，自己不禁惆悵悲傷。上一句寫舊時的溫馨，下句則記現在的落寞，前喜後悲，故陳洵以「跌落」評之，乃指前後兩句所敘寫的時間和情感俱相反。

海綃評周邦彥〈大酺·春雨〉之「跌落」，是針對下片「況蕭索、

青蕪國」六字。茲引此詞下片原文：

> 行人歸意速。最先念、流潦妨車轂。怎奈向、蘭成顦顇，
> 衛玠清羸，等閒時、易傷心目。未怪平陽客，雙淚落、笛
> 中哀曲。況蕭索、青蕪國。紅糁鋪地，門外荊桃如菽。夜
> 遊共誰秉燭。

陳洵說：「『平陽』二句，脫開作墊，跌落下六字。『紅糁』二句，復加一層渲染，托出結句。」段中所指之「蘭成顦顇」，是說庾信長期羈留北方，不得南歸。「衛玠清羸」則說衛玠有羸疾，體不堪勞。「平陽客」是指馬融聽得笛聲而觸動思鄉情懷。這三句均是詞人借古人自況，以寓思歸之意。海綃謂「未怪平陽客，雙淚落、笛中哀曲」二句後，「跌落」下六字，是就詞中「況蕭索、青蕪國」而言。這一句寫眼前之景，經春雨摧殘後，一片荒蕪。此語相對於「平陽客」二句，並無情境、語意等的反向轉變，卻深化和推進前面五句，故筆者認為陳洵可能於此將「跌進」誤為「跌落」，或「跌落」、「跌進」意思本來相近，不必再作細緻的區別。

最後，陳洵評詞有「反跌」一語，見於其說吳文英〈花犯・郭希道送水仙索賦〉和〈絳都春・為李簣房量珠賀〉兩首。因為「反跌」與「跌落」的意思相同，茲以前首為例，略作說明。海綃曰：「『昨夜』，逆入。『驚回』，反跌。極力為『送曉色』一句追逼。」是關乎詞之上片。原文如下：

> 小娉婷，清鉛素靨，蜂黃暗偷暈。翠翹欹鬢。昨夜冷中庭，
> 月下相認。睡濃更苦淒風緊，驚回心未穩。送曉色、一壺
> 蔥蒨，才知花夢准。

海綃指出「昨夜冷中庭」以下三句是記昨夜夢裡，在中庭月下遇見仙子，是「逆入」之事。至「驚回心未穩」句，寫詞人從夢中驚醒。上句敘述夢中歡愉之景，下句即言驚醒，跌落現實，見出兩句在時間上的對照。因是，「反跌」與「跌落」皆指所描述之兩段裡，出現情感、時空或語意反向的轉變。

第三節 「逆」和「倒」

「逆」和「倒」有時間或結構上的反向意思，「逆」主要就時間來說，如「逆入」、「逆溯」、「逆出」及「逆敘」；除了「逆挽」是針對詞之結構而言。至於「倒」，則從結構和時間兩方面有關，如「倒應、逆提」、「倒提、逆挽」。至於「倒鉤」和「倒捲」，則純粹指結構安排。然而，這僅爲大致的分類，當中與「逆入」意思相同的術語尚有「追溯」一詞，故本節將其與「逆敘」合一組論述；又海綃評詞有「倒影」一語，雖有「倒」字，卻無「逆」、「倒」之意，而是虛、實之筆法。因是，本文擬將其置於另一節論述。茲詳細分析上述各個術語的意思，並附詞作說明，以顯其在《海綃說詞》裡的使用方法。

一、「逆入」、「平出」

據徐文所說，「逆入」、「平出」一組概念在詞學批評中最早見於譚獻的《譚評詞辨》，而其所用「逆入」、「平出」是展示詞中的因果關係。徐氏以周邦彥〈花犯〉（粉牆低）一詞爲例，指出譚獻於詞中「依然舊風味」評曰「逆入」，「去年勝賞曾孤倚」則評「平出」。他並解釋這兩句的意思是詞人賞梅時之所以有「依然舊風味」的感想，是因爲去年也曾觀賞梅花。「去年」之事是因，「依然」之感是果。〔註21〕

至於「逆入」、「平出」在陳洵《海綃說詞》裡，乃常用之語，在其評夢窗及清眞詞均是隨處可見，而且意思明確。「逆入」是指在時間上回到過去，「平出」則是時間返回現在。然這組概念有時涉及由今至昔，或由昔至今，徐文認爲這種情況主要是爲了引領讀者進入往昔情事。〔註22〕今以清眞〈瑞龍吟〉（章臺路）和〈夜飛鵲‧別情〉爲例，闡釋海綃所謂「逆入」、「平出」之法。先引〈瑞龍吟〉一首：

> 章台路。還見褪粉梅梢，試花桃樹。愔愔坊陌人家，定巢燕子，歸來舊處。　黯凝佇。因念箇人癡小，乍窺門户。

〔註21〕同注5，頁7。
〔註22〕同上，頁10。

> 侵晨淺約宮黃，障風映袖，盈盈笑語。　前度劉郎重到，
> 訪鄰尋里，同時歌舞。唯有舊家秋娘，聲價如故。吟箋賦
> 筆，猶記燕臺句。知誰伴、名園露飲，東城閒步。事與孤
> 鴻去。探春盡是，傷離意緒。官柳低金縷。歸騎晚、纖纖
> 池塘飛雨。斷腸院落，一簾風絮。

關於此詞的「逆入」、「平出」處，陳洵說：

> 第一段地，「還見」逆入，「舊處」平出。第二段人，「因記」
> 逆入，「重到」平出，作第三段起步。

意思是說第一段所描寫的梅褪桃開，燕子往來，是昔日的事；屬於清
眞重臨此秦樓楚館時，勾起對過去的回憶。故開首「章台路」一句是
今日的到訪，「還見褪粉梅梢」是既今又昔，寫現在看到的梅花與舊
時相同，並引領讀者的思緒由今日重返過去。故此句至「定巢燕子」
俱是重記舊事，爲「逆入」。「歸來舊處」一語是「平出」，明確點出
詞人今日舊地重遊之意。至於第二段，起句「黯凝佇」寫作者黯然佇
立，「因念」再度「逆入」，想起當年初遇情人及女子之服飾情態，風
姿迷人。直至第三段「前度劉郎重到」復「平出」，再寫今日重到的
事，作爲第三闋起句。蓋時間上返回舊時，就是「逆入」；敘述今日
之事，則屬「平出」。此詞的今昔結構，是今——昔——今——昔—
—今，極盡今昔跳躍之能事。再看清眞〈夜飛鵲·別情〉一首。

> 河橋送人處，涼夜何其。斜月遠墮餘輝。銅盤燭淚已流盡，
> 霏霏涼露霑衣。相將散離會，探風前津鼓，樹杪參旗。華驄
> 會意，縱揚鞭、亦自行遲。　迢遞路回清野，人語漸無聞，
> 空帶愁歸。何意重紅滿地，遺鈿不見，斜逕都迷。兔葵燕麥，
> 向殘陽、欲與人齊。但徘徊班草，欷歔酹酒，極望天西。

海綃對此闋的評說，甚爲簡要。而「逆入」、「平出」之說，亦只有寥
寥二語曰：「『河橋』逆入，『前地』平出。」點出全詞的「逆入」在
首句，「平出」則在下片「何意重紅滿地」句，即上片全屬回憶。細
探詞意，上片敘述詞人在河橋送別友人，在離別前飲酒至斜月遠墮之
事。詞人繼而探聽渡頭鼓聲，送別友人，遂騎馬回程。換頭落筆仍是

「逆入」,寫回程所見所聞與離別愁緒。至「何意重紅滿地」句才是「平出」,寫今日重臨舊地,只見落花滿地,剩下「兔葵燕麥」等野草野穀及殘陽夕照,一片荒蕪。自海綃明確道出全首的「逆入」、「平出」處,金針度人,遂使通篇脈絡清晰易明。

二、「平入」、「逆出」

陳洵評詞的「平入」、「逆出」,其實即是上述之「逆入」、「平出」。當中不同之處只在於敘述的次序。「平」、「逆」是從時間來說,前者是今日,後者是過去。而「入」、「出」則是敘事的先後,「入」者為先,「出」者為後。海綃評夢窗〈解語花·立春風雨中餞處靜〉一首既有「逆入」、「平出」之說,又有「平入」、「逆出」的分析。先將原詞引錄如下:

> 檐花舊滴,帳燭新啼,香潤殘冬被。澹煙疏綺。凌波步、暗阻傍牆挑薺。梅痕似洗。空點點、年華別淚。花鬢愁,釵股籠寒,彩燕沾雲膩。　　還鬮辛盤蔥翠。念青絲牽恨,曾試纖指。雁回潮尾。征帆去、似與東風相避。泥雲萬里。應翦斷、紅情綠意。年少時、偏愛輕憐,和酒香宜睡。

海綃對全詞的時空跳躍有這樣的說法:

> 「舊滴」,逆入。「新啼」,平出。復以「殘冬」鉤轉。……
> 「還鬮」,平入。「曾試」,逆出。「帆去」,復由雁回轉落。

首句「檐花舊滴」,寫昔日在雨滴房檐的風雨之夜分別,故是「逆入」,以一「舊」字明白點出。下句「帳燭新啼」指今日餞別,仍在風雨之夜,以一「新」字暗提,是「平出」。換頭「還鬮辛盤蔥翠」一句,寫今日以五辛盤迎春的熱鬧境況;時間是現在,又屬於提筆之句,所以是「平入」。而「曾試纖指」,記述往昔女子曾經在立春之日以纖指送贈青韭;時間是過去,敘述次序又在「平入」之後,故是「逆出」。由此可見,「平入」、「逆出」的意思與「逆入」、「平出」相同,分別僅在於敘事的先後次序是以「入」為先,以「出」為後。

三、「逆溯」、「逆出」

　　陳洵評詞時，有「逆溯」、「逆出」的說法，其實均與「逆入」的意思相同，指在時間上回到過去，即今日對舊事的回憶。下文各引一例以說明之。先引清眞〈木蘭花令〉（歌時宛轉饒風措）一闋。

> 歌時宛轉饒風措。鶯語清圓啼玉樹。斷腸歸去月三更，薄酒醒來愁萬緒。　　孤燈翳翳昏如霧。枕上依稀聞笑語。惡嫌春夢不分明，忘了與伊相見處。

當中「逆溯」部分，海綃認爲是開首三句。至於爲何提出這一說法，關鍵在於「薄酒醒來愁萬緒」一語。這句敘述詞人醉後清醒，滿腔愁緒。而「歌時宛轉饒風措」三句，則是詞人醉酒醒來對昨日的回憶，仍然想念歌女婉轉圓潤的歌聲，卻逼不得已在三更時份斷腸離去。在這種無何奈何的情況下，作者乃借酒銷愁。陳洵謂「歌時」三句乃醒後「逆溯」，那麼「歌時」三句所記述的自然是昨日之事。「逆溯」一詞，就是對舊事的回憶，在時序上屬於過去。

　　「逆出」的用法亦相同。此見海綃評周邦彥的〈掃花遊〉（曉陰翳日）曰：「『信流去』陡接，『怨題』逆出。」其詞上片之內容是：

> 曉陰翳日，正霧靄煙橫，遠迷平楚。暗黃萬縷。聽鳴禽按曲，小腰欲舞。細遶回堤，駐馬河橋避雨。信流去。想一葉怨題，今在何處。

上片開首八句刻畫霧靄沉沉閉日，橫煙遠貫平原，岸柳漸黃，晨風欲作之景。「信流去」一句陡接，與上句「駐馬河橋避雨」相連，說橋下河水向前流去。至「想一葉怨題」句，以一「想」字提示時間上回到舊日，記敘詞人憶起往時與情人相戀之事。然今日佳人已去，難以相見。然徐文卻認爲海綃「逆出」的意思並非指時間上返回往昔，並提出其繼承了胡應宸對的用法。〔註23〕關於胡應宸在《蘭皋明詞彙選》，徐文以評賀裳〈一萼紅・感舊〉爲例，指出其運用「逆出」是

〔註23〕同注5，頁11。

指在抒寫了某一感受之後接寫另一層與此相背反的感受。〔註24〕所以他在釋說周邦彥〈掃花遊〉一首就有這樣的說法：

> 從「曉陰翳日」到「河橋避雨」都是恬淡閒適的意境，而
> 「信流去」、「怨題」忽然接入怨抑悵恨的心情，對前文的
> 意境形成一種背反，故評之為「逆出」。〔註25〕

指出「曉陰翳日」到「河橋避雨」是抒發閒適的感受，至「信流去」、「怨題」忽然表達怨抑悵恨的心情，與恬淡的心境相反，這就是海綃所說的「逆出」。徐文之見可備一說，但我認為「逆出」似應理解為時間回到過去較為恰當。這是因為其所引胡應宸評賀裳〈一萼紅·感舊〉，當中所說的「逆出」處，亦有時間回到舊時之意。〔註26〕因此，海綃所說的「怨題」逆出，就是指時間上返回昔日，與「逆入」意思相同。

四、「追溯」、「逆敘」

「追溯」一詞，近乎「逆入」的意思。但前者主要指發生在一天之內的事，後者則為對往事的追憶。此早見於周濟評清真〈瑞鶴仙〉（悄郊原帶郭）說：「不扶殘醉，不見紅藥之繫情，東風之作惡，因

〔註24〕同上，頁7。
〔註25〕同上，頁11。
〔註26〕賀裳〈一萼紅·感舊〉原詞為：「別銀燈。正熒熒青焰，欲息又還明。四壁蟲喧，一城砧急，枕寒幽夢難成。記當日、紅樓酣醉，燭光裡、顧影惜娉婷。小玉鋪衾，雙文解帶，誓老柔溫。　惟怕良宵不永，早猧驅戶外，鸚掛前庭。日射銀屏，香銷金鼎，貪看未忍相驚。從別後，釵分細拆，訪菱花、消耗杳無音。空對半窗涼月，擁被孤吟。」胡應宸評曰：「前後通寫離愁，中間具陳歡樂，歡樂固從離愁逆出，離愁仍從歡樂生來。」轉引自同上注，頁7。筆者認為徐文之所以認為此處「逆出」是指抒寫一種與之前相反的感受，是因為受到胡評「歡樂固從離愁逆出」一句的影響。當中歡樂、離愁是兩種相反的感受。至於我認為歡樂是記昔日事，離愁是從別後至今日事，前者本應為「逆入」，後者為「平出」。然當時尚未有此說。全詞起筆「別銀燈」至「枕寒幽夢難成」為今日離愁之事，「記當日」至「貪看未忍相驚」為昔日歡樂至分別時事。「從別後」至篇末仍敘離愁。胡應宸「歡樂固從離愁逆出」之意似指舊日的歡樂是從今日離愁對過去的回憶，即「逆出」仍指時間重回往昔。

而追溯昨日送客後，薄暮入城，因所攜之妓倦遊，訪伴小憩，復成酣飲。」〔註27〕明確點出「追溯」是回到昨日，卻未限定爲一天內的事。筆者所以認爲「追溯」是指一天內作者對較早發生之事的追想，原因是在陳洵《海綃說詞》裡，只有周邦彥的〈瑣窗寒・寒食〉嘗兩次用此一術語。其云：

> 自起句至「愁雨」，是從夜闌追溯。由戶而庭，乃有此西窗。由昏而夜，乃爲此翦燭。用層層趕下。「嬉遊」五句，又從「暗柳」、「單衣」前追溯。「旗亭」無分，乃來此戶庭。「儔侶」俱謝，乃見此故人。用層層繳足作意，已極圓滿。

此闋之內容如下：

> 暗柳啼鴉，單衣竚立，小簾朱戶。桐花半畝，靜鎖一庭愁雨。灑空堦、夜闌未休，故人剪燭西窗語。似楚江暝宿，風燈零亂，少年羈旅。　　遲暮。嬉遊處。正店舍無煙，禁城百五。旗亭喚酒，付與高陽儔侶。想東園、桃李自春，小脣秀靨今在否。到歸時、定有殘英，待客攜尊俎。

據陳洵所說，「暗柳啼鴉」至「靜鎖一庭愁雨」，是從夜闌「追溯」的景色。又下片「嬉遊處」至「付與高陽儔侶」，又從「暗柳啼鴉」句前「追溯」。先分析前者。海綃的意思是指由起句「暗柳啼鴉」至「靜鎖一庭愁雨」五句，並非從時間順序出發來寫，而是詞人於夜闌人靜之時，對剛才入夜景色的回想。至於後者，海綃指出下片的「嬉遊處」五句，雖然在敘述次序上置諸下片，但從時間上來說，這五句卻是第一句未入夜前發生的事，故云「追溯」。簡而言之，此詞上下兩片在敘述上本來是寫由入夜至夜深。但依海綃的理解，則下片的「嬉遊處」是日間事，上片的「暗柳啼鴉」是在夜闌想起入夜時之事。至「灑空階」則爲夜深，下片「想東園」又更晚矣。若從陳洵的意見，則全詞敘述一日之結構爲：夜（回想）——夜深——日間——夜深。

至於「逆敘」，意思與「追溯」相同，只是用語上有別，都是指

〔註27〕周濟編：《宋四家詞選》（香港：商務印書館，1959 年），頁 12。

一首詞在鋪敍時，時序出現顛倒的情況。例如將後來發生的事置於上片，較先發生的卻放在下片敍述。「逆敍」一語，最早見於張惠言評溫庭筠〈菩薩蠻〉一組詞，說：「此感士不遇也。篇法彷彿〈長門賦〉，而用節節逆敍。」〔註28〕是針對數章之間來評說。至於海綃以「逆敍」評詞，卻僅見於周邦彥〈隔浦蓮近拍〉（新篁搖動翠葆）一闋裡。因是，筆者在編排上與「追溯」同為一組，指發生在一天內的事，但敍述卻出現時序顛倒。清眞原詞如下：

> 新篁搖動翠葆。曲徑通深窈。夏果收新脆，金丸落、驚飛鳥。濃靄迷岸草。蛙聲鬧。驟雨鳴池沼。　　水亭小。浮萍破處，簾花簷影顛倒。綸巾羽扇，困臥北窗清曉。屏裏吳山夢自到。驚覺。依然身在江表。

全詞「逆敍」之處，陳洵有這樣的評說：

> 自起句至換頭第三句，皆「驚覺」後所見。「綸巾」、「困臥」，卻用逆敍。

其所謂「自起句至換頭第三句，皆『驚覺』後所見」，意思是指開首第一句至「簾花簷影顛倒」這十句所描繪充滿生機的景物，均是詞人遊覽困倦，躺臥在船上入夢，驚醒後所見，而非開始時遊江表之見聞。至於「綸巾羽扇」，是詞人遊覽時的衣飾，「困臥」則是其遊覽困倦而臥，俱屬「驚覺」前事。這二句從時序來看，應屬上片的第一韻，但在敍述上卻置於下片，所以是「逆敍」。據海綃的理解，全詞的次序應該是：「綸巾羽扇，困臥北窗清曉。屏裏吳山夢自到。驚覺。依然身在江表。新篁搖動翠葆。曲徑通深窈。夏果收新脆，金丸落、驚飛鳥。濃靄迷岸草。蛙聲鬧，驟雨鳴池沼。水亭小。浮萍破處，簾花簷影顛倒。」

五、「倒應」、「逆提」／「倒提」、「逆挽」

　　海綃評詞裡，多有述及一首詞中，文字的鋪敍和時間的順序顛倒，但整篇又無提示的字眼，稱爲「倒應」、「逆提」或「倒提」、「逆

〔註28〕張惠言撰：《張惠言論詞》，載唐圭璋編：《詞話叢編》（北京：中華書局，2005年），第二冊，頁1609。

挽」。「倒」、「逆」二字主要針對時間、鋪敘兩方面不一致，有先後次
序不同的意思。其於評夢窗的〈鶯啼序〉（殘寒正欺病酒）詞裡，認
爲「臨分」一句對於「別後」句爲「倒應」，而「別後」一句於「臨
分」句則爲「逆提」。先引吳文英原詞：

> 殘寒正欺病酒，掩沈香繡戶。燕來晚、飛入西城，似說春事
> 遲暮。畫船載、清明過卻，晴煙冉冉吳宮樹。念羈情遊蕩，
> 隨風化爲輕絮。　　十載西湖，傍柳繫馬，趁嬌塵軟霧。溯
> 紅漸、招入仙溪，錦兒偷寄幽素。倚銀屏、春寬夢窄，斷紅
> 濕、歌紈金縷。暝隄空，輕把斜陽，總還鷗鷺。　　幽蘭旋
> 老，杜若還生，水鄉尚寄旅。別後訪、六橋無信，事往花委，
> 瘞玉埋香，幾番風雨。長波妒盼，遙山羞黛，漁燈分影春江
> 宿，記當時、短楫桃根渡。青樓彷彿，臨分敗壁題詩，淚墨
> 慘澹塵土。　　危亭望極，草色天涯，歎鬢侵半苧。暗點檢、
> 離痕歡唾，尚染鮫綃，蝲鳳迷歸，破鸞慵舞。殷勤待寫，書
> 中長恨，藍霞遼海沈過雁，漫相思、彈入哀箏柱。傷心千里
> 江南，怨曲重招，斷魂在否。

陳洵據「臨分敗壁題詩」及「別後訪、六橋無信」兩句，提出「倒應」
和「逆提」兩個概念。從鋪敘上看，夢窗先言今日重訪六橋，人去樓
空，伊人已逝；再寫昔日與戀人分別時含淚在敗壁上題詩的事。在結
構上是先今後昔。但從時間的順序來看，臨分之事是在前，別後重訪
六橋卻在後。所以，陳洵說「臨分於別後爲倒應」，「倒」是指吳詞在
鋪寫時於時序上用倒敘法，先今後昔；「應」則說在後者回應前者。
在今日重訪六橋時，仍見昔日在敗壁上所題的詩句，但已蒙上灰塵，
黯淡不清，故「臨分」二句是既今又昔。至於「別後於臨分爲逆提」，
「逆」仍說夢窗用倒敘法，「提」是指先引起、提出的意思，指「臨
分」、「別後」兩句先後呼應，但鋪寫上先提及「別後」一句。按陳洵
之言，兩句一昔一今，本應順序言之，但夢窗在敘述上卻以倒敘法出
之，形成先今後昔的結構。

　　至於「倒提」、「逆挽」作爲一組概念，於海綃評詞的例子較多，

見於評吳文英的〈解連環・留別姜石帚〉、周邦彥〈蘭陵王・柳〉、〈花犯・梅〉和〈漁家傲〉（幾日輕陰寒惻惻）。關於「倒提」、「逆挽」的解釋，陳文華認爲前者是「由前事而扣上題意也」，後者則是「倒敘」。〔註29〕筆者認爲陳氏對於「倒提」的理解仍有商榷之處，以下再作釋說。海綃的評語雖然較爲隱晦，但若將上述四闋加以分析，亦能得出一致的見解。先以〈蘭陵王・柳〉爲例。陳洵曰：

> 第三段「漸別浦」至「岑寂」，證上「愁一箭」至「波暖」
> 二句。蓋有此漸，乃有此愁也。愁是倒提，漸是逆挽。

這裡海綃針對詞中「愁一箭風快，半篙波暖，回頭迢遞便數驛」，和「漸別浦縈回，津堠岑寂」句，來解說「倒提」、「逆挽」。當中關鍵之處是陳洵所說的「蓋有此漸，乃有此愁也」。意思是認爲先有「漸別浦縈回」，後有「愁一箭風快」句。因爲從詞的脈絡發展看，先是友人乘船漸漸遠去，詞人才會感慨船速之快，興起友人已遠在天邊的愁緒。然而，清眞在編排上卻先敘述「愁一箭風快」，再寫「漸別浦縈回」。因此，海綃說「愁是倒提，漸是逆挽」，意思是「愁一箭風快」句相對「漸別浦縈回」句，在時間上是在後，但在敘述上卻先說出，故是「倒提」。而「漸別浦縈回」句相對「愁一箭風快」句，在時間上是在前，然在敘述上卻在後面說，故是「逆挽」。

再以周邦彥的〈漁家傲〉爲例。其內容如下：

> 幾日輕陰寒惻惻。東風急處花成積。醉踏陽春懷故國。歸
> 未得。黃鸝久住如相識。　　賴有蛾眉能暖客。長歌屢勸
> 金杯側。歌罷月痕來照席。貪歡適。簾前重露成涓滴。

陳洵評曰：

> 「醉」字倒提。「金杯側」逆挽。上闋是朝來事，下闋是昨
> 宵事。

上文提出的「倒提」、「逆挽」，是針對詞中「醉踏陽春懷故國」和

〔註29〕陳文華著：《海綃翁夢窗詞說詮評》（臺北：里仁書局，1996年），頁
200～201。

「長歌屢勸金杯側」兩句。前句是寫詞人因失落而醉踏陽春，興起了對故鄉的懷想，然又不得歸返的悲傷。後句則寫慶幸有美人陪伴飲酒長歌，令其能暫時忘卻煩惱。這兩句如此理解，亦明白清晰。然海綃卻謂「上闋是朝來事，下闋是昨宵事」，所以「醉踏」句是「倒提」，「長歌」句是「逆挽」。從詞之敘述來看，上片先記今朝之事，下片再回憶昨夜事。但從時間的順序看，先是昨宵由佳人勸酒，再到今朝之醉。由是可知，所謂「倒提」是指時間上發生在後，但卻先敘述者；「逆挽」則是時間上發生在前，但卻置於後面敘述。而就陳洵對全詞的評說觀之，長歌勸杯是較早的事，醉踏陽春則是後來發生。

　　關於「倒提」、「逆挽」的意思，今人徐文分析更為仔細。其解說「倒提」為「預瞻性的敘寫」，「逆挽」則是「回溯性的敘寫」，並分辨所有涉及這一對概念的周、吳詞評，共得兩種不同的意思，同樣都涉及時間關係。一是以抒情主體所處時段為參照；其主要以周邦彥〈花犯〉為例。陳洵《海綃說詞》評曰：「『相將』倒提，『夢想』逆挽。」這是詞原本的前後結構。而徐文指出詞人是先想像梅花於月色昏黃之水飄逸（「但夢想、一枝瀟灑，黃昏斜照水」句），這仍處於當下的時段。而前句想像梅花凋落結出青梅（「相將見、脆丸薦酒」）則是屬於未來情景。〔註30〕二是指與「倒提」、「逆挽」有關之兩段內容有因果關係。其引吳文英之〈解蹀躞〉（醉雲又兼醒雨）為例，認為「相思」是在後的結果，「送人雙槳」是「相思」的原因。〔註31〕筆者認為徐文之見可備一說，然終覺不必作如此細緻的區分。因為陳洵在使用這些概念時，可能未注意到要以抒情主體所處時段來評或「倒提」、「逆挽」是否有因果關係。反而認為這只是陳洵所選之清眞、夢窗詞湊巧可以這樣理解，但此僅為筆者之看法，讀者自可參稽。至於陳文華的說法，其以「倒敘」來解「逆挽」尚算明白，因為「倒敘」是先今後

〔註30〕同注5，頁13。
〔註31〕同上，頁15。

昔的寫作手法；但以「由前事而扣上題意也」來說明「倒提」，則較爲牽強，蓋「倒提」所敍述的事未必爲題眼所在。〔註32〕

另外，陳洵在評詞亦多單獨使用「逆挽」的概念。據徐文所說，較早使用「逆挽」的是譚獻之《譚評詞辨》，意思是指「後面的層段回到前面層段所抒寫情／事的範圍中起回顧的作用」。〔註33〕海綃的運用方法亦相同，茲選其評清眞之〈六醜‧薔薇謝後作〉來說明。此詞之內容如下：

> 正單衣試酒，恨客裏、光陰虛擲。願春暫留，春歸如過翼。一去無迹。爲問花何在，夜來風雨，葬楚宮傾國。釵鈿墮處遺香澤。亂點桃蹊，輕翻柳陌。多情爲誰追惜。但蜂媒蝶使，時叩窗隔。　　東園岑寂。漸蒙籠暗碧。靜繞珍叢底、成歎息。長條故惹行客。似牽衣待話，別情無極。殘英小、強簪巾幘。終不似一朵，釵頭顫裊，向人欹側。漂流處、莫趁潮汐。恐斷紅、尚有相思字，何由見得。

陳洵評曰：「『斷紅』句逆挽『留』字，『何由見得』逆挽『去』字，言外有無限意思。」乃針對詞中「恐斷紅、尚有相思字，何由見得」和「願春暫留，春歸如過翼。一去無迹」兩句。「斷紅」句是希望花能留下，以看清上面有否相思的字句，這就呼應了「願春暫留」，蓋二者均有暫留春天之意。而「何由見得」則指落花已隨水漂流，已不得見。這回應了前面之春天已不留痕跡地去。因是，「逆挽」是有挽回前文之意，與「倒提」、「逆挽」所見之用法迥異，亦和時序前後無關。

六、「倒鈎」

陳洵說詞裡有「倒鈎」一語，意思是指運用倒裝句法。徐文嘗指出在海綃之前，尚未見又以「倒鈎」評詞者，然卻有「倒裝」之術語。

〔註32〕徐文亦有相近的見解。他認爲陳文華之說有誤，主要是由於未細致考察和區分在陳評中「逆挽」與「倒提」的關係有相對獨立和密切關聯兩種情形，也忽略了陳洵在評周邦彥詞時在語意比照層面對「逆挽」的使用（這和《詮評》只考察陳評夢窗詞有關）。此見同上，頁18。

〔註33〕同上，頁12。

〔註 34〕今以海綃評吳文英〈三姝媚〉（吹笙池上道）為例，詳細闡述「倒鉤」的意思。夢窗全詞如下：

> 吹笙池上道。為王孫重來，旋生芳草。水石清寒，過半春猶自，燕沈鶯悄。穠柳闌干，晴蕩漾、禁煙殘照。往事依然，爭忍重聽，怨紅淒調。　　曲榭方亭初掃。印蘚跡雙鴛，記穿林窈。頓隔年華，似夢回花上，露晞平曉。恨逐孤鴻，客又去、清明還到。便鞚牆頭歸騎，青梅已老。

陳洵謂：「『旋生芳草』，倒鉤。」又云：「『記』字倒鉤」。關於這兩個「倒鉤」，俱指運用倒裝句法。前者說上片的「旋生芳草」句是「倒鉤」，意思是「旋生芳草」句應置於「為王孫重來」句前，因為芳草是為了王孫重來而生長，如此理解則詞意更加清晰。至於下片的「記穿林窈」一句，陳文華亦認為是用了倒裝句，謂：

> 「記穿林窈」，本宜置諸「印蘚跡雙鴛」前，蓋先穿林而後印跡也，如此重組，始成文理。〔註 35〕

陳氏的說法本來也正確，然卻將海綃所說的「記」字「倒鉤」理解作「記穿林窈」一句是「倒鉤」。陳洵既已明確道出「記」字是倒鉤，則「印蘚跡雙鴛，記穿林窈」二句，次序上應寫作「記印蘚跡雙鴛，穿林窈」，將「記」字從下句移前，以示這兩句所寫的俱是昔日事。如此說法，似較將之理解為「先穿林而後印跡」為清晰。蓋此處卻非以句子為單位，主要指詞序的顛倒。

再看周邦彥〈綺寮怨〉（上馬人扶殘醉）一首。這一「倒鉤」，亦與「印蘚跡雙鴛，記穿林窈。」之例相同，意謂詞序的顛倒。茲引周邦彥下片之文，再作說明。

> 去去倦尋路程。江陵舊事，何曾再問楊瓊。舊曲淒清。斂愁黛、與誰聽。尊前故人如在，想念我、最關情。何須渭城。歌聲未盡處，先淚零。

海綃指出此闋的「故人」二字，用了「倒鉤」。若從其說，則「尊前

〔註 34〕同上，頁 28。
〔註 35〕同注 29，頁 90。

－159－

故人如在」一句，在次序上應改為「故人尊前如在」。然從詞序的排
列來理解，卻又不甚通順，不如將「故人如在」四字置諸「尊前」之
前，即此句本來的次序是「故人如在尊前」，意思是故人若然在目前，
則彼此會更加思念對方，可以互訴別情。這一「倒鉤」，乃從詞之序
列上說。陳洵只提「故人」二字「倒鉤」，實際應以「故人如在」作
「倒鉤」，在語法似更恰當。

七、「倒捲」

　　陳洵評詞所說的「倒捲」，其實是由下溯上的意思。此見於評夢
窗〈聲聲慢·陪幕中餞孫無懷於郭希道池亭，閏重九前一日〉和〈惜
秋華·重九〉兩首。茲引第一首詞之下片原文如下，再剖析「倒捲」
在詞中的用法。

> 知道池亭多宴，掩庭花、長是驚落秦謳。膩粉闌干，猶聞
> 憑袖香留。輸他翠漣拍甃，瞰新妝、時浸明眸。簾半捲，
> 帶黃花、人在小樓。

海綃指出此片的「人在」、「凝眸」、「瞰妝」是用「倒捲」。筆者嘗於
上述提出「倒捲」是由下溯上，若由末句「人在小樓」往上追溯，經
海綃所說的「時浸明眸」、「瞰新妝」句，可知這站立在小樓之人，與
「膩粉闌干」的為同一人，乃郭希道家的聲妓。詞人在全詞的編排上，
不先點出女子，轉移描述闌干上留有餘香；進而以水中倒影刻畫新妝
和眼波，最後才點出歌妓在小樓上倚簾窺客。故「倒捲」一語，指由
下溯上，由末句向前追看，得知所描寫和敘述的均是同一歌妓。

　　另外，夢窗〈惜秋華·重九〉一首的「倒捲」，亦是由下溯上，
但主要從時間方面出發。先引吳文英詞上片之內容：

> 細響殘蛩，傍燈前、似說深秋懷抱。怕上翠微，傷心亂煙
> 殘照。西湖鏡掩塵沙，翳曉影、秦鬟雲擾。新鴻，喚淒涼、
> 漸入紅萸烏帽。

當中「倒捲」的部分，陳洵這樣分析：

> 已是「燈前」始念「殘照」，又由「殘照」而追「曉影」，

　　　　純用倒捲。此筆尚易見，一日之中，已是不堪回首，況隔
　　　　年乎？

此處從全詞的時序編排來看，依次爲「燈前」、「殘照」、「曉影」。「燈
前」是傍晚至入夜的時段，「殘照」是黃昏至傍晚之時，「曉影」則是
早上。陳洵認爲此闋敘述的是一日中事，乃由晨至暮而夜。故此，從
時間的順序說，應該先寫早上事，次爲黃昏殘照，最後才入夜。然詞
中卻顚倒時序，從「燈前」落筆，再寫「殘照」，最後以「曉影」作結。
因此，海綃評曰「純用『倒捲』」，意思是針對前面「『燈前』始念『殘
照』」，「『殘照』而追『曉影』」，認爲此數句在結構上應從後溯前，即
從後面的「曉影」往上追溯，至前面「殘照」，最後是「燈前」，這樣
才是一天時間的順序。蓋「倒捲」一詞，是由下追上，由後溯前之意。

第四節　「鉤」、「脫」、「轉」和「複」

　　「鉤」、「脫」、「轉」和「複」的意思不同，即使與「鉤」相關的
術語——「鉤勒」、「鉤轉」，兩者的用法亦迥異，更遑論上述四個術語
有相近的意思。本節之所以將這四個術語置於一節裡論述，最主要的原
因是「鉤」、「脫」、「轉」、「複」均是針對詞之筆法來說。另外，四個術
語中，又不是完全沒有相通之處。例如「脫」與「複」兩個術語，意思
雖然不同，卻常出現在同一首詞評裡。故知用「脫」筆以後，多以「複」
筆來承接詞中斷開的脈絡。又如「脫卸」、「脫換」，亦與「轉」的意思
相近。下文將剖析與上述四者相關之術語，並附宋人詞作以說明之。

一、「鉤勒」

　　「鉤勒」本爲中國繪畫術語，主要有兩種解釋：一是指用筆順勢
爲鉤，逆筆爲勒；二是單筆爲鉤，複筆爲勒。而將「鉤勒」視爲一個概
念，則指用線條鉤畫物象的輪廓。最早將「鉤勒」應用於文學理論範疇，
據張仲謀〈釋「鉤勒」〉一文所說，是清代趙翼（1727～1814）的《甌
北詩話》。其所謂「鉤勒」，就是大段鋪敘中用點示性文字，鉤畫出詩的

意脈或景地線索，以便分清層次。〔註36〕至於在詞學理論上，周濟的《介存齋論詞雜著》提及「鉤勒」一詞，最爲學人所熟知。其云：

> 鉤勒之妙，無如清眞。他人一鉤勒便薄，清眞愈鉤勒愈渾厚。〔註37〕

> 梅溪甚有心思，而用筆多涉尖巧，非大方家數，所謂一鉤勒即薄者。〔註38〕

周濟並於分析周邦彦〈浪淘沙慢〉（曉陰重）和柳永〈鬥百花〉（煦色韶光明媚）兩首作品，運用「鉤勒」一詞。筆者嘗試理解周濟對上述兩首作品的評說，得知其所謂「鉤勒」，意思是指在長調鋪敍的基礎上，於詞的開端、結尾或換頭等關鍵處，以一二語帶出全首的主旨。大抵就如況周頤《蕙風詞話》所說：

> 吾詞中之意，唯恐人不知，於是乎鉤勒。夫其人必待吾鉤勒而後能知吾詞之意，即亦何妨任其不知矣。〔註39〕

即「鉤勒」是指作者刻意彰顯其在詞中寄意的文字。所以從第一則見出「鉤勒」本來並不易於形成渾厚的境界。因爲詞人爲了顯明主旨而運用「鉤勒」，結果卻容易流於淺薄寡味，這就是「一鉤勒便薄」之意。第二則直接指出史達祖詞用筆尖巧，就是「一鉤勒即薄者」。

　　陳洵《海綃說詞》常用「鉤勒」評夢窗及清眞的詞句，究竟其解說又是否與周濟相同呢？其評詞用「鉤勒」共有八首，見於夢窗詞有〈瑞鶴仙〉（晴絲牽緒亂）、〈鶯啼序〉（殘寒政欺病酒）、〈珍珠簾〉（蜜沉爐暖）、〈解連環〉（暮簷涼薄）和〈六醜〉（漸新鵝映柳）；見於清眞詞有〈夜飛鵲〉（河橋送人處）、〈滿庭芳〉（風老鶯雛）及〈驀山溪〉（樓前疏柳）。筆者從其評說的內容看，「鉤勒」一詞的用法應該有三種不同的意思。第一種與周濟的用法相同，指用一兩句明確點出一篇

〔註36〕張仲謀撰：〈釋「鉤勒」〉，《文學遺產》，2007 年第 5 期，頁 144。

〔註37〕周濟著：《介存齋論詞雜著》，載唐圭璋編：《詞話叢編》（北京：中華書局，2005 年），第二冊，頁 1632。

〔註38〕同上。

〔註39〕同註 17，卷一，頁 8。

主旨。如其評吳文英的〈六醜〉，說：

> 上闋乃全寫昔之無風雨，卻以「年光舊情盡別」作鉤勒。

茲先將夢窗詞引錄如下：

> 漸新鵝映柳，茂苑鎖、東風初掣。館娃舊遊，羅襦香未滅。
> 玉夜花節。記向留連處，看街臨晚，放小簾低揭。星河溦
> 豔春雲熱。笑靨欹梅，仙衣舞纈。澄澄素娥宮闕。醉西樓
> 十二，銅漏催徹。　　紅消翠歇。歡霜簪練髮。過眼年光，
> 舊情盡別。泥深厭聽啼鴂。恨愁霏潤沁，陌頭塵襪。青鸞
> 杳、鈿車音絕。卻因甚、不把歡期，付與少年華月。殘梅
> 瘦、飛趁風雪。向夜永，更說長安夢，燈花正結。

此詞大開大合，上片全是敘述舊日吳門元夕熱鬧的風貌，下片則是描
寫今日吳門元夕淒冷孤清的景象。前面寫晴，後面寫雨。海綃指出上
片寫昔日之「無風雨」，並以「過眼年光，舊情盡別」二句為「鉤勒」。
其以此句為「鉤勒」，原因在於「過眼年光，舊情盡別」是整篇的重心，
前句寫年光如流水，轉瞬即逝；後句則慨歎今日的人事景物，與昔日
完全不同，凸顯昔盛今衰之感。因為上片僅刻畫元宵佳節之盛況，並
無任何提示全詞的主旨，至下片第三句「過眼年光，舊情盡別」，始知
上片為昔日事，下片為今日事；而「盡別」二字，更點出現在面目全
非，作前後對照。蓋海綃以詞中一兩句點出全篇主旨為「鉤勒」，確實
與周濟的用法相同。然今人徐文則認為此闋「鉤勒」的意思是指總結
前文和今昔時空的變換，曰：「上闋鋪陳昔年元夕歡游，而以『過眼』
二句鉤畫之，一方面總結昔年情景在詞人眼中的性質與存在方式⋯⋯
一方面也將上闋事象歸入過去時段而提示下文將轉入現今。」〔註40〕
然對於詞篇今昔轉換，陳洵已有「逆入」、「平出」一組概念評之，故
認為海綃所用「鉤勒」一詞，與時空結構無關。至於徐氏述及「鉤勒」
亦有總結前段的意思，其實是指概括詞之主旨，與筆者解說相一致。
　　至於第二種「鉤勒」的用法，與上述完全不同。其主要指細膩逼

〔註40〕同注5，頁47。

真地描繪事物的形象。今以吳文英〈瑞鶴仙〉一首為例,以說明之。
陳洵說:

> 「缺月孤樓,總難留燕」,復上闋之人遠,為「淒斷」二字
> 鉤勒。

若然按照上述周濟對「鉤勒」一詞的用法,則「淒斷」二字本為全闋
的「鉤勒」,因為「淒斷」貫串了整篇的情感基調,是全詞之重心句
子。然而,海綃並不是說「『淒斷』二字鉤勒」,而是說「缺月孤樓,
總難留燕」這組意象是「淒斷」二字之鉤勒。前者是將「淒斷」視為
「鉤勒」,後者則將缺月、孤樓、燕子作為「鉤勒」之筆,使「淒斷」
更為形象化。簡而言之,海綃所謂「鉤勒」,其中一種意思是細緻描
繪之意。從此首來看,「淒斷」本為抽象的感情,詞人為了凸顯這種
情懷,於是藉缺月、孤樓、去燕等悲傷、孤獨的形象作具體表現。蓋
詞中「鉤勒」之處,是「缺月孤樓,總難留燕」兩句。這種解釋,雖
與周濟相距甚遠,但今人劉揚忠卻有相同的見解。其謂:

> 為了達到使所創意境和故事、人物鮮明感人的目的,周邦
> 彥創用了一種重在細緻形象描繪的寫實筆法。對這一點的
> 闡發是從周濟開始的,他說:「清真渾厚,正於鉤勒處見。
> 他人一鉤勒便刻削,清真愈鉤勒愈渾厚。」……所謂「鉤
> 勒」,如果換一個不嫌麻煩的說法,即清真具有細膩逼真地
> 描繪的技巧。〔註41〕

明確道出「鉤勒」的意思是「細膩逼真地描繪的技巧」。這與海綃評
說夢窗〈瑞鶴仙〉一首之用法是相同的。再看陳洵評夢窗之〈鶯啼序〉。
其云:

> 「漁燈分影」,於「水鄉」為複筆,作兩番鉤勒,筆力最渾厚。

此處的「鉤勒」,與上述的解釋亦相同,指細緻刻畫的筆法。當中「漁
燈分影春江宿」是「水鄉尚寄旅」具體的描寫,所以是「鉤勒」。而
其云「兩番鉤勒」,我認為應該與上面關於「鉤勒」的說法連貫起來。

〔註41〕劉揚忠撰:〈清真詞的藝術成就及其特徵〉,《文學遺產》,1982 年第
3 期,頁 93。

海綃嘗於前面說：「第二段『十載西湖』，提起。而以第三段『水鄉尚寄旅』作鉤勒。」意思即指水鄉寄旅是夢窗十年前在西湖遊覽具體的事，所以「水鄉尚寄旅」是「十載西湖」之「鉤勒」。這是第一層。而「漁燈分影春江宿」又是「水鄉尚寄旅」的「鉤勒」。簡而言之，「漁燈分影春江宿」和「水鄉尚寄旅」同樣是「十載西湖」的「鉤勒」；「漁燈」一句是「水鄉尚寄旅」細緻的描寫，「水鄉尚寄旅」又是「十載西湖」具體的記述，所以海綃說作「兩番鉤勒」。這只是筆者個人的理解，然陳文華和徐文卻有不同的說法。茲將二人之解釋迻錄如下，以備其說。陳文華曰：

> 唯「漁燈」固是寄旅時眼前所見，然「春江宿」則是虛寫回憶，蓋二人嘗雙宿於春江也。夢窗〈定風波〉又有「十年心事夜船燈」句，與此相彷，可以互證，則此句蓋虛實相兼也。故就其實者言，「漁燈」於「水鄉」爲複筆，就虛者說，又由此帶出別情，故海綃謂其爲「作兩番鉤勒」。〔註42〕

陳氏對「鉤勒」的理解似乎與海綃不同。他認爲「漁燈分影春江宿」之「漁燈」是現今眼前所見的事，而「春江宿」則是昔日之事，故云此句「虛實相兼」。又把這句中之實處——「漁燈」，與「水鄉尚寄旅」之寫實處，視爲第一層「鉤勒」，故說是複筆。第二層則是「漁燈分影春江宿」之「春江宿」，不但虛寫回憶，亦帶出離別之情。這就是陳文華理解的「作兩番鉤勒」。至於徐文，則在引述海綃的評語後云：

> 這二句起到兩方面作用，一是顯明了第二段所述西湖仙溪情事之續後狀況：前歡不再，僅餘己在水鄉飄零徘徊。二是提點第二段與下一段的時空背景及其轉換。〔註43〕

意思指「作兩番鉤勒」就是指詞篇既顯明了詞人的感受，又提點段中時空變換處。這兩種對「鉤勒」的解釋，明顯與陳洵說爲作細緻描繪的意思不同。

　　而海綃對「鉤勒」的第三種理解，大抵就是劉永濟於《微睇室說

〔註42〕同註29，頁112～113。
〔註43〕同註5，頁47。

詞》所說的「愈轉愈深」。劉氏云：

> 「鉤勒」者，愈轉愈深，層出不窮也。〔註44〕

陳洵評夢窗〈解連環〉一首，其使用「鉤勒」，似乎就有「愈轉愈深，層出不窮」之意。先引吳文英詞之下片：

> 銀瓶恨沈斷索。歎梧桐未秋，露井先覺。抱素影、明月空
> 閒，早塵損丹青，楚山依約。翠冷紅衰，怕驚起、西池魚
> 躍。記湘娥、絳綃暗解，褪花墜萼。

海綃認爲詞之「鉤勒」處，在下片的「歎梧桐未秋，露井先覺」二句，說：「未秋先覺，加一倍寫，鉤勒渾厚。」其清楚說明這句「鉤勒」的作用，在於「加一倍寫」，即與劉永濟所說的「愈轉愈深」相近。首先，換頭「銀瓶恨沈斷索」爲全篇主旨，點出佳人已去，消息渺茫。下句「歎梧桐未秋，露井先覺」，表面說秋天未到，桐葉未落，但露井相比梧桐，先有秋意；實際「未秋先覺」亦是比喻詞人怨懷易感，故是加一倍的寫法，有遞進深化的作用。「歎梧桐未秋」二句之所以與上述兩種「鉤勒」的說法不同，是因爲此句既非全詞的點題句，又不是細緻描寫的筆觸；加上陳洵明確點出此「鉤勒」是「加一倍寫」；由是，海綃對「鉤勒」的使用，其中一種與劉永濟所說的「愈轉愈深」意思相同。

　　上述說明了陳洵評詞裡三種「鉤勒」的意思：一是用簡單清晰的字詞點明詞之作意；二是具體細致刻畫詞中的形象；三是對詞題的渲染和深化。今人徐文亦肯定海綃所用之「鉤勒」有三個涵意，當中包括第一和第三種說法，另外就是時空背景的轉換。徐氏又指出這一概念在不同的用法中亦有一貫的特性，而非只是「同名而異實」的幾種涵義。〔註45〕他之所以有此見解，主要因爲其將時空跳躍視爲「鉤勒」的其中一種意思，而時空變換又是吳文英和周邦彥詞之特色。然而，筆者在上文已辨明「鉤勒」大抵與時空結構無關，且海綃評「鉤勒」時亦嘗隱約透露此術語不同的運用方法，如謂「加一倍寫，鉤勒渾

〔註44〕同注8，頁201。
〔註45〕同注5，頁49。

厚」、「爲『淒斷』二字鉤勒」。在缺乏時空背景之轉換下，「鉤勒」的
另外三種涵意似欠缺連繫，尤其是第一和第二種，前者是以簡省的筆
法表達，後者則指鋪陳描述，更有相反之意。因是，我認爲「鉤勒」
的意思未必如徐氏之言，在各種的用法裡有相通的地方。

二、「鉤轉」

　　「鉤轉」的意思，張仲謀在〈釋「鉤勒」〉一文認爲其與「鉤勒」
相同，說：
> 綜觀陳洵這幾處的表述，自有相通之處，那就是他所謂「鉤
> 勒」與「鉤轉」，均有逆挽之意。〔註46〕

其實兩者的意思並不同。蓋「鉤勒」之意，陳洵的用法主要有三：一
是用一二語點明詞之作意；二是具體描繪事物的形象；三是對詞題的
渲染愈轉愈深。然據海綃評詞的解說，「鉤轉」的用法與這三者完全
不同，而是指返回前面的意境，這反而與上述海綃單獨使用「逆挽」
一詞相同。文中提及「鉤轉」的筆法共有六首，分別是夢窗的〈花犯・
郭希道送水仙索賦〉、〈瑞龍吟・送梅津〉、〈解語花・立春風雨中餞處
靜〉、〈祝英臺近・春日客龜溪遊廢圃〉、清眞的〈丹鳳吟・春恨〉和
〈大酺・春雨〉。今先解說〈祝英臺近〉一首「鉤轉」的用法。夢窗
原詞爲：
> 采幽香，巡古苑，竹冷翠微路。鬬草溪根，沙印小蓮步。
> 自憐兩鬢清霜，一年寒食，又身在、雲山深處。　　畫閒
> 度。因甚天也慳春，輕陰便成雨。綠暗長亭，歸夢趁風絮。
> 有情花影闌干，鶯聲門徑，解留我、霎時凝佇。

陳洵有這樣的說法：
> 「綠暗長亭」，與上句不連，乃用斷字訣。「長亭」別地，
> 仍指西湖。今又一時，惟有歸夢，念念不忘此事也。「有情」
> 以下，鉤轉本位。〔註47〕

〔註46〕同注36，頁145。
〔註47〕林玫儀撰：〈稿本《海綃說詞》及其相關問題〉，《臺大中文學報》第

從全詞的結構來看，首五句是「逆入」，至「自憐兩鬢清霜」是「平出」。下片仍是今日事，起筆「畫閒度」三句，怨天公無情，慳惜春光，小陰成雨，地點仍是龜溪廢圃。「綠暗長亭」二句脫開一筆，化自李白〈菩薩蠻〉中「何處是歸程，長亭更短亭」，表達歸鄉之情。此句因屬詞人的想像，已神遊廢圃之外，故海綃謂此句「與上句不連」，「乃用『斷』字訣」。至「有情花影闌干」一句，再重返回到廢園的描寫。這就是海綃所説的「『有情』以下，鉤轉本位」，即前面先寫廢圃，中間卻脫開一筆，後來再「鉤轉」，續寫廢圃。簡而言之，在「脫」筆後，返回前面意境之筆法，就可稱爲「鉤轉」。

再以〈瑞龍吟〉一首爲例。先將夢窗詞之下片迻錄如下：

> 還背垂虹秋去，四橋煙雨，一宵歌酒。猶憶翠微攜壺，烏帽風驟。西湖到日，重見梅鈿皺。誰家聽、琵琶未了，朝驄嘶漏。印剖黃金籀。待來共凭，齊雲話舊。莫唱朱櫻口。生怕遣、樓前行雲知後。淚鴻怨角，空教人瘦。

當中「鉤轉」的部分，海綃認爲是在「待來共凭，齊雲話舊」兩句。下片起筆「還背垂虹秋去」一韻，寫詞人即將與梅津（尹焕）分別，地點就在蘇州的垂虹、甘水橋。「猶憶翠微攜壺」是詞人追溯昔日與梅津一起漫步青山，攜壺登高之樂事。「西湖到日」五句，寫梅津即將趕赴京城爲官。至「待來共凭」二句，繼寫將來梅津重臨蘇州，兩人再登樓話舊。故此處的「鉤轉」，亦從地點來説，先寫送別之地蘇州，陡然跳至梅津將到之臨安，最後又返回蘇州。由此可見，「鉤轉」的意思明顯是返回前面之意境，與上文所謂「逆挽」指發生時間在前，敘述在後的意思不同。

三、「脫」、「脫開」

「脫」一字，在陳洵《海綃説詞》經常出現。組合成詞語，則有「脫開」、「脫換」和「脫卸」。而單用一「脫」字，意思指脫開一筆，

使下句句子與上文不相連接，轉換另一意境而言。但緊接著「脫」出現的，多是「複」字，即用筆脫開前面所說後，又以一複筆承接前意，令詞中形成若斷若續之勢，含意更加深遠。本節以海綃評周邦彥〈塞垣春〉（暮色分平野）及〈滿路花・詠雪〉為例，析說「脫」的意思。先引其〈塞垣春〉詞之上片原文：

> 暮色分平野。傍葦岸、征帆卸。煙村極浦，樹藏孤館，秋景如畫。漸別離氣味難禁也。更物象、供瀟灑。念多材渾衰減，一懷幽恨難寫。

海綃評曰：

> 「漸別離氣味難禁也」，脫。「更物象、供瀟灑」，複上五句。

此闋落筆五句全是刻畫黃昏郊外的景象，「葦岸」、「征帆」、「煙村」、「孤館」，一片平淡自然。至「漸別離氣味難禁也」一句，脫開前面所描繪的景物，表達詞人內心的感情，透露了離別的傷感。前面寫景，忽然直接抒情，故是「脫」。下句「更物象、供瀟灑」，海綃評曰「複上五句」。意思即是指重覆起筆五句來說，因為「更物象」一句之「物象」是指秋天的景物，「供瀟灑」則形容秋色，化用杜甫〈玉華宮〉詩「秋色正瀟灑」之句。蓋「脫」的意思是指宕開一筆，令所寫的與上句並不相連。

再看〈滿路花・詠雪〉一闋。陳洵認為詞中「玉人新間闊」一句是「脫」。「更當恁地時節」，則「複」上六句。周邦彥詞上片之內容為：

> 金花落爐燈，銀礫鳴窗雪。夜深微漏斷，行人絕。風扉不定，竹圃琅玕折。玉人新間闊。著甚情悰，更當恁地時節。

開首「金花落爐燈」六句，都是描寫雪夜的寂靜和冷清的景色。至「玉人新間闊」一語，不寫淒冷孤寒的雪景，轉為敍述剛與心愛的女子分別之事。前面寫景，「玉人新間闊」則抒情，故海綃謂此句是「脫」，指宕開前面的意境來說。「著甚情悰」仍就離別看，意思是還說甚麼歡情。下句的「更當恁地時節」，不復言情，再從時節著筆，點明當時的季節，著讀者留意。這句點破時令，顯然關合起筆六句雪景的描述，故是「複」。當中只有「玉人新間闊」是記事抒情，所以從詞的脈絡觀之，是「脫」。

　　再論「脱開」。「脱開」的意思與「脱」相同，指在詞中宕開一筆，令到全篇的意境不相續，或使一篇主意若即若離，詞旨更爲含蓄隱晦。海綃評夢窗〈拜新月慢・姜石帚以盆蓮數十置中庭，宴客其中〉時，說：

　　　　「昨夢」九字，脱開以取遠神。以下即事感歎。

吳文英原詞上片之內容如下：

　　　　絳雪生涼，碧霞籠夜，小立中庭蕉地。昨夢西湖，老扁舟
　　　　身世。歡遊蕩，暫賞、吟花酌露尊俎，冷玉紅香疊洗。眼
　　　　眩魂迷，古陶洲十里。

海綃所謂「『昨夢』九字，脱開以取遠神」，意思是此句宕開一筆。這之所以是「脱開」，乃由於首句落筆是描繪中庭裡的紅蓮翠葉。「絳雪生涼」寫紅蓮泛出涼意，「碧霞籠夜」刻畫蓮葉鬱鬱蔥蔥。至「昨夢西湖，老扁舟身世」一韻，乃宕開一筆，因賞蓮而憶起昔日泛舟西湖之事，興起年華老去、飄泊不定的感慨。「身世」、「遊蕩」乃全篇的主意，這一脱筆，乃將前面無關重要的景物宕開，然後點出一篇重心。簡而言之，「脱開」就是宕開前一韻所寫之景物和人事，另起一意。此詞之「脱開」，是從脱開景物，進入詞之重點來說。至於下面海綃評說清真〈蘭陵王・柳〉一闋，則與此說不同，是指脱開詞之重心，轉爲開散的筆觸。茲引其詞中間一段如下：

　　　　閑尋舊蹤迹。又酒趁哀弦，燈照離席。梨花榆火催寒食。
　　　　愁一箭風快，半篙波暖，回頭迢遞便數驛。望人在天北。

陳洵說：

　　　　第二段「舊蹤」往事，一留。「離席」今情，又一留，於是
　　　　以「梨花榆火」一句脱開。

其指出詞中的「梨花榆火催寒食」句是「脱開」。首句「閑尋舊蹤跡」，寫詞人重臨舊地，想起舊日歡情，時間上溯昔日，故曰「往事」。下句「又酒趁哀弦，燈照離席」時間重返今日，興起了離別的感慨，是「今情」。這兩句爲全詞重心所在。至「梨花榆火催寒食」一句，卻將往事、今情一併脱開。前文是一篇主意所在，「梨花榆火催寒食」則宕開詞旨，只點明現在是梨花盛開、將取新火的寒食節。此乃一無

關離別詞題的閑散之筆，故是「脫開」。蓋海綃所謂「脫開」，意思是指宕開一筆，但應用在評詞上，卻有兩種不同的表現：一是脫開對景物的描寫，然後進入詞旨；二是宕開詞之重心，轉爲閒散的筆觸。

四、「脫卸」

「脫卸」的意思與「脫開」略有不同，前者除了從一層一層來說外，其在海綃評詞的使用方法，似與「轉」筆同一意思，而非僅爲宕開前面的意境和詞旨。關於「脫卸」的說法，見於陳洵評清眞的〈瑞龍吟〉（章臺路）、〈滿庭芳·夏日溧水無想山作〉和稼軒的〈摸魚兒〉（更能消）三闋。先引辛棄疾一首之下片爲例。其載：

> 長門事，準擬佳期又誤。蛾眉曾有人妒。千金縱買相如賦，脈脈此情誰訴。君莫舞。君不見、玉環飛燕皆塵土。閒愁最苦。休去倚危欄，斜陽正在，煙柳斷腸處。

海綃有這樣的說法：

> 然後以「閒愁最苦」四字，作上下脫卸。言此皆往事，不如眼前春去之閒愁爲最苦耳。斜陽煙柳，便無風雨，亦只匆匆。

他認爲當中「閒愁最苦」四字，有「上下脫卸」的作用。下片「長門事」一句，以漢武帝時陳皇后因遭人妒忌而失寵之事起筆，比喻詞人政治上的失意。然後又用楊貴妃、趙飛燕的典故，譬爲朝中的奸臣，諷刺小人把持朝政。這俱爲全篇的重心所在。至「閒愁最苦」一句，脫開前面所寫之事，用一筆緊扣上述春之將去的愁苦。故海綃曰：「言此皆往事，不如眼前春去之閒愁爲最苦耳。」然後「休去倚危欄」、「斜陽煙柳」，即使是無風無雨，陳洵認爲「亦只匆匆」。此乃表面寫景，實際寓意南宋的國勢不穩。「閒愁最苦」句之爲「上下脫卸」，就上而言，其用法尚與「脫開」相同，指宕開前面的詞旨；然從下來說，「閒愁最苦」是言情又隱含春景，「休去倚危欄」三句寫景又寄家國情懷，故只能算作換筆，而不能作「脫開」之意。因是，我認爲「脫卸」主要指斷開上下敘述的脈絡，較爲接近海綃評詞所說的「轉」。

　　再看周邦彥〈瑞龍吟〉一闋。陳洵認為第三段以下是「撫今追昔，層層脫卸」，並云：

> 第二段人，「因記」逆入，「重到」平出，作第三段起步。
> 以下撫今追昔，層層脫卸。「訪鄰尋里」，今。「同時歌舞」，
> 昔。「惟有舊家秋娘，聲價如故」，今猶昔。

其所謂「層層脫卸」，就是從一層一層的今昔結構之轉換來析述。第三片首二句「前度劉郎重到，訪鄰尋里」是今日之事，而「同時歌舞」則是舊日事。這為第一層的脫卸。下句「惟有舊家秋娘，聲價如故」，寫舊日女子今已不在，是今猶昔。此為第二層的脫卸。至「吟箋賦筆」句，又記昔日與歌妓交往，詞人引以為知己之事。這是第三層脫卸。進而「知誰伴」一韻，又重返今日，寫現在閑步飲酒無人相伴，為第四層脫卸。這數句的結構是今——昔——今——昔——今，故海綃所謂「層層脫卸」，於此詞中是從結構變換來說，與「轉」筆較為相近，卻沒有「脫開」的意思。

五、「脫換」

　　「脫換」一詞，其意思與上述「脫」和「脫開」不同，並非純粹宕開一筆；但卻與「脫卸」相近，主要指筆法之轉換。故「脫換」即換筆，相等於下文的「轉」。此一用法見於陳洵評吳文英的〈絳都春‧燕亡久矣，京□適見似人，悵怨有感〉。其曰：

> 「霧鬟」三句，一步一轉，收合「明月娉婷」。「別館」正對「南樓」，乍識似人，從「不見」轉出。「舊色舊香」，又似真見，「閒雨閒雲情終淺」，則又不如不見矣。層層脫換，然後以「真真難畫」，只作花看收住。

此詞原文為：

> 南樓墜燕。又燈暈夜涼，疏簾空卷。葉吹暮喧，花露震晞秋光短。當時明月娉婷伴。悵客路、幽扃俱遠。霧鬟依約，除非照影，鏡空不見。　　別館。秋娘乍識，似人處、最在雙波凝盼。舊色舊香，閒雨閒雲情終淺。丹青誰畫真真

面。便祇作、梅花頻看。更愁花變梨霙，又隨夢散。

上述筆者謂「脫換」與「轉」同義，乃據海綃對〈絳都春〉一闋之評而來。陳洵謂「『霧鬟』三句，一步一轉……乍識似人，從『不見』轉出。……層層脫換」。由此可見，「脫換」與「轉」的意思相同。全首之「層層脫換」之筆，應從過片「霧鬟依約」三句說起。「霧鬟依約」寫詞人對越姬的思念而彷彿見之，下句「除非」二字即「轉」，說除非明月照見其倩影。「鏡空不見」又換筆，明言不見的悲傷。此句一波三折，由喜而悲，故每筆亦轉換一意。下片換頭「別館」又「轉」，寫今日在京口別館，初識秋娘，正與亡妾相似。「閒雨閒雲情終淺」又「脫換」，道出雖然其貌似越姬，然這次相遇只屬偶爾情緣，終是情淺，不如不見。詞中不乏轉換之筆，故海綃說的「層層脫換」，就是指筆法之轉變。

再論夢窗〈惜秋華・重九〉一首。茲將詞之下片迻錄如下：

> 江上故人老。視東籬秀色，依然娟好。晚夢趁、鄰杵斷，乍將愁到。秋娘淚濕黃昏，又滿城、雨輕風小。閒了。看芙容、畫船多少。

陳洵認爲此詞的下片「層層脫換，筆筆變化」，說：

> 「娟好」正對「老」字，有情故老，無情故好。「晚夢」三句有情奈何，「秋娘」二句無情奈何。層層脫換，筆筆變化。

詞之首句「江上故人老」感嘆時光不再，從詞人自身上說。下句「脫換」，改爲描寫東籬菊花顏色依然，娟好如初。人自有情，菊花無情，所以海綃說「有情故老，無情故好」。「晚夢趁」一句，轉換一筆入夢，言自己想乘夜夢尋找離去的姬妾。下三字「鄰杵斷」又「轉」，直說本想入夢，卻爲鄰家木杵聲中斷。「秋娘淚濕黃昏」再「轉」，從對面落筆，設想去姬在黃昏時因思念自己而落淚。「又滿城」以下又「轉」，回到眼前風雨將停的景色。詞之下片共有六次換筆，故海綃謂「層層脫換，筆筆變化」，就是指詞之下片，幾乎每句一「轉」。筆法「脫換」之頻，實爲夢窗詞的特色。

六、「轉身」、「歇步」

陳洵評夢窗〈齊天樂〉（煙波桃葉西陵路）及〈掃花遊・春雪〉時，都有「轉身」、「歇步」的評說。先引前面一首的上片：

> 煙波桃葉西陵路，十年斷魂潮尾。古柳重攀，輕鷗聚別，陳迹危亭獨倚。涼颸乍起。渺煙磧飛帆，暮山橫翠。但有江花，共臨秋鏡照憔悴。

海綃曰：「『陳迹危亭獨倚』，歇步。『涼颸乍起』，轉身。」其所謂「歇步」是指小結之意。這主要針對詞中「古柳重攀」三句來說。「古柳重攀」描寫柳樹，「輕鷗聚別」則寫輕鷗飛翔，候離驟往；這二句均為詞人今日重臨舊地之所見，並以獨倚陳迹危亭作結，故云「歇步」。而「轉身」則是另起一意，「涼颸乍起」以下不寫古柳危亭的近景，轉為寫涼風吹拂，煙波浩渺，點點沙洲，片片飛帆，暮色蒼茫，遠山橫翠之遠景。此處由寫近景，轉為描述遠景，故是「轉」。

陳洵評夢窗〈掃花遊・春雪〉一首亦然。他更從多方面和多種角度來評說，曰：

> 「水雲共色」，正面空處起步。「章臺春老」，側面實處轉步。「山陰夜晴」，對面寬處歇步。「遍地梨花」，復側面空處迴步。以下步步轉，步步歇，往復盤旋，一步一境。

這首基本上是以「轉步」、「歇步」來評。而所謂空處，這裡是指昔日的事或取資於典故者，實處就是今日的人事景物。此闋原文如下：

> 水雲共色，漸斷岸飛花，雨聲初峭。步帷素嬝。想玉人誤惜，章臺春老。岫斂愁蛾，半洗鉛華未曉。艤輕棹。似山陰夜晴，乘興初到。　　心事春縹緲。記徧地梨花，弄月斜照。舊時鬥草。恨淩波路杳，小庭深窈。凍澀瓊簫，漸入東風郢調。暖回早。醉西園、亂紅休掃。

關於海綃此段的評語，陳文華指出可以分為三個層次：正面、側面、對面，一也，此指其描寫之角度；空處、實處、寬處，二也，此指其描寫之材料；起步、轉步、歇步、迴步，三也，此指其章法結構。〔註48〕

─────────────

〔註48〕同注29，頁157。

其說清晰確當，故今據之爲基礎，再詳細分析海綃的見解。陳洵說：「『水雲共色』，正面空處起步。『章臺春老』，側面實處轉步。」然陳文華認爲若據原文，則無以索解，提出「空」、「實」兩字或是誤植，應以互乙。〔註49〕從詞意看之，「水雲共色」是寫眼前漫天雪景，故應該是「實」。而「章臺春老」，則借用唐韓翃詠章臺柳的故事，故應該是「空」。因林玫儀所見之稿本《海綃說詞》並無選錄此首，故無善本佐證。然徐文卻批評陳文華之說，認爲其無版本依據，「過於隨意，似難信從」。〔註50〕至於對上述二句，其釋「水雲共色」雖是寫雪，但又不是朝向雪本身，而是描寫這種環繞著雪的環境與氛圍，故雪是以虛化的方式呈現，故是「空處」。而「章臺春老」寫如柳絮般的雪花，乃透過典故來達意，因所朝向的是雪花的形狀，故又是從「實處」著筆。〔註51〕然筆者認爲此說較爲牽強，因爲描寫環繞雪的環境，應作「側筆」，而非「空處」。其次，「章臺春老」之典是刻畫柳絮，但此處乃作比擬，非眞有柳絮在，故應是「空處」。由是，個人認爲陳文華之說較爲合理，故今從之。

由是，陳洵說「『章臺春老』，側面實處轉步」應改爲「『章臺春老』，側面空處轉步」。側面是指不用正面寫，這句本來是描繪雪花紛飛的景象，但卻用了「章臺」、「春老」兩個關於柳絮的字詞，所以是「側面」；又「章臺」運用典故，以虛寫實，故是「空處」。至於「轉步」，是另起一意，指下句已由上文刻畫雪景轉爲描寫女子的美態。海綃又云：「『山陰夜晴』，對面寬處歇步。」當中「對面」是寫乘船訪雪景時，看見對面山上之雪已晴，是從對面之景著筆。「寬處」是指所寫的景象開闊，「歇步」則有小結之意，故乘興出遊的事於此作結。至如「徧地梨花」後，海綃有「以下步步轉，步步歇」之說，然卻無金針度人，又沒有別家說法可供參考，故將愚見略爲述說。「舊時鬪草」應是「歇步」，承上句寫舊日雪地情事，至此一結。「恨凌波

〔註49〕同上。
〔註50〕同注5，頁38。
〔註51〕同上。

路鑰」是「轉身」，轉爲敘述今日人去庭空。「漸入東風郢調」又是「歇步」，結束姬去一事。「暖回早」是「轉步」，另起一意，寫春日暖回，詞人醉倒在蘇妾的寓所。蓋下片「轉」、「歇」之密，大抵就是海綃所說的「步步轉，步步歇」。

七、「複」

　　「複」是海綃論詞常用的術語，指上下文互相呼應，亦有重覆之意。如其評〈瑞鶴仙〉（晴絲牽緒亂）一首，屢用「複」字，說：

> 「流紅千浪」，複上闋之花飛。「缺月孤樓，總難留燕」，複上闋之人遠，爲「淒斷」二字鉤勒。……「箋幅偷和淚卷」，複「挑燈欲寫」。

茲引夢窗原詞如下：

> 晴絲牽緒亂。對滄江斜日，花飛人遠。垂楊暗吳苑。正旗亭煙冷，河橋風暖。蘭情蕙盼。惹相思、春根酒畔。又爭知、吟骨縈銷，漸把舊衫重翦。　　淒斷。流紅千浪，缺月孤樓，總難留燕。歌塵凝扇。待憑信，拌分鈿。試挑燈欲寫，還依不忍，箋幅偷和淚卷。寄殘雲、剩雨蓬萊，也應夢見。

陳洵所說下片「流紅千浪」一句，「流紅」是指花，實際是上闋之「花飛」，這就是「複」，有重覆、呼應之意。下片「缺月孤樓，總難留燕」二句，「燕」是借指妾，意思是人已遠去，難以挽留，故云複上片之「人遠」。至於「挑燈欲寫」，是詞人想寫表示決絕的箋函，但最終還是不忍，眼淚都落在書函上。這裡挑燈欲寫之書函與箋幅互相呼應，亦是「複」。由此見之，「流紅」是「花飛」，「總難留燕」亦即「人遠」，「挑燈欲寫」之物，就是「箋幅」。

　　海綃評清眞詞，亦有「複」的說法。其於周邦彥〈蘭陵王·柳〉一首，用了相當的篇幅來論述上片之「複」。先將其詞之上片迻錄如下：

> 柳陰直。煙裏絲絲弄碧。隋堤上、曾見幾番，拂水飄綿送行色。登臨望故國。誰識。京華倦客。長亭路，年去歲來，應折柔條過千尺。

當中重覆、呼應之處，海綃認爲在於描寫柳的句子上。其云：

> 「長亭路」複「隋堤上」。「年去歲來」複「曾見幾番」。「柔
> 條千尺」複「拂水飄綿」。

據陳洵的評說，「長亭路，年去歲來，應折柔條過千尺」三句，在詞
意上是與「隋堤上、曾見幾番，拂水飄綿送行色」相同。因爲「長亭
路」與「隋堤上」都是送別的地點，所以是「複」。「隋堤」指隋煬帝
所築的汴河堤，堤上種滿柳樹，故有送別之意。「長亭」則是古人時
常餞別的長亭。「年去歲來」是從時間上說，意思是一年復一年。而
「曾見幾番」，意思亦是不只一次，與「年去歲來」意思相近，故這
兩句又是「複」。「柔條千尺」是描寫柳條的長度，「拂水飄綿」則刻
畫柳條在水面搖擺的姿態。兩句俱是寫柳條，故也是「複」。

第五節　「虛提實證」、「倒影」、「大起大落」、「題前、題後」和「搓挪對法」

　　「虛提實證」、「倒影」、「大起大落」、「題前、題後」和「搓挪對
法」，在陳洵《海綃說詞》的用法迥異。前兩者和「題前、題後」是
關於詞中情景的編排和內容，「大起大落」雖然主要針對結構，但亦
與詞人情感的起落有密切的關連。而「搓挪對法」則指詞中的句式結
構。筆者之所以將此五個涵意和用法不同的術語合作一節論述，主要
因爲這五個術語俱側重在詞之內容和結構。茲剖析上述五組術語，以
見海綃對於詞作結構和內容的評說。

一、「虛提實證」／「前虛後實」

　　海綃評周邦彥〈法曲獻仙音〉（蟬咽涼柯）云：「虛提實證，是清
眞度人處。」可見「虛提實證」是周邦彥詞的特色，在陳洵所選的三
十九首清眞詞裡，前後共用了四次之多。〔註52〕而在評說吳文英詞

〔註52〕「虛提實證」意思與「前虛後實」相同，故此處將海綃評〈驀山溪〉
　　　　（樓前疏柳）一首有「前虛後實」之說亦計算在內。

裡，確實不見有相關的用語。本節以上述之〈法曲獻仙音〉、〈滿路花‧詠雪〉和〈驀山溪〉（樓前疏柳）爲例，析述「虛提實證」和「前虛後實」的用法。先迻錄並論述〈滿路花〉一詞：

> 金花落爐燈，銀礫鳴窗雪。夜深微漏斷，行人絕。風扉不定，竹圍琅玕折。玉人新間闊。著甚情悰，更當恁地時節。　　無言欹枕，帳底流清血。愁如春後絮，來相接。知他那裏，爭信人心切。除共天公說。不成也還，似伊無箇分別。

陳洵評曰「前用虛提，後用實證」，即此詞上片主要用了「虛提」，下片則用「實證」。細閱詞意，所謂「虛提」，其實是以景寓情；而「實證」，則是敘述篇中主旨及情懷。先看上片。其所寫的是大雪拍打窗戶、風吹竹折的景象，以雪夜淒清的氣氛和寒意，襯托過拍所寫與所愛女子剛分別之事。而下片則是全篇重心，實證上片別離一事。當中寫出詞人與女子分別後，在帳裡獨自流淚，愁緒不斷，抒發不能重見的悲傷。蓋上片點染景物，以景寓情，下片再深入抒寫情懷，這就海綃「虛提」、「實證」的意思。再看〈法曲獻仙音〉一首的用法。

> 蟬咽涼柯，燕飛塵幕，漏閣籤聲時度。倦脫綸巾，困便湘竹，桐陰半侵朱戶。向抱影凝情處。時聞打窗雨。　　耿無語。歎文園、近來多病，情緒懶，尊酒易成間阻。縹緲玉京人，想依然、京兆眉嫵。翠幕深中，對徽容、空在紈素。待花前月下，見了不教歸去。

「虛提實證，是清眞度人處」爲海綃對全詞的總評。若據上文「虛提實證」的理解，「虛提」是寫景，「實證」是言情；則前者仍主要見於上片，後者是下片所寫玉人遠去，自己孤寂落寞。詞之上片刻畫寒蟬哀鳴、燕子歸去，雨點拍打窗戶的淒清景象和詞人困倦之事，來寄託其孤獨的情懷。這種以景寓情，就是「虛提」。下片則是作者孤單之「實證」，點出因爲佳人遠去，以致近來多病，心情慵懶，並回憶起昔日女子之美，是整篇主旨所在。

陳洵評詞又有「前虛後實」之說，其實即是「虛提實證」。此見於評說清眞〈驀山溪〉（樓前疏柳）一闋。詞之原文如下：

樓前疏柳，柳外無窮路。翠色四天垂，數峰青、高城闌處。江湖病眼，偏向此山明，愁無語。空凝佇。兩兩昏鴉去。　　平康巷陌，往事如花雨。十載卻歸來，倦追尋、酒旗戲鼓。今宵幸有，人似月嬋娟，霞袖舉。杯深注。一曲黃金縷。

海綃認為此首是「前虛後實」，大概與其評〈滿路花〉的「前用虛提，後用實證」的意思相同。所謂「前虛」，指上片寫景，「後實」則是下片寄情。詞之上片由近而遠，以樓前稀疏的柳樹落筆，再寫柳外之景，境界開闊，刻畫江山城闕、極目飛鴉，來寄寓往事的感慨和愁緒，故曰「愁無語」、「空凝佇」。這是寓情於景，故說「前虛」。下片則以敘事和抒情為要，寫十載歸來，往事飄零。詞人面對眼前的宴酣酒席、歌舞娛樂，已沒有心情追尋，只得強顏歡笑。這種對感情的抒發，就是「後實」。因此，「前虛後實」的「虛」、「實」，與「虛提」、「實證」的意思相同，指前闋寫景寓情，後闋則明白道出作者的情懷。

二、「倒影」

「倒影」一詞，見於海綃評吳文英〈澡蘭香・淮安重午〉、〈浣溪沙〉（波面銅花冷不收）和〈惜秋華・重九〉三闋。其意思明確，是就詞中虛實筆法而言，與「虛提實證」完全不同。「倒影」通常是指一事兩說，一虛一實，實者為詞之本意，虛者則為「倒影」。先論〈浣溪沙〉一闋。夢窗詞原文如下：

波面銅花冷不收。玉人垂釣理纖鈎。月明池閣夜來秋。　　江燕話歸成曉別，水花紅減似春休。西風梧井葉先愁。

陳洵評說上片的第二、三句，曰：

「玉人垂釣理纖鈎」，是下句倒影，非謂真有一玉人垂釣也。「纖鈎」是「月」，「玉人」言風景之佳耳。

海綃認為「玉人垂釣理纖鈎」一句，並不是真有女子在垂釣，而只是下句「月明池閣夜來秋」的「倒影」。其指出「纖鈎」，其實就是下句的「月」。至於「玉人」，則描寫眼前秋夜明月池閣風景之佳。「玉人」一句所刻畫的亦即是「月明」句的重覆或照應，只是字面上不同而已。

但前句是虛寫，後句是實寫。「纖鉤」是虛，「月」是實。「玉人」是虛，「月明池閣夜來秋」是實。這就是一事兩說，有虛有實。因此，「倒影」就如其詞之意，主要指虛寫之句，說明其乃篇中實事的影子。

再看〈澡蘭香〉一首。海綃云：

> 「薰風」三句，是家中節物。「秦樓」倒影，「秦樓」用弄玉事，謂家所在。

茲引夢窗詞之下片，方便本文說明之用。其曰：

> 莫唱江南古調，怨抑難招，楚江沉魄。薰風燕乳，暗雨梅黃，午鏡澡蘭簾幕。念秦樓、也擬人歸，應翦菖蒲自酌。
> 但悵望、一縷新蟾，隨人天角。

陳洵認為詞中「薰風燕乳，暗雨梅黃，午鏡澡蘭簾幕」三句是寫家中的節物，「念秦樓、也擬人歸，應翦菖蒲自酌」二句則是「倒影」，乃「家之所在」。其意思即指「薰風」和「念秦樓」句亦與家有關，但寫作方法不同。前者是實寫，即具體地描述重午家中南風吹拂，乳燕翻飛，梅子成熟和美人在簾幕沐浴祛病之事。後者「念秦樓」用一「念」字，顯見是虛寫，說詞人想像愛妾在家中正盼望自己歸來，獨自剪菖蒲泛酒。故海綃謂「『秦樓』倒影」，是指此句乃「薰風」三句的「倒影」。由是，前面寫重午家中節物，是實；後面想家中佳人盼己歸去，是虛；在一虛一實裡，虛者就是「倒影」。

三、「大起大落」

海綃評詞有「大起大落」的說法，是指詞中一起一落的筆勢和今昔結構的跳躍。「起」是指過往愉快的回憶，「落」則是今日孤獨之悲懷。「大起大落」主要將全篇分為兩段，或先寫今日事，或先敘昔日事；或前喜後悲，或前悲後喜。此僅見於其說夢窗的〈青玉案〉（短亭芳草長亭柳）、〈丁香結・秋日海棠〉和〈祝英臺近・春日客龜溪遊廢園〉三闋。先論前者。夢窗詞之內容為：

> 短亭芳草長亭柳。記桃葉，煙江口。今日江村重載酒。殘杯不到，亂紅青塚，滿地閒春繡。　　翠陰曾摘梅枝嗅。

還憶靸韛玉蔥手。紅索倦將春去後。薔薇花落，故園蝴蝶，
粉薄殘香瘦。

關於此詞的「起」、「落」，海綃評曰：「詞極淒豔，卻具大起大落之勢。」
乃從全首來評說，卻無點破當中「起」、「落」處。筆者據詞中今昔哀
樂對照的線索，認爲主要分爲三段——落——起——落。首先，「今
日江村重載酒」，寫今日愛妾已逝，詞人重臨舊地，以杯酒祭奠故人
之墓，卻見滿地春花野草，是「落」。下片換頭以「曾」、「還憶」揭
示昔日事，追溯從前與佳人嗅梅枝、盪靸韛的情態，是「起」。至「紅
索倦將春去後」又「落」，時間返回今日，寫春夢成空，人已消瘦。
兩片的內容既寫往昔相聚的愉快情事，又寫現在愛姬已逝。一喜一
悲，一起一落，今昔往還，故陳洵評爲「具大起大落之勢」。

　　再以〈丁香結‧秋日海棠〉一闋爲例。陳洵評曰：「置身空際，
大起大落，獨往獨來。」全詞的「起」、「落」之處，主要在於上片與
下片所寫對象之異和昔喜今悲的感慨。先引錄夢窗詞之內容：

香嬭紅霏，影高銀燭，曾縱夜遊濃醉。正錦溫瓊膩。被燕
踏、暖雪驚翻庭砌。馬嘶人散後，秋風換、故園夢裏。吳
霜融曉，陡覺暗動偷春花意。　　還似。海霧冷仙山，喚
覺環兒半睡。淺薄朱唇，嬌羞豔色，自傷時背。簾外寒挂
澹月，向日靸韛地。懷春情不斷，猶帶相思舊子。

上片描繪春日海棠盛開之美，突顯其嬌豔的美態。至第四句「被燕踏」
一韻，寫海棠爲燕子蹴落而凋謝。「秋風換」句一筆轉折，陡然由春
日海棠過渡至秋日海棠。由於春日與秋日海棠不同，縱使兩者俱用楊
貴妃來比擬，描繪的重點卻迥異。全詞描繪春日海棠時，以楊玉環受
寵時的姿色來說，用了蘇軾〈海棠〉詩及《明皇雜錄》，將貴妃醉態
比喻爲海棠睡未足。至於刻畫秋日海棠，則用白居易〈長恨歌〉中貴
妃死後在海上仙山的淡妝來形容，言其朱唇淺淺，羞於嬌豔，同時寄
寓了生不逢時之意。海綃所謂「大起大落」，於此詞來說，上片寫春
日海棠之美麗裊娜，是「起」。下片轉爲寫秋日海棠之玉容寂寞，則

是「落」。兩雙對照，前喜後悲，就是一起一落之意。而陳洵評〈祝英臺近〉一首亦然，首五句是寫作者昔日與蘇姬在溪邊斗草嬉戲，第六句「自憐兩鬢清霜」一轉，寫今日年華老去，漂泊不定。前昔後今，一喜一悲，故海綃評爲「大起大落，覺翁慣有此奇幻之筆」。

四、「題前」、「題後」

陳洵評詞有「題前」、「題後」之說，據徐文之見，「題前」這一術語最早見於許昂霄《詞綜偶評》，意指未進入詞篇題旨之前，描寫毗鄰於、關聯於詞篇題旨的事象／物象，以此爲題旨作鋪墊或前引。〔註 53〕後來高亮功〈芸香堂評《山中白雲詞》〉除了「題前」外，亦運用了「題後」一語。〔註 54〕徐文認爲高氏和許昂霄對「題前」、「題後」的理解略有不同，指出當中的差異在於前者是關涉時間的先後，後者側重空間。〔註 55〕

至於陳洵評點中的「題前」、「題後」，徐文認爲是承高亮功之說，指所述及的段落時間上是在詞題所處時段之前或後。究竟這一理解是否確當，先引海綃說吳文英〈倦尋芳·花翁遇舊歡吳門老妓李憐，邀分韻同賦此詞〉一首云：「起從題前盤旋，結從題後搖曳。中間敘遇舊，眞是俯仰陳跡。」並將原詞轉錄如下：

> 墜瓶恨井，分鏡迷樓，空閉孤燕。寄別崔徽，清瘦畫圖春面。不約舟移楊柳繫，有緣人映桃花見。敘分攜，悔香癡漫爇，綠鬢輕剪。　　聽細語、琵琶幽怨。客鬢蒼華，衫袖濕遍。漸老芙蓉，猶自帶霜宜看。一縷情深朱户掩，兩痕愁起青山遠。被西風，又驚吹、夢雲分散。

全詞之詞題是花翁（孫惟信）重遇舊歡吳門老妓李憐。開首五句敘述

〔註 53〕同注 5，頁 19。
〔註 54〕詳見高亮功評張炎〈清平樂·題平沙落雁圖〉一首。見高亮功撰：〈芸香堂評《山中白雲詞》〉，載唐圭璋、施蟄存、馬興榮主編：《詞學：合定本》（上海：華東師範大學出版社，2009 年），第二卷，第六輯，頁 174。
〔註 55〕同注 5，頁 21。

二人別後情景，佳人孤獨淒涼，只曾託人寄去小照，畫像清瘦美麗。
這是昔日之事，時間在重遇之前，並爲下面再遇蓄勢，故海綃評曰「起
從題前盤旋」。而其所謂「中間敍遇舊」，則指由「不約舟移楊柳繫」，
至下片「兩痕愁起青山遠」是記二人不期而遇，見面後互訴衷情、訴
說舊事和即將離別的愁緒，此乃詞題所在。最後「被西風」三句寫聚
後又別之事，故陳洵謂「結從題後搖曳」。劉永濟評此闋亦引陳洵之語，
並略作解釋：「按陳（洵）說全首結構是也。起三句皆別時事，在重遇
之前，故爲題前。……『漸老芙蓉』以下，將重逢之情事，已寫盡寫
透，然後以『被西風，又驚吹、夢雲分散』，寫又別之事，乃題之後路，
故陳氏曰『題後搖曳』。」〔註56〕所側重者爲詞題，而非著意從時序分
辨，此從其評末句爲「寫又別之事」，即認爲尙未爲別後事。雖然徐文
之說亦確，因爲前段是記往事，中間爲今日重遇，結句爲離別。然若
從許昂霄對「題前」的理解來評此詞，亦無不妥。因爲起筆寫別後，
亦是爲題旨作鋪墊，而所寫者亦與下文有關。所謂「題前」、「題後」，
其實「題」字即題目、題旨，這才是重點所在。其有時可能涉及時間
跳躍，間或關於空間的轉換，而將「題前」理解爲尙未進入詞題，「題
後」爲敍述了詞之重心以後所寫的事，似乎相對從時間、空間來辨明
許昂霄、高亮功和陳洵對「題前」、「題後」之用法較爲合理。

五、「搓挪對法」

海綃評詞所說的「搓挪對法」，即詩學上的「交股對」或「蹉對
法」。此見於魏慶之《詩人玉屑》所引王安石詩「春殘葉密花枝少，
睡起茶多酒盞疏」，當中以「密」對「疏」，以「少」對「多」，是「交
股用之」也。〔註57〕簡而言之，「搓挪對法」是「刻意挪移詞語之次
序，錯綜相對以生變化」。〔註58〕這一種對法，大抵是在一組對句裡，

〔註56〕同注8，頁198～199。
〔註57〕魏慶之著，王仲聞點校：《詩人玉屑》（北京：中華書局，2007年），
上冊，頁54。
〔註58〕潘玲撰：〈清眞字法句法析論〉，《新亞論叢》，2010年第11期，頁124。

出現多於一組可以互對的詞語。據陳洵所列舉，惟見於清眞〈尉遲杯·離恨〉一首。先將全詞迻錄如下：

> 隋堤路。漸日晚、密靄生深樹。陰陰淡月籠沙，還宿河橋深處。無情畫舸，都不管、煙波隔南浦。等行人、醉擁重衾，載將離恨歸去。　　因念舊客京華，長偎傍、疏林小檻歡聚。冶葉倡條俱相識，仍慣見、珠歌翠舞。如今向、漁村水驛，夜如歲、焚香獨自語。有何人、念我無憀，夢魂凝想鴛侶。

關於此詞的搓挪對，海綃有這樣的說法：

> 「小檻」對「疏林」，「歡聚」對「偎傍」，「珠歌翠舞」對「冶葉倡條」，「仍慣見」對「俱相識」，是搓挪對法。

評語集中探討詞中「長偎傍、疏林小檻歡聚。冶葉倡條俱相識，仍慣見、珠歌翠舞」三句。今人潘玲認爲詞句本來的次序應該是「長偎傍疏林、歡聚小檻。冶葉倡條俱相識，珠歌翠舞仍慣見」。〔註59〕其中「小檻」、「疏林」都是詞人舊日與歌妓們歡遊之地，是同一句中的對法。「歡聚」、「偎傍」俱爲形容作者和歌女們纏綿遊樂，是上、下對法。「珠歌翠舞」、「冶葉倡條」則借指歌妓，中間又夾有「仍慣見」、「俱相識」這一對。後者的「慣見」又與「相識」意思相近。蓋知在兩句之內，出現錯綜變化、糾纏交結的對句，大抵就是陳洵所謂「搓挪對法」。

第六節　「拙」和「空」

「拙」和「空」，在海綃評詞裡，是兩個涵意豐富的概念。陳洵對於「拙」的解說，主要繼承況周頤，是從詞的用語自然、情感眞摯和詞境質樸三方面說，主要見於評說周邦彥詞。至於「空」，分別有三種不同的意思：一是虛構的情事景物，二是時空的交錯，三則是言在此而意在彼，〔註60〕是夢窗詞主要的特色。下文將深入分析「拙」

〔註59〕同上，頁 124。
〔註60〕同註 10，頁 105。

和「空」的意思和用法，並附清眞和夢窗詞爲例，輔助說明。

一、「拙」

　　陳洵對「拙」的說法，大抵與況周頤的理論相近，遠挑端木埰，近承王鵬運。熊潤桐在〈陳述叔先生事略〉嘗說海綃「論詞旨要，則以重、拙、大三字爲歸」。〔註61〕今在《海綃說詞》的〈通論〉裡，見有「貴拙」一則，但沒有關於「重」和「大」的說法。至於評詞部分，就有四闋涉及「拙」的討論，分別是吳文英的〈聲聲慢・陪幕府中餞孫無懷於郭希道池亭，閏重九前一日〉、周邦彥的〈四園竹〉（浮雲護月）、〈關河令〉（秋陰時晴向暝）和〈綺寮怨〉（上馬人扶殘醉）。先探討「拙」的意思。

　　最早提出「重、拙、大」的理論，陳匪石（1884～1959）認爲是端木埰。其云：

> 近數十年，詞風大振，半塘老人遍歷兩宋大家門戶，以成拙、重、大之詣，實爲之宗，論者謂爲清之片玉。然詞境雖驟愈進，而啟之者，則子疇先生。〔註62〕

而對這理論加以發揚者，則是況周頤的《蕙風詞話》。其對於「拙」一詞，雖然沒有明確的界定，然我們亦可以從其論詞之條目歸納出大概的意思。這可從兩方面說，一是詞的用語自然樸實；二是指詞的情感眞摯，詞境質樸。從前者來看，況氏以「巧」和「拙」作一對比，提出「拙者巧之反」。〔註63〕又云：「詞忌做，尤忌做得太過。巧不如拙，尖不如禿，陸（鈺）無巧與尖之失。」〔註64〕可見其反對過於造作、過於雕琢的詞，認爲這失於尖巧。這主要針對詞的用字下語之「拙」

〔註61〕熊潤桐撰：〈陳述叔先生事略〉，載於陳洵著：《海綃詞》（臺北：中華叢書編審委員會，1961年）

〔註62〕陳匪石撰：〈宋詞賞心錄跋〉，載端木埰選錄，何師廣棪校評：《宋詞賞心錄校評》（臺北：正中書局，1975年），頁111。

〔註63〕況周頤著：《詞學講義》，載況周頤著，孫克強輯考：《廣蕙風詞話》（鄭州：中州古籍出版社，2003年），卷一，頁151。

〔註64〕同注17，卷五，頁91。

來說，具體意思就如況氏所說的「經意而不經意」，曰：「詞過經意，其弊也斧琢；過不經意，其弊也襇襪。不經意而經意，易；經意而不經意，難。」〔註65〕所追求的是一種經過雕琢而又恰如其份之美。從後者來看，「拙」就是發自個人內心的眞實性情，流露於不自知。詞境表面看似質樸，但已隱含了作者豐富的思緒和感情。其於詞話裡有這樣的描述：

> 拙不可及，融重與大於拙之中，鬱勃久之，有不得已者出乎其中，而不自知，乃至不可解，其殆庶幾乎。猶有一言蔽之：若赤子之笑啼然，看似至易，而實至難者也。〔註66〕

道出「拙」與創作主體的性情相關，傳達眞實的情感，沒有任何掩飾與僞裝，猶如嬰孩之啼哭一樣。而主體性情的「拙」與詞筆之「拙」又有密切的關係，因爲只有情感樸厚眞率，文辭才表達得自然。

　　至於陳洵評詞，對「拙」的理解又與況周頤相同，主要從詞人之性情和作品的語言文字出發。先看周邦彥〈四園竹〉一闋。

> 浮雲護月，未放滿朱扉。鼠搖暗壁，螢度破窗，偷入書幃。秋意濃，閒竚立，庭柯影裏。好風襟袖先知。　　夜何其。江南路繞重山，心知諼與前期。奈向燈前墮淚，腸斷蕭娘，舊日書辭。猶在紙。雁信絕，清宵夢又稀。

海綃評曰：

> 「鼠搖」、「螢度」，於靜夜懷人中見，有〈東山〉詩人之意。「猶在紙」一語驚人，是明明有前期矣。讀結語則仍是漫與。此等處皆千迴百折而出之，尤佳在樸拙。

其所謂「樸拙」，應該是針對詞的情感眞摯動人而言。全篇的重心在於懷人，上片是懷念佳人所見之景，刻畫月光爲浮雲所蔽，鼠影搖動、螢火蟲從窗而入，秋意蕭索。下片直抒胸臆，感歎江南路遙，音信斷絕，與愛姬天各一方。詞人更直接道出了自己傷心墮淚，對伊人腸斷的思念之情。全詞語句淺易，情眞意切，只見詞人發自內心的愁苦，

〔註65〕同上，卷一，頁4。
〔註66〕同上，卷五，頁99。

感人至深。述叔提出「樸拙」的詞境，就是指這些表面平淡無奇、不事雕琢，但實際卻出自作者胸臆的爐冶。再以〈關河令〉一首爲例。

> 秋陰時晴向暝。變一庭淒冷。佇聽寒聲，雲深無雁影。　　更深人去寂靜。但照壁、孤燈相映。酒已都醒，如何消夜永。

海綃評爲「神味拙厚，總是筆力有餘」。意思是指全首寫景抒情眞切自然，以秋夜淒清的景色寫佳人遠去，表達孤寂無聊的感情。意境質樸，一片秋意；用字下語亦淺易，平平無奇。但從一些細微之處卻隱藏了詞人豐富而深厚的感情，如下片的「酒醒」、「如何」和「永」字。「酒醒」是寫人去以後，作者借酒銷愁而不醉，更見其失意落寞的情懷。「如何」和「永」字，寫詞人之愁不解，在漫漫長夜裡無人陪伴，難以銷磨，加深了其在人去後的落寞和愁苦。這些話語表面淺顯，但似乎是經過作者深入的思索後，以自然的筆觸表現眞實的性情，就如況周頤所說的「經意而不經意」，故陳洵評曰「神味拙厚」。

　　上述兩闋主要都是從詞人的情感來說，然陳洵評夢窗的〈聲聲慢〉卻從用字下語說。其云：「起八字殊有拙致。」此詞開首之八字是「檀欒金碧，婀娜蓬萊」，描述郭希道池亭的金碧輝煌，並種了美好的修竹；園林彷彿仙境，楊柳依依，婀娜多姿。這二句，前人評說紛紜。如張炎《詞源》說：「夢窗〈聲聲慢〉……前八字恐亦太澀。」〔註67〕陳澧（1810～1882）謂之「極煉」。〔註68〕三家的意見雖然不同，但俱針對其用代字而言。上述之「檀欒」是借指修竹，「金碧」指樓臺，「婀娜」指楊柳，「蓬萊」指池沼，全都運用代字。然代字太多，則不免難於揣測，故玉田譏其爲「凝澀晦昧」。而陳澧則就鍛煉字句來說，故認爲是「極煉」。至於海綃，大抵見出夢窗這樣堆砌，是經過雕琢研煉後產生一種恰到好處的自然之美，所以評爲「殊有拙致」。「拙」的標準，本來並不易確立，如趙尊嶽認爲「拙」是不能只從用事下語來看，亦須

〔註67〕張炎著：《詞源》，載唐圭璋編：《詞話叢編》（北京：中華書局，2005年），第一冊，頁259。
〔註68〕轉引自同注8，頁175。

結合作家個人性情的眞實流露等方面看之，說：「詞之工拙，不易定論。……情文必相生而益茂，情求眞、求拙，字面卻不妨極柳暗花明之妙。」〔註69〕然夢窗詞「檀欒金碧，婀娜蓬萊」八字，略嫌刻意求巧，未免呆滯，與自然質樸的「拙」似乎不可相提並論，故朱庸齋批評曰：「至述叔謂夢窗之『檀欒金碧，婀娜蓬萊』八字有拙致，乃故作翻案語耳。此八字乃呆滯而非拙也。」〔註70〕實爲公允之論。

二、「空」／「空際」

　　陳洵評詞部分，常用「空」或「空際」之語。據劉斯翰〈《海綃說詞》研究〉一文，認爲此詞用法的意思主要有三：一是指虛構的情事景物；二是指時空的交錯、迴環往復。三是指言在此而意在彼。〔註71〕關於「空際」一語，陳洵大抵是沿用周濟之說。周濟評清眞〈浪淘沙〉（曉陰重）曰：「空際出力，夢窗最得其訣。」〔註72〕其所云之「空際」，應是針對詞之開首「曉陰重」至「玉手親折」爲回憶之事，「念漢浦離鴻去何許」一句始返現在，乃從時空轉換而言。下文先探討上述第一種意思。陳洵評夢窗詞〈霜花腴・重陽前一日泛石湖〉一首，多次運用「空」字。吳文英的原詞如下：

> 翠微路窄，醉晚風、憑誰爲整欹冠。霜飽花腴，燭消人瘦，秋光作也都難。病懷強寬。恨雁聲、偏落歌前。記年時、舊宿淒涼，暮煙秋雨野橋寒。　　妝靨鬢英爭豔，度清商一曲，暗墜金蟬。芳節多陰，蘭情稀會，晴暉稱拂吟箋。更移畫船。引佩環、邀下嬋娟。算明朝、未了重陽，紫萸應耐看。

海綃評首二句「翻騰而起，擲筆空際，使人驚絕」。又說：「起句如神龍夭矯，奇采盤空」，都是指詞中「翠微路窄，醉晚風、憑誰爲整欹冠」

〔註69〕趙尊嶽著：《塡詞叢話》，載施蟄存、唐圭璋等主編：《詞學・第四輯》（合定本）（上海：華東師範大學出版社，2008年），卷三，頁84。
〔註70〕同注6，卷一，頁349。
〔註71〕同注10，頁105。
〔註72〕同注27，頁13。

所寫並非眼前景物，起筆即用虛構，故曰「空」。詞之起筆寫重陽本宜
登高，但因山路窄小，又沒有知己佳人助整欹冠，於是由不便登高著
手而引入下面泛湖之樂。海綃亦明白道出：「此汎石湖作，非身在翠微
也。」可知開首二句是虛寫，至遊湖才是實寫。而陳洵所說的「擲筆
空際」、「奇采盤空」，是極稱吳詞開端構思巧妙，不用實景，筆法空靈。

陳洵評夢窗〈澡蘭香・淮安重午〉詞時，點出「後片純是空中設
景」，此一「空」字，亦指虛構情事景物而言。夢窗之詞原為：

> 盤絲繫腕，巧篆垂簪，玉隱紺紗睡覺。銀瓶露井，彩簟雲
> 窗，往事少年依約。為當時、曾寫榴裙，傷心紅綃褪萼。
> 黍夢光陰漸老，汀洲煙蒻。　　莫唱江南古調，怨抑難招，
> 楚江沈魄。薰風燕乳，暗雨梅黃，午鏡澡蘭簾幕。念秦樓、
> 也擬人歸，應翦菖蒲自酌。但悵望、一縷新蟾，隨人天角。

海綃曰：「後片純是空中設景，主意在『念秦樓也擬人歸』一句。」
其所謂後片是「空中設景」，乃認為自「莫唱江南古調」起至末句「隨
人天角」都屬虛構想像，景物及情事俱非實有。而下片想像是原自「念
秦樓也擬人歸」一點發而為詞的，全是站在家中佳人的角度出發。海
綃指出「莫唱江南古調」三句是夢窗設想家人唱道招魂的歌，故曰
「『歸』字緊與『招』字相應，言家人望己歸，如宋玉之招屈原也」。
「薰風燕乳」三句，是詞人想像重午時節家中的景物，說「薰風三句，
是家中節物」。而「念秦樓」兩句，則是設想佳人在秦樓等候自己歸
來之時，獨自借酒消遣。末句仍是想像之筆，寫閨中之人望月。陳洵
對此詞下片的理解，純粹從夢窗對家中的設想看，故云「後片純是空
中設景」。但陳文華認為末句不宜把望月者說為家人，其說：

> 唯海綃既以「但悵望」亦歸入此處說之，則以為望月者亦
> 是家人矣，但詞云「隨人天角」，則此月乃淮安之月，非
> 家中之月可知。換言之，此結句乃是回到自身不再是虛
> 筆。〔註73〕

〔註73〕同注29，頁55。

此說法較爲確當。唐圭璋《唐宋詞簡釋》亦認爲末句是言夢窗自身而非佳人，曰：

> 「但悵望」兩句，轉到自身之望月懷人，重午月初生，故云「一縷新蟾」。〔註74〕

縱然各家對此詞下片有不同的理解，但下片「莫唱江南古調」三句及「念秦樓」兩句，仍無疑是海綃所云的「空中設景」。〔註75〕

陳洵評詞所用「空際」的另一種意思是指時空交錯，即一首詞在時間、空間上於今、昔和未來翻來覆去地跳躍著。這種「空際」，海綃評詞多稱爲「空際轉身」。徐文在探討「空際轉身」時，認爲這一術語並無專門針對時空結構，而是描述意旨間轉折時所予人的頓然、有力之感。〔註76〕筆者亦肯定此說，然見海綃所選者均能以時空變換來說，且周濟採用「空際」，亦與時間跳躍有關。故下文再結合徐文的理解論述。陳洵評吳文英之〈齊天樂・會江湖諸友泛湖〉一闋，曰：「『一夕西風』，空際轉身。」點明詞之「空際轉身」，在「怕一夕西風」句。先將夢窗原詞下片迻錄如下：

> 南花清闘素靨，畫船應不載，坡靜詩卷。汎酒芳箄，題名蠹壁，重集湘鴻江燕。平蕪未翦。怕一夕西風，鏡心紅變。望極愁生，暮天菱唱遠。

下片落筆寫與友人皆攜妓而遊，時而飲酒舟上，時而訪寺題詞，以示彼此聚少離多之情。「平蕪未翦」句，寫夏日西湖草木蔥蘢，未爲秋風所剪。至「怕一夕西風」一句，即由夏景陡轉，設想秋風來到，湖面頓成一片紅衰翠減。在時間上由今日跳至未來，就是陳洵所謂「空際轉身」。而徐文評此首則曰：「『平蕪未翦』，猶是夏日，而『一夕西風』使意旨突然轉換，敘及秋意。這都是一種語意上的忽然性的轉折，

〔註74〕唐圭璋選釋：《唐宋詞簡釋》（上海：上海古籍出版社，1981 年），頁214。

〔註75〕至於「薰風燕乳」三句，劉永濟認爲並非夢窗的設想，而是當時景物，曰：「『薰風』二句爲今日重午景物。」此見同註8，頁226。

〔註76〕同註5，頁38。

顯現出大起大落式的有力之感，因而陳洵說其是『神力獨運』之風格。」
〔註77〕乃從意旨突變的角度說，不強調是關於時間的轉換。

　　再看夢窗〈高陽臺・落梅〉一闋。這首的「空際轉身」，並不從
時間來說，而從空間的變換而言。茲引夢窗詞上片之內容，再作深入
的解說。

　　　　宮粉雕痕，仙雲墮影，無人野水荒灣。古石埋香，金沙鎖
　　　　骨連環。南樓不恨吹橫笛，恨曉風、千里關山。半飄零，
　　　　庭上黃昏，月冷闌干。

海綃指出「南樓」七字是「空際轉身」，乃夢窗神力獨運處。據此
詞並無時間上的跳躍，應從空間著手。詞之首句，刻畫落梅的顏色
和意態，並點明其落在荒涼無人的野水荒灣。次韻仍寫梅花落後埋
沒於沙石之中，仍然緊扣詞題「落梅」之「落」字。上述五句均從
正面描寫落梅。至「南樓不恨吹橫笛」句另起一意，在地點上由「荒
灣」跳至「南樓」，亦由正面描繪落梅轉爲側面烘托，以〈梅花落〉
一曲來點染之。這一筆突如其來的空間變換，大抵就是陳洵所說的
「空際轉身」。至於徐文則作此解：「起五句寫梅花凋落之淒涼冷
寂，暗含怨恨，而『南樓』句忽然『轉身』，曰『不恨』。」〔註78〕
認爲「空際轉身」就是由「恨」轉爲「不恨」這種前後節奏轉換之
突然與力度之大。他更以陳洵評吳文英〈六么令・七夕〉之「劈空
提出」和〈掃花游・西湖寒食〉之「橫空一斷」來說明「空際轉身」
就是指語意或詞旨忽然的轉折。〔註79〕筆者認爲徐氏所解亦確當，
故詳述以備一說。

　　海綃說詞所用「空際」的最後一種意思是言在此而意在彼。其評
夢窗的〈絳都春・爲李箐房量珠賀〉，就有「空際取神」、「空實對照」
之說。這種用法，大概就有言在此而意在彼之意。先引吳文英之詞：

〔註77〕同上，頁39。
〔註78〕同上。
〔註79〕同上。

情黏舞線。悵駐馬瀟橋，天寒人遠。旋翦露痕，移得春嬌
栽瓊苑。流鶯常語煙中怨。恨三月、飛花零亂。豔陽歸後，
紅藏翠掩，小坊幽院。　　誰見。新腔按徹，背燈暗、共
倚筯屏蔥蒨。繡被夢輕，金屋妝深沈香換。梅花重洗春風
面。正溪上、參橫月轉。並禽飛上金沙，瑞香霧暖。

陳洵評曰：

「流鶯」以下，空際取神，開合動盪，卻純用興體，以起
後闋所賦。

其明確道出詞中「流鶯常語煙中怨」一句以下，是「空際取神」。
細閱詞意，「流鶯常語煙中怨」五句，表面是用了丘遲〈與陳伯之
書〉中「暮春三月，江南草長。雜花生樹，群鶯亂飛」之語，意思
是鶯兒埋怨在煙柳的生活，後來終在小院過著安寧的日子；實際隱
含了李氏之妾從良後，經常怨恨煙花巷中的風塵往事，後來擺脫黑
暗，於李宅中安逸無憂。故陳洵所說的「空際取神」，就是作者不
直寫，反為藉著景物來寄託深層的寓意，言在此而意在彼。所以，
「取神」處就是景物以外的意思，尤其值得讀者注意。海綃總評此
詞所說的「實處皆空」、「空處皆實」，與上述所說三種「空」之意
思又不同。徐文嘗解釋這一「空」是指所寫之對象不具有具體物象
一樣的實體性。〔註80〕先看陳洵之評曰：

詞中不外人事風景，鎔人事入風景，則實處皆空。鎔風景
入人事，則空處皆實。此篇人事風景交鍊，表裡相宣，才
情並美，應酬之作，難得如許精粹。

其所謂「實處皆空」、「空處皆實」是指情和景。因為情感是抽象的，
所以是「空」；景物是具體的，所以是「實」。「鎔人事入風景」，即表
面寫景而實寓人情，如「旋翦露痕」至「小坊幽院」是也，使質實之
景變得空靈。而「鎔風景入人事」，即主要敘述人事而兼有景物，如
「新腔按徹」至「金屋妝深沈香換」是也，令抽象之情事亦顯得實在。

故陳洵有「人事風景交鍊，表裡相宜，才情並美」的稱許。蓋此處之「空」，確如徐文之言，是不具實體形象者，乃指詞中之情。

小 結

綜合上述海綃評詞的術語來看，其主要針對詞之結構和筆法來說。與結構有關的，主要有「逆」、「倒」、「大起大落」、「題前、題後」和「搓挪對法」；而屬於運筆方面的，重要的是「留」、「斷、續」、「逼」、「跌」、「複」、「脫」、「轉」和「鉤」。然這只是概略分類，不能一概而論。如「離合順逆」，既與結構有關，亦兼論筆法。又例如「空」，其於《海綃說詞》有三種涵意。若以虛構情事景物或言在此而意在彼來理解，則屬於運筆；但從時空轉換說之，則屬於結構。又「虛提實證」、「倒影」和「拙」，主要針對詞中的情景、用語或風格。海綃以術語評詞，雖不免有「瑣碎牽附」之處，然對於初學者來說，在理解周邦彥和吳文英兩家詞之精粹，貢獻尤大。自宋之尹煥提出「前有清真，後有夢窗」、沈義父謂「夢窗深得清真之妙」，至清之周濟、戈載、陳廷焯、馮煦、況周頤等詞學家均推舉周邦彥和吳文英詞，然多只以一二語評之，並未作深入的分析。及陳洵選錄吳文英詞 71 首，周邦彥詞 39 首，除了部分繼承了前賢之術語外，亦創作了新的術語來評說二家詞，針對周、吳詞中結構和運筆，釋說無遺，實對詞界裨益匪淺。

第六章　學者對陳洵評詞之爭議

第一節　引　論

　　陳洵評說吳文英和周邦彥之詞時，有些說法和意見與歷代學者相異，甚至因而引起了批評和爭議。其書評夢窗詞共 71 闋，[註 1] 有 16 闋與後人見解不同；又評清真詞共 39 闋，有 5 闋尚有商榷之處。夢窗詞以艱澀難治著稱，故海綃於各篇主意，筆法脈絡，俱析述詳盡，金針度人。而晚清至近世，專治夢窗者多，如楊鐵夫兩箋夢窗詞、劉永濟《微睇室說詞》、唐圭璋《唐宋詞簡釋》，以至今人陳文華《海綃翁夢窗詞說詮評》、吳蓓《夢窗詞彙校箋釋集評》和鍾振振〈讀夢窗詞札記〉等，既不乏肯定海綃之說，亦有批評其說詞失當之處，對於後學研習夢窗詞，實有幫助。至於評說清真詞，海綃主要針對結構筆法立說，寥寥數語，甚少作詳細的解說。後來研治清真詞，如楊鐵夫《清真詞選箋釋》、羅忼烈《清真集箋注》等，分析詳盡，深入淺出，對海綃評說多有補充。

　　因夢窗詞之討論較多，本章未能一一解說，故上述 16 首中，只選

〔註 1〕　此包括林玫儀鈔錄自稿本《海綃說法》裡評夢窗〈祝英臺近・春日客龜溪遊廢園〉一闋。

11 首較具代表性之作作詳細分析,並刪去〈花犯・郭希道送水仙索賦〉、〈新雁過妝樓〉(夢醒芙蓉)、〈應天長・吳門元夕〉、〈夜遊宮〉(人去西樓雁杳)和〈喜遷鶯・福山蕭寺歲除〉5 首。這 5 首的爭議處較少,茲略作說明。〈花犯〉一首的問題在陳洵評「似夢非夢」,究竟下片是否寫夢境;〈新雁過妝樓〉則因海綃所採用夢窗詞的版本與朱孝臧四校本不同,以致詞中「賦情更苦似秋濃」句之「秋濃」或作「春濃」,與陳洵評說之內容無重大關係。〈應天長〉與夢窗之〈六醜・壬寅歲吳門元夕風雨〉詞意相近,然海綃認為前者是「盛極必衰」,後者是「今昔之感」,事實上兩篇同一主意,此乃陳洵強作解人之誤。〈夜遊宮〉則關係吳文英詞中「揚州」和「楚山」的意思。〈喜遷鶯〉的爭議主要在於開首「江亭年暮」這一場景裡,夢窗究竟到了福山蕭寺沒有,均難實說。此處只扼要點明上述 5 首的爭議處,下文不再重覆說明。

本章主要從陳洵之評入手,以夢窗詞為主,清真詞為次;前者選錄 11 闋,後者蒐得 5 闋,將歷來學者對陳洵評說兩家詞爭議之處,詳細地析說如下,並就各家之論提出較為合理的見解。

第二節　評吳文英詞

一、〈霜葉飛・重九〉

海綃評夢窗詞時,有些地方與當時或後來的詞論家意見不一。首先,〈霜葉飛・重九〉一首的爭議之處主要有二:一是詞中「記醉踏南屏」三句中時空糅雜的問題,二是此詞不同版本的句讀有爭議。吳文英原詞如下:

> 斷煙離緒。關心事,斜陽紅隱霜樹。半壺秋水薦黃花,香噀西風雨。縱玉勒、輕飛迅羽。淒涼誰吊荒臺古?記醉踏南屏,彩扇咽、寒蟬倦夢,不知蠻素。　　聊對舊節傳杯,塵箋蠹管,斷闋經歲慵賦。小蟾斜影轉東籬,夜冷殘蛩語。早白髮、緣愁萬縷。驚飆從卷烏紗去。漫細將、茱萸看,

但約明年，翠微高處。

首談時空交錯之議。當中最具論爭之處在上片「記醉踏南屏，彩扇咽、寒蟬倦夢，不知蠻素」三句。海綃論這幾句說：

> 「彩扇」屬「蠻素」，「倦夢」屬「寒蟬」。徒聞「寒蟬」，不見「蠻素」，但彷彿其歌扇耳，今則更成「倦夢」，故曰「不知」。兩句神理，結成一片，所謂「關心事」者如此。

陳洵的解說是指「記醉踏南屏」一句為詞人回想過去之事，「彩扇」、「蠻素」是指當年陪在夢窗身邊的佳人，同屬往昔；而「寒蟬」則指今日徒然剩下寒蟬鳴聲，「倦夢」是今日詞人疲於緬懷舊時情事。據陳氏之意，此數句大概是說作者回想當日與杭妓登上南屏山，看杭妓持彩扇歌舞，今日歌妓已逝，只聞寒蟬淒咽，令人倦於思憶。故此三句的時空結構是：昔——今；因此云「兩句神理，結成一片」。但劉永濟在《微睇室說詞》卻指海綃之評為誤，曰：

> 陳氏於此二句分析欠明，自生糾葛，反以為「兩句神理融成一片」，其說不可從。〔註2〕

劉氏並作解說：

> 按此二句原甚分明，蓋上言歌聲已如蟬之寒咽，「彩扇」，歌扇也。下言昔猶夢見蠻素，今則此夢已倦，故曰「不知蠻素」。「蠻素」，白居易侍妾小蠻、樊素也，今以指其去妾。陳氏既以「倦夢」屬「寒蟬」，又曰「今則更成『倦夢』」，則復以「倦夢」屬夢窗，然則此「寒蟬」者，夢窗以自比也。且「彩扇」句本言歌聲已寂如「寒蟬」，實以比去妾，安可以為夢窗自比。〔註3〕

按劉永濟的理解，與陳洵之意見最大的不同處在於「寒蟬」二字究竟是屬昔日的去妾或今日的夢窗。劉氏認為「寒蟬」是屬昔日之事，乃形容夢窗去妾的歌聲如蟬之寒咽，與陳洵把「寒蟬」說為今日夢窗聽到蟬之鳴聲不同。劉氏又批評陳洵將「倦夢」屬「寒蟬」，又以「倦

〔註2〕 劉永濟著：《微睇室說詞》（北京：中華書局，2007年），頁143。
〔註3〕 同上。

夢」屬夢窗的說法,因爲這樣就等於夢窗自比「寒蟬」。然上述已說
明「寒蟬」是形容去妾的歌聲,故屬去妾,不屬夢窗。故「寒蟬倦夢」
一句,應分開解說,「寒蟬」屬去妾,「倦夢」屬夢窗。陳匪石《宋詞
舉》的論述亦大致與劉永濟相近。〔註4〕

而唐圭璋在《唐宋詞簡釋》,則表達了不同的意見:

> 「記醉踏」三句,逆入,述當年重九登高之樂。當時醉踏南
> 屏,歌咽寒蟬,迨倦極入夢,竟不知蠻素之在側也。〔註5〕

其解說與上述各家最大不同者,在於把「記醉踏南屏,彩扇咽、寒蟬
倦夢,不知蠻素」全句說爲舊日之事。他甚至認爲詞人倦夢,以至不
知佳人在側,都爲昔時與女子遊覽南屏的事。據唐氏的理解,全句並
無時間的轉換。但對於「寒蟬」二字,亦與劉永濟意見相同,是對去
妾歌聲的描述。

關於此詞的「記醉踏南屏」三句,眾說紛紜,有認爲存在今昔時
空的混淆,有提及不存在者。即使屬於前者,各家對今昔跳躍的部分,
亦有不同的見解。今人錢鴻瑛嘗從句式標點方面討論,認爲全句並無
今昔時空交錯,陳洵之說「實是稀里糊塗一片」。〔註6〕其指出今人多
據唐圭璋《全宋詞》的版本,將夢窗〈霜葉飛〉一詞的「記醉踏南屏,
彩扇咽、寒蟬倦夢,不知蠻素。」標爲五、三、四、四的句式。再觀
龍榆生於 1934 年開明書店出版的《唐宋名家詞選》,這句卻是「記醉
踏南屏,彩扇咽寒蟬,倦夢不知蠻素」,句式是五、五、六,較切合
作品原意。若從龍氏版本之說,則「寒蟬」是屬「彩扇」,理解爲當

〔註4〕 陳匪石說:「回憶前時,南屏山下,乘醉聞歌,哀蟬之曲,『彩扇』
之影,而游情既倦,都如夢幻中事,不復知有小蠻、樊素之口矣。」
實以「寒蟬」形容佳人之歌,曰「哀蟬之曲」;而「倦夢」則是覺翁
今日游情已倦,與劉氏之論大體無異。此見於陳匪石編著,鍾振振
校點:《宋詞舉》(南京:江蘇古籍出版社,2002 年),頁 39。

〔註5〕 唐圭璋選釋:《唐宋詞簡釋》(上海:上海古籍出版社,1981 年),頁
209。

〔註6〕 錢鴻瑛撰:〈評陳洵《海綃說詞》〉,《文學遺產》,2007 年第 3 期,頁
131。

年詞人在杭州南屏山酒醉困倦，姬人執扇清歌，歌聲與寒蟬共咽，而他則倦極入夢，似忘卻伊人在身旁了。〔註7〕據錢鴻瑛的說法，全句均為昔日之事，與唐圭璋的理解相同。

　　錢氏側重在句式的標點問題上指出海綃理解此詞有誤，提出全句是沒有今昔往還，純屬舊日的事。但考《御定詞譜》，〈霜葉飛〉共有多種體式，由一百九字至一百十二字皆有，因此難以據此判斷吳文英詞該句之句式以作正確的標點。細讀夢窗原詞之意，「記醉踏南屏」三句，應沒有時空交錯。因為「記醉踏南屏，彩扇咽、寒蟬倦夢，不知蠻素」，沒有提示今日之意，反而換頭「聊對舊節傳杯」一句，「舊節」二字道出面對重陽舊節。既云「舊」，則上片末句明顯為昔日之事，至下片才為今日重陽境況。因是，唐圭璋和錢鴻瑛主張沒有今昔跳躍，實較為合理。

　　其次，是不同版本中句讀問題的爭議。當中不同意見的部分除卻上述「記醉踏南屏」的句式標點外，就是開首「斷煙離緒。關心事」應以四、三字一句，或七字一句的問題。

　　據陳洵之評，其說：「起七字，已將縱玉勒以下攝起在句前。」是將「關心事」與「斷煙離緒」合為一句。海綃此說或據萬樹的《詞律》而來。《詞律》於〈霜葉飛〉調只引夢窗詞一體，並以「斷煙離緒關心事」七字為一句，說：

> 圖譜因周（邦彥）詞起句：「露迷衰草踈星挂」，遂謂草字
> 起韻。注作四字句起，而以下句為九字，甚誤。〔註8〕

他認為「斷煙離緒，關心事，斜陽紅隱霜樹」的句式有誤，應以「斷煙離緒關心事」為一句，並提出因為方千里、楊澤民亦嘗用此調，但在首句之第四字卻未叶韻，故「未可拘執此（吳詞）『緒』字實暗韻也」，〔註9〕即主張首句為七字之說。至於王奕清等編纂的《欽定詞

〔註7〕同上。

〔註8〕萬樹編：《詞律》（上海：上海古籍出版社，1984年），頁430。

〔註9〕同上。

譜》，於〈霜葉飛〉共列七體，分別是周邦彥〈霜葉飛〉（露迷衰草）、
方千里〈霜葉飛〉（寒雲垂地）、張炎〈霜葉飛〉（舊家池沼）、（故園
空杏）、沈唐〈霜葉飛〉（霜林凋晚）、（故宮秋晚）及黃裳〈霜葉飛〉
（誰能留得年華住），並以周邦彥所用者爲正體。其中首句用七字的
僅黃裳一體。其載：

> 吳文英詞：「斷煙離緒」，「緒」字押韻，南宋人俱如此塡。

〔註10〕

提出了〈霜葉飛〉一調首句第四字押韻於南宋時已有之，認爲此調應
以四字爲一句。由此觀之，《詞律》及海綃主張起句是七字，有值得
商榷之處。

二、〈渡江雲三犯・西湖清明〉及〈鶯啼序〉（殘寒政欺病酒）

海綃評〈渡江雲三犯・西湖清明〉所引發的爭論有三：一是此詞
與〈鶯啼序〉（殘寒政欺病酒）第二段所寫的是否指同一事；二是兩
首詞所寫的佳人是蘇妾還是杭妓；三是解釋「明朝事與孤煙冷」以下
數句有否誇大失實。吳文英〈渡江雲三犯・西湖清明〉詞如下：

> 羞紅颦淺恨，晚風未落，片繡點重茵。舊堤分燕尾，桂棹
> 輕鷗，寶勒倚殘雲。千絲怨碧，漸路入、仙塢迷津。腸漫
> 回，隔花時見，背面楚腰身。　　逡巡。題門惆悵，墮屨
> 牽縈，數幽期難準。還始覺、留情緣眼，寬帶因春。明朝
> 事與孤煙冷，做滿湖、風雨愁人。山黛暝，塵波澹綠無痕。

海綃評曰：

> 此詞與〈鶯啼序〉第二段參看。「漸路入仙塢迷津」，即「溯
> 紅漸招入仙溪」。「題門」、「墮屨」，與「錦兒偷寄幽素」，
> 是一時事，蓋相遇之始矣。

陳洵認爲〈渡江雲三犯〉一詞之「漸路入、仙塢迷津」、「題門」、「墮

〔註10〕王奕清等編纂：《欽定詞譜》，載於《文淵閣四庫全書》（上海：上海
　　　古籍出版社，1987年），第1495冊，頁653。

履」與〈鶯啼序〉的「溯紅漸、招入仙溪」及「錦兒偷寄幽素」是同一事。楊鐵夫在《夢窗詞全集箋釋》亦同意海綃的說法，甚至在〈鶯啼序〉後作字句比附來證明陳洵之說，曰：

> 此之「傍柳繫馬」，即彼之「桂棹」、「寶勒」；此之「招入仙溪」，即彼之「仙隖迷津」；此之「春寬夢窄」，即彼之「緣眼」、「因春」；此之「紅濕」、「歌紈」，即彼之「風雨愁人」；此之「暝堤」、「斜陽」，即彼之「塵波」、「山黛」。〔註11〕

而劉永濟則不同意陳洵之說，曰：

> 今按「題門」、「墮履」與〈鶯啼序〉之「錦兒」句絕不相同，何得曰「是一時事」。〔註12〕

劉氏反對海綃的論點主要是〈渡江雲三犯〉中所引的「題門」、「墮履」和〈鶯啼序〉中的「錦兒偷寄幽素」一事並不相同，因此不能將兩詞說為「同一時事」。

　　至於劉氏的說法是否確當，則要先理解夢窗原詞之意。劉氏所說「題門」、「墮履」分別是用崔護的題詩〔註13〕及羅隱詩「遺簪墮履應留念」之句。前者意謂今日重訪而人去樓空，後者是指不忘舊時情感。而〈鶯啼序〉中的「錦兒偷寄幽素」則用錢塘妓楊愛愛的侍兒之名，寫錦兒傳遞二人的情愫。劉氏之所以認為海綃的說法不確，或是認為「錦兒」一語伏有杭妓未及娶成已死之意。既然所寫的是死別的事，自然與〈渡江雲三犯〉之「題門」、「墮履」寫生離不同。然而，從〈鶯啼序〉第二片看，「錦兒偷寄幽素」至「總還鷗鷺」句，都是寫相戀及離別的事，並未道出杭妓已死。直至第三片之「事往花委」、「瘞玉埋香」才點明佳人已逝，故「錦兒」一詞在第二片未有暗示杭妓已歿，而陳洵所言〈渡江雲三犯〉與〈鶯啼序〉第二片「是一時事」，應無

〔註11〕楊鐵夫箋釋：《夢窗詞全集箋釋》（香港：龍門書店，1973 年），頁200。

〔註12〕同注2，頁196。

〔註13〕孟棨《本事詩》載崔護於清明時題詩曰：「去年今日此門中，人面桃花相映紅。人面不知何處去，桃花依舊笑春風。」，載丁福保輯：《歷代詩話續編》（北京：中華書局，1983 年），上冊，頁10～11。

不當。再從夢窗兩首詞來看，二者時節及地點均同。〈渡江雲三犯〉之題爲「西湖清明」，而〈鶯啼序〉中亦有「清明過卻」、「十載西湖」之句，已見相同。復次，〈渡江雲三犯〉與〈鶯啼序〉第二段的語意及意象亦相似，前者的「漸路入、仙塢迷津」與後者的「溯紅漸、招入仙溪」同樣暗用劉義慶《幽明錄》劉晨、阮肇入天台山的事。前者用「輕鷗」、「寶勒」等的意象，後者也有「鷗鷺」和「繫馬」。蓋海綃從〈渡江雲三犯〉來證〈鶯啼序〉的第二段，兩者都是寫詞人與杭妓由相遇至分別的事，應無不妥。

其次，劉永濟認爲陳洵未弄清楚夢窗〈渡江雲三犯〉及〈鶯啼序〉中所寫的佳人身分，說：

> 且過去妾在吳，此詞所寫則在越，故知陳說不確。〔註14〕

其認爲陳洵把兩首詞中的女子都說爲蘇州去妾，然而詞題及內容明說「西湖」，地點是在杭州而不是蘇州。雖然從陳洵評述兩首詞中並無明確說出女子的身分是蘇州去妾或是杭州亡姬，但在其或以前學者論及夢窗詞，都未辨明吳文英除了蘇州愛妾，尚有杭州的愛姬。直至夏承燾（1900～1986）在《夢窗詞集後箋》及〈吳夢窗繫年〉始有二妾之說。〔註15〕因此，即使陳洵未明言兩首詞是關於蘇州去妾，但從他評吳文英詞有幾處曰「去妾」，〔註16〕亦知其理解中只有蘇妾，未有杭妓，然這亦是當時普遍的訛誤。

最後，劉永濟認爲海綃解釋「明朝事與孤煙冷」以下數句，較爲誇大主觀，致有失實之嫌。其云：

> 至陳氏「天地變色」云云，尤爲主觀誇大之詞，更失之遠矣。〔註17〕

〔註14〕同注2，頁196。

〔註15〕夏承燾撰：〈夢窗詞集後箋〉，載《唐宋詞論叢》，見《夏承燾集》（杭州：浙江古籍出版社，1997年），第二冊，頁156。

〔註16〕如〈風入松〉（聽風聽雨）一首曰：「思去妾也」；〈解連環〉（暮檐涼薄）一首曰：「蓋亦思去妾而作也。」及〈拜新月慢〉（絳雪生涼）一詞曰：「『墜燕』，去妾也。」

〔註17〕同注2，頁196。

海綃評此數句曰：

> 「明朝」以下，天地變色，於詞爲奇幻，於事爲不祥，宜
> 其不終也。

陳洵之說有否誇大失實，則要探討吳文英詞中「明朝事與孤煙冷」前後數句的寫作特色。在「明朝」句之前，夢窗著筆於回憶昔日杭妓含情的眼神及今日懷念佳人而消瘦，而「明朝」則爲未來的設想，形成時空上的變換，故評之爲「奇幻」、「天地變色」亦不爲太過。至其所云「於事爲不祥」、「宜其不終」之說，從詞中則未見端緒。因爲「明朝事與孤煙冷」以下數語，只表達了離別後再會之期渺茫的愁苦，不見得有佳人將逝或終不復見的意思，所以陳洵評說「於事爲不祥」、「宜其不終」，確如劉永濟之言，是「主觀誇大之詞」，失之甚遠。

三、〈八聲甘州‧陪庾幕諸公遊靈巖〉

　　陳洵評吳文英〈八聲甘州‧陪庾幕諸公遊靈巖〉與其他學者不同的理解，主要在於「問蒼波無語，華髮奈山青」一句是否上承吳王、范蠡之事。夢窗原詞如下：

> 渺空煙四遠，是何年、青天墜長星。幻蒼崖雲樹，名娃金屋，殘霸宮城。箭徑酸風射眼，膩水染花腥。時靸雙鴛響，廊葉秋聲。　　宮裏吳王沈醉，倩五湖倦客，獨釣醒醒。問蒼波無語，華髮奈山青。水涵空、闌干高處，送亂鴉、斜日落漁汀。連呼酒，上琴臺去，秋與雲平。

海綃討論「問蒼波無語，華髮奈山青」兩句之「山容水態」時，認爲是承接上面吳王、范蠡的事。其曰：

> 換頭三句，不過言山容水態，如吳王、范蠡之醉醒耳。「蒼波」承「五湖」，「山青」承「宮裏」，獨醒無語，沈醉奈何，是此詞最沈痛處。

他說的「山容」、「水態」，即分別指「山青」及「蒼波」。而「蒼波」承「五湖」，是說「蒼波」一語是指范蠡，因「五湖倦客」是指范蠡；「山青」承「宮裏」，即謂「山青」二字是說吳王；前者「獨醒無語」，

後者「沉醉奈何」，故曰山容水態「如吳王范蠡之醉醒耳」。這一理解
方向，爲今人陳文華所批評，認爲陳洵之說「仍有可議者」。〔註 18〕
其於《海綃翁夢窗詞說詮評》一書云：

> 夫「蒼波」固可承「五湖」，以其登靈巖而面太湖也。但「山
> 青」如何承「宮裏」，湊合之跡顯然。……「問」者夢窗，
> 「無語」者「蒼波」，蓋問蒼波何以有此盛衰？吳王何以沉
> 醉？而蒼波則答以無語也；轉問青山，山則終古青青而已，
> 而己乃皤然二毛矣，衰顏對比，能無奈何？海綃捨「問」
> 字而不問，又以「無語」屬諸「獨醒」之范蠡，奈何屬「沉
> 醉」之吳王，皆置文義之扞格而不顧，其非信情，皎然可
> 辨。〔註 19〕

據他的說法，提出了海綃理解此詞的誤處有三：第一是「山青」二字
並不是承「宮裏」，即不是指吳王，而是以山之長青對比己之顏衰。
第二是陳洵於「問蒼波無語」句中捨去句中之「問」字。第三是「無
語」不是指范蠡，而是指吳王，全句之解是問蒼波何以有此盛衰，吳
王何以沉醉，然吳王卻無以言。陳氏批評海綃之論是否確當，則要先
細閱夢窗原詞及陳洵、陳文華二家的說法。首先，「問蒼波無語，華
髮奈山青」二句中的「山青」明顯是承華髮而來，指山色依舊而己已
衰老，故以對比來表達自己年華老去的無奈。因此，「山青」並非承
「宮裏」，與吳王無關，陳洵不免有誤解之嫌。其次，海綃因爲捨去
句中「問」字，故認爲「蒼波」承接上一句「獨釣醒醒」的范蠡。但
根據吳文英的詞意，所問的並不可能是范蠡何以獨醒，而應該將「問
蒼波無語」從上下文推說：從上來看，所問的是古往今來歷史興盛衰
亡之事；從下觀之，則是作者個人自傷遲暮。因此，陳洵認爲「蒼波」
承「五湖」，「山青」承「宮裏」的說法，實有待商榷。另外，陳文華
將「無語」指實爲吳王，那「問蒼波無語」一句是問蒼波吳王何以無

〔註 18〕陳文華著：《海綃翁夢窗詞說詮評》（臺北：里仁書局，1996 年），頁
68。
〔註 19〕同上，頁 68～69。

語。然其卻忽略了此句乃與「華髮奈山青」相接，所表達的全是詞人一己的身世之感，實與吳王無關。而這「問蒼波無語，華髮奈山青」二句實從夢窗自身說。就此而言，陳文華及海綃的說法均未盡善，而劉永濟釋曰「『問蒼天』以下，更切自己說」〔註20〕及唐圭璋說「『問蒼波』以下，空際轉身，將弔古及身世之感盡融入景中」，〔註21〕則反而更爲切合夢窗詞之原意。

四、〈齊天樂〉（煙波桃葉西陵路）

陳洵評〈齊天樂〉（煙波桃葉西陵路）引起後來學者爭議之處主要有三：一是此詞的作年是否與〈鶯啼序〉（殘寒政欺病酒）相同；二是詞中「華堂暗燭送客」一句「送客」的意思；三是詞中所謂「分瓜」是否暗含離別之意。茲將吳文英之詞迻錄如下：

> 煙波桃葉西陵路，十年斷魂潮尾。古柳重攀，輕鷗聚別，陳迹危亭獨倚。涼颸乍起。渺煙磧飛帆，暮山橫翠。但有江花，共臨秋鏡照憔悴。　　華堂燭暗送客，眼波回盼處，芳豔流水。素骨凝冰，柔蔥蘸雪，猶憶分瓜深意。清尊未洗。夢不濕行雲，漫沾殘淚。可惜秋宵，亂蛩疏雨裏。

首談〈齊天樂〉作年的問題。陳洵認爲此闋與〈鶯啼序〉一首的作年相同，主要是由於前者「十年斷魂潮尾」句中，明確提出「十年」。而後者的「十載西湖」一語又涉及「十年」之事，故曰：

> 此與〈鶯啼序〉蓋同一年作。彼云「十載」，此云「十年」也。

據陳文華之說，此云「十年」，確實與〈鶯啼序〉所說的「十載」相同。然而，陳氏卻指出不能因爲兩者均有「十年」之意，就據此判斷兩者是同一年所作，故批評海綃此說是「治絲益棼，反入迷障矣」。〔註22〕

〔註20〕同注2，頁160。
〔註21〕同注5，頁218。
〔註22〕同注18，頁102。

　　那麼，陳文華的論點是否能夠成立，關鍵在於詞中「十年」的意思到底指甚麼。據海綃之意，「十年」大抵是指與愛姬分別至今的時間，所以才認為此闋是與〈鶯啼序〉所作的時間相同。若然其理解是與楊鐵夫所提出『「十年」是得姬年數，即別姬年數」，〔註23〕即「十年」是與姬妾相處的時間，那就不必認為此與〈鶯啼序〉是同一年所作。因為與愛妾相處的「十年」在別後任何時間都可以重提，根本不足以令人認為兩首詞是同一年作。但如果是指別離距今之「十年」，則必然有一個固定的年份。由此可知，海綃乃從後者說。然而，這樣的理解並不恰當，主要原因在於夢窗追念舊遊的詞裡，提及「十年」之詞甚多。例如〈夜合花·自鶴江入京，泊葑門外有感〉有「十年一夢淒涼」，〈定風波〉（密約偷香□蹋青）有「十年心事夜船燈」，〈思佳客·癸卯除夜〉有「十年舊夢無尋處」等。讀者卻不能單憑「十年」就認為上述三首作品亦與〈齊天樂〉和〈鶯啼序〉是同一年作。關於「十年」之說，劉永濟引用了夏承燾之〈吳夢窗繫年〉，提出更為詳細和正確的見解。其謂：

> 據夏承燾考〈吳夢窗繫年〉，夢窗於紹定五年壬辰為蘇州倉台幕僚，至淳祐四年甲辰冬始去吳寓越，在吳共十年左右。夢窗在蘇州與其妾同居即在此十年內，此其詞中所以屢提十年之故。〔註24〕

從上述可知，〈齊天樂〉和〈鶯啼序〉所謂「十年」，是指夢窗與蘇妾在紹定五年（1232 年）至淳祐四年（1244 年）寓居蘇州之事。故陳洵說「此與〈鶯啼序〉蓋同一年作」，並無實際理據支持，亦有可能誤將「十年」解作距今十年之意。

　　其次，是「華堂暗燭送客」一句「送客」的意思。陳洵有這樣的說法：

> 送客者，送妾也。柳渾侍兒名琴客，故以客稱妾，〈新雁過妝樓〉之「宜城當時放客」，〈風入松〉之「舊曾送客」，〈尾

〔註23〕同注 11，頁 72。
〔註24〕同注 2，頁 232。

犯〉之「長亭曾送客」，皆此「客」字。「眼波回盼」，是將
去時之客。「素骨凝冰，柔葱蘸雪」，是未去時之客。

他認爲「送客」即是送妾，並以唐代之柳渾因自己年老而遣去愛妾琴
客的故事爲據。另外，海綃又以〈新雁過妝樓〉、〈風入松〉及〈尾犯〉
三首所說的「客」俱是指妾，來說明「送客」就是送妾。由是，「華
堂燭暗送客」是指夢窗送去愛妾，「眼波回盼處，芳豔流水」是姬臨
行時回盼夢窗，故是「將去時之客」。至下句的「素骨凝冰，柔葱蘸
雪」則是夢窗未送妾時與姬情意纏綿之事，所以云「未去時之客」。
近人俞陛雲（1868～1950）亦同意海綃之說，曰：

下闋追憶別時，臨歧千萬語，只贏得青眸回盼。偶憶分瓜
往事，細細寫來，見餘情之猶戀。〔註25〕

俞氏所云「下闋追憶別時」、「臨歧千萬語」就是認爲「華堂燭暗送客」
三句是寫夢窗送走愛妾，將「送客」解作「送妾」。而劉永濟則不同
意海綃的說法，云：

陳洵說此詞，「送客」爲送去妾，非也。「眼波」二句正寫
留髠之人之美。〔註26〕

後句所謂「留髠之人」，其實是指「華堂燭暗送客」一句用了《史記·
淳于髠傳》「堂上滅燭，主人留髠而送客」的典故。劉氏指出詞中夢
窗以淳于髠自比，「客」則是同遊宴之友。送客而留髠者，美人於髠
情獨厚也；並言「此或記初遇去妾時事」。〔註27〕陳文華亦持此說，
並作詳細析述，云：

今案以客指妾，送客即遣妾，是吳詞慣例……然其中豈無
例外？如此處若作送妾說，其下「眼波回盼」，果如海綃所
釋爲「將去時之客」，則「芳豔流水」云云，其妾將去時，
尚有此柔情蜜意耶？衩此句猶同〈瑞鶴仙〉之「蘭情蕙盼」，

〔註25〕俞陛雲撰：《唐五代兩宋詞選釋》（上海：上海古籍出版社，1985年），
　　　　頁493。
〔註26〕同注2，頁232。
〔註27〕同上。

海綃亦屬諸邂逅時，不當作訣別之際。〔註28〕

上述主要有兩種對「送客」的解說，陳洵認爲「客」就是妾，「送客」意指夢窗送妾；劉永濟和陳文華則認爲「客」是宴遊之客，「送客」即是姬妾送走宴遊之客而獨留夢窗。究竟那一種的見解較爲恰當，則要先理解夢窗詞的脈絡。當中的「眼波回盼處，芳豔流水」是描寫杭姬芳豔多姿，眼中含情脈脈。若將「送客」理解爲「送妾」，則妾既爲夢窗所遣，心裡應該懷有怨恨和不捨，又豈會以柔情的眼神回望夢窗？如將「送客」說爲送去宴遊之客，則似乎較爲合理。因爲杭姬喜歡夢窗，遂送走他客而獨留之，而「眼波回盼處，芳豔流水」就是妾送客後顧盼夢窗的眼神和姿態。因此，陳洵將「送客」理解爲「送妾」是值得商榷的。

最後，是詞中所謂「分瓜」是否有分別的意思。據海綃評詞，因將「送客」理解爲送妾，故在解釋「猶憶分瓜深意」一句時，認爲與分離相關，云：

「猶憶分瓜深意」，別後始覺不祥，極幽抑怨斷之致，豈其人於此時已有去志乎？

實泥定「分」字，認爲有分別之意，甚至有「別後始覺不祥」的說法。然此說卻有誇大失實之嫌。故劉永濟批評說：

陳洵謂「分瓜」乃「別後始覺不祥」，亦設想太過。〔註29〕

按劉氏之說，其與陳洵在理解上最大的不同在於「猶憶分瓜深意」的「分瓜」究竟有否暗示分離。陳洵認爲是分別之意，但劉氏卻將此句釋爲「剖瓜同吃之事」，並指出這與周邦彥〈少年遊〉詞「纖手破新橙」用意相近，「同是寫小小情節以點染一時情趣之語」。〔註30〕從夢窗詞意觀之，這一解說確實較爲合理。因爲據上文分析，「送客」已非作送妾解，「眼波回盼處，芳豔流水」是寫二人初見情事，而「素骨凝冰，柔葱蘸雪，猶憶分瓜深意」則是形容美人剖瓜時之手指纖細，

〔註28〕同注18，頁102～103。
〔註29〕同注2，頁232。
〔註30〕同上。

冰肌玉骨。由是，「分瓜」只有剖瓜同吃之意，並無關於別離。蓋海綃所謂「別後始覺不祥」，即使從「清尊未洗」以下看，亦不見有姬妾將逝之意，故亦是「設想太過」。

五、〈青玉案〉（新腔一唱雙金斗）及〈祝英臺近・除夜立春〉

　　陳洵評〈青玉案〉（新腔一唱雙金斗）一闋，引發爭議之處主要有三：首先，是此詞上闋有否度歲之意；其次，是其與〈祝英臺近・除夜立春〉是否同一機杼。其實兩個問題互有關連，留待下文再作詳細說明。第三，是上片所寫的究竟是人家或是從自身說。先將前者之詞引錄如下：

> 新腔一唱雙金斗。正霜落、分甘手。已是紅窗人倦繡。春詞裁燭，夜香溫被，怕減銀壺漏。　　吳天雁曉雲飛後。百感情懷頓疏酒。彩扇何時翻翠袖。歌邊拌取，醉魂和夢，化作梅邊瘦。

海綃闡釋此詞之語甚簡，只有寥寥數句，云：

> 「疏酒」，因無翠袖故也，卻用上闋人家度歲之樂，層層對照，爲「何時」二字，十二分出力。

提出上片與下片相對照，前面是寫人家度歲之樂，對照後闋自己的孤寂，有前喜後悲之意。然陳文華卻說：

> 海綃誤失之一，就內容說，上片其實並無度歲之意。〔註31〕

並引楊鐵夫之《夢窗詞全集箋釋》所說上片「俱是歡聚時事」，認爲並無度歲之意。陳氏復指出下片的「雁曉雲飛」，點明是秋季，更非度歲之時。〔註32〕

　　究竟陳氏的說法是否確當，理據能否成立，則要從夢窗之詞著手。首句「新腔一唱雙金斗」，描寫美人唱新腔時雙眉顰的樣子。「正霜落」一句，寫佳人親手分柑的溫馨樂事。下句「已是紅窗人倦繡」，寫美人無心於繡工。「春詞裁燭」句，寫詞人秉燭賦詩，美人爲之溫

〔註31〕同注 18，頁 168。
〔註32〕同上。

被，兩情繾綣。從上片的內容觀之，實無一語關於度歲，故陳洵謂上片寫「人家度歲之樂」，並不確當。至於陳文華認為下片的「雁曉雲飛」四字是「明點秋季」，亦似不然。據「雁曉雲飛」之意，只說雁夜棲曉飛，並未提及秋季。相反，全詞描繪的季節應是春天，因上片有「春詞」一語，下片又有「化作梅邊瘦」，明顯提及春意；又海綃誤說詞有度歲之樂者，只針對詞之上片，但陳文華卻以下片「雁曉雲飛」的意象來批評海綃，實欠說服力。因此，上片雖寫春時之事，但與度歲完全沒有關連，陳洵謂上片是「人家度歲之樂」，是有欠理據支持的。至於海綃何以會有此誤解？則涉及上述第二個問題，即〈青玉案〉與〈祝英臺近・除夜立春〉一闋是否同一機杼。

蓋陳洵認為〈祝英臺近・除夜立春〉與〈青玉案〉的詞意相近，遂將前者之題「除夜立春」連類及之，甚至將其評前面一闋的「極寫人家守歲之樂」，挪移至〈青玉案〉的評說，誤以為此闋亦寫「人家度歲之樂」。其評〈祝英臺近〉云：

> 前闋極寫人家守歲之樂，全為換頭三句追攝遠神。與「新腔一唱雙金斗」一首，同一機杼。彼之「何時」，此之「舊」字，皆一篇精神所注。

此闋之內容是：

> 翦紅情，裁綠意，花信上釵股。殘日東風，不放歲華去。有人添燭西窗，不眠侵曉，笑聲轉、新年鶯語。　　舊尊俎。玉纖曾擘黃柑，柔香繫幽素。歸夢湖邊，還迷鏡中路。可憐千點吳霜，寒銷不盡，又相對、落梅如雨。

案此詞題是「除夜立春」，上片首三句寫製綵勝迎新春之樂，次韻「殘日東風，不放歲華去」切除夜，並綰立春。「有人添燭西窗」三句，又寫人家守歲之樂，在笑語鶯聲中渡過新年。上闋全為人家度歲樂事。張伯駒（1898～1982）在《叢碧詞話》亦說：「句句扣緊，是除夜立春。」〔註33〕上述已說明〈青玉案〉一首無關度歲，那為甚麼海

〔註33〕張伯駒評吳文英〈祝英臺近・除夜立春〉曰：「前闋云：『殘日東風，

絅認爲兩者是「同一機杼」？這可能是因爲兩首詞所敘述的事、所刻畫的景物均有相似之處。第一，兩者均是上片寫樂，對照下片一己之孤寂。第二，〈青玉案〉有「正霜落、分甘手」句，今人鍾振振（1950～）謂「甘」即「柑」之本字，並以宋張孝祥〈滿江紅・思歸寄揚州〉詞「羅帕分柑霜落齒」和陳三聘〈宜男草〉詞「別夢回、憶得霜柑分我，應自有、濃香噀手」作參稽；〔註34〕而〈祝英臺近〉又有「玉纖曾擘黃柑，柔香繫幽素」，同樣記述昔日與美人分柑之事。第三，兩詞所寫的都是春夜之事，前者述及「春詞裁燭」、「化作梅邊瘦」，後者有「殘日東風，不放歲華去」、「落梅如雨」等春時意象。由是，陳洵可能據此誤認兩首詞是「同一機杼」。

　　最後，是〈青玉案〉的上片所寫的究竟是人家之事或是從自身說。陳洵明確指出是「人家度歲之樂」，但陳文華卻不同意其說，曰：

> 就對照之關係言，海綃以上片寫人家，下片寫自己，亦是誤解。其實上下全寫一身也，其對照乃是由今昔之判而來。
> 〔註35〕

此說主要據楊鐵夫所說，上片是「逆入」，即回憶往事；下片是「平出」，時間回到目前；所以認爲上下全寫一身。〔註36〕據俞陛雲對此闋的析述，亦認爲「上闋回首當年之事」。〔註37〕鍾振振又認同此說法，並云：「蓋上片所述情事甚爲具體細緻，大似作者之親歷，且無一字可見出事屬他人故也。」〔註38〕針對上片並無關人家之事和描述

不放歲華去。有人添燭西窗，不眠侵曉，笑聲轉、新年鶯語。』後闋『歸夢湖邊，還迷鏡中路。可憐千點吳霜，寒銷不盡，又相對、落梅如雨。』句句扣緊，是除夜立春。」，見張伯駒著：《叢碧詞話》，載劉夢芙編校：《近現代詞話叢編》（合肥：黃山書社，2009年），頁184。

〔註34〕鍾振振撰：〈夢窗詞索解五題〉，《江海學刊》，2001年第2期，頁155。
〔註35〕同註18，頁169。
〔註36〕楊鐵夫云：「上片俱是歡聚時事，是逆入」；『百感情懷頓疏酒』，平出。」見同註11，頁349。
〔註37〕同註25，頁485。
〔註38〕同註34，頁155。

甚為細膩，認為乃詞人的往事。至於今人吳蓓箋校夢窗詞時，對此卻提出新的見解。她指出上片並非憶述昔日情事，而是記述夢境，說「上片託諸夢境則無疑」。〔註39〕不論上片是寫舊日與姬歡聚時事，或只是夢中所見，然兩種解說都是從詞人自身與愛妾來說，完全與人家無關。故海綃謂「上闋人家度歲之樂」，實誤解了夢窗詞意。

六、〈浣溪沙〉（門隔花深夢舊遊）

陳洵評夢窗〈浣溪沙〉（門隔花深夢舊遊）與其他學者不同的，在於末句「東風臨夜冷於秋」中「秋」到底是實境還是虛境。吳文英詞原文為：

> 門隔花深夢舊遊。夕陽無語燕歸愁。玉纖香動小簾鉤。
> 　落絮無聲春墮淚，行雲有影月含羞。東風臨夜冷於秋。

海綃探討此詞所描述的季節時，認為是寫「秋去春來」。其說曰：

> 「秋」字不是虛擬，有事實在，即起句之舊遊也。秋去春來，又換一番世界，一「冷」字可思。

指出詞裡「東風臨夜冷於秋」一句中的「秋」字並非虛擬，而是實境，乃起句「舊遊」時的季節。意思即全詞的首句和末句都屬昔日秋間之事，而中間四句則為今日春時景象，時間結構為昔——今——昔。因此下文遂有「秋去春來，又換一番世界」的說法。然海綃這一理解，卻為陳文華批評，認為其說「不免拘執」，並作詳細的解釋：

> 就詞中文義看，並無一語述及秋日之遊，一也；且秋作舊遊說，則「冷於秋」如何解讀？二也。究其實，於此切莫誤解是實際時序之遞換，觀「冷於秋」云云，亦可思過半矣。〔註40〕

據陳氏之說，提出了兩項反對海綃意見的理據：一是全詞並沒有關於秋日舊遊之語；二是依照文義，若將「東風臨夜冷於秋」句說為秋日

〔註39〕吳蓓箋校：《夢窗詞彙校箋釋集評》（杭州：浙江古籍出版社，2007年），頁773。

〔註40〕同註18，頁130。

舊遊,則「冷於秋」並無法解讀,故這句並不能拘執爲秋天。

至於陳文華所提出的理據是否確當,則要先理解夢窗詞義。首句「門隔花深夢舊遊」是寫詞人夢見舊遊之處,然未點明季節。中間四句亦未嘗描繪秋景,反而「落絮無聲」、「東風臨夜」均爲春天的景象,前句更明確點出一「春」字。由此可見,陳氏所說全詞「並無一語述及秋日之遊」是成立的。而關於「冷於秋」的解說,「秋」字到底是否如海綃所說的指秋季?歷來各家對此均有不同的理解。楊鐵夫謂:「東風本暖,何以冷?以臨夜故。且曰:冷於秋者,蓋言少存溫也。」〔註41〕劉永濟則釋曰:「『東風』句言憶舊之情懷如此,覺春夜東風亦如秋氣之淒涼矣。」〔註42〕二人皆從兩方面探討,一是自然環境,一是人事。而唐圭璋則純粹從自然方面說,認爲「東風」句是「言夜境之淒涼」。〔註43〕據夢窗詞意,劉氏的理解似乎較爲恰當。此句是用比擬,說出詞人憶起佳人,然人已遠去,故春夜東風則彷似秋風之寒涼。而並不如鐵夫所謂東風之冷是「以臨夜故」。海綃既指出「一『冷』字可思」,但卻將此與首句之舊遊相關連,謂詞中有「秋去春來」之意,實有待商榷。

七、〈夜遊宮‧竹窗聽雨,坐久,隱几就睡,既覺,見水仙娟娟於燈影中〉

海綃評這首詞末三句「紺雲欹,玉搔斜,酒初醒」,有「又復入夢」的說法,引起後來學者的爭論。先引述夢窗原詞:

> 窗外捎溪雨響。映窗裏、嚼花燈冷。渾似瀟湘繫孤艇。見幽仙,步凌波,月邊影。　香苦欺寒勁。牽夢繞、滄濤千頃。夢覺新愁舊風景。紺雲欹,玉搔斜,酒初醒。

劉永濟嘗指出陳洵在末三句析述有誤,云:

> 此三句即題中所謂「既覺,見水仙娟娟於燈影中」也。陳

〔註41〕同注 11,頁 125。
〔註42〕同注 2,頁 235。
〔註43〕同注 5,頁 210。

洵説此爲又復入夢，恐非。蓋皆想像之景而非夢中之境也。
〔註44〕

兩者對於末三句不同的意見在其到底是想像之詞還是夢境。陳洵認爲
是夢中之境，而劉氏則指出是想像之景。二人各執一端，究竟何者的
說法較爲接近夢窗原意？按詞之下片，「牽夢繞」一句爲夢中事，下
句「夢覺新愁舊風景」，點明是「覺」，故屬醒後事。「紺雲欹」三句
仍是寫覺，由水仙之美而思及美人。據劉永濟之說，「紺雲」是形容
美人之髮鬌，又是水仙花之葉。「玉搔」比喻美人的髮飾，同時又是
花朵。「酒初醒」則是「花之狀、人之態」也。〔註45〕蓋三句均是寫
水仙之似美人，乃夢窗覺後所見所感。而「夢覺新愁舊風景」和末句
「酒初醒」實緊扣詞題的「既覺，見水仙娟娟於燈影中」，則明顯不
是夢中之境，故不得云「又復入夢」。楊鐵夫在箋釋「夢覺新愁舊風
景」一句時說：「夢中不知有愁，覺則愁生。愁何以生？生於見水仙
之似伊人。」〔註46〕解說較劉永濟詳備，指出「新愁舊風景」五字與
「紺雲欹」三句是倒裝句法，先是「夢覺」，再見水仙之似伊人，然
後生愁。此亦認爲「紺雲欹」三句，乃醒後之事，並非夢中之境。因
此，海綃所謂末三句是「又復入夢」，仍有待斟酌。

八、〈玉蝴蝶〉（角斷簽鳴疏點）

海綃評〈玉蝴蝶〉（角斷簽鳴疏點）時，與後人理解不一的地方
主要有二：首先，是詞中第三句「低弄書光」的「書」字是指信札還
是書本，抑或可兼指二者？其次，是下片「數客路」、「羨故人」兩句
的「客」及「故人」究竟是指誰。茲引錄吳文英詞如下：

角斷簽鳴疏點，倦螢透隙，低弄書光。一寸悲秋，生動萬
種淒涼。舊衫染、唾凝花碧，別淚想、妝洗蜂黃。楚魂傷。
雁汀沙冷，來信微茫。　　都忘。孤山舊賞，水沈熨露，

〔註44〕同注2，頁156。
〔註45〕同上。
〔註46〕同注11，頁136。

岸錦宜霜。敗葉題詩，御溝應不到流湘。數客路、又隨淮
月，羨故人、還買吳航。兩凝望。滿城風雨，催送重陽。

先論前者。陳洵認為詞中的「低弄書光」的「書」字，乃指去妾寄與
自己的書札，並云：

> 當先認定「書光」「書」字，謂得其去姬書札也。「生動」、
> 「淒涼」，全為此書。……「都忘」反接，最奇幻，得此二
> 字，超然遐舉矣。言未得書前，往事都不記省也。……「數
> 客路、又隨淮月」……「羨故人、還買吳航」，二語蓋皆書
> 中所具。語語微實，筆筆凌空，兩結尤極縹緲之致。

由於陳洵將「書」字理解為去妾寄與他的書札，故認為全篇的主意都
圍繞詞人得書之感，回憶舊日的情事和信札中愛姬所敘述的事。據其
所說，「生動萬種淒涼」是詞人因得書而生的感受；「都忘」句從反面
說，言得書後始憶起舊日情事；「數客路」和「羨故人」兩句為書裡
姬妾之語，完全扣緊信札來說。後來吳蓓校箋時，於此句作二解：一
則認為是讀書之意；另外指出「書」字，「亦可指舊日情書，即『來
信微茫』之『信』。」〔註 47〕不否定海綃之說。對於兩家的看法，陳
文華卻批評說：

> 然海綃所釋，果是信情乎？曰：否。殆亦附會之尤也。其
> 關鍵之一即在「書」字上，按詞云：「倦螢透隙，低弄書
> 光。」明是用車胤囊螢讀書事，《楊箋》（楊鐵夫《夢窗詞
> 全集箋釋》）云：「從旅夜讀書時起。弄光者，徘徊書上作
> 光也。」所據即就典實說，較海綃為合理，海綃蓋謬解書
> 籍為書札矣。〔註 48〕

其主要根據楊鐵夫的箋釋來點明海綃之誤。然則此句的「書」字應該
是書札還是書籍？或如吳蓓所說，可兼指兩者？那麼，首先要理解夢
窗詞首句之意。「角斷籤鳴疏點」指夜半時分，又這一「角」字，除
了可說是鳴角以示晨昏，亦暗含牛角之典實。此見於《新唐書・李密

〔註 47〕同注 39，頁 510。
〔註 48〕同注 18，頁 193。

－215－

傳》載：「(李)密聞包愷在緱山，往從之。以薄韉乘牛，挂《漢書》
一帙牛角上，行且讀。」〔註49〕下句「倦螢透隙」則用《晉書·車胤
傳》，云：「(車胤)少時家貧，『不常得油，夏月則練囊盛數十螢火以
照書，以夜繼日焉』。」〔註50〕兩句均有苦讀之意。若將兩句的「角」、
「螢」前後關連起來，則下句所謂「書」的意思就明白清晰，是指書
本而非信札。然而，這一句又可否兼解作書札呢？筆者認爲此說不
通，主要在於過拍有「來信微茫」一句。「來信微茫」是說姬妾來信
的機會渺茫，明說盼不到信也，則上片的「書」更不可能是今日所得
的書札。就算如吳蓓解釋爲「舊日情書」，亦略嫌牽強。因爲首句的
典故有夜間苦讀之意，所以將苦讀的書本解作書札，似乎不太合理。
由是，海綃認定首句之「書」字是去姬書札，實非夢窗原意。

　　第二，是下片的「客」和「故人」究竟是誰的問題。據陳洵所說，
這一「客」是寫書之人（即姬妾），而「故人」則是妾對夢窗的稱呼。
故其說：

> 御溝題葉，又是定情之始。今則此情「應不到流湘」矣，
> 蓋其人已由吳入楚也。「數客路、又隨淮月」，又將由楚入
> 淮，則身益零落，固不如居吳時也，吳則覺翁常游之地，
> 故曰「羨故人、還買吳航」，二語蓋皆書中所具。

海綃認爲「由吳入楚」、「由楚入淮」之人是愛妾，而所羨之「故人」
則是夢窗，故謂「二語蓋皆書中所具」，即兩句俱是去姬信中之語，
而由夢窗述之。陳文華卻不同意陳洵的見解，謂：

> 海綃以二語皆姬書中語，則「客路」謂姬將由楚入淮，而
> 故人乃指夢窗也。然前已辨明並無姬之信札，則所謂書中
> 語亦自無據。〔註51〕

〔註49〕 歐陽修、宋祁等撰：《新唐書·李密傳》(北京：中華書局，1975 年)，
　　　　第 12 冊，卷 84，頁 3677。
〔註50〕 房玄齡等撰：《晉書·車胤傳》(北京：中華書局，1974 年)，第 7 冊，
　　　　卷 83，頁 2177。
〔註51〕 同注 18，頁 194。

針對上述海綃將書籍理解爲信札，以致誤解「數客路」和「羨故人」是姬妾書中之說，故其謂陳洵以「客」指姬、「故人」指夢窗這一說法亦不正確。到底我們應該如何理解詞中之「客」和「故人」呢？較早的理解見於楊鐵夫的箋釋。其在析述「數客路」二句云：

> 上句言客淮安，下句言故人歸吳，己尚留滯淮安也。此故
> 人當指朋輩言；若作姬說，則陷入荊棘矣。因此時姬尚未
> 去也。〔註52〕

楊氏提出「客」是夢窗自稱，「故人」則指其朋輩友人。全句的意思是夢窗客居淮安不得歸，而其友則將返吳，故有羨慕之意。據陳文華的補充，指夢窗滯留淮安，是其任蘇州倉幕之時，其已納蘇妾，妾尚未去，仍在蘇州。〔註53〕若陳氏的說法是正確的，則「數客路」二句只是夢窗自嘆漂泊，與姬妾並無關係。而將「故人」說爲去姬信札中對夢窗之稱，又多有轉折，何況夢窗已明言「來信微茫」，則絕非去妾之說。這是第一種較爲合理的說法。後來吳蓓指出全詞是寫重陽之際兩地相思，「上片男憶女，下片女憶男」。〔註54〕則下片全用去姬的角度解釋。那麼，「數客路」二句，言愛姬之客人有歸吳地者，故心生羨慕，因情郎在吳地矣。吳氏更認爲「淮月」並非夢窗當時所在之處，只是取了姜夔〈踏莎行〉中「冥冥歸去無人管」的詞意，意謂身多羈絆，不得率意而行。此即認爲「客」、「故人」均是同一人，是愛姬之客人或友人。從全詞的脈絡觀之，確實不能否定這一說法。但楊鐵夫之論似乎較爲接近詞意，因其引用另一首〈澡蘭香・淮安重午〉寫夢窗留滯淮安是自端午至重九，確能與此詞之末句「催送重陽」互證。不論二人的理解如何，詞中所說的「客」不是去姬，「故人」亦非指夢窗，所以海綃的理解只是憑空臆測，並無實質證據支持。

〔註52〕同注11，頁213。
〔註53〕同注18，頁194。
〔註54〕同注39，頁510。

九、〈浪淘沙〉（燈火雨中船）

陳洵評此闋所引發的爭議主要在於全詞開首所寫的究竟是旅途行役還是憶姬之事。先將吳文英詞迻錄如下：

> 燈火雨中船。客思縣縣。離亭春草又秋煙。似與輕鷗盟未了，來去年年。　　往事一潸然。莫過西園。凌波香斷綠苔錢。燕子不知春事改，時立鞦韆。

海綃評曰：

> 「春草」，邂逅之始。「秋煙」，別時。「來去年年」，遂成往事。

其中「春草」、「秋煙」均針對詞中「離亭春草又秋煙」句，認爲此語包含與愛妾邂逅和離別兩事。據其理解，首句的「燈火雨中船」可能是夢窗或愛姬乘舟而去，乃敘二人分別之事。「離亭春草」逆入，「秋煙」復平出。「似與輕鷗盟未了」兩句，則云姬妾已去，遂成往事。由是觀之，陳洵解說上片時，認爲與憶姬之事有關。這一說法，卻與後來學者不同。此見陳文華批評海綃曰：

> 海綃卻不依文脈作解，將上片之旅途客思，誤認即是憶姬之詞……如此解法，豈有文理可說？〔註55〕

陳氏主要據第二句之「客思」二字，認爲陳洵理解上片爲憶姬之詞是錯誤的，並指出上片是寫詞人的「旅途客思」。兩家的說法截然不同，到底何者較爲接近夢窗詞意？細繹詞之內容，起句「燈火雨中船」敘述舟中的景色；第二句點明「客思」；第三句「離亭春草又秋煙」是說離別之久，經過了春與秋的季節；過拍「來去年年」道出旅途不止一年。這似乎是關於旅途客思。即使是箋釋和解說夢窗詞之學者亦作此說，如楊鐵夫云：「按此因行役憶姬而作。」〔註56〕其所謂「行役」，主要是指上片，「憶姬」則是下片事。俞陛雲又說：「前半寫作客情懷，宛轉動人。」〔註57〕亦點出上片是行役。那麼，海綃將上片解作憶姬

〔註55〕同注18，頁239。
〔註56〕同注11，頁350。
〔註57〕同注25，頁489。

是否有違詞意呢？我認爲重點在於詞中「離亭春草又秋煙」一句。蓋陳洵因此句認爲「春草」是邂逅，「秋煙」是別時。若從其說，則「離亭」既是夢窗與愛妾相遇之地，又是與其分離之地。但「離亭」之「離」字已點出是分離之地，何以關乎邂逅？再者，「春草」、「秋煙」兩個意象，並無提示「邂逅」和「別時」之意。因此，詞之上片所寫的無疑是旅途行役，並非憶姬之事。陳洵或認爲上、下兩片相關，遂將下片思念愛妾之語和上片連繫作解。

十、〈鷓鴣天‧化度寺作〉

陳洵解說〈鷓鴣天‧化度寺作〉下片「吳鴻好爲傳歸信」一句時，認爲是「言己亦將去此間矣」。意思是夢窗託信於鴻雁，道出自己即將由杭歸吳的消息。然陳文華卻反對此說，認爲這句應是由彼方傳來，而非由己傳去。其云：

> 至於「吳鴻」句，海綃之說曰：「言己亦將去此間矣。」則以「歸信」爲己將歸之訊也。《楊箋》（楊鐵夫《夢窗詞全集箋釋》）則曰：「閶門，姬家所在地。等閒消息，非所欲知，所欲知者，歸信耳。傳，是由彼方傳來；若作傳去者，誤。」與海綃說相反，海綃即「作傳去者」解。〔註58〕

陳氏指出「吳鴻好爲傳歸信」句，是夢窗深盼愛妾歸信，而信息則來自妾所居之閶門，並引述楊鐵夫的箋釋爲證。此即是楊氏所謂「由彼方傳來」，與海綃認爲是夢窗把將歸蘇州的信息傳去不同。陳氏評論海綃之說是否確當，首先要理解吳文英詞之內容。其載：

> 池上紅衣伴倚闌。棲鴉常帶夕陽還。殷雲度雨疏桐落，明月生涼寶扇閒。　　鄉夢窄，水天寬。小窗愁黛澹秋山。吳鴻好爲傳歸信，楊柳閶門屋數間。

上述兩家意見之異，重點在於如何解讀下片的「鄉夢窄」一句和「歸信」二字。先論前者。「鄉夢窄」一句乃陳文華提出反對海綃之論的理據。其云：

〔註58〕同注18，頁273。

> 就文脈説，前既云：「鄉夢窄，水天寬。」則夢中都不得歸
> 去矣，又如何能説己之將歸？〔註59〕

認爲「鄉夢窄」是指夢窗連造夢亦夢不到故鄉，更遑論自己即將歸去，故批評陳洵説法有誤。然吳蓓在箋注此闋時，卻將「鄉夢窄」説爲「難得夢到家鄉人事」。〔註60〕這或是陳洵對「鄉夢窄」的理解。如依吳氏之説，並將「鄉夢窄」與「吳鴻好爲傳歸信」兩句聯合解説，意思就是夢窗難得夢到故鄉，隱含了將歸之意，故傳信至故鄉説之。這亦可作爲一種解説。所以，海綃將「吳鴻好爲傳歸信」作傳去者解，認爲是「言己亦將去此間矣」，並無不當之處。至於陳文華和楊鐵夫的説法，則又爲另一種理解；認爲夢窗既夢不到故鄉，則歸信就非從自身説，而是盼愛妾從蘇州傳來的音信。上述兩種解説，鍾振振肯定陳洵「『吳鴻歸信』，言己亦將去此間矣」的説法，並提出理據，説：

> 然夢窗中年寓居蘇州時，實有短期赴杭之行跡。作此詞時
> 乃寄寓寺廟，而非賃屋以居，可見此次在杭，爲時較短。
> 又詞曰「吳鴻好爲傳歸信，楊柳闔門屋數間」，是不久將歸
> 蘇州之語氣。故此詞當是寓蘇期間，偶因事短期赴杭，在
> 杭思家之作。所思者究爲其妻抑其姬妾，尚難遽斷。〔註61〕

其主要從幾方面來説：一是從夢窗的行跡來説，指出其寓居蘇州之時，曾有短期赴杭事。二是根據詞題「化度寺作」，認爲夢窗並非長居杭州不得歸，否則亦不會寄居化度寺，而必賃屋以居。三是從詞作的語氣觀之，認爲有將歸蘇州的意思。鍾氏更總結此闋之作意，是詞人因短期赴杭，在杭時思歸而作。

其次，是「歸信」二字的解釋。「歸信」的意思不一定指傳達自己將歸去故鄉之信息，亦可以是送一信息回到故鄉。這主要與「鄉夢窄」一句相呼應，因夢到故鄉，所以就傳一信息至故鄉。至於其內容

〔註59〕同上。

〔註60〕同註39，頁748。

〔註61〕鍾振振撰：〈讀夢窗詞札記〉（九），《安徽師範大學學報》（人文社會科學版），第29卷第2期，2001年5月，頁282。

有否談及將歸之事，則不必焉。此見劉永濟釋說此句云：「而『吳鴻傳信』，歇拍告『吳鴻』以去妾所居之地也。」〔註62〕只就「傳信」二字言之，大抵亦認為「歸信」不涉及自己返回家鄉之意，而是送信至故鄉，即妾所居之蘇州。此即其所謂「告『吳鴻』以去妾所居之地也」。由此可見，海綃認為此詞下片有將歸蘇州之意，並無不當。

十一、〈惜秋華·重九〉

　　海綃析述〈惜秋華·重九〉一闋時，引起後人爭議之處有三：一是首句的「細響」是否指懷抱無多，又這一「懷抱」的意思是甚麼；二是海綃評曰「『秋娘』二句無情奈何」，究竟秋娘是否無情；三是「淚」字是否「雨」字的「倒影」。茲迻錄夢窗原詞如下：

> 細響殘蛩，傍燈前、似說深秋懷抱。怕上翠微，傷心亂煙殘照。西湖鏡掩塵沙，翳曉影、秦鬟雲擾。新鴻，喚淒涼、漸入紅萸烏帽。　　江上故人老。視東籬秀色，依然娟好。晚夢趁、鄰杵斷，乍將愁到。秋娘淚濕黃昏，又滿城、雨輕風小。閒了。看芙蓉、畫船多少。

先論「細響殘蛩」二句。陳洵說：「『殘蛩』正見『深秋』，『細響』則懷抱無多耳。」針對「細響殘蛩」之「細」字，認為即「懷抱無多」之意，楊鐵夫卻表達了不同的見解，云：

> 深秋懷抱，一句領起。下片云云，即所謂懷抱也。〔註63〕

指出「細響殘蛩，傍燈前、似說深秋懷抱。」二句領起整篇。而詞之下片，全是寫深秋懷抱。其與海綃意見不同的原因，在於二人對「懷抱」的理解有異。楊鐵夫雖然沒有明確道出「深秋懷抱」是甚麼，但認為這一「懷抱」可從詞之下片得之。蓋詞之下片主要是憶念去姬之語，希望藉著入夢與姬相見。所以，楊氏是以憶姬心事來解說「懷抱」的。至於海綃，則明顯與楊氏的理解不同。下片之主意從憶姬說，海綃豈會不知？據其曰「『殘蛩』正見『深秋』」一語，將原本的「深秋

「懷抱」句分拆來說，以「深秋」承「殘蛩」，那「懷抱」就不再是深秋時份所興起的懷人。然則其所謂的「懷抱」是從甚麼角度觀之？海綃雖然沒有明白道出，然陳文華卻作出了合理的猜測，云：

> 而海綃所謂「懷抱無多」，既曰「無多」，則不能指憶念之情矣，乃是指過節興致也。〔註64〕

認爲海綃所謂「懷抱」，不是指憶姬，而是過節興致。按此詞之題爲「重九」，當中亦有不少關於重九的人事景物，然皆爲詞人凄傷的心境所影響。重陽本宜登高，但詞中第三、四、五句卻寫「怕上翠微，傷心亂煙殘照。西湖鏡掩塵沙」，直言害怕登山，因爲看到亂煙飛渡、西風殘照，塵沙掩蓋西湖之景，會更令人傷感。又重九時多以茱萸草祛邪避災，詞人卻說「新鴻，喚凄涼、漸入紅萸烏帽」，認爲即使在帽子上插上茱萸，亦擺脫不了悲傷凄涼的心境。這些均見出作者在重九節日裡，完全沒有過節興致。此大抵就是海綃所說的「懷抱無多」，當中「懷抱」就是陳氏所說的過節興致。至於兩者的解說，何者較近夢窗詞意？細繹「細響殘蛩，傍燈前、似說深秋懷抱」二句，「懷抱」二字是連著「深秋」來說，不應任意分拆，所以「懷抱」是指深秋時份興起的憶姬心事，並不是就過節而言。然海綃的說法，讀者亦不應坐實爲誤。只是兩種意見比較下，楊鐵夫之說似乎較佳而已。

其次，再探討夢窗所寫的秋娘是否無情。陳洵評說此闋時，曰：

> 「娟好」正對「老」字，有情故老，無情故好。「晚夢」三句有情奈何，「秋娘」二句無情奈何。……「秀色」、「秋娘」，義兼比興。

意思是以「東籬秀色」的「娟好」，對比「故人」之「老」。又謂「秀色」、「秋娘」，乃「義兼比興」，即菊花和秋娘同樣喻指愛姬。因「菊花」、「秋娘」兼比興之義，故海綃所謂「無情故好」，就是指姬妾無情，仍然娟好。而「老」則是指江上故人，即夢窗自身。其思念愛姬，

〔註64〕同注18，頁291。

感情深邃，所以衰老。「晚夢趁、鄰杵斷，乍將愁到」，寫夢窗對姬的思念，是有情；「秋娘淚濕黃昏，又滿城、雨輕風小」，則寫姬妾對夢窗的無情。這是海綃對此闋的理解。

　　然陳文華卻不同意海綃的說法，並提出了兩項質疑：一是認爲海綃將「東籬秀色」比喻姬妾，說妾因無情而「依然娟好」，這豈非說夢窗有斥責愛姬之意？另外是「秋娘淚濕黃昏」一句，「秋娘」指姬，又說其於黃昏時下淚，何得謂其無情？〔註65〕兩人之爭議主要在於「秋娘」，即愛妾，是否無情。據吳文英詞之意，明顯述及愛姬的只有「秋娘淚濕黃昏，又滿城、雨輕風小」。這二句的意思是秋娘在黃昏中淚流滿面，而風雨卻不配合人的苦情，反變得小了。從字面及句意來看，都寫秋娘是有情之人，海綃何得解作「無情奈何」。俞陛雲在析說「秋娘淚濕黃昏」以下四句亦說：「下闋『秋娘』四句，悲秋者淚濕黃昏，賞秋者畫船閑卻。」〔註66〕仍視愛妾是有情之人。唯鍾振振認爲「秋娘」並非指愛姬，「秋娘淚濕黃昏」句只是「又滿城、雨輕風小」的比喻，說：「陛雲先生則以爲淚灑黃昏者眞有其人，亦誤會矣。」〔註67〕若然「秋娘」並非指愛姬，更無所謂「有情」、「無情」之說。由是，無論從上述那種角度觀之，海綃所說愛妾是無情之人，亦是不當。

　　既然愛妾是有情之人，那麼「東籬秀色」是否仍然可以比喻其姬呢？楊鐵夫贊同陳洵之說，認爲「東籬秀色」亦喻指姬妾。其於釋說「江上故人老」三句云：「言己雖老，但姬年尙少。」〔註68〕我認爲此說亦可，但這一比喻實際的目的是以「無情」與「有情」相比，而非以姬妾與夢窗對照。因此，較近詞意的說法似乎是將「東籬秀色」說爲純粹描寫菊花，並無「義兼比興」，是以物之無情來襯托人之有情。吳蓓箋釋此句說：「菊花年年娟好，花畔年年人老。」

〔註65〕同上，頁 292。
〔註66〕同注 25，頁 483。
〔註67〕鍾振振撰：〈讀夢窗詞札記〉，《文學遺產》，1999 年第 4 期，頁 63。
〔註68〕同注 11，頁 221。

〔註 69〕認為「東籬秀色」只是刻畫菊花，以花之顏色與人相較。鍾振振亦云：「但以菊花之年年『娟好』反襯人之『老』耳，不必指其姬。」〔註 70〕指「東籬秀色」不必喻指為姬。故海綃謂「『娟好』正對『老』字，有情故老，無情故好」，這一說法是能夠把握夢窗詞意，惟將「東籬秀色」亦比喻愛妾和指出「『秋娘』二句無情奈何」，則仍有可斟酌之處。

　　第三，是「淚」字是否「雨」字「倒影」的問題。據本文第五章〈陳洵評詞之術語使用〉一節，「倒影」的意思是一事兩說，一虛一實之意。海綃說：「『淚』字是『雨』字倒影。」即認為重九風雨的景色是實有，而秋娘流淚則是虛寫，只為下句的雨作一鋪墊。這與上述鍾振振謂「『秋娘淚濕黃昏』句為『又滿城、雨輕風小』之比喻」，〔註 71〕意思相近。陳洵或據「淚」是「雨」之「倒影」而有秋娘無情之說。然陳文華卻批評說：

　　　唯此說似不可從，蓋淚也雨也，皆宜視作實有，言風雨中
　　　秋娘墮淚也，不可謂但有雨而無淚。〔註 72〕

認為秋娘落淚的事，與黃昏風雨一樣，同屬事實，並非虛寫。因此，只可以說「淚」字和「雨」字照應，卻不是「倒影」。陳氏雖然沒有解說何以「淚」字是實寫而非虛寫，但據夢窗詞意之脈絡，乃憶姬之意，這就是貫串全篇的「深秋懷抱」。而下片「晚夢趁、鄰杵斷，乍將愁到」，亦言自己想乘夜夢尋找去姬，卻為鄰家木杵聲中斷，醒後愁腸百結。因為這二句是扣緊愛妾來說，故筆者贊同陳文華的說法，認為「秋娘淚濕黃昏」，乃「言風雨中秋娘墮淚也」，是實有而非喻辭。蓋海綃謂「『淚』字是『雨』字倒影」，乃不免有誤解夢窗詞意之嫌。

〔註 69〕同注 39，頁 529。
〔註 70〕鍾振振撰：〈讀夢窗詞札記〉（四），《暨南學報》（哲學社會科學版），
　　　　第 22 卷第 6 期，2000 年 11 月，頁 24。
〔註 71〕同注 67。
〔註 72〕同注 18，頁 293。

第三節　評周邦彥詞

一、〈瑣窗寒・寒食〉

　　海綃評說清眞〈瑣窗寒・寒食〉一闋的爭議之處主要在於詞中的「高陽儔侶」究竟是美成自己酬謝酒客或是屬於他人之事。茲迻錄周邦彥之詞如下：

> 暗柳啼鴉，單衣竚立，小簾朱戶。桐花半畝，靜鎖一庭愁雨。灑空堦、夜闌未休，故人剪燭西窗語。似楚江暝宿，風燈零亂，少年羈旅。　　遲暮。嬉遊處。正店舍無煙，禁城百五。旗亭喚酒，付與高陽儔侶。想東園、桃李自春，小唇秀靨今在否。到歸時、定有殘英，待客攜尊俎。

陳洵認為全篇的主意在於「故人剪燭西窗語」一句，嘗云：「儔侶俱謝，乃見此故人。」指出清眞為見故人，乃酬謝其他酒客。這一說的意思是將「高陽儔侶」視為詞人的酒客。然唐圭璋卻有不同的意見，曰：

> 「旗亭喚酒」，已屬他人之事，故曰「付與」，用撇筆以襯己之無心作樂。〔註73〕

指出「旗亭喚酒，付與高陽儔侶」兩句，所寫並非清眞自己酬謝酒客，而是描述他人之事；並以句中的「付與」二字作解，意謂詞人將寒食時互相勸酒的心情，都交給了其他在旁的酒客，以他人之樂反襯自己的孤寂。楊鐵夫亦謂：「從旁面寫快樂，用『付』字撇開，正見獨處之淒涼。」〔註74〕與上述唐氏的說法相近。這兩種不同的理解，究竟何者較為接近清眞詞意？細繹詞之下片，起筆寫作者已屆遲暮之年，尚在京師作客，宦游寂寞；即使在寒食節裡，亦無心飲酒，只好將互相勸酒的心情，付諸高陽酒徒，而自己則思念故鄉及佳人。近人羅忼烈在解說下片的主意時，更為扼要清晰。其云：

> 此則二十年後京師寒食之作，老懷落寞，遲暮嬉游，徒傷

〔註73〕同注5，頁127。
〔註74〕楊鐵夫箋釋：《清眞詞選箋釋》（香港：龍門書店，1974年），頁4。

羈旅，旗亭喚酒，已屬他人，但有歸思而已。〔註75〕

從周邦彥詞之本意和各家的理解來看，「高陽儔侶」都是屬於他人之事。這主要因為全詞重心在於詞人年暮仍羈旅他鄉，無心作樂，遂以他人之樂以見一己之哀。然則，海綃所說全篇主旨在「故人剪燭西窗語」一句，將「旗亭喚酒」兩句理解作詞人為見故友而俱謝儔侶是否不正確？這可從兩方面觀之：第一，若只是就詞論詞，而不考察作者的生平、作品的作年等問題，則海綃之說法亦是其中一種理解。其將下片之「嬉遊處」五句，視為日間事，並置於開首「暗柳啼鴉」之前；認為清真酬謝酒客是因為晚上要與故人談心。第二，除了就詞論詞外，又從詞外求詞，將作家的經歷、作品的創作時間深入考證，則知此詞為周邦彥於宋徽宗政和六年至八年（公元 1116～1118）還京為秘書監時作。據羅忼烈之說，詞中的「禁城百五」是京師寒食之稱，已明示作地。而「遲暮」一語，則詞人自傷晚境，蓋其時已六十一二歲矣。〔註76〕若根據這些寫作背景觀之，則全詞之主旨明顯是自傷晚境和羈留京師，而非與故人話舊。所以，「高陽儔侶」是詞人有意以他人之樂反襯自己之落寞，乃屬於他人之事，不能理解為酬謝酒客以會故人。海綃因未從「知人論世」的角度來解詞，對詞意多作文字上的推測，所以難免有缺失。

二、〈過秦樓〉（水浴清蟾）

陳洵評說此闋所引發後人的爭議，主要在於詞中的時序問題。先引述清真詞如下：

> 水浴清蟾，葉喧涼吹，巷陌馬聲初斷。閒依露井，笑撲流螢，惹破畫羅輕扇。人靜夜久憑闌，愁不歸眠，立殘更箭。歎年華一瞬，人今千里，夢沈書遠。　　空見說、鬢怯瓊梳，容銷金鏡，漸懶趁時匀染。梅風地溽，虹雨苔滋，一

〔註75〕羅忼烈箋注：《清真集箋注》（上海：上海古籍出版社，2008 年），上冊，頁 184。

〔註76〕同上。

架舞紅都變。誰信無憀，爲伊才減江淹，情傷荀倩。但明
河影下，還看稀星數點。

陳洵評曰：

自起句至「更箭」，是去秋情事。「梅風」三句，又歷春夏，
所謂「年華一瞬」。……「明河」、「疏星」，又到秋景。前
起逆入，後結仍用逆挽。構局精奇，金針度盡。

其認爲全詞極盡時空變換之能事，指出首句「水浴清蟾」至「立殘更
箭」一句，是昔日秋天的事。下片的「梅風地溽，虹雨苔滋，一架舞
紅都變」，則爲今日春夏間事。末二句「但明河影下，還看稀星數點」
因是「逆挽」，而「逆挽」的意思是指時間上發生在前，但敘述上卻
置於後面，故此句仍回到舊時秋事，與起句相呼應。所以海綃謂「『明
河』、『疏星』，又到秋景」。據其所說，全詞的時間結構是昔──今─
─昔；季節則是秋──春夏──秋。

然羅忼烈卻批評海綃的論述，曰：

「梅風」、「虹雨」，江南初夏；「露井」、「流螢」，庭院清宵；
綺情未衰，離思自苦；此殆亦溧水之作也。《抄本海綃說
詞》，時序紛紜，豈其然？〔註77〕

指出詞中所寫「梅風」、「虹雨」，是初夏之景。這與陳洵的意見相同。
又點出「露井」、「流螢」，只是庭院夜色，並非海綃所謂「去秋情事」。
此即認爲全詞並無時空轉換。

二氏各執一說，要理解此詞有否時空變換，重點在於上片開首「水
浴清蟾」至「立殘更箭」九句，和詞末的「但明河影下，還看稀星數
點」是否眞的描寫秋景；又這數句是屬於今日還是舊時之事。細繹詞
意，第三至五句「閒依露井，笑撲流螢，惹破畫羅輕扇」卻有所提示。
此用了杜牧〈秋夕〉詩「銀燭秋光冷畫屛，輕羅小扇撲流螢」之句，
而杜詩題爲「秋夕」，清眞如將這一意象運用在詞裡，當不僅關合夜
色，亦會注意到季節。因此，詞之開首大抵是描寫秋夜景色。至於時

〔註77〕同上，頁117。

序，亦當屬於往事。這見楊鐵夫說：「『依』字『撲』字，何等歡樂，此兩句是敘昔遊。」〔註78〕不論開首和末二句是否敘述去年秋事，至少「閒依露井」三句明確道出舊時秋夜的事。羅忼烈以爲「露井」、「流螢」俱爲初夏庭院清宵之景，實忽略了這組意象的出處，故其批評海綃時序變換之說，實在值得斟酌。

再論陳洵將「水浴清蟾」三句、「人靜夜久凭闌」三句、和末二句視爲昔日事是否合理的問題。從全篇的內容觀之，首三句刻畫了冷月涼風，車馬聲斷，烘托了夜間的寧靜，卻沒有點明是昔日事還是今日事，是秋夜還是初夏之夜。然從詞末「但明河影下，還看稀星數點」與之呼應來看，開首三句和末句應屬今夜初夏事。至於「人靜夜久凭闌」三句，海綃認爲同屬去秋情事，但楊鐵夫卻說：

> 初疑由起至「立殘更箭」爲敘昔遊，「歎年華」三句方轉到現境。繼思「愁」與「笑」不同境遇，「撲流螢」與「立更箭」亦不同懷抱。若俱作爲昔遊事，未免齊苦樂於一途。故斷自「人靜」句已入現境，較爲分明。〔註79〕

據此說法，因爲「笑撲流螢」與下句「愁不歸眠」的情懷迥異，上句寫樂，後句則愁；前面刻畫詞人夜撲流螢時輕鬆愉快的心境，後面寫其站立至更漏將殘更見滿懷心事。由是，「人靜夜久凭闌」三句是今日初夏的事。這一理解清晰明白，亦有理據支持，故海綃所謂「自起句至『更箭』，是去秋情事」和「明河疏星，又到秋景」之說，實有待商榷。蓋詞中記述「去秋情事」者，只有「閒依露井，笑撲流螢，惹破畫羅輕扇」三句。

三、〈拜星月慢〉（夜色催更）

陳洵評說〈拜星月慢〉（夜色催更）時，以周邦彥、李師師和宋徽宗的故事附會詞意，爲羅忼烈所批評。茲引錄清眞之詞，再論述詞

〔註78〕同注74，頁41。
〔註79〕同上。

中之意有否隱含其事。

> 夜色催更，清塵收露，小曲幽坊月暗。竹檻燈窗，識秋娘
> 庭院。笑相遇，似覺瓊枝玉樹，暖日明霞光爛。水眄蘭情，
> 總平生稀見。　　畫圖中、舊識春風面。誰知道、自到瑤
> 臺畔。眷戀雨潤雲溫，苦驚風吹散。念荒寒、寄宿無人館。
> 重門閉、敗壁秋蟲歎。怎奈向、一縷相思，隔溪山不斷。

海綃有這樣的說法：

> 荒寒寄宿，追憶舊歡，只消秋蟲一歎。「伊威在室，蠨蛸在
> 戶」，「不可畏也，伊可懷也。」畫圖昭君，瑤臺玉環，以
> 比師師。在美成為相思，在道君為長恨矣，當悟此微旨。

認為詞中主要是追憶舊日戀人李師師，並用《詩經·豳風·東山》的
詩句來析說兩人分離而相思不盡的情懷。「畫圖中」四句，寫詞人過
去看見李師師的畫像，已經傾慕不已，然師師竟亦喜歡他，認為彼此
可以長聚，卻不幸為外力拆散。陳洵以王昭君和楊貴妃來比喻師師，
隱含了阻隔二人相戀者，為徽宗皇帝。故說「在美成為相思，在道君
為長恨矣」，全用周邦彥、李師師和宋徽宗的豔談穿鑿附會。清人王
闓運（1833～1916）又有相近的說法，謂：「亦非道君所眷，不足當
此恭維。」〔註80〕王氏評〈少年遊〉（并刀如水）一闋亦云：「有此留
人者乎，非道君必不逢此。」〔註81〕仍以李師師等三人情事來附會詞
意。陳洵或見之而沿用其解。但羅忼烈卻批評說：

> 按此為小說所誤，事既烏有，說遂無稽。〔註82〕

明確指出三人的兒女恩怨並非事實，乃小說家穿鑿無稽之談。

　　究竟周邦彥、宋徽宗和李師師之間的情事是事實還是虛談？若然
真有其事，則從詞意來看，下片就是寫詞人與師師的柔情密意為徽宗
無情地粉碎，故末句有隔山相思之意。此一故事，最早見於張端義《貴

〔註80〕王闓運撰：《湘綺樓評詞》，載唐圭璋編：《詞話叢編》（北京：中華
　　　　書局，2005 年），第五冊，頁 4289。
〔註81〕同上。
〔註82〕同註 75，頁 283。

耳集》和葉申薌《本事詞》。其主要就兩首詞來說，一是〈少年遊〉
（并刀如水），另外就是〈蘭陵王‧柳〉。然不管是評那一首詞，這一
段荒誕無稽之談，鄭文焯（1856～1918）、王國維（1877～1927）已
辨明其非是。此見王國維的〈清真先生遺事〉曰：

> 是徽宗微行，始於政和而極於宣和。政和元年（1111 年）先
> 生（周邦彥）已五十六歲，官至列卿，應無冶遊之事。〔註83〕

王氏指出徽宗微行出巡，主要在政和至宣和年間。羅慷烈又據李埴
（1161～1238）《皇宋十朝綱要》卷十七「丙申政和六年（1116 年），
是歲，微行始出」，說明道君微行是始於政和六年（1116 年），非政和
元年（1111 年）。然周邦彥已經六十一歲，應無冶遊之事。〔註84〕再
閱羅忼烈的〈清真年表〉，美成在政和六年還京爲祕書監，七年（1117
年）進徽猷閣待制，提舉大晟府。至重和元年（1118 年）又出知真定
（今河北正定縣），宣和元年（1119 年）徙知順昌府（今安徽阜陽縣），
二年（1120 年）徙知處州（今浙江麗水縣），罷後提舉南京鴻興宮（今
河南商丘縣）。是年，居睦州（今浙江建德縣）；後遇方臘起事，至杭
州，又避地揚州。三年（1121 年）赴鴻興宮後卒。〔註85〕由於周邦
彥在徽宗遊幸之年，多在外地而不在京師。因此，羅氏斷言周邦彥、
李師師和道君皇帝的情事實爲虛構，說：

> 是則宣和之世，清真不惟年已六十餘，必無冶游豔事，又
> 未曾一日在京師，安能與道君俱過李家耶？〔註86〕

而鄭文焯於〈清真詞校後錄要〉亦批評這一事無異話本小說，後人不
加考證，侈爲豔談。更疑史傳謂清真「疏雋少檢，不爲州里推重者」，
是從這些筆記鈔錄而得，並非真有其事，云：

> 凡此皆小說家附會，或出好事忌名，故作訕笑，等諸無稽。

〔註83〕王國維撰：〈清真先生遺事〉，載謝維揚、房鑫亮主編：《王國維全集》
（杭州：浙江教育出版社，2009 年），第二卷，頁 401。
〔註84〕同注 75，上冊，頁 7。
〔註85〕同注 75，下冊，頁 661～662。
〔註86〕同注 75，上冊，頁 8。

倘史傳所謂邦彥疏儁少檢，不爲州里推重者，此歟？《苕溪
漁隱》謂小詞紀事，率多舛誤，豈復可信。洵知言也。〔註87〕

從上述王國維、鄭文焯及羅忼烈三家的論證和理據，可知周邦彥、道
君皇帝和李師師三人的兒女恩怨純屬虛構，並非事實。因此，海綃以
三人的情事來附會〈拜星月慢〉一闋詞意，實爲不當。

四、〈關河令〉（秋陰時晴向暝）

海綃評說此闋時，最具爭議之處是詞中的時序問題。先引錄其詞
如下：

秋陰時晴向暝。變一庭凄冷。佇聽寒聲，雲深無雁影。　　更
深人去寂靜。但照壁、孤燈相映。酒已都醒，如何消夜永。

陳洵之評簡單扼要，云：

由「更深」而追想過去之暝色，預計未盡之長夜。神味拙
厚，總是筆力有餘。

認爲上片「秋陰時晴向暝」四句都是詞人在人去寂靜的夜深時分，對
於日間至入夜景色的追想。故在時序上，「更深人去寂靜」一句應置
於開首，然後追想日間深秋蕭瑟的景色，最後則是末二句，表達想借
一醉進入濃睡來消此孤寂。據其所說，全詞的編排是：

更深人去寂靜。但照壁、孤燈相映。秋陰時晴向暝。變一
庭凄冷。佇聽寒聲，雲深無雁影。酒已都醒，如何消夜永。

然而，後人對於此闋時序的安排，卻有不同的意見。如唐圭璋謂：

上片是日間凄清，下片是夜間凄清。日間由陰而暝而冷，
夜間由入夜而更深而夜永。〔註88〕

指出全詞的脈絡是順序發展，由日而夜；至於對「人去」的理解，則
認爲是補述。楊鐵夫又有另外的看法。其於箋釋詞中「佇聽寒聲，雲
深無雁影」兩句時，曰：「『寒聲』者，雁聲也。『佇聽』者，望雁信

〔註87〕鄭文焯撰：〈清眞詞校後錄要〉，載《大鶴山房叢書》，光緒 26 年
　　　　黃岡陶氏刊本，羅慷烈影印日本東京大學東洋文化研究所藏本，
　　　　頁 12。
〔註88〕同注 5，頁 135。

之來也。『無影』者，無來信也。此從下『人去』倒入。」由於楊氏
將這二句理解爲清眞盼望佳人的來信，遂將此置於「人去」以後。因
佳人已去，故有盼望來信之說。這就是其所謂「佇聽寒聲」從「更深
人去寂靜」後面「倒入」。在全詞的時序觀之，只將原來「佇聽寒聲」
兩句和「更深人去寂靜」的位置轉換。如此，則全闋之次序爲：

> 秋陰時晴向暝。變一庭淒冷。更深人去寂靜。佇聽寒聲，
> 雲深無雁影。　　　但照壁、孤燈相映。酒已都醒，如何消
> 夜永。

這與陳洵及唐圭璋的意見又不同。上述三種的說法，究竟何者較爲接近
清眞詞意？細繹清眞之詞，我認爲唐氏的說法似較恰當。首先，從詞之
敍述來看，時序應該是由日至暮及夜，而且首二句主要是描寫景物，並
非記述往事；當中又沒有提示逆敍的筆法。因此，海綃認爲此闋是「由
『更深』而追想過去之暝色」，不免設想太過，實有待商榷。其次，楊
鐵夫謂「佇聽寒聲，雲深無雁影」二句，是美成盼望佳人的來信，故將
此置於「更深人去寂靜」之後。然其以「寒聲」說爲雁聲，「佇聽」喻
爲望雁信之來，「無影」比作無來信，實有逐句比附之嫌。「佇聽寒聲」
二句，讀者自可體會當中的寄託，卻不能坐實爲等待美人的來信。故此
句不妨視之爲純粹描寫秋天之景。如唐圭璋說：「上片末兩句，先寫寒
聲入耳，後寫仰視雁影。因聞聲，故欲視影，但『雲深無雁影』，是雁
在雲外也。」﹝註89﹞點出作者佇立細聽深秋蕭瑟的風聲和雁聲，繼而抬
頭視雁影，卻不見之。另外，從詞的脈絡來看，「人去」不一定與美人
有關，亦可理解作庭院之人。全句就是寫夜深時分，庭院之人全部離去，
四周一片寂靜，只剩下詞人孤獨地渡過漫長之夜。由此，唐圭璋理解全
詞的時序結構爲順序描述，從日到夜，似乎最爲接近周邦彥詞之本意。

五、〈應天長・寒食〉

　　陳洵評說此闋最大的爭議在於全詞所寫的是一日還是兩日之

﹝註89﹞ 同上。

事。先引周邦彥詞之內容如下：

> 條風布暖，霏霧弄晴，池塘遍滿春色。正是夜堂無月，沈
> 沈暗寒食。梁間燕，前社客，似笑我、閉門愁寂。亂花過，
> 隔院芸香，滿地狼藉。　　　長記那回時，邂逅相逢，郊外
> 駐油壁。又見漢宮傳燭，飛煙五侯宅。青青草，迷路陌。
> 強載酒、細尋前迹。市橋遠，柳下人家，猶自相識。

海綃評說只寥寥數語，云：

> 前闋如許風景，皆從「閉門」中過。後闋如許情事，偏從「閉
> 門」中記。「青青草」以下，真似一夢，是日間事，逆出。

指出上片寫日間的暖風晴霧，夜晚之梁燕飛花，都是詞人在寒食節孤
寂地閉門度過時所見的景物，所以說「前闋如許風景，皆從『閉門』
中過」。至於下片「長記那回時」至「飛煙五侯宅」為作者回想去時
寒食，與美人在郊外相逢的情事。「青青草」以下則是今日日間詞人
舊地重遊，細尋前跡。據陳洵的意思，全篇除了「青青草」六句，都
是詞人在寒食節閉門所見所想，其時序結構為今日——今夜（現在）
——昔日——今日，俱是一日之間發生的事。然對於此闋的時序，羅
忼烈卻有另外的說法。其云：

> 此詞所寫，起調三句為昨日事；「正是夜堂無月」至「滿地狼
> 藉」，乃昨夜事；「又見」至末為今日事，皆在寒食中。〔註90〕

所提出的與海綃之說迥異，並點明全詞之時序應該是昨日——昨夜—
—昔日——今日，乃涉及兩日事。其批評海綃曰：

> 海綃不知當時風俗，以為古之寒食亦猶後世，只有一日，
> 於是「又見」以下明是實寫，卻謂「全是閉門中設想」，強
> 作通解，實則削趾就屨耳。〔註91〕

指出海綃之所以將「青青草」以下一段說為日間事，與上片起句「條
風布暖」三句相呼應，原因在於海綃根本不知當時寒食節共三日，
第三日之清明節亦為寒食所涵。所以勉強將全闋屬昨日、今日之事

〔註90〕同注75，頁156。
〔註91〕同上。

歸納至一天之內來看。二人意見相異,究竟全詞所寫的是一日還是兩日之事呢?當中主要的問題在於「青青草」至歇拍是否與開首「條風布暖」是同一日之事。細繹清眞詞意,兩處所寫的都是日間的景色。上片「池塘遍滿春色」,明確點出池塘水綠草青,下句「霏霧弄晴」,指迷霧飄動,一片晴朗。二句明顯是描繪白天之事。下片「青青草」以下,以「青」道出草的顏色,又尋找前跡多在白天,亦爲日間事。至於兩者是否同一天內的事,筆者卻不認同。其主要的原因有二:一是上片寫出自己當天是在閉門中過,有「似笑我、閉門愁寂」句,則詞人整日應該沒有外出,何以會有尋找前跡之說?二是詞人在庭院的心情是愁悶和寂寞的,下片未見故人前仍勉強飲酒,但最終在柳下人家碰見舊日的情人,道出「市橋遠,柳下人家,猶自相識」,心境應該不再寂寞。若然「青青草」以下,與開首是同一日之事,詞人何以於重見故人後,晚上仍然愁苦寂寞以致閉門度日?由此觀之,羅忼烈謂全詞是寫昨日和今日事,相對海綃所說「青青草」以下是「逆出」,更爲符合清眞詞意。

小　結

　　綜合上述來看,海綃評述吳文英、周邦彥兩家詞,多有深思和獨到的見解,超越前人說法者極多,如評說詞之時空結構,認爲夢窗〈霜葉飛・重九〉的「記醉踏南屏,彩扇咽、寒蟬倦夢,不知蠻素」句是今昔糅合;清眞〈關河令〉首句「秋陰時晴漸向暝」,乃「由『更深』而追想過去之暝色」,非順序來看,突破前人的眼光。雖不盡合詞意,然亦見出陳洵之精思。再如論述夢窗與其愛妾情事,陳洵往往用詞之意象來比附,評〈渡江雲三犯・西湖清明〉說「明朝事與孤煙冷」以下數句,「於事爲不祥,宜其不終也」;說〈齊天樂〉之「猶憶分瓜深意」時,泥實「分」字,評爲「別後始覺不祥」;雖失詞意,但亦見海綃探討吳文英愛情詞的思想方向,多以妾去的角度出發,再於詞中

細尋意象附會之。上述共選錄 11 首夢窗詞評、5 首清眞詞評，其中
固有陳洵誤解詞意，爲後人所詬病，然讀者亦不應在缺乏理據的情況
下浪孟批評，以否定海綃評詞的價值。

第七章 《海綃說詞》之版本研究

第一節 引 論

　　關於《海綃說詞》之版本，先要釐清的問題有四：一是唐圭璋之《詞話叢編》舊本（1934 年）最先輯得評周邦彥詞 16 首，與後來《同聲月刊》本輯得之 39 首，評說內容有異。有些版本爲了保留所有評文，使海綃評周邦彥詞之數目增至 39 首，共 50 多則。二是上述 16 則的評文雖有不同之處，然個別數首內容差別不大，各種版本均有不同的取捨標準。三是《海綃說詞》不同版本在彙鈔前本之時，多有數量和文字的脫漏。四是《海綃說詞》版本雖多，但因評周邦彥及吳文英詞均出現異文的情況，各首相異的程度又不同。以致仍未有統一的標準來判斷如何算作一則新的評文。由是，至今尚未有《海綃說詞》的完整版本，以供研究者參稽。

　　本文論述之《海綃說詞》版本共 9 種，在出版時間上依次爲國立中山大學中國語言文學研究會所編的《詩詞專刊》本（1929 年）、朱彊村編的《滄海遺音集》本（1933 年）、唐圭璋編的《詞話叢編》本（下稱舊本《詞話叢編》）（1934 年）、《同聲月刊》本（1942 年）、余少颿飭工鈔寫本（約 1950 年）、稿本《海綃說詞》（1952 年）、劉熙遠鈔本（1956 年）、羅慷烈校評本（約 1970 年）和唐圭璋增訂之《詞話叢編》

本（1986 年）。在各種版本中，輯錄較爲齊全者有余少颿餖工鈔寫本、劉熙遠鈔本、羅慷烈校評本及唐圭璋增訂之《詞話叢編》本。這四種之內容均包括〈通論〉12 則、評清眞詞、夢窗詞和稼軒詞四部分。

本文先對《海綃說詞》內容出現的先後次序作一排列，方便下文說明之用。最先出現的是《詩詞專刊》本刊印《海綃說詞》〈通論〉12 則；其次是《滄海遺音集》刊刻評吳文英詞 67 首；然後是唐圭璋在舊本《詞話叢編》蒐得評周邦彥詞 16 則；後來《同聲月刊》刊載周邦彥詞評 39 則、辛棄疾詞評 2 則和新增吳文英詞評 3 則。最後是林玫儀發現上海圖書館所藏稿本《海綃說詞》有 1 則吳文英詞評，爲各本未載。

本文擬以上述 9 種《海綃說詞》版本爲主，按照版本之特色，歸納爲五類，即稿本、鈔本、刻本、排印本和校評本，依出版年份先後排列，再討論各本之特色、內容編排次序和所鈔得資料來源等。本文亦會以簡表形式，比較不同版本之異文，以期能夠清晰整理《海綃說詞》之版本及其相關問題。

第二節　稿本《海綃說詞》

一、稿本《海綃說詞》

稿本《海綃說詞》一冊，龍沐勛先生舊藏本，今藏上海圖書館。筆者未親見之。惟臺灣學者林玫儀，早於 2000 年 5 月已經撰寫了〈稿本《海綃說詞》及其相關問題〉一文，對於稿本《海綃說詞》的論述，至爲詳細。故此，這部分對稿本之探討，大部分採用林氏論文材料，特此說明。〔註1〕

關於稿本《海綃說詞》，林氏指出全書以行書書於紙箋，紙箋右下方均有「清祕閣造箋」五字。每頁 9 行，共 29 頁。首頁標題爲「說

〔註 1〕 這部分之論述，除非另注，全皆採用林玫儀撰：〈稿本《海綃說詞》及其相關問題〉，《臺大中文學報》第 12 期，2000 年 5 月，頁 1～31。

詞」，並有「榆生／珍藏」及「上海圖／書館藏」之鈐記在首行下方。
次行為「吳文英夢窗詞」，凡 39 則，22 頁。後緊接清眞詞評，首行
又題「說詞」，次行為「周邦彥清眞詞」，凡 16 則，7 頁。經林氏查
對全本的筆跡，發現與海綃手訂自書的《海綃詞》卷三相同，兼書中
多有塗改刪訂之跡，故知稿本乃出自陳洵親筆。書後又有龍榆生題
記，云：

> 新會陳述叔洵遺稿，已收入《滄海遺音集·海綃詞》附錄
> 中。壬辰夏榆識。

稿本成書的時間，已不得而知。但歸龍氏所有，卻是「壬辰」（民國
四十一年，1952 年）。至於龍氏如何獲得，林玫儀認為龍氏嘗任職上
海博物館資料室主任，交遊廣闊，能蒐得此一稿本，並不稀奇。及龍
氏下世，又轉贈上海圖書館。

　　稿本並無「通論」部分，其評周邦彥詞之 16 則，與唐圭璋舊本
《詞話叢編》所載者相同。兩種互相比較，僅有次序之異。又稿本在
每首詞牌下無注明首句，惟〈花犯〉（粉牆低）一闋下有詞題「梅花」
二字。至於文字上有較大差異的，共兩首，分別是〈過秦樓〉（水浴
清蟾）和〈尉遲盃〉（隋堤路）。現依次逐錄稿本〈過秦樓〉和〈尉遲
盃〉之文，並以橫線標明舊本《詞話叢編》排版誤落者：

> 海綃翁曰：「人今千里」，「今」字點出，自起句至「立殘更
> 箭」，皆敘昔遊。…「梅風」三句，承「年華一瞬」，實。

> 海綃翁曰：「隋堤」一境，「河橋」一境，「京華」一境，「漁
> 村水驛」一境。總收入「焚香獨自語」一句中。……皆如
> 此對法。

而〈花犯〉（粉牆低）一首，舊本《詞話叢編》多了下文括號部分，
又把「夢想」作「夢相」。

> 海綃翁曰：（又云）「正在」應「相逢」，「夢想」應「照眼」，
> 結構天成，渾然無跡。（又云）此詞體備剛柔，……〔註2〕

―――――――――――――――
〔註2〕唐圭璋校編：《詞話叢編》（南京：詞話叢編社，1934 年），第 24 冊，

林氏另用簡表形式，列舉了 11 闋評周邦彥詞在文字上與舊本《詞話叢編》略有不同者，分別是〈瑞龍吟〉（章臺路）、〈蘭陵王〉（柳陰直）、〈大酺〉（對宿煙收）、〈夜鵲飛〉（河橋送人處）、〈塞垣春〉（暮色分平野）、〈瑣窗寒〉（暗柳啼鴉）、〈滿庭芳〉（風老鶯雛）、〈丹鳳吟〉（迤邐春光無賴）、〈應天長〉（條風布暖）、〈浪淘沙慢〉（曉陰重）、〈丁香結〉（蒼蘚沿階），然均屬一二字之差異，詳細情況可參考林氏之文。

至於評夢窗詞部分，則有更多的發現。由於各種《海綃說詞》版本評夢窗詞，全都據《滄海遺音集》輯錄之 67 首，最多只增入《同聲月刊》所載之〈高陽臺〉（宮粉雕痕）、〈掃花遊〉（冷空澹碧）及〈過秦樓〉（藻國淒迷）3 首，並不見另有異文。然稿本所載評吳文英詞，卻僅有 39 則，非但在數量上與《滄海遺音集》迥異，內容亦相去甚遠。其所選之 39 闋，據筆者參考林玫儀論文後所附「各書收錄《海綃說詞》異同表」之統計，大抵是《滄海遺音集》開首順序之 39 闋，僅編排次序不同；且黜落《滄海遺音集》之第 25 闋，即〈掃花遊〉（水雲共色）；並增入〈祝英臺近·春日客龜溪遊廢圃〉（采幽香）一闋，置於第 15。因〈祝英臺近·春日客龜溪遊廢圃〉一闋從未見載於他本，故轉錄如下：

> 海綃翁曰：起五句全是追思。與龜溪廢圃時異地異。「翠微路」是西湖上山，集中屢見。「雲溪深處」，始是龜溪廢圃。大起大落。覺翁慣有此奇幻之筆。然曰「一年」，曰「又身在」，已明明金針度人矣。「綠暗長亭」，與上句不連，乃用斷字訣。「長亭」別地，仍指西湖。今又一時，惟有歸夢，念念不忘此事也。「有情」以下，鉤轉本位。筆筆脫，筆筆複。前周後吳，雙煙一氣，由吳入周，斷斷無以易吾言矣。此篇蓋亦思去姬而作，讀「沙印小蓮步」可知。

此則之發現，尤為重要。因為據陳洵《海綃說詞》各種版本，均未評述是闋。由是，遂使海綃評詞之總數（包括評清真、夢窗和稼軒詞）

由 111 闋增至 112 闋，實應予以關注。

　　林氏研究夢窗詞評部分，多與較早出版之《滄海遺音集》比較，大致分爲三類：一是與《滄海遺音集》之文字全同者，共 7 首，分別是〈聲聲慢〉（檀欒金碧）、〈浣溪沙〉（門隔花深）、〈渡江雲〉（羞紅顰淺恨）、〈唐多令〉（何處合成愁）、〈杏花天〉（幽歡一夢）、〈祝英臺近〉（剪紅情）及〈金縷歌〉（喬木生雲氣）。二是文字有異但實質內容差別不大者，共 5 首，分別是〈八聲甘州〉（渺空煙四遠）、〈瑞龍吟〉（黯分袖）、〈風入松〉（聽風聽雨）、〈尾犯〉（翠被落紅妝）及〈六么令〉（露蛩初響）。三是內容差異極大者，主要指「因文字變動涉及實質內容之改易者」。其間又細分爲兩種：一是文字結構相同，只有中間部分相異；二是全首寫法不同者。前者之例有 5 首：〈宴清都〉（繡幄鴛鴦柱）、〈風入松〉（蘭舟高蕩）、〈點絳唇〉（時霎清明）、〈玉蝴蝶〉（角斷簽鳴）及〈憶舊遊〉（送人猶未苦）。至於全首之文與《滄海遺音集》不同者，則共 4 闋。由於這 4 闋相對而言較爲重要，甚具研究及參考價值，茲轉錄如下，並與《滄海遺音集》作比較：

（一）〈絳都春〉（南樓墮燕）

林玫儀所引之稿本載：

> 海綃翁曰：亡燕，去妾也。「南樓墮燕」，從去時說起。一留。「疏簾空卷」，言不歸來，又一留。「葉吹」十一字，空際著力，又一留。於是回憶當時，悵恨路遠。「霧鬟依約」，複「明月娉婷」。「鏡空不見」，複「疏簾空卷」。筆筆斷，筆筆續，而脈絡井井，字字可循。玉田固不足以知之也。後闋全是「不見」二字反影，此筆從清空得來。

《滄海遺音集》原文爲：

> 海綃翁曰：「墮燕」，去妾也。已成往事，故曰「又」。「葉吹」十一字，言我朝暮只如此過。從「夜涼」再展一步，然後以「當時」句提起，「客路」句跌落。「霧鬟」三句，一步一轉，收合「明月娉婷」。「別館」正對「南樓」，乍識似人，從「不見」轉出。「舊色舊香」，又似眞見，「閒雲閒

雨情終淺」，則又不如不見矣。層層脫換，然後以「眞眞難畫」，只作花看收住。復轉一步作結，筆力直破餘地。〔註3〕

（二）〈夜遊宮〉（窗外捎溪雨響）

稿本云：

> 海綃翁曰：題目既清，詞故幻化。「見幽仙，步凌波」，只是水仙；「紺雲敧，玉搔斜」，則不辨是人是花矣。

《滄海遺音集》原文曰：

> 海綃翁曰：通章只做「夢覺新愁舊風景」一句。「見幽仙，步凌波，月邊影」，是覺。「紺雲敧，玉搔斜，酒初醒」，又復入夢矣。〔註4〕

（三）〈高陽台〉（修竹凝妝）

稿本云：

> 海綃翁曰：「凝妝」、「駐馬」，依然歡會。東風多事，偏弄舊寒。花前人老，不禁傷春矣。「不在高樓上」，蓋別有所思。「清癯」謂因相思而瘦。魚愁者，人意自愁耳。人樂則見魚樂，人愁則見魚愁。「淚」即「香綿」，「重來」與「能幾」相應。

《滄海遺音集》原文曰：

> 海綃翁曰：「淺畫成圖」，半壁偏安也。「山色誰題」，無與託國者。「東風緊送」，則危急極矣。「凝妝」、「駐馬」，依然歡會。酒醒人老，偏念舊寒，鏡前雨外，不禁傷春矣。「愁魚」，殃及池魚之意。「淚滿平蕪」，則城邑邱墟，高樓何有焉。故曰「傷春不在高樓上」，是吳詞之極沉痛者。〔註5〕

（四）〈解連環〉（思和雲結）

稿本曰：

> 海綃翁曰：起十三字，千迴百折而出之。以下層層脫換，

〔註3〕 朱孝臧輯校編撰：《滄海遺音集》，載《彊村叢書》（附遺書），（上海：上海古籍出版社，1989年），第9冊，頁8028～8029。

〔註4〕 同上，頁8023。

〔註5〕 同上，頁8019。

極離合順逆之致。「歎滄波」十一字，鉤轉作結，筆力直破
餘地。

《滄海遺音集》原文載：

> 海綃翁曰：雲起夢結，游思縹緲，空際傳神。中間「來時」，
> 逆挽。「相憶」，倒提。全章機杼，定此數處。其餘設情布
> 景，皆隨手點綴，不甚著力。〔註6〕

此見出稿本《海綃說詞》與《滄海遺音集》相較下，對同一首夢窗詞，
確實有不同的評說。至於兩本成書的時間何者較早，林氏舉出了 5 則
吳文英詞評：〈霜葉飛〉（斷煙離緒）、〈瑞鶴仙〉（晴絲牽緒亂）、〈鶯
啼序〉（殘寒政欺病酒）、〈珍珠簾〉（蜜沉爐暖）及〈花犯〉（小娉婷），
說明稿本《海綃說詞》是晚於《滄海遺音集》。其更推測海綃可能在
《滄海遺音集》出版後，續有所得，故取《滄海遺音集》所刊為底本，
或保留，或改寫，或新撰，故與前本有同有異。

　　稿本與各種《海綃說詞》通行本既有如許差異，龍榆生蒐得後，
何以沒有再次披露？據林玫儀的推斷，最主要的原因是龍氏認為此書
評夢窗詞部分與《滄海遺音集》大抵相同，此見其書後之識語云：「新
會陳述叔洵遺稿，已收入《滄海遺音集・海綃詞》附錄中。」而論清
真詞則已收入舊本《詞話叢編》中，故無刊布的價值；加上《同聲月
刊》已在 1945 年後停刊，龍氏得此手稿後，未再整理刊印，僅珍藏
之。蓋稿本《海綃說詞》，除卻 16 則評周邦彥詞及 7 則評吳文英詞已
見於各種通行本外，尚有 32 則新增資料。筆者雖然未能親見，但知
其對研究陳洵詞學理論甚為重要，故對林氏之文多所引述，特予重視。

第三節　鈔本《海綃說詞》

一、余少颿飭工鈔寫本

　　今封面題為「《海綃說詞》鈔本」者，雖未明確說明為何人鈔寫；

〔註6〕同上，頁 8027。

然據羅慷烈校評《鈔本海綃翁說詞》，因與《海綃說詞》鈔本屬同一版本，首頁謂此本乃余少颿餝工鈔寫。其曰：

> 此本錄自中大《詩詞專刊》，（線裝排印本二冊，出版年月待考，然知其約在民國二十年左右）余少颿見尚餝工鈔寫，並爲饒固庵另寫一本。〔註7〕

因知當日余少颿餝工鈔寫有兩本，一爲羅慷烈舊藏，現藏於香港中央圖書館；二是余氏贈與饒宗頤先生。然香港大學饒宗頤學術館之書目並不見有《海綃說詞》，故筆者頗疑此「《海綃說詞》鈔本」即爲饒固庵藏本。後來此本大抵輾轉流落蘇記書莊，於 1959 年 6 月 6 日爲香港中文大學崇基圖書館購得。箇中原由，今亦不得而知耳。

全本無分卷數，共 56 頁，每頁 8 行。首頁第一行題「海綃翁說詞」，次行寫「新會陳洵述叔」，下有崇基圖書館鈐印。書之編號爲「6249175」，頁尾亦有崇基圖書館印記，最後一頁另有鈐印提及此書來源自蘇記，購買日期爲 1959 年 6 月 6 日。次爲「本詩謂三百篇也」、「源流正變」、「師周吳」、「志學」、「嚴律」、「貴拙」、「貴養」、「貴留」、「以留求夢窗」、「由大幾化」、「內美」及「襟度」，共 12 則，後有署日「己巳九月陳洵記」。次題「宋周邦彥片玉詞清眞詞附」，共 38 闋 52 則。次評「宋辛棄疾稼軒詞」2 闋。最後是「宋吳文英夢窗詞」70 闋。其所載各首之詞牌下均附首句。而夢窗詞的編排次序，將後來出版的《同聲月刊》所載 3 則，即〈高陽臺〉（宮粉雕痕）、〈掃花遊〉（冷空澹碧）及〈過秦樓〉（藻國淒迷）置於前面，再錄《滄海遺音集》67 則詞評，合共 70 則。

此本最大特色是討論周邦彥詞的部分。首先，在此本鈔寫前，已出版的舊本《詞話叢編》將評周邦彥詞的部分題爲「宋周邦彥清眞詞」；另一種《同聲月刊》則題曰「宋周邦彥片玉詞」。然此本首題「宋周邦彥片玉詞清眞詞附」。究竟清眞詞與片玉詞有何分別？何以此一鈔本題作片玉詞清眞詞附？羅慷烈〈陳洵《海綃說詞》說周清眞詞校

〔註7〕余少颿餝工鈔寫，羅慷烈校評：《鈔本海綃翁說詞》，頁 1。

錄〉一文有詳盡之解說。其云：

> 案美成詞或曰「片玉集」，或曰「清真詞」，不惟版本有別，
> 所錄詞多寡亦不同。〔註8〕

並指出陳洵所據之版本，說：

> 海綃所據乃陳元龍注本，共十卷，一百二十七闋。陳本所
> 無，而見於毛刻《宋六十名家詞》者四首：〈關河令〉（秋
> 陰時晴）、〈驀山溪〉（樓前疏柳）及（江天雪意）、〈木蘭花
> 令〉（歌時宛轉），謂之清真詞。……據此可見今毛刻《六
> 十名家詞》中《片玉詞》，非陳本《片玉詞》，乃強序本《清
> 真詞》也，故海綃翁分別言之，最得實，《叢編》本標題不
> 免混淆。〔註9〕

明確道出了《片玉詞》和《清真詞》的不同。其以陳洵所選爲前題，
指出周邦彥之〈關河令〉（秋陰時晴）、〈驀山溪〉（樓前疏柳）、〈驀山
溪〉（江天雪意）和〈木蘭花令〉（歌時宛轉）四首，爲陳元龍注本《片
玉詞》所無。然卻見於毛晉（1599～1659）刻《宋六十名家詞》。毛
本雖題爲《片玉詞》，羅氏卻指出其並非《片玉詞》，而是《清真詞》。
故包括這四首詞者，應題爲《清真詞》。唐圭璋舊本《詞話叢編》沒
有載錄此四首，但卻題作「宋周邦彥清真詞」，故誤。而余少颿飭工
鈔寫本題「宋周邦彥片玉詞清真詞附」，則明確說出全本主要選自《片
玉詞》，另有部分（上述四首）則源自《清真詞》。

　　此本編排周邦彥詞的先後次序與《同聲月刊》本相同，然未選〈夜
遊宮〉（葉下斜陽）一首，大抵是鈔錄時不愼遺漏。又上述引論部分
已說明，《同聲月刊》本選錄周邦彥詞 39 首裡，有 16 首與舊本《詞
話叢編》相同，但評說內容有異。今鈔本爲使海綃評詞內容更爲齊全，
將此 16 首的異文部分分作兩則處理，以《同聲月刊》本所載者爲第
1 則評文，以舊本《詞話叢編》所載者爲第 2 則。在編排上先列出第

〔註8〕　羅慷烈撰：〈陳洵《海綃說詞》說周清真詞校錄〉，載於羅慷烈著：《詞
　　　　曲論稿》（香港：中華書局，1977 年），頁 114。
〔註9〕　同上，頁 114～115。

1 則，緊接就是第 2 則。惟一略有混淆的，是〈尉遲杯〉（隋堤路）一首。原來《同聲月刊》本所載，是置於第 1 則。然此評引張文潛詩四句：「亭亭畫舸繫春潭，只待行人酒半酣。不管煙波與風雨，載將離恨過江南。」卻誤放在第 2 則。另外，此鈔本原來應有 16 首載有 2 段海綃的評說。然經筆者檢閱後，發現僅有 14 首載錄 2 則評語，分別是〈瑞龍吟〉（章臺路）、〈蘭陵王〉（柳陰直）、〈瑣窗寒〉（暗柳啼鴉）、〈慶春宮〉（雲接平崗）、〈夜飛鵲〉（河橋送人處）、〈滿庭芳〉（風老鶯雛）、〈花犯〉（粉牆低）、〈過秦樓〉（水浴清蟾）、〈大酺〉（對宿煙收）、〈塞垣春〉（暮色分平野）、〈尉遲杯〉（隋堤路）、〈浪淘沙慢〉（曉陰重）、〈應天長〉（條風布暖）及〈丁香結〉（蒼蘚沿階）。另有 2 首本應有異文者，分別是〈滿路花〉（金花落燼燈）及〈丹鳳吟〉（迤邐春光無賴），但只收錄 1 則評語，俱出自《同聲月刊》本。至於為何余少颿飭工鈔寫時，在這 2 闋不再鈔錄舊本《詞話叢編》的評說，其於評〈丹鳳吟〉（迤邐春光無賴）一闋後云：

> 清真詞與此大致相同。惟由「『況是』二字，不為別離，已是無聊，縮入上闋小歇，然後轉出下句。二句不可連讀。」
> 為小異矣。〔註10〕

在〈滿路花〉（金花落燼燈）後，又略作解說，謂「清真詞同」。據其所說，此兩闋不復鈔錄舊本《詞話叢編》的原因，主要是因為異文之處較少，整體內容無大差別，前者只是句子的次序略有出入，後者基本相同，不應視為另一條，故只選錄見諸《同聲月刊》者，並補充說明。關於這 2 首在《同聲月刊》本與《詞話叢編》舊本相異之程度，可參考下文《同聲月刊》本與舊本《詞話叢編》比較表。

　　最後，本節略為論述此本的鈔寫時間和資料來源。由於鈔本並無序文與後記參考，僅於末頁印有崇基圖書館購自蘇記書莊的日期為 1959 年。但因為此本與羅慷烈校評本之版本相同，經筆者比對後，發現除了封題名稱作「鈔本海綃翁說詞」，與此本題「海綃說詞鈔本」

〔註10〕余少颿飭工鈔寫：《海綃說詞鈔本》，頁 11。

略有不同外，兩本之字跡、頁數、行數都相同，故肯定兩種爲同一版本。羅慷烈嘗撰〈陳洵《海綃說詞》說周清眞詞校錄〉一文說明此本鈔寫時間。其云：

> 前年夏，偶從友人處見鈔本《海綃說詞》，不分卷數。友人謂二十年前錄自中山大學《詩詞專刊》者。因求《專刊》，至今不可得。鈔本似是海綃翁定稿，以校《叢編》本，溢出甚多，編次亦異。〔註11〕

文中所謂友人，應指余少颿。其謂鈔本乃余氏在二十年前錄自中山大學《詩詞專刊》。文末端有羅氏署曰「1970 年 7 月」。按其撰文時間，再推前二十年，大抵就是此本鈔寫的年份，即 1950 年左右。雖然余氏所說的「二十年前」只是概略而言，本文唯暫將鈔本成書之時間約定 1950 年。段中又指出此本是「錄自中山大學《詩詞專刊》者」。此一《詩詞專刊》，是國立中山大學中國語言文學研究會於 1931 年所編者。羅氏對於《詩詞專刊》的論述，上述引文謂「因求《專刊》，至今不可得」。然在其所撰〈陳洵《海綃說詞》說周清眞詞校錄〉一文卻說「此本錄自中大《詩詞專刊》，（線裝排印本二冊，出版年月待考，然知其約在民國二十年左右）」。〔註12〕筆者嘗檢香港中文大學所藏中山大學之《詩詞專刊》，全書六卷，卷二刊陳洵《海綃翁說詞》之「通論」12 則，並不見有評說清眞、稼軒和夢窗詞之部分。又林玫儀嘗倩人訪查中山大學藏書，然亦僅得此本。〔註13〕由是，羅氏所謂中大《詩詞專刊》有線裝排印本二冊，實屬誤記。蓋此鈔本應該只於「通論」部分輯自《詩詞專刊》，評說周邦彥詞部分則源於《詞話叢編》舊本和《同聲月刊》，評說辛棄疾詞錄自《同聲月刊》，評說吳文英詞則彙鈔《滄海遺音集》和《同聲月刊》。

〔註11〕同注 8，頁 111。

〔註12〕同注 7。

〔註13〕林玫儀撰：〈陳洵之詞學理論〉，載於林玫儀編：《詞學研討會論文集》（臺北：中央研究院中國文哲研究所籌備處，1996 年），頁 4 注。

二、劉熙遠鈔本

　　劉熙遠鈔本《海綃說詞》，歷來未爲研究者引述。〔註14〕全書分 3 卷，共 48 頁。卷一 6 頁，卷二 16 頁，卷三 25 頁，另有劉熙遠〈後記〉1 頁。每頁 10 行，首頁第一行題「海綃說詞卷一」，次行寫「新會陳洵述叔」，下有崇基圖書館鈐印，今藏於香港中文大學崇基圖書館。書之編號爲「6232755」，末二頁附有劉熙遠於丙申（1956 年）五月所寫之〈後記〉，最後一頁亦有崇基圖書館鈐印。卷一爲「本詩謂三百篇也」、「源流正變」、「師周吳」、「志學」、「嚴律」、「貴拙」、「貴養」、「貴留」、「以留求夢窗」、「由大幾化」、「內美」及「襟度」，共 12 則，後有署曰「己巳九月陳洵記」。卷二題「宋周邦彥清眞詞」，凡 45 闋。後附有「宋辛棄疾稼軒詞」，凡 2 闋。卷三題「宋吳文英夢窗詞」，凡 70 闋。其所載各首之詞牌下均附首句。而夢窗詞的編排次序，先載《滄海遺音集》之 67 則詞評，後錄《同聲月刊》所載〈高陽臺〉（宮粉雕痕）、〈掃花遊〉（冷空澹碧）及〈過秦樓〉（藻國淒迷）3 則，合共 70 則。

　　關於此鈔本的來源及成書時間，劉熙遠所撰〈後記〉有詳細的說明，茲將〈後記〉全文迻錄如下，再論述其書之特色。

> 丙申夏客香江，長日無聊，借書自遣。偶過蘇記書莊，與余君少颿論及海綃翁爲嶺南詞宗，其說詞爲世所重。惜無專書，難窺全豹。承余君以中山大學《詞詩專刊》、〔註15〕《彊村叢書》、《詞話叢編》見示，因摘錄其通論及周清眞詞十六首、吳夢窗詞六十七首。竊有惑焉，海綃翁既以周、吳爲師，夢窗詞何其多，清眞詞何其少也。疑爲未備，旋過思舊閣謁馬賓甫三丈，又承以其所藏《海綃說詞鈔》見示，復得周邦彥《片玉詞》三十八首，辛稼軒詞二首，吳夢窗詞三首，爲各編所未載。《片玉詞》與《清眞詞》則各

〔註14〕林玫儀〈陳洵之詞學理論〉及陳文華〈陳洵之著作〉兩文均有研究《海綃說詞》的版本問題，但未見有片言述及劉熙遠鈔本。

〔註15〕此即中山大學中國語言文學研究會於 1931 年所編的《詩詞專刊》。〈後記〉書名「詞詩」倒乙。

有異同。此蓋海綃翁晚年所作，彌足珍貴，今並錄之，以
備讀者參考焉。丙申五月劉熙遠記。

從上述文字可知，劉熙遠鈔得此本的時間，是「丙申五月」（1956 年）。
其所鈔得之《海綃說詞》，乃據《詩詞專刊》、《滄海遺音集》、舊本《詞
話叢編》及《海綃說詞鈔》彙集寫成。首三項爲余少颿藏本，劉氏分
別從《詩詞專刊》鈔寫〈通論〉部分，由《滄海遺音集》蒐得吳夢窗
詞六十七首，在舊本《詞話叢編》鈔錄周清眞詞十六首。其讀〈通論〉
後，知海綃論詞以周邦彥、吳文英兩家並重，但評述兩家之數量懸殊，
故疑余氏所藏者並未完備。後來至思舊閣見馬賓甫，其出示所藏之《海
綃說詞鈔》一種，此本載錄周邦彥《片玉詞》三十八首，辛稼軒詞二
首，吳夢窗詞三首。劉氏云此 43 首，「爲各編所未載」，卻非。原因
是這 43 首，早於 1942 年爲《同聲月刊》輯得付梓。筆者雖然未見《海
綃說詞鈔》，但從劉氏之〈後記〉提及從此本鈔得宋三家詞的內容看，
殆與《同聲月刊》本無異，惟脫落周邦彥〈夜遊宮〉（葉下斜陽）一
首。劉氏亦發現從馬賓甫處鈔得之周邦彥《片玉詞》，與前時鈔自舊
本《詞話叢編》之清眞詞有同有異，故在鈔寫時又特別注明，以分辨
之。他又認爲馬氏蒐得者，是海綃晚年之作，出版時間晚於唐圭璋舊
本《詞話叢編》，亦屬事實。

此本最大的特色仍是討論周邦彥詞的部分。卷二載清眞詞共 45
闋，相對於《同聲月刊》之 39 闋，數量上尚多出 6 闋。至於編排
方式，卷二開首部分先鈔寫唐圭璋舊本《詞話叢編》所錄者，共 16
闋。第 17 闋以後，則爲馬賓甫《海綃說詞鈔》所載之片玉詞評（即
與《同聲月刊》本之片玉詞相同，但缺〈夜遊宮〉一首）。劉氏對
於舊本《詞話叢編》及《海綃說詞鈔》兩本選錄相同，但文辭上有
出入之 16 闋，以前本爲正文部分，後者間以其他形式出現，表現
爲三種方法：一爲另錄一闋，置於舊本《詞話叢編》（即第 16 闋）
之後，仍屬正文部分。全書重覆另鈔者共 7 闋，分別是〈瑞龍吟〉
（章臺路）、〈蘭陵王〉（柳陰直）、〈瑣窗寒〉（暗柳啼鴉）、〈花犯〉

（粉牆低）、〈過秦樓〉（水浴清蟾）、〈大酺〉（對宿煙收）及〈尉遲杯〉（隋堤路）。二爲眉批，在開首 16 闋之正文上面，鈔錄從馬賓甫《海綃說詞鈔》輯得之異文部分，以眉批出之。用這種方式表現者，共 3 闋，分別是〈夜飛鵲〉（河橋送人處）、〈滿庭芳〉（風老鶯雛）和〈浪淘沙慢〉（曉陰重），正文仍爲舊本《詞話叢編》。三是在開首 16 闋裡評語中，用「又曰」二字，鈔寫另一條，先載舊本《詞話叢編》之評，「又曰」以後則是從《海綃說詞鈔》鈔得者，以致首 16 闋部分出現兩則評語。這種形式共 4 闋，分別是〈應天長〉（條風布暖）、〈丁香結〉（蒼蘚沿階）、〈慶春宮〉（雲接平崗）及〈塞垣春〉（暮色分平野），每闋於正文俱有兩條評說。

劉熙遠既分辨舊本《詞話叢編》和《海綃說詞鈔》之異，何以部分或另錄一闋，或作眉批，或分兩條論述？當中是否有一標準來判斷？其〈後記〉並無說明。據筆者的推測，劉氏是以字數最多者，另作一條；文字最少者，則用眉批；其餘分兩條述評。另外，舊版《詞話叢編》錄有〈滿路花〉（金花落燼燈）及〈丹鳳吟〉（迤邐春光無賴）2 首，《海綃說詞鈔》評說內容本應有差異，但劉熙遠卻只鈔 2 則。這與上述余少颿飭工鈔寫本《海綃說詞鈔本》的處理方法相近，認爲這兩種版本所載之整體內容無大差別，甚至沒有注明的必要，故不重錄。而上文謂此鈔本載有周邦彥詞 45 闋，此 45 闋者，簡而言之，就是從馬賓甫《海綃說詞鈔》蒐得 38 闋，加上有 7 闋重覆收錄的數目。

筆者發現鈔本在鈔寫時，多有脫漏，誤字尤多。當中有幾處文字脫落，復在旁邊補上。如〈通論〉部分之「本詩」一條，原文爲「蓋將合徒詩、樂府而爲之」，但卻脫落了「府」字；又如周邦彥〈蘭陵王〉（柳陰直）一首，本爲「『年去歲來』應『曾見幾番』。『柔條千尺』應『拂水飄綿』。」此處卻脫落了「『曾見幾番』。『柔條千尺』應」九字。這些情況，全書之〈通論〉、說周邦彥詞及吳文英詞均有之，大抵是劉氏鈔錄時，不愼遺漏。後來再作校對，增補入之。

第四節　刻本《海綃說詞》

一、朱彊村編《滄海遺音集》本

　　朱彊村編的《滄海遺音集》，共收錄 12 家詞，〔註16〕《海綃詞》及《海綃說詞》均輯錄在內，見《彊村遺書》。〔註17〕《海綃說詞》不分卷，封面有張爾田署。全本共 28 頁，每頁 10 行。首頁第一行題「海綃說詞」，次行署「新會陳洵述叔」，次行為「宋吳文英夢窗詞」。其專論吳文英夢窗詞，並無 12 則〈通論〉、評周邦彥及辛棄疾詞部分。第一首是〈霜花腴〉（翠微路窄），最後一闋為〈燭影搖紅〉（碧澹山姿），凡 67 闋。〔註18〕每闋詞牌下附有首句，未載夢窗詞之詞題。此本成書之時，朱孝臧已下世，乃由龍沐勛總其成，在 1933 年刊印出版。臺北世界書局 1962 年出版彊村老人四校定本之《夢窗詞集》，收錄 6 種關於吳文英的資料，〔註19〕《海綃說詞》亦為其中一項。此本所載者，實與《滄海遺音集》本之版式相同，大概是據以影印。〔註20〕

　　關於《滄海遺音集》所附的《海綃說詞》，龍榆生明確指出是陳洵的遺稿。此見其所藏之稿本《海綃說詞》云：

〔註16〕朱彊村《滄海遺音集》所收錄者依次為：沈曾植（1850～1922）《曼陀羅詞》、裴維侲（1881 年進士）《香草亭詞》、李岳瑞（19 世紀）《郢雲詞》、曾習經（1867～1926）《蟄庵詞》、夏孫桐（1856/7～1941）《悔龕詞》、曹元忠（生卒年不詳）《凌波詞》、張爾田（1874～1945）《遯庵樂府》、王國維（1877～1927）《觀堂長短句》、陳洵（1870～1942）《海綃詞》、《海綃說詞》、馮开（生卒年不詳）《回風堂詞》、陳曾壽（1877/8～1949）《舊月簃詞》及梁鼎芬（1859～1919）《欵紅廎詞》。

〔註17〕此處所用的《滄海遺音集》本，是由江蘇廣陵古籍於 1987 年出版，香港中央圖書館藏。

〔註18〕後來《同聲月刊》2 卷 6 號所載之 3 闋夢窗詞是：〈高陽臺〉（宮粉雕痕）、〈掃花遊〉（冷空澹碧）及〈過秦樓〉（藻國淒迷），均未輯於此本。

〔註19〕《夢窗詞集》依次收錄：彊邨老人定本《夢窗詞集》、朱孝臧（彊邨）校《夢窗詞集補》、朱孝臧撰《夢窗詞集小箋》、夏瞿禪（承燾）（1900～1986）撰《夢窗詞集後箋》、陳洵撰《海綃說詞》及夏瞿禪撰《吳夢窗詞繫年》，載於楊家駱主編：《夢窗詞集》（台北：世界書局，1962 年）

〔註20〕陳文華著：《海綃翁夢窗詞說詮評》（台北：里仁書局，1996 年），頁 22。

> 新會陳述叔洵遺稿，已收入《滄海遺音集・海綃詞》附錄
> 中。壬辰夏榆識。〔註21〕

指出《滄海遺音集》所載之《海綃說詞》，就是陳洵的遺稿。據今人
謝永芳引述陳洵嘗於 1932 年 7 月 17 日與龍榆生一函曰：「《說詞》寫
定六十七章，寄上，前稿作廢。」〔註22〕其所謂《說詞》六十七章，
即刊於《滄海遺音集》附錄之《海綃說詞》。然筆者認爲龍氏謂此本
乃陳洵遺稿，亦未必然。因爲其可能據海綃上述書札，認爲此 67 則
吳文英詞評，就是遺稿。但陳洵信札寫於 1932 年，距離其下世尚有
十年之久，當中可能尚有增訂補遺，此其一。另外是龍榆生除了認爲
《滄海遺音集》所附的《海綃說詞》是遺稿外，又在《同聲月刊》本
指出其所刊載，是「新會陳述叔先生遺著」。〔註23〕經筆者檢定後，
兩本所鈔得之內容完全不同。由是，龍榆生的說法有值得商榷之處，
《滄海遺音集》所刊布者應該不是海綃翁遺稿。

二、唐圭璋《詞話叢編》本

　　唐圭璋之《詞話叢編》，最早應爲 1934 年的南京刊印本，共 24 冊。
〔註24〕全書收入宋元以還詞話 60 種，《海綃說詞》乃在其中，載於第
24 冊。此本《海綃說詞》並不分卷，共 22 頁，每頁 12 行。首頁第一
行題「海綃說詞」，次行署「新會陳洵述叔」，次行題「通論」二字，載
「本詩謂三百篇也」、「源流正變」、「師周吳」、「志學」、「嚴律」、「貴拙」、
「貴養」、「貴留」、「以留求夢窗」、「由大幾化」、「內美」及「襟度」，
凡 12 則，後有署曰「己巳九月陳洵記」。其次是評「宋吳文英夢窗詞」，
共 67 則。最後是評「宋周邦彥清眞詞」，共 16 則。〔註25〕每首在詞牌

〔註21〕同注 1，頁 7。
〔註22〕謝永芳著：《廣東近世詞壇研究》（上海：上海古籍出版社，2008 年），
　　　　頁 372。
〔註23〕龍榆生編：《同聲月刊》，南京，1942 年，第 2 卷 6 號，頁 125。
〔註24〕此爲香港大學馮平山圖書館所藏，臺北廣文書局於 1967 年出版之《詞
　　　　話叢編》（共 6 冊），即據此影印。
〔註25〕此 16 則之評說，詳見下文與《同聲月刊》比較之簡表。

下均引首句，不錄詞題。

　　此一刻本資料的來源，唐圭璋在目錄題曰「海綃翁說詞稿一卷」，所據者爲「彙鈔本」，乃知其書是集合數種《海綃說詞》彙鈔而成的。龍沐勛在《同聲月刊》本《海綃說詞》有後記一篇，提及唐圭璋編輯《詞話叢編》的情況說：

> 予爲（朱彊村）校刻《遺書》，乃取《說詞》之論夢窗者，附刊《滄海遺音集》後。其後江甯唐圭璋君，輯印《詞話叢編》，亦收《海綃說詞》一卷。乃從予借錄，並取中山大學排印講義本，湊合而成。〔註26〕

龍氏又在〈陳海綃先生之詞學〉一文謂：

> 又往年江甯唐圭璋君，從予借得《海綃說詞》一卷（中山大學排印講義），收入《詞話叢編》中。……《詞話叢編》本，則除論夢窗外，別有〈通論〉，及論清眞之作。〔註27〕

這兩條資料略有出入，前者說唐氏所輯《海綃說詞》，本於兩種資料：一是向龍氏借的《滄海遺音集》，二是中山大學排印之講義。後者則指出唐氏向龍氏借得之《海綃說詞》，正是中山大學排印講義本。至於兩種說法何者正確，則要先理解《詞話叢編》本和中山大學排印講義本之內容。此本《詞話叢編》，首載〈通論〉12 則，次爲評「宋吳文英夢窗詞」67 則，次爲評「宋周邦彥清眞詞」，共 16 則。而所謂中山大學排印講義本，應指 1931 年國立中山大學所編《詩詞專刊》。當中只載〈通論〉部分，共 12 則，並無評說吳文英和周邦彥詞。由是可知，《詞話叢編》舊本的〈通論〉，乃鈔自《詩詞專刊》。至於論吳文英詞 67 則，與《滄海遺音集》本全同，次序亦無異，大抵據此鈔錄。而論周邦彥詞之資料，則未知其來源。從上述龍氏的記述，其借與唐圭璋鈔錄者，應是中山大學講義本，或是《滄海遺音集》本，即〈通論〉和評夢窗詞部分。然評周邦彥詞之 16 則，最早刊於此本

〔註26〕同注23。

〔註27〕龍楡生著：《龍楡生詞學論文集》（上海：上海古籍出版社，2009 年），頁 533。

《詞話叢編》，但未指出鈔寫來源。其題爲《清眞詞》已誤，應改作《片玉詞》。因其彙鈔本並無包括〈關河令〉（秋陰時晴）、〈驀山溪〉（樓前疏柳）、〈驀山溪〉（江天雪意）和〈木蘭花令〉（歌時宛轉）四首。後來唐氏增訂《詞話叢編》，卻刪去此16則評語，改錄《同聲月刊》所見之39則，並以其爲定本。

第五節　排印本《海綃説詞》

一、《詩詞專刊》本

　　《詩詞專刊》是國立中山大學中國語言文學研究會於1931年所編，全本6卷，卷首有「詩詞專刊撰例三則」，次爲古直於民國二十年（1931年）所撰之「詩詞專刊題辭」。陳洵《海綃翁説詞》置於卷2，共4頁，每頁11行。首行題「詩詞專刊卷之二」，次行題「專著二」，第三行題「海綃翁説詞」，下有「新會陳洵述叔」署。第四行開始爲正文，載論詞條目12則，分別題「本詩謂三百篇也」、「源流正變」、「師周吳」、「志學」、「嚴律」、「貴拙」、「貴養」、「貴留」、「以留求夢窗」、「由大幾化」、「內美」及「襟度」，後有署曰「己巳九月陳洵記」。「己巳九月」即1929年10月，其時海綃剛出任中山大學文學院詞學教授講席。此本爲陳洵首撰《海綃説詞》之始。其著述原由，乃因朱彊村之提議。朱氏在1929年9月嘗致函陳洵，曰：

> 承示推演周、吳，自爲此道，獨辟奧窔，若云俟人領會，則兩公逮今，幾及千年，試問領會者幾人？屢誦致鐵夫書，所論深妙處，均發前人所未發。蒙昧如鄙人，頓開茅塞。其禆益方來，詎有涯涘。倘成一書以惠學者，自以發揮己意爲宏大耳。〔註28〕

彊村說出因讀到陳洵致楊鐵夫信札，發現海綃評述周邦彥、吳文英兩

〔註28〕朱孝臧撰：〈致陳述叔書札〉，載於陳洵著，劉斯翰箋注：《海綃詞箋注》（上海：上海古籍出版社，2002年），頁502。

家之詞，均能獨辟奧窔，發前人所未發，推許其爲自宋以還，能夠點出兩家精髓之詞家。又因陳洵主講中山大學，朱彊村遂提議海綃撰成一書，發揮對詞學的見解，以裨益後學。因是之故，陳洵乃有此著述。

二、《同聲月刊》本

《海綃說詞》嘗於 1942 年刊於《同聲月刊》第 2 卷第 6 號，爲龍榆生先生於陳洵下世後，從汪兆銘處鈔錄而得。全本不分卷，共 13 頁，每頁 14 行。首行題「海綃說詞」，次行爲「新會陳洵述叔」署。第三行題「宋周邦彥片玉詞」，凡 39 則。其後題「宋辛棄疾稼軒詞」，凡 2 則。次題「宋吳文英夢窗詞」，凡 3 則。三部分合爲一卷，凡 44 則。文末有龍沐勛撰於民國三十一年七月十五日（1942 年）之附記一篇。此本與朱彊村編《滄海遺音集》及唐圭璋於舊本《詞話叢編》截然不同，大抵有補遺之意，故對於曾刊刻出版之《海綃說詞》部分一概不錄。

全文沒有〈通論〉，編排次序上則以周邦彥詞爲先，辛棄疾次之，吳文英置於末端。其所選之清眞詞，除卻舊本《詞話叢編》所選之 16 首外，多錄者依次爲：〈風流子〉（新綠小池塘）、〈華胥引〉（川原澄映）、〈意難忘〉（衣染鶯黃）、〈霜葉飛〉（露迷衰草）、〈法曲獻仙音〉（蟬咽涼柯）、〈渡江雲〉（晴嵐低楚甸）、〈六醜〉（正單衣試酒）、〈四園竹〉（浮雲護月）、〈隔浦蓮近拍〉（新篁搖動翠葆）、〈齊天樂〉（綠蕪凋盡）、〈拜星月慢〉（夜色催更）、〈解連環〉（怨懷無託）、〈關河令〉（秋陰時晴）、〈綺寮怨〉（上馬人扶殘醉）、〈掃花游〉（曉陰翳日）、〈玉樓春〉（桃溪）、〈漁家傲〉（幾日輕陰）、〈驀山溪〉（樓前疏柳）、〈秋蕊香〉（乳鴨池塘）、〈品令〉（夜闌人靜）、〈木蘭花令〉（歌時宛轉）、〈驀山溪〉（江天雪意）及〈夜遊宮〉（葉下斜陽），凡 23 闋。而所選與舊本《詞話叢編》相同之 16 闋，評說內容亦有出入。當中近乎與《詞話叢編》之文完全相異者，共 8 則。而異文較少者共 4 則，分別是〈丹鳳吟〉（迤邐春光無賴）、〈塞

垣春〉（暮色分平野）、〈慶春宮〉（雲接平岡）和〈滿路花〉（金花路燼鐙）。茲將此 16 首之異文部分表列如下：

詞牌（首句）	《同聲月刊》本	舊本《詞話叢編》
瑞龍吟 （章臺路）	……作第三段<u>起步</u>，以下撫今追昔，<u>層層脫卸</u>……乃吾所<u>謂</u>留字訣者……將昔游一齊結束。然後以探春二句，轉出情。「宮柳」以下，復緣情敘景。「一簾風絮」，繞後一步作結。時則「褪粉梅梢，試花桃樹」，又成過去矣。後之視今，猶今視昔，奈此斷腸院落何。	……作第三段<u>換頭</u>，以下撫今追昔……乃吾所留字訣者……「探春盡是，傷離意緒」，轉出「宮柳」以下，風景依稀，與「梅梢」「桃樹」映照，詞境渾融，大而化矣。
✳瑣窗寒 （暗柳啼鴉）	此篇機杼，當認定「故人翦燭西窗語」一句。自起句至「愁雨」，是從夜闌追溯。由戶而庭，乃有此西窗。由昏而夜，乃為此翦燭。用層層起下。「嬉遊」五句，又從「暗柳」、「單衣」前追溯。旗亭無分，乃來此戶庭。儔侶俱謝，乃見此故人。用層層繳足作意，已極圓滿。「東園」以下，復從後一步繞出，筆力直破餘地。「少年」、「遲暮」，大開大合，是上下片緊湊處。	由戶而庭，由昏而夜，一步一境，總趨歸「故人翦燭」一句。「楚江暝宿」、「少年羈旅」，又換一境。「似」字極幻，「遲暮」鉤轉，渾化無跡。以下設景、設情，層層脫換，皆收入「西窗語」三字中，美成藏此金針，不輕與人。
✳應天長 （條風布暖）	前闋如許風景，皆從「閉門」中過。後闋如許情事，偏從「閉門」中記。「青青草」以下，真似一夢，是日間事，逆出。	「布暖」、「弄晴」，已將後闋遊興餘神攝起，「夜堂無月」從「閉門」中見。「梁燕笑人」、「亂花過院」，一有情，一無情，全為「愁寂」二字出力。後闋全是「閉門」中設想。「強載酒」、「細尋前途」，言意欲如此也。「人家相識」，反應「邂逅相逢」。
丹鳳吟 （迤邐春光無賴）	本是「睡起無憀」，卻<u>說</u>「春光無賴」。已「<u>暮景</u>」矣，始念「朝來」。已「<u>殘照</u>」矣，<u>因思晝永</u>。筆筆逆，筆筆斷……以墊起換頭「況是」二字……縮入上闋，<u>加倍出力</u>……進此一步……三「無」字極幻。	本是「睡起無憀」，卻<u>見</u>「春光無賴」，已「<u>殘照</u>」矣。始念「朝來」，已「<u>莫（暮）景</u>」矣……筆筆斷，筆筆逆……以墊起換頭「況是」二守字……縮入上闋小歇。……到此一步……三「無」字極幻<u>化</u>。

※浪淘沙 （曉陰重）	「經時信音絕」，是全篇點睛。自起句至「親折」，皆是追敘別時。下二段全寫憶別。上下神理，結成一片，是何等力量。	自「曉陰重」至「玉手親折」，全述往事。東門京師漢浦，則美成今所在也。「經時信音絕」，逆挽。「念」字益幻，「不與人期」者，不與以佳期也。「梨雪」無情，固不如「拂面垂楊」。
※滿庭芳 （風老鶯雛）	層層脫卸，筆筆鉤勒，面面圓成。	方喜「嘉樹」，旋苦「地卑」，人正羨「烏鳶」，又懷蘆竹，人生苦樂萬變。年年爲客，何時了乎？且莫思身外，則一齊放下。「急管繁絃」，徒增煩惱，固不如醉眠之自在耳。詞境靜穆，想見襟度，柳七所不能爲也。
※過秦樓 （水浴清蟾）	通篇只做前結三句。自起句至「更箭」，是去秋情事。「梅風」三句，又歷春夏，所謂「年華一瞬」。「見說」三句，「人今千里」。「誰信」三句，「夢沉書遠」也。明河疏星，又到秋景。前起逆入，後結仍用逆挽。構局精奇，金針度盡。	換頭三句，承「人今千里」。虛「梅風」三句，承「年華一瞬」。然後以「無聊」、「爲伊」三句結情。以「所河影」下兩句結景，篇法之妙，不可思議。
塞垣春 （暮色分平野）	……「更物象、供瀟灑」，複<u>上五句</u>。然後以「念多才」<u>十二字</u>……後闋全從對面寫，<u>層聯而下</u>，總收入「追念」二字中，<u>正是難禁難寫處</u>。比「金花落爐燈」一首，又加變化。學者悟此，固當飛昇。	……「更物象、供瀟灑」，複<u>暮色分平野</u>五句。然後以「念多才」渾衰減，<u>一懷幽恨難寫</u>。後闋<u>卻</u>全從對面寫，總歸納「追念」二字中<u>止</u>，是難禁難寫處。前用虛提，後用實證。
丁香結 （蒼蘚沿階）	起五句全寫秋氣，極力逼起「漢姬」五字，愈覺下句筆力千鈞。「登山臨水」，卻又推開，從寬處展步。然後跌落換頭「牽引」二字。以下一轉一步一留，極頓挫之能事。	「漢姬」十二字，已是舊意。「登山臨水」，即又提（推）開，從空處展步，然後跌落換頭五句。復以「誰念」二句鉤轉，惟「丹青相伴」，已是歇步。再跌進一步，作收讀之。但覺空濛淡遠，何處尋其源耶。
慶宮春 （雲接平岡）	而以「許多煩惱」一句，作兩邊綰合，<u>詞境極渾化</u>。	而以「許多煩惱」一句，作兩邊呼應，<u>法極簡要</u>。

滿路花 （金花路爐鐙）	「玉人新閒闊」，脫。「更當恁地時節」，複上六句……前用虛提，後用實證。	「王（玉）人新閒闊」，脫。「恁地時節」，複起六句……亦前用虛提，後用實證。
＊大酺 （對宿煙收）	玩一「對」字，已是驚覺後神理。「困眠初熟」，卻又拗轉。而以「郵亭」五字，作中間停頓，前後周旋。換頭五字陡接。「流潦」八字，復繞後一步出力。然後以「怎奈向」三字鉤轉。將前闋所有情景，盡收入「傷心日（目）」中。「平陽」二句，脫開作墊，跌落下六字。「紅糝」二句，復加一層渲染，託出結句。與「自憐幽獨」，顧盼含情……	「自（對）宿煙收」至「相觸」六句，屋外景「潤逼」至「簾竹」三句。屋內景「困眠初熟」四字，逆出。「聽簷聲不斷」，是未眠熟前情景。「郵亭」上九句，是驚覺後情事。「困眠」則聽，「驚覺」則對也。「郵亭」一句，作中間停頓。「奈愁極」二句，作兩邊照應，曰「爛（煙）收」，曰「禽靜」，則不特無人。「蟲網吹黏」、「鉛霜洗盡」，靜中始見，總趨歸「幽獨」二字。「行人歸意迷（速）」陡接，「最先念、流潦妨車轂」倒提，復以「怎奈向」三字鉤轉。將上闋所有情事，總納入「傷心目」三字中。「未怪平陽客」墊起，「況蕭索、青蕪國」跌落，「共誰秉燭」與「自憐幽獨」，顧盼含情……
＊花犯 （粉牆低）	起七字極沉著，已將三年情事，一齊攝起。「舊風味」從去年虛提。「露痕」三句，復為「照眼」作周旋。然後「去」年逆入，「今年」平出。「相將」倒提，「夢想」逆挽。圓美不難，難在渾勁。	只梅花一句點題，以下卻在題前盤旋。換頭一筆鉤轉，「相將」以下卻在題後盤旋。收處復一筆鉤轉。往來順逆，罄控自如，圓美不難，難在拙厚。又云：「正在」應「相逢」，「夢想」應「照眼」，結構天成，渾然無跡。又云：此詞體備剛柔，手段開闊。後來稼軒有此手段，無此氣均，若白石則並不能開闊矣。
蘭陵王 （柳陰直）	……「長亭路」複「隋堤上」。「年去歲來」複「曾見幾番」。「柔條千尺」複「拂水飄綿」……「離席」今情，又一留，於是以「梨花榆火」一句脫開……然後以「望人在天北」一句，複上「離席」作歇拍……證上「愁一箭」至「波暖」二句……愁是倒提，漸是逆挽。	……「長亭路」應「隋堤上」。「年去歲來」應「曾見幾番」。「柔條千尺」應「拂水飄綿」……「離席」今情，一留，於是以「梨花榆火催寒食」一句脫開……然後以「望人在天北」合上「離席」作歇拍……乃證上「愁一箭」至「波暖」二句……愁是逆提，漸是順

	「春無極」遙接「催寒食」……結則所謂「閒尋舊蹤跡」也。蹤跡虛提，「月榭」「露橋」實證。	應。「春無極」<u>正應上</u>「催寒食」……「月榭攜手」、「露橋聞笛」，是離席前事。「似夢裏」、「淚暗滴」仍用逆挽。周止庵謂：「複處無脫(垂)不縮，故脫處如望海上神山。」詞境至此，謂之不神不可也。
＊尉遲盃（隋堤路）	「淡月」、「河橋」，始念隋堤日晚。「畫舸」、「煙波」、「重衾」、「離恨」，節節逆溯，還他隋堤。「舊客京華」，仍用逆溯。「漁村水驛」，收合「河橋」。「夢魂」是重衾裡事。無聊自語，則酒夢都醒也。「小檻」對「疏林」，「歡聚」對「偎傍」，「珠歌翠舞」對「冶葉倡條」，「仍慣見」對「俱相識」，是搓挪對法。紅友謂於傍字讀，非。「亭亭畫舸繫春潭，只待行人酒半酣。不管煙波與風雨，載將離恨過江南。」張文潛詩。	「隋堤」一境，「京華」一境，「漁村水驛」一境。總收入「焚香獨自語」一句中。鴛侶則不獨自矣。只用實說，樸拙渾厚，尤清眞之不可及處。「偎傍」九字，紅友謂於傍字豆，正不必。「偎傍疏林」與「小檻歡聚」，是搓挪對。「冶(冶)葉倡條」、「珠歌翠舞」；「俱相識」、「仍慣見」，皆如此法。
夜鵲飛（河橋送人處）	「河橋」逆入，「前地」平出。換頭三句，鉤勒渾厚。<u>轉出下句，始覺沉深。</u>	「河橋<u>送人處</u>」逆入，「<u>何意重經前地</u>」平出。換頭三句，將上闋盡化煙雲。<u>然後轉出下句，事過情留，低徊無盡。</u>

附註：（1）＊文字全首不同者；（2）（　）內爲正確之字；（3）—文字小異之部分

　　至於稼軒詞之 2 闋是〈永遇樂〉（千古江山）和〈摸魚兒〉（更能消）；夢窗詞 3 闋爲〈高陽臺〉（宮粉雕痕）、〈掃花遊〉（冷空澹碧）及〈過秦樓〉（藻國淒迷），且未曾見於《滄海遺音集》及舊本《詞話叢編》。文末附有龍沐勛撰寫之〈後記〉一篇，茲節錄如下：

> 右《海綃說詞》一卷，新會陳述叔先生遺著。述叔先生下世後，汪先生從其家屬取來，將爲壽諸梨棗。予從汪先生乞得錄副，先載本刊，以餉藝林。……此卷爲「庚辰歲不盡十日，萬雄自大澳鈔寄」者。曾經述叔先生手加刪訂。除論稼軒詞二則，夢窗詞三則（此三則爲舊刊所未有）外，全論清眞。較《詞話叢編》本多出一倍。且所論亦時有出

入，殆最後定本也。〔註 29〕

從上文可知，此稿乃汪氏所藏，龍榆生從其處鈔錄，載於本刊。文中所云「汪先生」，應指汪兆銘（精衛）。此見於龍氏說：

> 本年（1942 年）六月二十一日，國民政府主席汪公，自粵還京。甫下飛機，即馳書以海綃翁下世相告……次日晉謁汪公。談及翁之學行，深致推挹，本擬相見，時已病不能言。汪公旋復致電粵中，從其家屬商取未刊遺稿《海綃詞》卷三及《海綃說詞》各一卷，飛遞入京。將爲出貲補刻，而命予任校勘。〔註 30〕

兩文記載之事亦屬一致，蓋此實從汪氏鈔得之本。另外，上述有言「此卷爲『庚辰歲不盡十日，萬雄自大澳鈔寄』者。曾經述叔先生手加刪訂。」「庚辰」即 1940 年，其時陳洵尚未辭世，已由澳門返回廣州半年之多。萬雄（許伯勤）所鈔寄者是陳洵的《海綃說詞》，後經陳洵再加刪訂。這見於陳洵在 1940 年立冬前三日致許伯勤之信函曰：

> 伯勤賢兄左右：……前托抄寄詞稿，未承惠復，想以爲難矣。今欲使其不難，可將題目芟去，用小兒印字竹紙，作小行書，則一紙可了。《海綃說詞》亦如之。分兩函寄，盡從容也。敢以此請，勿卻爲幸。敬頌侍福，不宣。　　洵頓首　先立冬三日〔註 31〕

劉斯翰嘗指出陳洵請許伯勤抄寄《海綃詞》卷三和《海綃說詞》，大概是由於海綃恐怕自澳門返回廣州，可能有不測之事，加上返穗倉促，並未預抄幾分。〔註 32〕海綃下世後，汪兆銘曾派廣東大學校長林汝珩到陳洵家，向其家人索取海綃之稿，並飛遞入京。龍氏因負校勘之職，遂得鈔錄。陳文華在其《海綃翁夢窗詞說詮評》，曾引述龍榆生之說，指汪兆銘得《說詞》一稿後，「擬彙合參訂，並《海綃詞》

〔註 29〕同注 23，頁 125。
〔註 30〕同注 27，頁 530～531。
〔註 31〕劉斯翰撰：〈嶺南詞人陳洵的晚年心境——讀陳洵致許伯勤信札〉，《收藏·拍賣》，2005 年第 5 期，頁 49。
〔註 32〕同上，頁 50。

卷三，補刻木板，與《滄海遺音集》本，合作全書」之事，認爲「其
事終未果，而此本亦不可得見矣」。〔註33〕大抵是因其只見龍氏〈陳
海綃先生之詞學〉一文，而未嘗參考《同聲月刊》，遂不知汪氏所云
之遺稿，早已爲龍楡生鈔錄，載於《同聲月刊》矣。

　　龍氏之〈後記〉亦特別提及唐圭璋輯印《詞話叢編》一事，並與
此稿作比較，實有意強調其全爲唐氏之書未輯者。上述又云「所論亦
時有出入」，足見龍氏亦注意到此本所選之周邦彥詞，雖有 16 闋與《詞
話叢編》相同，但內容上卻有出入，並非重覆唐氏所錄者。至其所說
此爲「最後定本」，則未能全然肯定。林玫儀嘗指出龍氏這一說法僅
屬推斷，認爲其所鈔者即使經過海綃手訂，亦不能排除陳洵有其他論
詞手稿。〔註34〕再者，陳洵刪訂此稿時，可能即在「庚辰」（1940 年），
距離其辭世尚有兩年，期間或另有鈔本。而汪氏所得之稿，只是從其
家屬獲得，非海綃親自交予，亦未能證實所得者是陳洵遺稿，則林氏
所說亦甚爲合理。

三、唐圭璋增訂之《詞話叢編》本

　　唐圭璋增訂《詞話叢編》，於 1986 年 11 月由北京中華書局出版。
全書共 5 冊，收錄詞話 85 種，相較舊本之 60 種，尚增多 25 種。其
所收錄之《海綃說詞》，載於第 5 冊，目錄總題曰「海綃翁說詞稿一
卷」，所據者亦是「彙鈔本」，與舊本《詞話叢編》所題相同。

　　全本不分卷，共 40 頁，每頁並無固定行數。首行題「海綃說詞」，
次行題「通論」，凡 12 則。次又題「宋吳文英夢窗詞」，第一闋是〈霜
花腴〉（翠微路窄），最後是〈過秦樓〉（藻國淒迷），凡 70 闋。次題
「宋周邦彥片玉詞」，第一闋是〈瑞龍吟〉（章臺路），最後一闋則是
〈夜遊宮〉（葉下斜陽），凡 39 則。次題「宋辛棄疾稼軒詞」，凡 2 則。
全書評詞部分合共 111 則，相對於 1934 年出版之 83 則，增加了 28

〔註33〕同注 20，頁 23。
〔註34〕同注 1，頁 6。

則。此 28 則，依次爲吳文英詞 3 則，是〈高陽臺〉（宮粉雕痕）、〈掃花遊〉（冷空澹碧）及〈過秦樓〉（藻國淒迷）；周邦彥詞 23 則，分別是〈風流子〉（新綠小池塘）、〈華胥引〉（川原澄映）、〈意難忘〉（衣染鶯黃）、〈霜葉飛〉（露迷衰草）、〈法曲獻仙音〉（蟬咽涼柯）、〈渡江雲〉（晴嵐低楚甸）、〈六醜〉（正單衣試酒）、〈四園竹〉（浮雲護月）、〈隔浦蓮近拍〉（新篁搖動翠葆）、〈齊天樂〉（綠蕪凋盡）、〈拜星月慢〉（夜色催更）、〈解連環〉（怨懷無託）、〈關河令〉（秋陰時晴）、〈綺寮怨〉（上馬人扶殘醉）、〈掃花游〉（曉陰翳日）、〈玉樓春〉（桃溪）、〈漁家傲〉（幾日輕陰）、〈驀山溪〉（樓前疏柳）、〈秋蕊香〉（乳鴨池塘）、〈品令〉（夜闌人靜）、〈木蘭花令〉（歌時宛轉）、〈驀山溪〉（江天雪意）及〈夜遊宮〉（葉下斜陽）；及辛棄疾詞 2 則，是〈永遇樂〉（千古江山）和〈摸魚兒〉（更能消）。

唐氏究竟從何處鈔得這 28 則的評語，筆者認爲乃源自《同聲月刊》。其一，是此 28 則內容與《同聲月刊》之文字相同。其二，是舊本《詞話叢編》評周邦彥詞之題作「宋周邦彥清眞詞」，增訂本則改爲「宋周邦彥片玉詞」，實據《同聲月刊》修改。另外，此增訂本與舊本在評說清眞詞之 16 闋（詳見上表），前者全採用《同聲月刊》本，並刪去舊本之 16 則異文。至於唐氏何以不將舊本的評語保留下來，爲研究者作參稽之用，可能是其鈔錄《同聲月刊》之《海綃說詞》時，發現龍沐勛有一〈後記〉云：

> 右《海綃說詞》一卷。新會陳述叔先生遺書。……曾經述叔先生手加刪訂。除論稼軒詞二則，夢窗詞三則（此三則爲舊刊所未有）外，全論清眞。較《詞話叢編》本多出一倍。且所論亦時有出入，殆最後定本也。〔註35〕

段中清楚指出《同聲月刊》所載之周邦彥詞與舊本《詞話叢編》內容「時有出入」，並云此是「最後定本」，「曾經述叔先生手加刪訂」，又是「新會陳述叔先生遺書」。言辭如此明確，唐氏增訂之時或受此〈後

〔註35〕同注23，頁125。

記〉影響，遂將《同聲月刊》所載之周邦彥詞評 39 鈔錄下來，視爲「最後定本」，並將前時舊本輯得之 16 則刪去，復補入夢窗詞評 3 則和稼軒詞評 2 則，成爲今日通行的版本。

第六節　校評本《海綃說詞》

一、羅慷烈校評本

羅慷烈校評本《海綃說詞》，封面題曰「鈔本海綃翁說詞」。全本無分卷數，共 56 頁，每頁 8 行。首頁第一行題「海綃翁說詞」，次行寫「新會陳洵述叔」，第三行始題「本詩謂三百篇也」至「襟度」，共 12 則，後有署曰「己巳九月陳洵記」。次題「宋周邦彥片玉詞清眞詞附」，共 38 闋 52 則。次評「宋辛棄疾稼軒詞」2 闋。最後評「宋吳文英夢窗詞」70 闋。全本所載各首之詞牌下均附首句。其所採用之版本，經筆者比對後，除卻封題名稱、紙質和書之大小不同外，字跡、頁數、行數、誤字和漏字，均與余少颿飭工鈔寫本相同。此本乃羅慷烈所藏，故附有其以紅筆圈點和及校評之語。

關於此一版本的來源，羅慷烈在《鈔本海綃翁說詞》之首頁記曰：

> 此本錄自中大《詩詞專刊》，（線裝排印本二冊，出版年月待考，然知其約在民國二十年左右）余少颿見尚飭工鈔寫，並爲饒固庵另寫一本。《海綃說詞》，予所見者一爲刻本，一爲《詞話叢編》本，皆不及此鈔本之備。〔註36〕

指出鈔本乃余少颿飭工鈔寫。另一本爲饒宗頤（固庵）所藏，今香港中文大學崇基圖書館所藏本。一本即此鈔本，原爲羅慷烈所藏，今藏於香港中央圖書館。而此本之校評時間，羅氏雖然沒有說明，然據筆者推斷，大約在 1970 年。因爲羅慷烈撰有〈陳洵《海綃說詞》說周清眞詞校錄〉一文，文中鈔錄其所得《鈔本海綃翁說詞》評周邦彥詞之內容，並辛棄疾詞評 2 則，吳文英詞評 3 則，每條均附案語。文末

〔註36〕同注 7。

記曰「1970 年 7 月」。故認爲是篇乃羅氏校畢全書後，發現鈔本錄有舊本《詞話叢編》和《滄海遺音集》未輯的資料。由是，筆者據此將羅氏校評之時間定在 1970 年左右。

此本最大的特色，就是附有其參校唐圭璋舊本《詞話叢編》、朱彊村編《滄海遺音集》本《海綃說詞》之校語，並於評周邦彥詞以《片玉集》、《清眞集》參校，又於評吳文英詞以《詞綜》、朱孝臧校本《夢窗詞》和毛晉《宋六十名家詞》等互校。全本附有羅慷烈校評之語甚多，第一頁在「海綃翁說詞」題前，羅氏寫：「通論 12 條，說清眞詞 38 首，說稼軒詞 2 首，說夢窗詞 70 首」，並於「本詩謂三百篇也」前補上「通論」二字，有眉批曰：「《叢編》本有通論二字，說詞各部分均有總題，此處不例外也。」其又評「本詩謂三百篇也」一則說：「此論詞之原起，未能盡是。」復評「師周吳」一則云：「能學夢窗者，尠能造美成。學玉溪生者，尠能到老杜。奈何奈何。」除了以不同版本互校外，亦表達對海綃評詞的見解。

至於評周邦彥詞部分，羅氏於詞題下曰：「38 首，《詞話叢編》只有 16 首，識以圈，次第仍異於此。」以紅圈來標明舊本《詞話叢編》未載者，並以剔號標示舊本《詞話叢編》刊印之 16 則，認爲後者方是定稿。本文在第三節之「余少颿飭工鈔寫本」已說明其將《同聲月刊》本鈔得者置於第 1 則，以舊本《詞話叢編》所載者置於第 2 則。羅慷烈於〈蘭陵王〉（柳陰直）第 2 則上作眉批云：「此段方是定稿。」又認爲縱使第 1 則不是定稿，亦具參考價值。如在〈瑣窗寒〉（暗柳啼鴉）首則之空白處批曰：「此條雖非定稿，然極有可取處，宜並下條看。」明顯是將舊本《詞話叢編》所見者爲定稿，《同聲月刊》本蒐得者僅作參考用途，然羅氏提出此說後，沒有再作補充說明，亦不知其所據。

全書評清眞詞部分，除了羅慷烈校評，尚見有余少颿之筆跡，共 2 則。如〈尉遲盃〉（隋堤路）一首，羅氏說：「疑翁謂詞從文潛詩出，惜文字脫落不可考。」此則又載余少颿之小注曰：「此詩唐圭璋以爲唐鄭仲賢詩，本篇向不注出處，刪之爲是。」二人皆針對海綃評此首

時附有四句張文潛之詩。羅氏認爲陳洵評文有脫落處，余氏則指出陳洵《海綃說詞》一書引述前人詩句，均不注出處，認爲應刪去「張文潛詩」四字。余少颿又在下一首〈浪淘沙慢〉（晝陰重）注曰：「《六十家詞》與《唐宋名家詞》，均是『曉陰重』。」是指詞之首句言。余氏之注，全本只有兩條，僅見於此，其餘皆爲羅慷烈之校評。

　　再論其校評夢窗詞之特色。羅氏先於「宋吳文英夢窗詞」之題下云：「70 首，刻本及《叢編》本缺前 3 首。其餘悉同。」並於此 70 闋之首句下，增入詞題。這部分多見羅氏對陳洵所引夢窗詞之原文，參校各種版本。如〈齊天樂〉（煙波桃葉），引用「輕漚聚別」一句，羅氏批曰：「《詞綜》、朱（孝臧）本皆作『鷗』，毛（晉）本作『漚』。翁用毛本故作『漚』，刻本（《滄海遺音集》）及《叢編》本亦作『鷗』。『漚』通，然當以『鷗』爲正。」又〈新雁過妝樓〉（夢醒芙蓉）一首，有「苦似春濃」之句。其又注曰：「《陽春白雪》作『春濃』，刻本亦作『春濃』，《叢編》同，毛本、朱本作『秋濃』，翁所據乃《陽春》本也。然據文理自是『秋』字勝。」見出羅氏嘗比較各種版本之異同，甚至推測海綃所用的版本，附一己之見，實具參考價值。

　　最後，鈔本多有誤字和漏字，據筆者所見，約有 60 多處，然皆爲羅慷烈用紅色圈出，並在旁邊改正。如〈通論〉之「貴養」一條，余少颿飭工鈔寫之本作「氣色」，羅氏圈出，在旁改爲「氣息」。又如評周邦彥〈瑣窗寒〉（暗柳啼鴉）一首，鈔本原作「夜蘭」、「疇俱」，羅氏更正爲「夜闌」、「疇侶」。再如評吳文英〈風入松〉（畫船簾密），鈔本作「樓隔重陽」，羅氏改爲「樓隔垂楊」。由於鈔本之誤字太多，羅氏亦全部標明，予以改正。本文爲省篇幅，不再贅錄。

總　結

　　綜合而言，上述 9 種《海綃說詞》的版本，均各有特色。當中「通論」12 則及評稼軒詞部分，各種版本所載基本相同。評清眞詞則主要

有兩種不同的版本，分別是 1934 年的《詞話叢編》本與《同聲月刊》本。而評夢窗詞亦有兩種不同版本，分別是 1986 年出版的增訂本《詞話叢編》及稿本《海綃說詞》。爲了扼要地顯示各種版本之異同，下文將以簡表形式，列出上述 9 種版本刊印時間和收錄資料的概況：

《海綃說詞》各種版本	通論	評周邦彥詞	評吳文英詞	評辛棄疾詞
1 《詩詞專刊》（1931 年）	12 則	✕	✕	✕
2 《滄海遺音集》（1933 年）	✕	✕	67 則	✕
3 《詞話叢編》（1934 年）	與《詩詞專刊》同	16 則	同上	✕
4 《同聲月刊》（1942 年）	✕	39 則，與《詞話叢編》評文不同	3 則，與《滄海遺音集》選錄不同	2 則
5 余少颿飭工鈔寫本（約 1950 年）	與《詩詞專刊》同	52 則，合《詞話叢編》及《同聲月刊》，缺〈夜遊宮〉	70 則，合《滄海遺音集》及《同聲月刊》	同上
6 羅慷烈校評本（約 1970 年）	同上	同上	同上	同上
7 稿本《海綃說詞》（約 1952 年）	✕	16 則，與《詞話叢編》同	39 則，與《滄海遺音集》評文不同，而〈祝英臺近〉（采幽香）未見各本選錄	✕
8 劉熙遠鈔本（1956 年）	與《詩詞專刊》同	45 則，合《詞話叢編》及《同聲月刊》本，缺〈夜遊宮〉	70 則，合《滄海遺音集》及《同聲月刊》	2 則，與《同聲月刊》同
9 增訂本《詞話叢編》（1986 年）	同上	39 則，與《同聲月刊》同	70 則，合《滄海遺音集》及《同聲月刊》	同上

✕ 爲該本無收錄者

附：《海綃說詞》版本圖錄

《詩詞專刊》本（1931 年）

《滄海遺音集》本（1933 年）

《詞話叢編》本（1934 年）

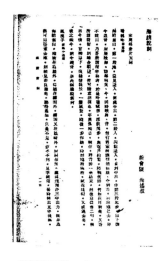

《同聲月刊》2 卷 6 號（1942 年）

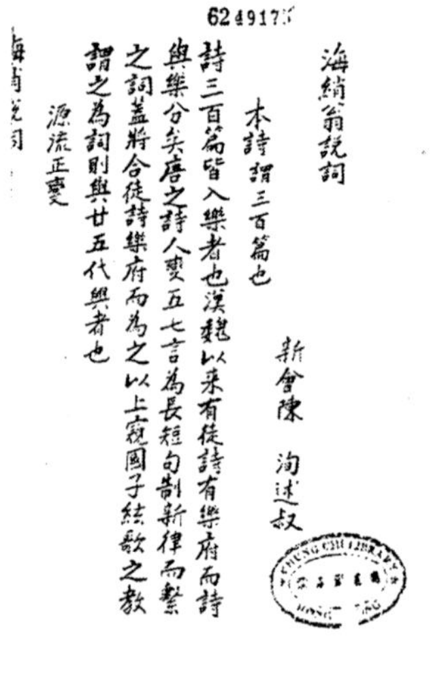

余少颿飭工鈔寫本（約 1950 年）

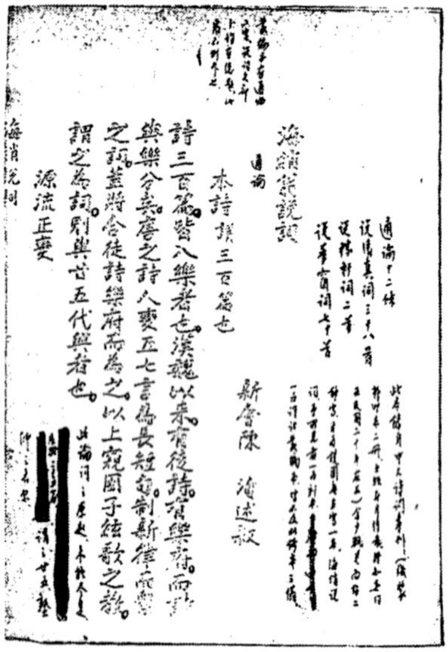

羅惇烈校評本（約 1970 年）

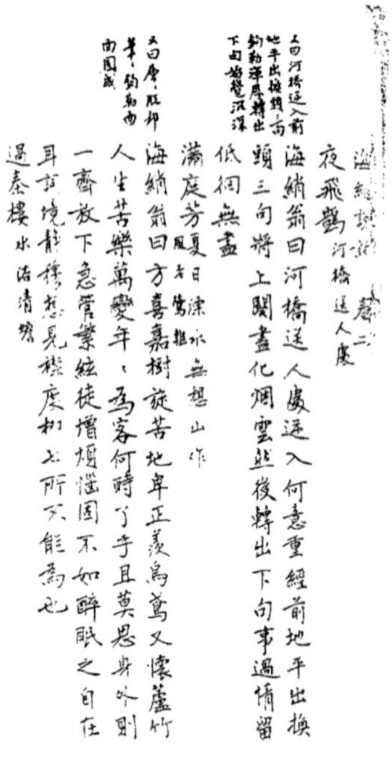

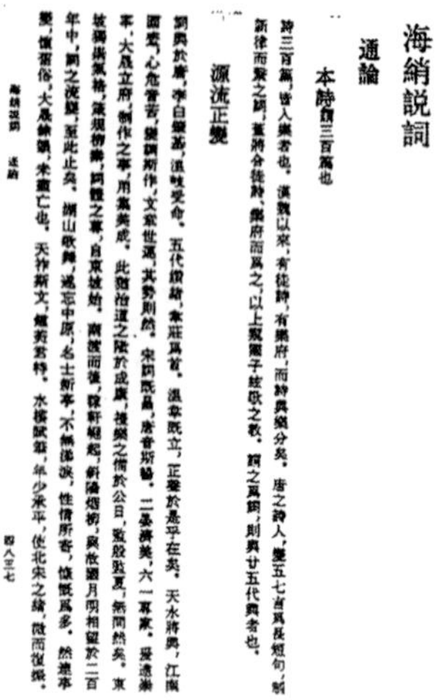

劉斞遠鈔本（1956 年）

增訂本《詞話叢編》（1986 年）

結　論

第一節　本文的研究成果與其不足

　　本文的研究成果，主要分爲七方面：一是陳洵授業和詞學活動；二是陳洵的交遊；三是陳洵的詞學淵源；四是陳洵的詞學理論；五是陳洵評詞術語的使用；六是學者對陳洵評詞的爭議；七是《海綃說詞》之版本問題。研究的方法，有綜合和補充前人的研究業績，有增入最新的資料，有增加討論的深度；然亦有未蒐得的版本和書籍。在研究範圍和論述上，尚有很多未開拓之處，茲略述如下：

　　首先，陳洵在中山大學教授凡八年，授業弟子之多，亦可知矣。然今所熟知者，唯裘尚中〈《海綃詞》卷三後記〉一文，以其載於中華叢書編審委員會編之《海綃詞》，故略悉陳洵講秦觀〈浣溪沙〉（漠漠輕寒）和吳文英〈風入松〉（聽風聽雨過清明）兩首的內容和結構。至於海綃所開的科目，授詞的方法和情況，僅羅子英〈南國詞人陳述叔及其《海綃詞》〉一文論述最詳，然該文載於 1979 年之《廣東文獻》，知者尠矣。從其文所說，得知海綃說詞雖以周邦彥、吳文英兩家爲主，實際熟讀諸家，並嘗講授蘇軾、秦觀、姜夔和王沂孫詞。而其授業態度之認眞，點化後學之功，固帶領學詞之風氣。本文綜合兩篇文章的內容，並蒐得中山大學出版之《詩詞專刊》、海綃弟子朱庸齋之《分

春館詞》等資料，得知海綃高足有 9 人，其中 6 人有詩、詞或別集傳
世。又陳洵在課餘時，亦嘗參與校內舉辦之詞學活動，尤其是中文系
學生組織的「風餘詞社」，並將雅遊的作品投稿至系辦之《詩詞專刊》。
然而，關於這部分的論述，筆者因仍有未蒐得的資料，如中山大學出
版之《文學雜誌》。據知此本載有「風餘詞社」社員的作品，但香港
所藏者，僅得第十四期。內中收錄陳洵詞作一首，但與風餘雅集無關，
餘皆未見陳洵與該詞社有關的作品。竊以爲其作品必有載於他期者，
惜今未之見耳。

　　其次，歷來對陳洵交遊的探討，最早見龍楡生〈陳海綃先生之詞
學〉一文。近年曾大興撰〈論陳洵在桂派詞學中的重要地位〉，曾氏
從《海綃詞》之題序發現與海綃交往之文化人士有 30 位之多，足見
其交遊之廣。然早於 2002 年，劉斯翰的《海綃詞箋注》，已注出這
30 多人的資料，惜未詳備；且海綃友人的數目，實不止於此。筆者
除了從《海綃詞箋注》輯得 29 位與陳洵有詩詞往還者的資料外，從
龍楡生之文再得 2 位，後又從陳洵的信札、近世學人別集之詩題、詞
題和詞選等，另得汪兆鏞、熊潤桐、龍楡生、張學華、馮平、方孝岳、
馬復和汪宗衍等 8 人與陳洵交往之蹤跡，補充了前人研究之不足。關
於上述 39 位陳洵友人的資料，筆者主要參考卞孝萱、唐文權編《民
國人物碑傳集》、〔註1〕徐友春主編《民國人物大辭典》〔註2〕和劉紹
唐主編《民國人物小傳》，〔註3〕並選錄 17 位較爲重要者作詳細的論
述。然這一部分仍多有不足之處，主要是部分陳洵交遊者的資料並未
蒐得，分別是與張爾田、廖恩燾、譚瑑青三人往來的書札，至今仍未
知悉是否爲陳洵後人所藏。另外，是廖恩燾《懺盦詞》續稿四卷、《半
舫齋詩餘》一卷、張爾田《遯庵樂府》續集和譚瑑青《聊園詞》等。

〔註1〕 卞孝萱、唐文權編：《民國人物碑傳集》（北京：團結出版社，1995
　　　　年）
〔註2〕 徐友春主編：《民國人物大辭典》（增訂本）（石家莊：河北人民出版
　　　　社，2007 年）
〔註3〕 劉紹唐主編：《民國人物小傳》（臺北：傳記文學雜誌社，1975 年）

前三者俱藏於上海圖書館，《懺盦詞》續稿有民國 20 年（1931 年）和民國 23 年（1934 年）刻本，《半舫齋詩餘》僅有民國 28 年（1939 年）鉛印本。《遯庵樂府》續集爲雙照樓鈔本，出版年份不詳。而《聊園詞》乃清稿本，李一氓先生舊藏。全書凡 85 闋，近人余祖明《近代粵詞蒐逸》及《補編》只輯得 15 首。筆者雖未見上述四種資料，但認爲當中部分詞題有記述各人與海綃唱和、談詞之事跡。

　　第三，陳洵嘗言「吾年三十，始學爲詞。讀周氏《（宋）四家詞選》，即欲從事於美成。」見出其詞學乃導源自常州派。然歷來學者在探討海綃對常州派詞學理論的傳承時，雖亦指出陳洵的「立周、吳爲師，退辛、王爲友」，實修正了周濟以周、辛、吳、王四家爲學詞門徑的說法，但卻未清楚說明其退辛、王的原因，亦無解釋海綃評周濟「師說雖具，而統系未明」的涵意。本文除了補充這兩方面外，又指出陳洵在〈通論〉裡有針對浙西詞派之見；此亦繼承了常州派的說法。至於海綃與臨桂詞派的關係，僅有曾大興〈論陳洵在桂派詞學中的重要地位〉一文有較爲詳細的論述。本文沿曾氏提供之方向，既補充說明陳洵與臨桂詞人的交遊；又在其論文的基礎上，點出海綃論詞之注重性情、講究聲律和推崇夢窗，實承臨桂詞派而來。

　　第四，陳洵的詞學理論是全文的重點之一。前人亦曾探討陳洵的正變論、比興寄託說和尊體說，如林玫儀指出海綃的「正變」是續述〈毛詩序〉之意；〔註4〕錢鴻瑛批評海綃以比興寄託說詞，雖收尊體之效，卻遺棄了科學性。〔註5〕然而，這些說法尚有待商權。本文綜合了歷來學者對海綃在源流正變、比興寄託和尊體三個範疇之見解，並追溯源流，提出一得之愚。當中重新審視海綃對清人在正變論的傳承及用比興寄託評說吳文英詞之得失。又常州派討論尊體，只從比興

〔註4〕　林玫儀撰：〈陳洵之詞學理論〉，載林玫儀編：《詞學研討會論文集》
　　　　　（臺北：中央研究院中國文哲研究所籌備處，1996 年），頁 15。
〔註5〕　錢鴻瑛撰：〈評陳洵《海綃說詞》〉，《文學遺產》，第 3 期，2007 年，
　　　　　頁 131。

寄託著手，並未注意到蘇軾「以詩爲詞」之功。故本文亦在尊體論上追源溯流，顯出陳洵遠承宋人破體尊體和辨體尊體兩種的傾向。

第五，陳洵評詞使用之術語，乃《海綃說詞》全書之重心。過往研究者如劉斯翰〈《海綃說詞》研究〉只泛泛論述，選取一些比較重要的術語略作剖析，如「留」、「鉤勒」、「逆」和「空際」，說明較爲簡要。後來陳文華詮評海綃翁釋夢窗詞，間有述及術語之運用，但部分解釋亦牽強，且未針對陳洵評周邦彥詞所用獨特之術語。至今人徐文，撰了〈清代詞評傳統中的陳洵詞學技法批評釋析——以《海綃說詞》中幾個重要概念的評點方式與學術淵源爲中心〉，詳細而深入地分析了陳洵評詞共十三組術語的涵意和用法，並將之與清代詞學家所用同一術語作出比較，是目前對陳洵評詞術語研究最全面者。然而，徐氏之文因已說明選取準則，〔註6〕未能對更多的術語作出析說，故仍有遺漏之處。當中包括「斷、續」、「離合順逆」、「繳足、逼取」、「逼出」、「逼起」、「鉤轉」、「脫」、「脫開」、「脫卸」、「脫換」、「轉身、歇步」、「複」、「虛提實證」、「倒影」、「大起大落」、「搓挪對法」和「拙」未及剖析。故本文以宏觀的角度，將大部分陳洵使用術語（凡 33 組，共 41 個）的意思，結合陳洵選評吳文英、周邦彥和辛棄疾三家詞，作深入而具體的分析，並參考歷來名家對於詞學術語運用的意見，如周濟、況周頤對於「鉤勒」的分析，劉永濟、朱庸齋解釋海綃「留」字的意思等，希望能夠藉彙合歷代學人的說法，初步對於陳洵評詞的術語，作較詳盡和合理的解說；並對今人研究清眞、夢窗詞之結構和筆法，有其微薄的幫助。

再者，陳洵針對周邦彥、吳文英詞的結構和運筆的評說，歷來俱爲學者所肯定。但其對詞作之命意，則多爲後人批評，引發爭論。陳

〔註6〕 徐文在引言部分已清楚說明所選取陳洵評詞術語的準則有三：一是使用次數較多；二是在陳洵詞學觀念中有一定的重要性；三是概念涵義有一定的模糊性。此見徐文撰：〈清代詞評傳統中的陳洵詞學技法批評釋析——以《海綃說詞》中幾個重要概念的評點方式與學術淵源爲中心〉，中山大學碩士論文，2011 年，頁 3～4。

文華之《海綃翁夢窗詞說詮評》嘗有初步的探討，將海綃評說吳夢窗詞之失當處，逐首分析。但所據者只以劉永濟《微睇室說詞》和楊鐵夫《夢窗詞全集箋釋》二書爲主，且無續對海綃評周邦彥詞作出探究。本文距陳氏書之出版已十多年，期間學者們研究夢窗詞的著作增加不少，由是補入了唐圭璋《唐宋詞簡釋》、俞陛雲《唐五代兩宋詞選釋》、吳蓓《夢窗詞彙校箋釋集評》、鍾振振〈讀夢窗詞札記〉、〈夢窗詞索解五題〉、錢鴻瑛〈評陳洵《海綃說詞》〉等，從而深入闡述各家對陳洵評吳文英詞的看法和批評，並據眾人所議，提出較爲合理的見解。至於評周邦彥詞，僅羅忼烈有《清眞集箋注》，乃針對陳洵的批評，而楊鐵夫《清眞詞選箋釋》則無提及海綃的評說，單篇論文更鮮有相關的研究。因爲這部分的資料較少，故文中主要據羅氏之評述，再參考唐圭璋、俞陛雲和楊鐵夫等對周邦彥詞的解說，針對各人與陳洵說法之所異，初步整理了學者對陳洵評周邦彥詞的爭議。

最後，是《海綃說詞》版本的研究。最先提出《海綃說詞》版本的問題，是近代學者羅忼烈。他因爲得見唐圭璋舊本《詞話叢編》和余少颿飭工鈔寫之《海綃說詞》，撰成〈陳洵《海綃說詞》說周清眞詞校錄〉一文，然只針對周邦彥詞的部分。後來林玫儀的〈陳洵之詞學理論〉和〈稿本《海綃說詞》及其相關問題〉均探討過《海綃說詞》之版本，並附有「各書引錄《海綃說詞》異同表」。當中包括《滄海遺音集》本、《詩詞專刊》本、舊本《詞話叢編》、《同聲月刊》本、鈔本、增訂本《詞話叢編》和稿本，所見較多。筆者除了詳細說明上述 7 種版本的特色及其相關問題外，更重要的是得知余少颿飭工鈔寫本，共鈔成二本，一本爲香港中文大學所藏，另本爲羅忼烈所藏，後者且附有羅氏校評。另外，筆者又見香港中文大學藏有劉熙遠鈔本《海綃說詞》，歷來未被撰作論文者提及。故這部分的研究成果，主要是提供三種香港所藏之《海綃說詞》版本，並深入分析 9 種《海綃說詞》版本之特色。然而，這部分的討論仍有不足之處，就是未能親見《海綃說詞》稿本。所以文中對稿本的探討，全皆從林氏論文而得。筆者

又見朱庸齋《分春館詞話》引錄稿本《海綃說詞》一段，有提及辛棄疾詞評，卻未見林玫儀論文道及，故不知朱氏所說的稿本《海綃說詞》與林氏所見者是否相同。

第二節　陳洵研究之展望

　　20世紀至今的陳洵研究領域，無疑取得了一定的成果，討論範圍之廣，包括陳洵的生平、個性、學詞、授業、交遊、正變尊體論、比興寄託評詞、術語使用、學者對陳洵評詞之爭議、陳洵與常州派和臨桂派的關係、《海綃說詞》和《海綃詞》的版本、《海綃詞》的題材、內容等。經過了60多年來的研究，雖然深度不足，但陳洵及其詞作、詞學理論之全貌，則可略知悉矣。筆者認爲要進一步拓展陳洵及其著作的研究，除了增加深度外，尚有很多可以開拓的地方，茲列舉數項如下：

　　第一，是《海綃說詞》關於周邦彥詞評的版本問題。本文第七章〈《海綃說詞》之版本研究〉已說明海綃評清眞詞之內容，有16首出現內容不同的情況。關於這16首共32則詞評的內容，已刊載於羅慷烈〈陳洵《海綃說詞》說周清眞詞校錄〉一文。然羅氏只注明出處，並未探討這16首各兩則內容之異同。羅文撰於1970年，時至今日，尚未有專文繼續討論這一問題。筆者在撰寫第七章時，發現在這16首中，有8首的評文，分別是〈瑣窗寒〉（暗柳啼鴉）、〈應天長〉（條風布暖）、〈浪淘沙〉（曉陰重）、〈滿庭芳〉（風老鶯雛）、〈過秦樓〉（水浴清蟾）、〈大酺〉（對宿煙收）、〈花犯〉（粉牆低）和〈尉遲盃〉（隋堤路），內容差異很大。至於何者爲陳洵的最後定稿，歷來研究者均抱存疑之見。這主要是因爲林玫儀發現的稿本《海綃說詞》，所錄者就是舊版《詞話叢編》刊載的16首，與增訂本《詞話叢編》的39首不同。筆者認爲這一問題雖然得不到解決，但通過比對異文，亦可窺見海綃修改的地方，並從中推測得其修訂原因；亦可分析在兩段不同的評說裡，何者較爲符合周邦彥詞意。

　　第二，是陳洵評周邦彥詞的結構、筆法和命意。《海綃說詞》以評吳文英詞爲重心，周邦彥詞次之。前者選評 71 首，後者僅 39 首，數量相差幾近一半。故學者研究海綃評夢窗詞者之成果甚豐，如劉永濟《微睇室說詞》、陳文華《海綃翁夢窗詞說詮評》，尤以陳文華之研究最後全面。惜其並無續著關於陳洵清眞詞說詮評，亦未見今人有相關的探討。海綃論夢窗詞固然精彩，然說周邦彥詞亦不乏獨到的見解。如以「留」、「複」評說〈蘭陵王・柳〉的筆法，用「逆入」、「平出」來點明〈瑞龍吟〉（章臺路）的時空轉換。其解說〈關河令〉（秋陰時晴向暝）、〈瑣窗寒・寒食〉和〈應天長・寒食〉三首的時間結構，更能發前人所未發，實具研究價值。再從命意觀之，海綃以《詩經・豳風・東山》來釋說〈四園竹〉（浮雲護月）和〈拜星月慢〉（夜色催更），亦別具創見。陳洵又以宋徽宗、李師師和周邦彥的愛情故事，附會〈拜星月慢〉（夜色催更）之作意。由於海綃的評語，超越前人之見解甚多，且歷來尠有探討陳洵評清眞詞之內容，由是認爲這一論題，故可視作拓展《海綃說詞》研究的重要部分。

　　第三，是稿本《海綃說詞》評說吳文英詞的內容。據林玫儀〈稿本《海綃說詞》及其相關問題〉一文，指出稿本於夢窗詞僅選 39 首，與今通行的增訂《詞話叢編》本非但數目不同，內容亦相去甚遠。其中與《詞話叢編》本文字全同者共 7 首；文字有異但內容差別不大者共 13 首；文字、內容差異很大，甚至全然不同者共 18 首。新增的詞評有 1 首。然而，林氏之文只迻錄稿本的文字，並未針對其與前本內容相異之處，作一深入的比較研究。另外，稿本的成書時間，乃在《滄海遺音集》本之後。故仍有很多相關的問題值得探究，如海綃爲何於修正後僅錄入 39 首？其次，是陳洵所選的，何以與舊本首 38 闋相同，但在次序編排卻有異？此外，是陳洵何以刪去舊本第 25 首〈掃花遊〉（水雲共色）？筆者認爲稿本作爲惟一一種評吳文英詞的內容與各種版本有異，在拓展《海綃說詞》的研究上，更應該仔細比較兩種版本之異同，深入理解評說的內容，以見所刪改的是否出現詞意不符或解

說牽強的問題。

第四，是箋注、校評《海綃說詞》。今《海綃說詞》最通行的版本，是唐圭璋增訂之《詞話叢編》。但這一種版本卻多有缺漏，除了標點及文字排版的錯誤外，主要是其所刊載者，並非《海綃說詞》的足本。第一，其評說周邦彥詞的部分有遺漏。唐圭璋在增訂《詞話叢編》時，刪去了舊本所載 16 則清眞詞評。第二，是林玫儀發現上海圖書館藏有稿本《海綃說詞》，其評說吳文英詞之內容與前所見的各種版本有異。既然通行本的《海綃說詞》，在評清眞和夢窗詞的內容仍有不足之處，且歷來尙未有專著對《海綃說詞》作全面箋釋和校評的工作。因是，筆者認爲要使《海綃說詞》得以普及流行，首先就是校勘、箋注和詮評《海綃說詞》，以補前著之失；並以單行本剖劂，引起學人的注意。

第五，是《海綃詞》內容的研究。關於這一部分，較早研究的是林立〈論陳洵及其《海綃詞》〉。其主要從字句和內容題材兩方面出發，前者將陳洵詞與夢窗詞比較，列出陳洵沿襲吳文英詞的字句，凡 14首。後者將海綃的詞作分爲五類，分別是追念前朝或過往的歲月、憶友、狎遊與愛情、自傷不遇和感時刺世。後來李丹〈《海綃詞》引論〉從內容題材入手，增補陳洵的節令詠物詞。由此可見，《海綃詞》在內容題材方面的探究，確實取得了一定的成果。然而，研究一位作家的作品，不能局限在一種面向，仍須有不同的開拓。例如《海綃詞》使用的意象、典故，當中可能隱含不同的寓意。又可從其詞中的效體、和韻之作，與原作的字句、用典、意象互相比較。陳洵在〈說詞〉中，針對周邦彥、吳文英詞的筆法結構來評說，故亦可以從其評詞的術語，探討《海綃詞》的結構和用筆。上述這幾種方向，均未嘗有學者作初步討論，故認爲具研究的價值。

最後，是《海綃詞》版本和編年問題。據劉斯翰《海綃詞箋注》，其主要以《滄海遺音集》本爲卷一、二之底本，中華叢書編審委員會編之《海綃詞》本爲卷三、補遺之底本，並參校初印本《海綃詞》、《秫

音集》、《何曼庵叢書》第十一種「陳洵海綃詞殘稿」和詹瑞麟手抄本，
蒐得版本較前人爲多。然筆者從網上檢索，發現上海圖書館除藏有《海
綃說詞》稿本外，亦有《海綃詞》稿本。這爲劉氏未嘗參校者，而歷
來尙未見學者有論文提及稿本《海綃詞》。故關於稿本《海綃詞》收
錄的詞作總數、有否增添新的作品、與《滄海遺音集》等版本有否文
字、編排次序的出入，亦須待學人研究。另外，海綃亦有詞作散見於
中山大學中文系編之《文學雜誌》和《詩詞專刊》，詞題俱與《海綃
詞箋注》本略有不同，劉斯翰並無注明，大抵未蒐得這兩種資料。劉
氏在編排《海綃詞》，雖亦按照時間的先後次序，然未爲其作品繫年。
因此，我認爲在《海綃詞》的研究層面上，可以嘗試爲陳洵詞作繫年，
並爲陳洵編寫較爲詳盡的年譜，俾後學作知人論世之用。

　　上述六項只是筆者的愚見，其實在近一、兩年來，陳洵的研究已
開始爲學人重視，每年平均有一、二篇論文探討陳洵及其著作，然地
域上以臺灣和中國內地爲主，至今海外地區相關的研究論文，則僅林
立〈論陳洵及其《海綃詞》〉一篇。故此，希望藉此提供六種可以開
拓的方向，增加日後對陳洵研究的深度和廣度，令這一研究領域有更
進一步的探討和發展。

附錄一　陳洵《海綃說詞》與各種詞選選錄吳文英、周邦彥詞異同簡表

　　陳洵《海綃說詞》一書，評說夢窗詞共 71 首，清真詞 39 首，稼軒詞 2 首。其所選者，俱爲三家名作。晚清至民國諸家，選錄清真、夢窗者，與海綃亦多有相同。因選辛棄疾詞較少，故不予論。爲了方便比較，以下擬用簡表形式，依陳洵《海綃說詞》選錄的次序，以夢窗詞爲先，清真詞爲後，分別與朱彊村《宋詞三百首》、俞陛雲《唐五代兩宋詞選釋》、楊鐵夫《夢窗詞選箋釋》（清真詞部分則用《清真詞選箋釋》）、劉永濟《微睇室說詞》和馮平《宋詞緒》共五種選本作比較，以供日後研究之學者作一參考。〔註1〕

一、陳洵及各家選錄夢窗詞簡表

陳洵選錄夢窗詞之詞牌及首句	朱彊村	俞陛雲	楊鐵夫	劉永濟	馮平
霜花腴（翠微路窄）		○	○	○	○
霜葉飛（斷煙離緒）	○	○	○	○	○

〔註1〕簡表所列舉朱彊村《宋詞三百首》、俞陛雲《唐五代兩宋詞選釋》、楊鐵夫《夢窗詞選箋釋》、《清真詞選箋釋》、劉永濟《微睇室說詞》和馮平《宋詞緒》，均以著者之名代之。

澡蘭香（盤絲繫腕）	○	○	○	○	○
六么令（露蛩初響）			○	○	○
唐多令（何處合成愁）	○	○	○	○	
八聲甘州（渺空煙四遠）	○	○	○	○	○
宴清都（繡幄鴛鴦柱）	○	○	○	○	○
渡江雲（羞紅顰淺恨）	○		○	○	○
風入松（聽風聽雨過清明）	○	○	○	○	○
三姝媚（吹笙池上道）		○	○		
瑞鶴仙（淚荷拋碎璧）			○	○	○
瑞鶴仙（晴絲牽緒亂）	○		○	○	○
齊天樂（煙波桃葉西陵路）	○	○	○	○	○
鶯啼序（殘寒政欺病酒）	○		○	○	
絳都春（情黏舞線）			○		○
祝英臺近（剪紅情）	○		○	○	
珍珠簾（蜜沉爐暖萸煙裊）		○	○	○	
浣溪沙（門隔花深夢舊遊）	○	○	○	○	○
浣溪沙（波面銅花冷不收）	○		○		○
風入松（蘭舟高蕩漲波涼）			○		
探芳訊（為春瘦）			○	○	
花犯（小娉婷）	○		○	○	
解連環（暮簷涼薄）			○	○	
高陽臺（修竹凝妝）	○	○	○	○	○
掃花遊（水雲共色）			○	○	
聲聲慢（檀欒金碧）		○	○	○	○
杏花天（幽歡一夢成炊黍）			○		
青玉案（新腔一唱雙金斗）		○			○
金縷歌（喬木生雲氣）	○		○	○	○
夜遊宮（窗外捎溪雨響）			○	○	
夢芙蓉（西風搖步綺）			○		
尾犯（翠被落紅妝）			○		
玉蝴蝶（角斷簽鳴疏點）			○		○
點絳唇（時霎清明）		○	○	○	○
解連環（思和雲結）		○	○	○	
拜新月慢（絳雪生涼）			○	○	
絳都春（南樓墜燕）			○	○	○

瑞龍吟（黯分袖）			○	○	
憶舊遊（送人猶未苦）		○	○		○
三姝媚（湖山經醉慣）	○	○	○	○	○
新雁過妝樓（夢醒芙蓉）			○		○
隔浦蓮近（榴花依舊照眼）			○		
應天長（麗花鬭靨）			○	○	○
解蹀躞（醉雲又兼醒雨）			○	○	○
鶯啼序（橫塘櫂穿豔錦）		○	○		
惜黃花慢（送客吳皋）	○	○	○		
齊天樂（麴塵猶沁傷心水）			○	○	
踏莎行（潤玉籠綃）	○		○	○	○
青玉案（短亭芳草長亭柳）		○	○	○	
浪淘沙（燈火雨中船）		○	○	○	
六醜（漸新鵝映柳）		○	○		○
鷓鴣天（池上紅衣伴倚闌）	○		○		
夜行船（鴉帶斜陽歸遠樹）					
古香慢（怨娥墜柳）		○	○	○	○
夜遊宮（人去西樓雁杳）	○		○		○
點絳唇（明月茫茫）			○	○	○
惜秋華（細響殘蛩）		○	○		○
丁香結（香嬝紅霏）			○	○	
喜遷鶯（江亭年暮）			○	○	○
風入松（畫船簾密不藏香）			○	○	
好事近（翠冷石床雲）					
倦尋芳（墜瓶恨井）			○	○	
朝中措（海東明月鎖雲陰）			○		
解語花（檐花舊滴）					
塞垣春（漏瑟侵瓊管）			○	○	
惜秋華（露罥蛛絲）			○		○
燭影搖紅（碧澹山姿）			○	○	○
高陽臺（宮粉雕痕）	○	○	○	○	
掃花遊（冷空澹碧）			○		○
過秦樓（藻國凄迷）		○	○		
祝英臺近（釆幽香）	○	○	○		

二、陳洵及各家選錄清真詞簡表

陳洵選錄清真詞之詞牌及首句	朱彊村	俞陛雲	楊鐵夫	劉永濟	馮平
瑞龍吟（章臺路）	○	○	○		○
風流子（新綠小池塘）	○		○		○
蘭陵王（柳陰直）	○	○	○		○
瑣窗寒（暗柳啼鴉）	○		○		○
丹鳳吟（迤邐春光無賴）		○	○		○
滿路花（金花落燼燈）			○		
慶宮春（雲接平崗）			○	○	○
華胥引（川原澄映）			○		
意難忘（衣染鶯黃）			○	○	
霜葉飛（露迷衰草）		○			
法曲獻仙音（蟬咽涼柯）		○	○		○
渡江雲（晴嵐低楚甸）		○	○		
六醜（正單衣試酒）	○	○	○		○
夜飛鵲（河橋送人處）	○	○	○		○
滿庭芳（風老鶯雛）	○	○	○		○
花犯（粉牆低）	○	○	○		○
過秦樓（水浴清蟾）	○	○	○		○
大酺（對宿煙收）	○	○	○		○
塞垣春（暮色分平野）			○		
四園竹（浮雲護月）			○		○
隔浦蓮近拍（新篁搖動翠葆）			○		
齊天樂（綠蕪凋盡臺城路）		○	○		○
拜星月慢（夜色催更）	○	○	○		
解連環（怨懷無託）	○	○	○	○	○
關河令（秋陰時晴向暝）	○		○		○
綺寮怨（上馬人扶殘醉）	○	○	○		
尉遲杯（隋堤路）	○		○		
浪淘沙慢（曉陰重）	○	○	○		○

應天長（條風布暖）	○	○	○		○
掃花遊（曉陰翳日）		○	○		
玉樓春（桃溪不作從容住）		○	○		○
漁家傲（幾日輕陰寒惻惻）			○		
驀山溪（樓前疏柳）		○	○		
秋蕊香（乳鴨池塘水暖）		○	○		
品令（夜闌人靜）		○	○		
木蘭花令（歌時宛轉饒風措）					
丁香結（蒼蘚沿階）		○	○		○
驀山溪（江天雪意）			○		
夜遊宮（葉下斜陽照水）	○		○		○

結　論

　　上述列舉五家之詞選，當中朱彊村《宋詞三百首》選吳文英詞共25 首，其中與陳洵相同有 23 首，佔所選的 92%；俞陛雲《唐五代兩宋詞選釋》選夢窗詞共 54 首，與陳洵選錄相同者有 28 首，佔其所選的 52%；楊鐵夫《夢窗詞選箋釋》共選 168 首，與海綃相同有 69 首，佔其所選的 41%；劉永濟《微睇室說詞》選吳文英詞共 79 首，與陳洵選錄相同者 48 首，佔其所選的 61%；馮平《宋詞緒》選夢窗詞共43 首，與海綃相同共 39 首，佔其所選的 91%。由是，從數量來看，楊鐵夫與陳洵所選相同者最多，共 69 首；但從比例上觀之，則以馮平及朱彊村所佔爲多，達至 90%以上。

　　至於清眞詞，朱彊村《宋詞三百首》選了 22 首，與陳洵相同共18 首，佔其所選的 82%；俞陛雲《唐五代兩宋詞選釋》，收錄清眞詞較夢窗詞爲多，共 65 首，當中 25 首與陳洵選錄相同，佔其所選的39%；楊鐵夫《清眞詞選箋釋》選錄周邦彥詞共 116 首，有 38 首與海綃相同，只有 1 首〈木蘭花令〉（歌時宛轉饒風措）未見其書，共佔其所選的 33%；劉永濟《微睇室說詞》只選了 6 首周邦彥詞，其中3 首與陳洵所選相同，佔其所選的 50%；至於馮平《宋詞緒》選清眞

詞 38 首，與海綃相同有 27 首，佔其所選的 71%。

　　總括而言，無論是夢窗詞還是清真詞，在數量上都是楊鐵夫與陳洵選錄相同最多，但得出結果卻只佔其所選的 41%及 33%，連一半也沒有，是所有選本中佔最少百份比者。這主要是因爲其《夢窗詞選箋釋》及《清真詞選箋釋》俱爲專門選錄和箋釋吳文英、周邦彥詞，收錄二者的闋數自然較多。而上述所舉的其餘四種，均屬宋詞選本，所選者少至 7 家（劉永濟《微睇室說詞》只選吳文英、周邦彥、姜夔、史達祖、王沂孫、周密和張炎），多至 81 家（朱彊村《宋詞三百首》），並非專選周邦彥及吳文英詞。至於從百份比來看，則以朱彊村《宋詞三百首》與海綃所選最爲接近，分別是 92%和 82%。然朱氏所選在前而陳洵在後，見出海綃受其影響甚深，將大部分見諸三百首者亦予以選錄。上述五種選本各有特色，但均以選錄周、吳二家之詞最多，故本文以之與陳洵《海綃說詞》選錄者作比較。爲了令上述結論更爲清晰，略將其以簡表形式顯示如下：

	朱彊村	俞陛雲	楊鐵夫	劉永濟	馮平
選夢窗詞首數	25	54	168	79	43
與陳洵選錄相同的數目及所佔之百份比	23（92%）	28（52%）	69（41%）	48（61%）	39（91%）
選清真詞首數	22	65	116	6	38
與陳洵選錄相同的數目及所佔之百份比	18（82%）	25（39%）	38（33%）	3（50%）	27（71%）

徵引書目及期刊論文

一、徵引書目（按漢語拼音順序）

B

1. 卞孝萱、唐文權編：《民國人物碑傳集》（北京：團結出版社，1995年）

C

1. 蔡嵩雲撰：《柯亭詞論》，唐圭璋《詞話叢編》本，（北京：中華書局，2005年）

2. 陳匪石撰：《聲執》，唐圭璋編《詞話叢編》本，（北京：中華書局，2005年）

3. 陳匪石編著，鍾振振校點：《宋詞舉》（南京：江蘇古籍出版社，2002年）

4. 陳乃乾編輯：《清名家詞》（香港：太平書局，1963年）

5. 陳聲聰著：《兼于閣雜著》（上海：上海古籍出版社，2002年）

6. 陳聲聰著：《填詞要略及詞評四篇》（廣州：廣東人民出版社，1986年）

7. （舊題）陳師道撰：《後山詩話》，何文煥《歷代詩話》本，（北京：中華書局，1981年）

8. 陳廷焯著：《白雨齋詞話》，唐圭璋《詞話叢編》本，（北京：中華書局，2005年）

9. 陳文華著：《海綃翁夢窗詞說詮評》（臺北：里仁書局，1996年）

10. 陳洵撰：《鈔本海綃翁說詞》，余少颿飭工鈔寫、羅慷烈校評本，出版年不詳。

11. 陳洵著：《海綃詞》（臺北：中華叢書編審委員會，1961 年）

12. 陳洵撰：《海綃說詞》，劉熙遠鈔本，（香港：1956 年）

13. 陳洵撰：《海綃說詞》，唐圭璋《詞話叢編》舊本，（南京：詞話叢編社，1934 年）

14. 陳洵撰：《海綃說詞》，唐圭璋《詞話叢編》增訂本，（北京：中華書局，2005 年）

15. 陳洵撰：《海綃說詞》，《同聲月刊》本，第 2 卷 6 號，1942 年。

16. 陳洵撰：《海綃說詞》，余少颿飭工鈔寫本，出版年不詳。

17. 陳洵撰：《海綃說詞》，朱孝臧輯校編撰《滄海遺音集》本，（上海：上海古籍出版社，1989 年）

18. 陳洵撰：《海綃翁說詞》，廣州中山大學《詩詞專刊》本，1931 年。

19. 陳洵、黎國廉著：《秋音集》（香港：蔚興印刷場，1948 年）

20. 陳玉堂編著：《中國近現代人物名號大辭典》（全編增訂本）（杭州：浙江古籍出版社，2005 年）

21. 遲寶東著：《常州詞派與晚清詞風》（天津：南開大學出版社，2008 年）

D

1. 端木埰選錄，何師廣棪校評：《宋詞賞心錄校評》（臺北：正中書局，1975 年）

F

1. 房玄齡等撰：《晉書》（北京：中華書局，1974 年）

2. 馮平編：《宋詞緒》（香港：中華書局，1965 年）

3. 馮琦編，陳邦瞻纂輯，張溥論正：《宋史紀事本末》（上海：商務印書館，1935 年）

4. 馮煦撰：《蒿庵論詞》，唐圭璋《詞話叢編》本，（北京：中華書局，2005 年）

G

1. 高亮功撰：〈芸香堂評《山中白雲詞》〉，載施蟄存、馬興榮主編：《詞學：合定本》（上海：華東師範大學出版社，2009 年），第二卷，第六輯。

2. 戈載撰，杜文瀾校注：《宋七家詞選》（香港：文昌書局，出版年不詳）

3. 管林等著：《嶺南晚清文學研究》（廣東：廣東人民出版社，2003 年）

4. 國立中山大學中國語言文學研究會編：《詩詞專刊》，1931 年。

5. 郭則澐撰：《清詞玉屑》，載朱崇才編纂：《詞話叢編續編》（北京：人民文學出版社，2010 年），第四冊。

H

1. 韓文舉著：《韓樹園先生遺詩》，出版地不詳。

2. 何曼庵編：《朱陳詞翰》，《何曼庵叢書》第 11 種。

3. 胡仔纂集，廖德明校點，周本淳重訂：《苕溪漁隱叢話後集》（北京：人民文學出版社，1993 年）

4. 黃純仁編：《文學雜誌》第 14 期，國立中山大學出版部，1937 年。

5. 黃節著：《蒹葭樓詩集》（臺灣：薪夢草堂，1955 年）

6. 黃節著：《詩學》（香港：龍門書店，1964 年）

7. 黃昇編選：《唐宋諸賢絕妙詞選》，《四部叢刊》本，（臺北：商務印書館，1965 年），初編，第 110 冊。

J

1. 紀昀總纂：《四庫全書總目提要》（石家莊：河北人民出版社，2000 年），第四冊。

2. 金啓華等編：《唐宋詞集序跋匯編》（南京：江蘇教育出版社，1990 年）

3. 巨傳友著：《清代臨桂詞派研究》（上海：上海古籍出版社，2008 年）

K

1. 況周頤著，孫克強輯考：《蕙風詞話》（鄭州：中州古籍出版社，2003 年）

2. 況周頤著：《詞學講義》，孫克強輯考《廣蕙風詞話》本，（鄭州：中州古籍出版社，2003 年）

L

1. 黎國廉著：《玉縈樓詞鈔》（香港：蔚興印刷場，出版年不詳）

2. 李佳繼昌撰：《左庵詞話》，唐圭璋《詞話叢編》本，（北京：中華書局，2005 年）

3. 梁啓勛著：《詞學》（北京：中國書店，1985 年）

4. 廖恩燾著：《捫蝨談室詞》（香港：蔚興印刷場，出版年不詳）

5. 廖恩燾著：《影樹亭詞集續稿》，（香港：華強印務公司，1951 年）

6. 林玫儀編：《詞學研討會論文集》（臺北：中央研究院中國文哲研究所籌備處，1996 年）

7. 劉紹唐主編：《民國人物小傳》（臺北：傳記文學雜誌社，1975 年）

8. 劉少雄著：《南宋姜吳典雅詞派相關詞學論題之探討》（臺北：國立臺灣大學出版委員會，1995 年）

9. 劉斯翰著：《海綃詞箋注》，（上海：上海古籍出版社，2002 年）

10. 劉熙載著：《詞概》，唐圭璋《詞話叢編》本，（北京：中華書局，2005 年）

11. 劉永濟著：《詞論》（北京：中華書局，2007 年）

12. 劉永濟著：《微睇室說詞》（北京：中華書局，2007 年）

13. 龍榆生撰：《龍榆生詞學論文集》（上海：上海古籍出版社，2009 年）

14. 龍沐勛輯：《彊村遺書》（江蘇：廣陵古籍刻印社，1987 年）

15. 龍榆生著：《忍寒詞選》，載《龍榆生詞學論文集》（上海：上海古籍出版社，2009 年）

16. 羅忼烈著：《詞曲論稿》（香港：中華書局，1977 年）

17. 羅忼烈箋注：《清眞集箋注》（上海：上海古籍出版社，2008 年）

M

1. 馬復、馬慶餘撰：《媚秋堂詩：連語小媚秋堂詞坿》（香港：出版社不詳，1967 年）

2. 馬興榮、鄧喬彬主編：《詞學‧第二十輯》，（上海：華東師範大學出版社，2008 年）

3. 毛亨傳，鄭玄箋，孔穎達等正義：《毛詩正義》，《十三經注疏》整理委員會整理本，（北京：北京大學出版社，2000 年）

4. 毛晉輯：《宋六十名家詞》（上海：上海古籍出版社，1992 年）

5. 孟棨撰：《本事詩》，丁福保《歷代詩話續編》本，（北京：中華書局，1983 年）

O

1. 歐陽修、宋祁等撰：《新唐書》（北京：中華書局，1975 年）

Q

1. 錢仲聯選注：《清詞三百首》（長沙：岳麓書社，1992 年）

S

1. 沈義父著：《樂府指迷》，唐圭璋《詞話叢編》本，（北京：中華書局，2005 年）

2. 沈軼劉著：《繁霜榭詞札》，劉夢芙編校《近現代詞話叢編》本，（合肥：黃山書社，2009 年）

3. 沈尹默編：《中華藝林論叢》（臺北：文馨出版社，1976 年）

4. 施議對編纂：《當代詞綜》（福州：海峽文藝出版社，2002 年）

5. 施蟄存等編：《詞學：合訂本》（上海：華東師範大學出版社，2009 年）

6. 施蟄存主編：《詞籍序跋萃編》（北京：中國社會科學出版社，1994 年）

7. 蘇軾著，龍榆生校箋：《東坡樂府箋》（臺北：商務印書館，1970 年）

8. 孫克強著：《清代詞學》（北京：中國社會科學出版社，2004 年）

T

1. 譚獻撰：《復堂詞話》，唐圭璋《詞話叢編》本，（北京：中華書局，2005 年）

2. 譚獻撰：《復堂日記》，《半厂叢書》本，（臺北：華文書局，1970 年）

3. 譚新紅著：《清詞話考述》（武漢：武漢大學出版社，2009 年）

4. 唐圭璋編：《詞話叢編》（北京：中華書局，2005 年）

5. 唐圭璋編：《全宋詞》（北京：中華書局，2009 年）

6. 唐圭璋選釋：《唐宋詞簡釋》（上海：上海古籍出版社，1981 年）

7. 鮦陽居士撰：《復雅歌詞》，唐圭璋《詞話叢編》本，（北京：中華書局，2005 年）

8. 脫脫等撰：《宋史》（北京：中華書局，1985 年）

W

1. 萬樹編：《詞律》（上海：上海古籍出版社，1984 年）

2. 王步高主編：《金元明清詞鑑賞辭典》（附錄），（江蘇：南京大學出版社，1989 年）

3. 王昶纂：《國朝詞綜》，《續修四庫全書》本，（上海：上海古籍出版

社，2002 年），第 1731 冊。

4. 王季友著：《芝園詞話》（香港：中華書局，1979 年）

5. 王闓運撰：《湘綺樓評詞》，唐圭璋《詞話叢編》本，（北京：中華書局，2005 年）

6. 王鵬運輯：《四印齋所刻詞》（上海：上海古籍出版社，1989 年）

7. 王偉勇著：《清代論詞絕句初編》（臺北：里仁書局，2010 年）

8. 王奕清等編纂：《欽定詞譜》，《文淵閣四庫全書》本，（上海：上海古籍出版社，1987 年），第 1495 冊。

9. 王又華撰：《古今詞論》，唐圭璋《詞話叢編》本，（北京：中華書局，2005 年）

10. 王灼撰：《碧雞漫志》，唐圭璋《詞話叢編》本，（北京：中華書局，2005 年）

11. 魏慶之著，王仲聞點校：《詩人玉屑》（北京：中華書局，2007 年）

12. 吳蓓箋校：《夢窗詞彙校箋釋集評》（杭州：浙江古籍出版社，2007 年）

13. 吳澄著：《吳文正集》，《文淵閣四庫全書》本，（上海：上海古籍出版社，1987 年），第 1197 冊。

14. 吳梅著：《詞學通論》（上海：上海古籍出版社，2006 年）

15. 吳世昌著：《詞林新話》，載《吳世昌全集》（石家莊：河北教育出版社，2003 年）

16. 吳熊和著：《唐宋詞通論》（杭州：浙江古籍出版社，2008 年）

X

1. 夏承燾撰：《唐宋詞論叢》，載《夏承燾集》（杭州：浙江古籍出版社，1997 年）。

2. 夏承燾著：《唐宋詞人年譜》（上海：上海古籍出版社，1979 年）

3. 夏承燾著：《天風閣學詞日記》，載《夏承燾集》（杭州：浙江古籍出版社，1997 年）

4. 向子諲著：《酒邊集》，《文淵閣四庫全書》本，（上海：上海古籍出版社，1987 年），第 1487 冊。

5. 謝維揚、房鑫亮主編：《王國維全集》（杭州：浙江教育出版社，2009 年）

6. 謝永芳著：《廣東近世詞壇研究》（上海：上海古籍出版社，2008 年）

7. 熊潤桐著：《勸影齋詩》（香港：文祿堂，1976 年）

8. 徐珂撰：《近詞叢話》，唐圭璋《詞話叢編》本，（北京：中華書局，2005 年）

9. 徐友春主編：《民國人物大辭典》（增訂本）（石家莊：河北人民出版社，2007 年）

10. 薛雪著，杜維沫校點：《一瓢詩話》（北京：人民文學出版社，2005 年）

Y

1. 楊鐵夫箋釋：《夢窗詞全集箋釋》（香港：龍門書店，1973 年）

2. 楊鐵夫箋釋：《清眞詞選箋釋》（香港：龍門書店，1974 年）

3. 葉恭綽編：《廣篋中詞》（臺北：鼎文書局，1971 年）

4. 葉恭綽編：《全清詞鈔》（香港：中華書局，1975 年）

5. 俞陛雲撰：《唐五代兩宋詞選釋》（上海：上海古籍出版社，1985 年）

6. 俞平伯選注：《唐宋詞選釋》（西安：陝西師範大學出版社，2004 年）

7. 余祖明編纂：《廣東歷代詩鈔》（香港：能仁書院，1980 年）

8. 余祖明編：《近代粵詞蒐逸》（香港：出版者不詳，1970 年）

9. 余祖明編：《近代粵詞蒐逸補編‧續編》（香港：出版者不詳，1972 年）

Z

1. 詹伯慧主編：《詹安泰詞學論集》（汕頭：汕頭大學出版社，1997 年）

2. 張伯駒著：《叢碧詞話》，劉夢芙編校《近現代詞話叢編》本，（合肥：黃山書社，2009 年）

3. 張宏生著：《清詞探微》（上海：上海古籍出版社，2008 年）

4. 張宏生著：《清代詞學的建構》（南京：江蘇古籍出版社，1998 年）

5. 張惠言撰：《張惠言論詞》，唐圭璋《詞話叢編》本，（北京：中華書局，2005 年）

6. 張炎撰：《詞源》，唐圭璋《詞話叢編》本，（北京：中華書局，2005 年）

7. 趙慧文、徐育民編著：《吳文英詞新釋輯評》（北京：中國書店，2007 年）

8. 趙尊嶽輯：《明詞彙刊》（上海：上海古籍出版社，1992 年）

9. 趙尊嶽著：《塡詞叢話》，施蟄存等主編《詞學‧第四輯》（合定本），（上海：華東師範大學出版社，2008 年）

10. 鄭文焯撰:《大鶴山人詞話》,唐圭璋《詞話叢編》本,(北京:中華書局,2005 年)

11. 鄭文焯撰:《鄭文焯手批夢窗詞》(臺北:中央研究院中國文哲研究所籌備處編印,1996 年)

12. 鄭玄注,賈公彥疏,趙伯雄整理,王文錦審定:《周禮注疏》,《十三經注疏》整理委員會整理本,(北京:北京大學出版社,2000 年),第 8 冊。

13. 中國戲曲志編輯委員會編:《中國戲曲志·廣東卷》(北京:中國 ISBN 中心,1993 年)

14. 周濟撰:《存審軒詞》,《續修四庫全書》本,(上海:上海古籍出版社,2002 年),第 1726 冊。

15. 周濟撰:《介存齋論詞雜著》,唐圭璋《詞話叢編》本,(北京:中華書局,2005 年)

16. 周濟編:《宋四家詞選》(香港:商務印書館,1959 年)

17. 朱崇才著:《詞話理論研究》(北京:中華書局,2010 年)

18. 朱德慈著:《常州詞派通論》(北京:中華書局,2006 年)

19. 朱孝臧撰:《夢窗詞集小箋》,朱孝臧四校本《夢窗詞集》(臺北:世界書局,1967 年)

20. 朱孝臧撰:《彊村老人評詞》,唐圭璋《詞話叢編》本,(北京:中華書局,2005 年)

21. 朱孝臧著:白敦仁箋注:《彊村語業箋注》(四川:巴蜀書社,2002 年)

22. 朱孝臧編,唐圭璋箋注:《宋詞三百首箋注》(香港:中華書局,2003 年)

23. 朱彝尊撰:《曝書亭集》(臺北:世界書局,1964 年)

24. 朱庸齋著:《分春館詞》(廣州:廣州詩社,2007 年)

25. 朱庸齋著:《分春館詞話》,劉夢芙編校《近現代詞話叢編》本,(合肥:黃山書社,2009 年)

26. 朱自清著:《朱自清古典文學論文集》(上海:上海古籍出版社,2009 年)

二、碩士論文

1. 徐文撰:〈清代詞評傳統中的陳洵詞學技法批評釋析——以《海綃說詞》中幾個重要概念的評點方式與學術淵源為中心〉,中山大學碩士

論文，2011 年。

三、期刊論文

1. 曹志平撰：〈自有一種風格──論李之儀的詞學理想〉，《德州學院學報》，第 20 卷第 3 期，2004 年 6 月。

2. 黃文彬撰：〈關於「黃詩陳詞」和「黃詞陳詩」〉，《收藏・拍賣》，2008 年第 2 期。

3. 黃文彬撰：〈關於「黃陳交好」和「黃陳交惡」〉，《收藏・拍賣》，2008 年第 3 期。

4. 李丹撰：〈《海綃詞》引論〉，《五邑大學學報》（社會科學版），第 11 卷第 3 期，2009 年 8 月。

5. 李惠玲撰：〈「臨桂詞派」考辨──晚清臨桂詞人群體研究之一〉，《梧州學院學報》，第 20 卷第 5 期，2010 年 10 月。

6. 林玫儀撰：〈稿本《海綃說詞》及其相關問題〉，《臺大中文學報》，第 12 期，2000 年 5 月。

7. 劉斯翰撰：〈《海綃說詞》研究〉，《學術研究》，第 5 期，1994 年。

8. 劉斯翰撰：〈嶺南詞人陳洵的晚年心境──讀陳洵致許伯勤信札〉，《收藏・拍賣》，2005 年第 5 期。

9. 劉揚忠撰：〈清眞詞的藝術成就及其特徵〉，《文學遺產》，第 3 期，1982 年。

10. 羅子英撰：〈南國詞人陳述叔及其海綃詞〉，《廣東文獻》，第 9 卷第 4 期，1979 年 12 月。

11. 潘玲撰：〈清眞字法句法析論〉，《新亞論叢》，2010 年第 11 期。

12. 錢鴻瑛撰：〈評陳洵《海綃說詞》〉，《文學遺產》，第 3 期，2007 年。

13. 任銘善撰：〈鄭大鶴校夢窗詞手稿箋記〉，《中華文史論叢》，第 1 輯（總第 17 輯），1981 年。

14. 吳熊和撰：〈夢窗詞補箋〉，《文學遺產》，第 1 期，2007 年。

15. 謝永芳撰：〈近世廣東詞社考論〉，《人文中國學報》，第 15 期，2009 年。

16. 樂生撰：〈一代詞家陳洵詞箋〉，《書譜》，1987 年。

17. 曾大興撰：〈論陳洵在桂派詞學中的重要地位〉，《學術研究》，第 3 期，2010 年。

18. 張仲謀撰：〈釋「鉤勒」〉，《文學遺產》，第 5 期，2007 年。

19. 鍾振振撰：〈讀夢窗詞札記〉，《南京師大學報》（社會科學版），第 3

期，2001 年。

20. 鍾振振撰：〈讀夢窗詞札記〉，《文學遺產》，第 4 期，1999 年。

21. 鍾振振撰：〈讀夢窗詞札記〉（四），《暨南學報》（哲學社會科學版），第 22 卷第 6 期，2000 年 11 月。

22. 鍾振振撰：〈讀夢窗詞札記〉（九），《安徽師範大學學報》（人文社會科學版），第 29 卷第 2 期，2001 年 5 月。

23. 鍾振振撰：〈夢窗詞索解五題〉，《江海學刊》，第 2 期，2001 年。

後　記

　　能夠投入文學研究、投入撰寫學術論文，是我認爲最幸福的事。回想在新亞研究所學習期間，我對清代詞學產生了濃厚的興趣，不斷翻閱唐圭璋先生編的《詞話叢編》及各種詞學書籍至深宵。雖然讀得不算多，但很喜歡周濟的《介存齋論詞雜著》、陳廷焯《白雨齋詞話》和陳洵《海綃說詞》。後來與何老師談起，老師認爲白雨齋篇幅較大，而周濟詞論已有專門論著出版，故提議以陳洵及《海綃說詞》爲研究對象。詞話本來就不易理解，加上自己只是初入門者，所以更加努力去蒐集與研讀材料。

　　在中國期刊網站檢索，研究陳洵或其《海綃說詞》、《海綃詞》，僅有三、四篇論文，但從華東師範大學出版的《詞學》、臺灣的期刊、學者的論文集、近人詞話卻收錄了不少關於陳洵的資料。在拙文寫作的過程至完稿，我最大的感受就是感謝。最感謝的是指導教授何老師，從選題、章節編排、內容、結構、注釋，甚至是句讀，別字錯字，老師都是非常認眞去看去改。拙文內容雖一改再改，有些章節直到今天，我還在補充資料，但老師仍然不辭勞苦地爲我修改。我認爲作爲文學研究的初學者和熱愛者，最幸福和幸運的事莫過於遇到一個學問淵博而又品德高尚的老師，而何老師就是這個仁師。因爲老師治學態度認眞、嚴謹，甚至將學生的事當作自己的事，這種精神每次都成爲

了我用功撰文的動力。每次我撰完一個章節，老師收到後，都是立即批改，甚至改至深夜。改完後又立即致電相約，討論修改，從不拖延。沒有何老師的用心、認眞、熱心的指導，拙文一定無法完成，更遑論通過考試。我相信曾經受過何老師教導的每一個學生，都有這一種體會，都有這種幸福的感受。除了何老師外，我還要感謝何師母的鼓勵。在我面對論文寫作、口試、甚至是求學前境的困難時，師母一直給予支持和賜與意見。

另外，我在此向論文口試委員鄺健行教授和朱少璋教授表達謝意。感謝兩位教授對拙文的肯定，並指出了不足之處，提出很多有用的修改意見。在論文答辯期間，朱教授提出了中山大學碩士生徐文嘗以〈清代詞評傳統中的陳洵詞學技法批評釋析——以《海綃說詞》中幾個重要概念的評點方式與學術淵源爲中心〉爲畢業論文題目，並於今年五、六月已獲通過，建議拙文修改時須作參考之用。後來朱教授透過中山大學中文系張海鷗教授，獲得徐文的聯絡方法，我在此感謝兩位教授熱心的幫忙，更感謝徐文無私的幫助。在閱讀徐文的文章後，發現其論文超越拙文者甚多，尤其是將陳洵使用過的術語置於清代詞評裡論述，並追源溯流；亦有拙文未注意到的「題前」、「題後」之術語，均可補充拙文的不足。在同樣以陳洵之《海綃說詞》爲研究對象，我最欣喜的是我們研究視角和方法的不同。又對於部分陳洵評詞的術語，各自有不同的理解，互相切磋、討論，得益不少。徐文除了將自己的論文傳給我，更幫忙找到香港未見的期刊資料三種：劉斯翰〈嶺南詞人陳洵的晚年心境——讀陳洵致許伯勤信札〉、黃文彬〈關於「黃詩陳詞」和「黃詞陳詩」〉和〈關於「黃陳交好」和「黃陳交惡」〉，全收錄於《收藏‧拍賣》中。沒有朱教授、張教授和徐文的協助，拙文在探討〈陳洵之交遊〉一章便會有所不足，謹此致謝。

在新亞研究所學習期間，幸得到何老師、鄺健行教授、李銳清教授、劉衛林教授和沈惠英教授的指導，開拓了我在文學方面的視野和知識。又承蒙何老師推薦，得在《新亞論叢》和《東方人文學誌》發

表論文。在拙文完稿之際，我最深刻的感受是得諸前賢者太多，反而屬於自己的創見極少。看到書桌上一大堆從書店買下、圖書館影印、抄錄等研究陳洵的資料，每種都是認真的製作，都是詞學研究寶貴的資料。我衷心感謝他們為陳洵及對其著作研究所出的一分力。另外，很感謝陳洵，在這一年的時間裡，從他遺留下來和其友人、學生整理的資料，不知不覺理解了很多，彷彿是一個心靈上的朋友。其治學的態度和精神，亦令我更加投入在論文的寫作裡，希望拙文真的能夠將陳洵的詞學價值和成就展現人前。

　　能夠把畢業論文撰完，最感激的是我的父母。他們提供寧靜和舒適的學習與生活環境給我，送給我逾百本學術研究的書籍，支持我的研究，我的理想。感謝一直支持我的同學和好朋友。今後不論能否在學術界發展，我都一定會投入詞學的研究中。除了希望自己能夠像何老師和其他學者一樣，不斷推進學術界向前一步的發展；亦因為經過了兩年的學習，我更加熱愛研究清代詞學，將撰寫詞學論文視為一種幸福，將研究詞學視作日常生活的動力。謹此再次感謝何老師極力向花木蘭文化出版社推薦拙文，亦非常感謝花木蘭文化出版社總編輯杜潔祥先生和高小娟小姐，用心編排和校對拙文。最後，我留下電郵信箱：ka_wai00@yahoo.com.hk，希望學術界的前輩、讀者和喜愛陳洵的人指正賜教。

吳嘉慧

2011 年 11 月 26 日